GYÖRGY SPIRÓ
Der Verruf

György Spiró
Der Verruf

*Aus dem Ungarischen
von Ernő Zeltner*

Nachwort von György Dalos

NISCHEN
VERLAG

Gedruckt mit Unterstützung des
Zukunftsfonds der Republik Österreich

ZukunftsFonds
der Republik Österreich

und des Ungarischen Büros für die
Förderung von Übersetzungen PIM

Die Originalausgabe erschien 2010
unter dem Titel Tavaszi tárlat.

© Spiró György, 2011
First edition: Magvető 2010, Budapest
© 2012 Nischen Verlag, Wien

ISBN 978-3-9503345-1-7

Lektorat: Trautl Brandstaller
Umschlag und Buchgestaltung: Zoltán Kemény
Druck: HVG Press, Budapest

Es kann nicht schaden, wenn man sich einige Tage vor Ausbruch einer Revolution ins Krankenhaus begibt und bis zur Niederschlagung derselben dort bleibt, um schließlich noch die Zeit der Rache als Rekonvaleszent friedlich zu Hause zu verbringen. So bewahrt einen das Schicksal davor, dass man sich in jenen kritischen Tagen falsch entscheidet, ja überhaupt entscheidet oder dass während der Revolution und nach ihrer Niederschlagung nachteilig über einen entschieden wird – durch eben diejenigen, die über das Schicksal anderer zu entscheiden haben.

Der Held unserer Geschichte, der Maschinenbauingenieur Gyula Fátray – er wurde am 2. September sechsundvierzig Jahre alt –, begab sich nach einem Tag strengen Fastens am Mittwoch, dem 17. Oktober, frühmorgens ins Krankenhaus. Zu essen bekam er an diesem Tag nichts mehr, nur zu trinken. Morgens, mittags und abends jeweils einen reichlichen Einlauf, am Tag darauf, also am 18., wurde er von Dr. Zoltán Kállai, einem Cousin zweiten Grades seiner Frau, operiert.

Der Schmerz beim ersten fälligen Stuhlgang nach einer Goldene-Ader-Operation wird gern mit dem Geburtsvorgang verglichen, und es empfiehlt sich, die Prozedur noch im Krankenhaus zu erledigen, denn es könnten sich Komplikationen einstellen. Unser Held brachte sie am vierten Tag nach dem Eingriff hinter sich. Kállai, der stellvertretende Chefarzt, lobte ihn und meinte, wenn er dies wünsche, könne er die Klinik schon zwei Tage später verlassen.

Am folgenden Mittwoch durfte er dann doch nicht nach Hause, weil am Nachmittag des Vortags der Aufruhr losgebrochen war.

Alle wurden in den Keller evakuiert. Die von der Straße hereingebrachten Verletzten schaffte man direkt dorthin. Was die kampftaktische Lage angeht, steht das Rochus-Spital an keinem günstigen Fleck. Es wurde lange vor den fünf- und sechsstöckigen Mietshäusern ringsum gebaut und ragt jetzt als Verkehrshindernis in die stark befahrene Rákóczi-Straße hinein. Der Abriss dieses ganzen Baukomplexes war schon mehrmals geplant, erfolgte aber schließlich doch nicht. Das Rochus-Spital blieb stehen, wo es immer gestanden hatte. Am Ende des 18. Jahrhunderts hatte niemand daran gedacht, dass Pest einmal Kriegsschauplatz werden könnte. Obwohl die Planer auch keine anderen Menschen waren als die Generationen vor und nach ihnen. Dabei ist die hundert Jahre zuvor erfolgte Rückeroberung von Buda gewiss auch kein Scharmützel ohne Opfer gewesen, und man hätte sich hundert Jahre danach doch wirklich noch daran erinnern können. Fünfzig Jahre nach der Errichtung und Übergabe des Hospitals waren die Revolution und der Freiheitskrieg ausgebrochen. Vom Plateau des Gellért-Berges konnte man ganz Pest, also auch das Rochus-Spital am Rande der damaligen Innenstadt, problemlos unter Feuer nehmen. Das Gebäude hatte im Zweiten Weltkrieg zahllose Einschüsse abbekommen. Damals wurde erstmals im Untergeschoss ein Notoperationssaal eingerichtet. Für eine völlige Erneuerung des gesamten Krankenhauses fehlten die Mittel, nur die zerbombte Rochus-Kapelle wurde wiederhergestellt. Die Spuren der Einschüsse an der langen Mauer zum Nationaltheater hin waren elf Jahre nach dem Ende des Kriegs noch gut zu sehen.

Diesmal wurde der in die Straße hineinragende Teil des Krankenhauses sowohl aus Richtung des Ostbahnhofs als auch vom rostigen Torso der während des Kriegs gesprengten Elisabeth-Brücke, also von den an der Straßenbahn-Endstation errichteten Stellungen aus gleichermaßen heftig unter Feuer genommen. Die Verwundeten beteuerten nachdrücklich, dass hier Ungarn auf Ungarn schössen, was weder die meisten Patienten noch die Ärzte glauben wollten.

Wie denn, Ungarn auf Ungarn? Nicht vielleicht Russen auf Ungarn?

Etwa dreißig Meter von uns entfernt vor dem Nationaltheater zertrümmert man das Stalin-Denkmal! Unfassbar! Wie wäre denn der Koloss von der Dózsa-György-Straße dahin gekommen? Ist er etwa herübergeflogen!? Ja, umgeworfen und dorthin geschleift hat man ihn! Stücke von dem bronzenen Götzenbild, größere und kleinere Brocken, abgehauen von Händen, Nase oder Ohr werden hereingebracht.

Unglaublich!

Das Nationaltheater wird von der Ringstraße her beschossen, obwohl es nicht in die Straße hineinragt. Auch das Pressehaus von Szabad Nép beschießen sie, die Druckerei im ersten Stock ist geplündert. Der Paternoster steht. Im Erdgeschoss ist die Spanplatten-Wand, die die aufwärts- und abwärtsführenden Schächte voneinander trennt, zertrümmert.

Gewehrfeuer knattert, dauernd schlagen über den Köpfen der Patienten Geschosse donnernd ein, dass die

Wände zittern. Trotz des Verbots der Krankenhausleitung wagen sich die mutigeren Pfleger und Patienten ins Souterrain und in den ersten Stock hinauf, um aus den am Kopfende der Betten aus der Wand baumelnden Kopfhörern Neuigkeiten zu erfahren, die der einzige angeschlossene Radiosender verbreitet hat, der sich überraschenderweise *Freies Radio Kossuth* nennt. Die zurückkehrenden Nachrichtenüberbringer berichteten über widersprüchliche Regierungs- und Parteierlässe und -verfügungen und auch, dass pausenlos ernste Musik gesendet würde. Von Zeit zu Zeit war der Empfang unterbrochen, der Strom fiel aus, und im Keller gab es nur Kerzenlicht, wenig Licht spendende Petroleumlampen und trübe Funzeln, so haben sie operiert.

Gyula Fátray aß am Dienstagabend gerade sein Abendessen und saß dabei im Bett – er konnte schon wieder sitzen, was nicht selbstverständlich war – , den schwarz galvanisierten Kopfhörer am Ohr, als er aus Richtung Bródi-Sándor-Straße Schüsse vernahm, auch über den Kopfhörer. Er wollte keinem seiner Ohren glauben. Und als er es schließlich glauben musste, war er gekränkt. Davon, dass er noch einen Krieg erleben sollte, war nie die Rede gewesen. Rings um ihn herum zeigte man sich entweder verängstigt oder begeistert. Er selbst war verzweifelt. Zusammen mit anderen Patienten schleppte er Schwerkranke, Matratzen, Betten und Nachtschränkchen ins Untergeschoss. Körperliche Aktivität kam ihm gelegen, denn während der Schlepperei hatte er keine Zeit zum Nachdenken.

Immer wenn Doktor Kállai vorbeieilte und ihn sah, rief er ihm zu:

„Lass das, Gyuszi! Tu das nicht! Es kann zu Blutungen führen!", und mit flatterndem weißem Kittel hastete er weiter.

Am Mittwochabend war es dann so weit, unser Held hatte Fieber. Donnerstag, den 25. Oktober, konstatierte Doktor Kállai mit dem Ohr an seinem Rücken und Brustkorb eine Lungenentzündung.

„Schlag dir aus dem Kopf, Gyuszi, dass wir dich nach Hause lassen! Diese Pneumonie wird hier auskuriert!"

„Aber ich habe die nötige Bettruhe auch zu Hause."

„Rákóczi-Straße und Ring stehen unter Dauerbeschuss!", rief Doktor Kállai. „Auch ich kann nicht nach Hause! Jeder, der jetzt die Nase raus steckt, kriegt seine Salve ab!"

Der stellvertretende Chefarzt Kállai wohnte nur einen Katzensprung entfernt, vis-à-vis von der Urania und war schon seit Dienstagabend nicht mehr daheim gewesen. Telefonisch hielt er Verbindung mit seiner Frau. Seltsam, dass in einer Stadt, wo Krieg herrscht, das Telefon funktioniert. In Pest funktionierte es.

„Anikó regt sich darüber auf", bemerkte Kállai ironisch, „dass sie sich jetzt selbst zum Brotkaufen auf die Straße begeben muss."

Die als attraktiv geltende, etwas unbedarfte Anikó mochte eigentlich niemand. Aber man konnte sie immerhin verstehen: Sie hatte einen gut situierten und aufgrund seines Berufs unaufhaltsam wohlhabender werdenden Chirurgen geheiratet und konnte sich mit so viel Schmuck behängen, wie sie zu schleppen vermochte. Aber warum Zoltán sie geheiratet hatte, war schwer zu begreifen. Er hatte ihr allerdings schon vor der Hochzeit zu verstehen gegeben, dass er auch in der Ehe nicht von seinen Liebschaften lassen würde. Anikó lächelte darüber nur ungläubig und kalt mit ihrem ebenmäßigen Schnütchen, war dann aber doch tief gekränkt, weil Zoltán Wort hielt. Sie liebte ihren Mann nicht, hasste ihn sogar, aber scheiden lassen wollte sie sich nicht, der gesicherte Wohlstand war ihr wichtiger.

Zoltán hatte ihr auch zu verstehen gegeben, dass er keine Kinder wollte. Er kam nicht darüber hinweg, dass man seine Frau und ihre beiden Töchter vergast hatte. Auch Anikó hegte keineswegs den Wunsch nach Kindern.

Doktor Kállai hat achtzehn Stunden lang operiert oder assistiert; in der übrigen Zeit diskutierte er und stimmte mit den anderen ab, wer ins Revolutionskomitee kommen sollte und wer nicht. Schließlich bestand das Komitee zur Hälfte aus Ärzten und zu gleichen Teilen aus dem übrigen Krankenhauspersonal.

Im engeren Familienkreis hatte der stellvertretende Chefarzt nie damit hinterm Berg gehalten, dass er das Regime hasste, jetzt aber äußerte er ganz offen, dass man das kommunistische Regime von der Macht vertreiben müsse. Er war schon 1945 in die Kommunistische Partei eingetreten, doch im Laufe der Jahre behagten ihm die Parteiversammlungen immer weniger, er kritisierte die für seinen Geschmack viel zu intelligenzfeindliche Linie der Partei, blieb aber trotzdem Mitglied.

„Zoltán ist ein Reaktionär", hatte Kati, die Frau unseres Helden, jedes Mal festgestellt, wenn sie mit Zoltán zusammengetroffen waren; und um ihrer Bemerkung die Spitze zu nehmen, fügte sie immer hinzu: „Er war schon als Kind so reaktionär."

Zoltán nannte die jetzige Revolution einen historischen Wendepunkt, aber seine Begeisterung ebbte nach den ersten beiden Sitzungen des Revolutionskomitees spürbar ab. Wenn die Stimme eines Mediziners genau so viel zählt wie die der Putzfrau: Was ist das dann anderes als eine Art Diktatur des Proletariats? Wenn die Ärzte eines Krankenhauses in die Minderheit geraten können!

Lange wurde darüber diskutiert, ob man sich „Revolutionskomitee" oder „Revolutionsausschuss" nennen sollte. Darüber hat man sich anderthalb Stunden auseinandergesetzt, dabei hätte man eigentlich dringend operieren sollen, aber jeder wollte jetzt seinen Senf dazugeben. Diejenigen, die für den „Ausschuss" votierten, bezeichneten alle, die für das Komitee waren, als Verächter ungarischer Traditionen, Leugner des Vermächtnisses von 1848, als Labanzen und Verräter. Aber am Ende wurden die einen wie die anderen in die Vertretung gewählt. Danach hat man noch lang und breit darüber debattiert, ob jeder Verletzte versorgt werden solle oder nur Ungarn und unter diesen auch nur diejenigen, die nachgewiesenermaßen Aufständische waren, und ferner, wie zu beweisen sei, zu welcher Gruppe der Betreffende gehöre, ob der Nachweis durch Zeugen oder schriftlich zu erbringen wäre und wer eine solche Bestätigung ausfertigen dürfe. Besonders vehement lehnten gerade diejenigen ab, auch sowjetische Soldaten zu versorgen, die nicht nur ihren ärztlichen Eid geleistet hatten, sondern noch eine Woche zuvor glühende Stalinisten waren!

„Nach Palästina müsste man sich absetzen", meinte Zoltán. „Kühe melken in einem Kibbuz! Dieser Kommunismus hier war ja ein einziger Schmarrn, aber dort gibt es echte Kommunen! Um gar nichts mehr kümmern, den Boden beackern, fruchtbar machen! Denn hier ist doch alles hoffnungslos! Dort werden Ärzte auch noch geschätzt."

Mit Palästina meinte er Israel, diese Bezeichnung hatte er sich angewöhnt, und jetzt ist es schon zur Manie bei ihm geworden: gleich 1945 hätte man auswandern müssen.

„Jetzt ist es zu spät, Anikó will auch nicht weg, sie fühlt sich hier wohl und redet sich ein, man würde ihr nicht ansehen, dass sie Jüdin ist."

„Geh doch ohne sie."

„Ich kann sie doch nicht hier zurücklassen, sie hat ja nicht einmal einen Beruf und müsste verhungern!"

„Irgendeine Arbeit findet sie schon. Als Angelernte oder Verkäuferin."

„Nein, das kann ich ihr nicht antun."

„Warum denn nicht?"

„Weil ich sie geheiratet habe."

„Dann lass dich doch von ihr scheiden!"

„Nein, das geht nicht."

„Bring sie doch im Büro bei einem deiner dankbaren Patienten unter und geh, wenn du unbedingt weg willst. Ihr bleiben doch ohnehin die Wohnung, die Bilder ..."

„Sicher, fünf, sechs Jahre könnte sie sich damit über Wasser halten ..."

„In dieser Zeit kann sie doch irgendeine Qualifikation erwerben ..."

„Nein, so gemein will ich nicht sein."

„Aber du betrügst sie doch nach Strich und Faden!"

„Das ist etwas anderes. Das habe ich ihr von Anfang an gesagt."

Die Nachrichten und Schreckensmeldungen drangen nicht bis ins Bewusstsein unseres Helden vor, sein geschwächter Körper glühte noch, und das war gut so, nichts bewog ihn, sich groß Gedanken zu machen.

Dann fiel das Fieber.

Nach Hause zu telefonieren war nicht möglich, die amtliche Fernsprechanlage wurde von der Krankenhausleitung gebraucht. Es gab auch eine öffentliche Telefonzelle, und die Patienten hatten sich trotz des Verbots immer wieder ins Erdgeschoss hinauf gestohlen; daraufhin ließ die Spitalsverwaltung die Zellentür mit einem Vorhängeschloss verriegeln.

Er rechnete damit, dass seine Frau bald kommen würde. Sie war damals trotz ihrer Nase, die der Oberlippe auffallend nahe kam, stets in die den Christen vorbehaltenen Abteile gegangen und hatte auch keine Angst. Wenn Pfeilkreuzler sie kontrollierten, sah sie ihnen herausfordernd ins Gesicht, zückte mit den langen, rotlackierten Nägeln ihre falschen Papiere und hielt sie ihnen mit abschätziger Miene hin. Das wirkte. Aber jetzt kam Kati nicht. Wahrscheinlich wird auch in anderen Teilen der Stadt gekämpft.

Das Chaos draußen muss groß sein, die Zusammensetzung der Regierung änderte sich täglich, jeden Tag wurden neue Parteien gegründet, massenhaft konstituierten sich verschiedenste Komitees. Patienten, Ärzte, Pfleger und neu eintreffende Patienten behaupteten Mögliches und Unmögliches; er versuchte, all dem keinen Glauben zu schenken und überhaupt an nichts zu denken.

Am Platz der Republik belagerten sie das Gebäude des Budapester Parteikomitees, irgendjemand wurde dort gelyncht. Sie graben, graben und graben, suchen die Kasematten, in denen die Häftlinge gequält wurden. Am Jászai-Mari-Platz, neben dem sogenannten Weißen Haus, beim Innenministerium wird gegraben, auch dort gab es Kasematten, es stand doch in den Zeitungen, von dort aus hat man die Leichen der zu Tode Gequälten direkt in die Donau geworfen. Solche Neuigkeiten wurden von den Fahrern der Rettungswagen hereingebracht. Die Sanitätsautos mit ihren in die Fenster geklemmten Rot-Kreuz-Fahnen wurden weder von den Aufständischen noch von den Uniformierten beschossen.

Zoli Kállai behauptete, ihm sei es einige Male gelungen, Kati, Gyulas Frau, am Telefon zu erreichen, es gehe ihnen gut und fehle an nichts, sie lassen grüßen und küssen ihn vielmals. Er sagte die Wahrheit oder auch nicht.

Und dann war Kati plötzlich da. Sie bewegte sich auf Zehenspitzen, irgendwie körperlos wie ehemalige Tänzerinnen oft gehen. Ihr festes, strähniges rötliches Haar hatte sie mit einem dunkelgrauen Kopftuch eingebunden, und sie trug einen farblos fahlen Mantel aus Ballonseide, wie man ihn auch bei vielen Aufständischen sah. Um den Oberarm hatte sie eine breite Schleife in den Nationalfarben. Sie brachte Gyula im Esskorb eine Suppe mit. Ein Wunder, dass sie unterwegs nichts verschüttet hatte, denn das Essgeschirr schloss nicht richtig.

„Ach, wozu das?", fragte unser Held statt sich zu bedanken. „Wir haben hier doch genug zu essen."

Kati winkte ab. Gab damit an, dass sie nur bis zum Oktogon zu Fuß gehen musste, weil sie dann ein Militärlaster auf der Ladefläche mitgenommen hatte, einer von den Aufständischen. Nach dem Bericht von dieser Heldentat fand sie nichts Rühmliches mehr zu erzählen.

„Hat sich vom Betrieb niemand nach mir erkundigt?"
„Nein."

Die Frage hätte er sich sparen können. Auch wenn nach ihm gefragt worden wäre, hätte es Kati aus lauter Rücksichtnahme geleugnet.

„Warum musstest du als frisch Operierter Möbel schleppen?!", fragte Kati laut und vorwurfsvoll. „Zoltán hat am Telefon davon erzählt. Unverantwortlich, so etwas zu machen! Leichtsinnig und kindisch! Natürlich reagiert der Körper darauf. Es hätte dich das Leben kosten können! Aber du hast ja niemals Rücksicht auf deine Familie genommen!"

Unser Held schwieg.

Kati berichtete noch Verschiedenes, machte dabei auf dem Nachtschränkchen Platz und stellte das Essgeschirr ab.

„Hast du denn einen Löffel?", fragte sie streng.

„Hab ich."

Kati setzte sich auf die Bettkante, sie schwiegen.

„Und der Junge?"

„Dem geht es gut. Er beschäftigt sich, spielt unentwegt mit seinen Murmeln."

„Du lässt ihn doch nicht hinunter auf die Straße?"

„Natürlich nicht."

„Und sonst, im Haus?"

„Ja, soweit alles in Ordnung."

Pista-Bácsi, der Hausmeister, ein Tausendsassa mit Bauch und kurzem Hals, hat sich am 24. Oktober morgens im Suff vors Haus gestellt und lauthals Juden und Russkis beschimpft; keiner fand sich, der ihm gesagt hätte, dass er das lassen sollte, wo man doch befürchten musste, dass ihm die Russen das übel nehmen würden. Aber mit so etwas braucht man ja einen Kranken nicht aufzuregen.

Er streichelte die Hand seiner Frau; sie duldete es, erwiderte die Geste aber nicht. Kati musterte kritisch seine Umgebung hier im Untergeschoss.

„Kalt ist es da", sagte sie.

„Hier war keine Heizung vorgesehen."

„Die Schwester sagt, du hättest eine schwere Lungenentzündung."

„Das Fieber ist aber schon runtergegangen."

„Wann werdet ihr wieder nach oben gebracht?"

„Ich weiß es nicht. Bald, denke ich."

Kati saß am Bettrand, und sie schwiegen.

„Stell dir vor", berichtete sie traurig, „Frau Huszár ist erschossen worden, vor dem Glázner-Geschäft, sie haben in die Menge gefeuert und sie getroffen! Lungenschuss! Mausetot!"

„Die Arme."

Kati sprang auf.

„Ich gehe jetzt, ich will Zoli noch ein bisschen aushorchen."

„Worüber willst du ihn aushorchen?"

„Darüber, was dir eigentlich fehlt."

„Gar nichts fehlt mir mehr, ich bin nur noch etwas schwach."

Kati schüttelte den Kopf: Sie war überzeugt, dass der Kranke ihr auch dann nicht die ganze Wahrheit sagen würde, wenn er wüsste, was ihm fehlt. Deshalb wollte sie den Arzt fragen.

Sie ging ihren Cousin suchen. Nach einer halben Stunde schaute sie nur noch für einen Augenblick bei ihm herein.

„Er ist im OP. Ich kann nicht länger warten, muss jetzt los."

„Und sei vorsichtig, pass auf dich auf!"

Ziemlich erschöpft streckte er sich im Bett aus, der Besuch hatte ihn angestrengt.

Kati kam am Samstag wieder, brachte ihm süße Mohnnudeln mit.

„Am Montag darf ich nach Hause!", verkündete unser Held.

Kati nickte zerstreut. Sie schien ziemlich lustlos, starrte etwas bedrückt vor sich hin, machte sich wahrscheinlich Sorgen wegen der Mindszenty-Rede, dachte unser Patient. Aber besser sprechen wir das Thema hier unten vor lauter Fremden gar nicht an. Daheim, wenn es sein muss.

Eine Weile haben sie also darüber geschwiegen, dass Kardinal Mindszenty die Wiederkehr des Feudalismus, mindestens aber die des Kapitalismus angekündigt hat. Dann sagte Kati:

„Ich nehme schon mit, was ich tragen kann, damit du nichts heimschleppen musst."

„Kann ich doch im Krankenwagen mitnehmen", meinte unser Held.

Kati ging also mit leeren Händen nach Hause. Von ihren Mohnnudeln profitierten auch die Bettnachbarn.

Am nächsten Tag im Morgengrauen kamen die Russen zurück. Erneut knatterten die Maschinengewehre, schlugen ringsherum Geschosse ein. Und wieder wurden Verwundete in großer Zahl gebracht. Fátray half diesmal nicht mit, Verletzte zu schleppen, und hatte keine Gewissensbisse. Ihm war nicht danach, dass die sowjetischen Truppen das Land unterwarfen, denn das wäre jetzt, wie er meinte, keine Befreiung wie vor elf Jahren. Er lag nur da, hätte sich gern zur Wand gedreht, doch das war nicht möglich, sein Bett stand in der mittleren Reihe, zwischen zwei engen Durchgängen links und rechts, und die Sanitäter stießen, wenn sie Verletzte brachten, dauernd an sein Bett.

Am Montag konnte er nicht nach Hause, die Krankenwagen hatten andere Einsätze.

„Morgen können sie dich nach Hause bringen", sagte Zoltán am Mittwoch, also am 7. November, dem Tag der russischen Oktoberrevolution, der in diesem Jahr nicht als Feiertag betrachtet wurde. „Kati kommt dann morgens her."

„Wozu, um Gottes Willen?!"

„Ich hab ihr am Telefon gesagt, das wäre nicht nötig, aber sie will kommen."

„Sie steht dann im Morgengrauen auf, um zu Fuß hierher zu marschieren?! Und wenn man sie abknallt?!"

Am Donnerstag, dem 8. November, traf Kati ein, als man ihrem Mann gerade in den Krankenwagen half. Außer ihm wurden weitere zwei Patienten heimtransportiert, für Kati war kein Platz mehr im Wagen. Unserem Helden gefiel das gar nicht, aber Kati winkte ab, es würde ihr nichts ausmachen, zu Fuß nach Hause zu gehen. Doch es war nicht zu übersehen, dass sie tief gekränkt war: Auch seine Tasche hatte man schon in den Krankenwagen gestellt, wo sie doch gekommen war, um alles zusammen zu packen.

„Du brauchst zu Hause nicht zu klingeln", sagte Kati, „ich hab dem Jungen verboten, irgendjemandem zu öffnen … Hier ist mein Schlüssel … deiner liegt zu Hause im obersten Schubfach der Anrichte … Ich habe ihm gesagt, er darf ihn nur herausholen, wenn es brennt."

Sie gab ihm den Schlüssel.

„Ich gehe jetzt, möchte noch mit Zoli reden!"

Sie eilte ins Gebäude, unser Held sah ihr nach. Zoli ist im OP, wird vor dem Abend nicht mehr zum Vorschein kommen. Das weiß Kati genau. Warum muss sie ständig dieses Theater aufführen?

Das Zuhause ist schon wieder allzu gegenwärtig. Angenehm, es für eine Weile hinter sich zu lassen, wenn auch nur für einen kurzen Krankenhausurlaub. Um den Schlüssel gibt es auch schon wieder ein großes Palaver, aus allem und jedem wird immer gleich Hysterie.

Im Krankenhaus war er von der Ehe befreit. Sicher, eine Weile würde er auch daheim noch genesen können, zumindest solange er so schwach war, konnte er noch eine gewisse Rücksicht erwarten.

Durch das Milchglasfenster war nichts zu erkennen. Auch durch die Frontscheibe konnte er von der Stadt kaum etwas sehen – vorne, neben dem Fahrer saßen noch zwei. Ihm war, als wäre er in einen Stollen geraten, der keinen Ausgang besaß. Auch im Krankenhaus hatte er sich wie in einer Höhle gefühlt, jetzt fand er sich in einer anderen wieder, und wahrscheinlich würde er nun auch daheim in einer Höhle vegetieren. Von dem, was gerade um ihn herum geschieht, weiß er nicht mehr als der Urmensch vermutlich von der Welt wusste.

Die Sanitäter saßen stumm.

„Was ist los, Genossen, warum das große Schweigen?", fragte der eine Patient, ein Arbeitertyp, etwas zu dick, mit Gipsbein.

Die Sanitäter antworteten nicht.

Da blitzte unserem Helden die Erkenntnis durch den Kopf: Was für ein Glück, dass er während dieser ganzen Zeit im Krankenhaus sein konnte!

In dieser ganzen Zeit, denn die Sache ist jetzt zu Ende. Wenn sich die Sowjets einmal entschlossen haben, irgendwo einzumarschieren, dann lassen sie sich von keinem Menschen und keinem Gott mehr von dort vertreiben. Sie sind erneut in Budapest einmarschiert, und nun kann sich niemand vorstellen, dass sie es je wieder verlassen. Als sie vor einem Jahr aus Österreich abzogen, hofften viele, sie würden auch aus Ungarn zurück nach Hause gehen. Diese Illusion ist jetzt dahin, sie mussten diese Revolution niederschlagen und ziehen von hier niemals mehr ab. Und an allen, die bei der Revolution aktiv mitgemacht haben, werden sie sich grausam rächen.

Ihm selber aber bleibt, da er nicht einmal Gelegenheit hatte, sich der Revolution anzuschließen, jegliche Rache erspart. Schlecht ist es jedenfalls nicht, wenn man sich ein paar Tage vor Ausbruch einer Revolution ins Krankenhaus legt, bis zu ihrer Niederschlagung dort bleibt, und auch in der Zeit der Vergeltung als Rekonvaleszent friedlich zu Hause sitzen kann.

Er war nicht, wie so viele andere, auf einen lebensrettenden Zufall angewiesen, hatte einfach nur Glück gehabt.

Der hellhäutige, sommersprossige Junge – seine Augenbrauen sah man nicht – schaute erschrocken, als sein Vater die Eingangstür öffnete, im ersten Schreck konnte er nicht einmal einen Gruß herausbringen. Seine Haare waren kurz geschoren, also arbeitete der Friseur auf der Pozsonyi-Straße schon wieder. Unser Held taumelte zu dem frisch bezogenen Bett und zog das Federbett über sich.

Kati kam erst zwei Stunden später heim, brach in Tränen aus, kniete sich vor sein Bett und halste ihren Mann ohne Ende. Unser Held beherrschte sich trotz seiner Erregung, streichelte ihren Kopf, die harten, strähnigen Haare, dann schlief er wieder ein.

Zwei Wochen lang lag er zu Hause, bis er wieder zu Kräften gekommen war. Der Sprengelarzt empfahl ihm, zur Blutauffrischung täglich ein Glas Rotwein zu trinken. Dabei herrschte strenges Alkoholverbot. Der Hausmeister, der sich wieder in jedermanns Pista-Bácsi zurückverwandelt hatte, besorgte der gnädigen Frau Katika den Rotwein.

Fátray beschloss, bevor er wieder in den Betrieb ging, einen längeren Spaziergang zu unternehmen, um seine Beine ein wenig in Schwung zu bringen und sich die Spuren der Zerstörung anzusehen. Alle behaupten, die ganze Stadt sei zerschossen worden; schwer vorstellbar, dass es so schlimm aussieht wie seinerzeit nach der langen Belagerung.

„Kommt überhaupt nicht in Frage, dass ich dich allein gehen lasse!", rief Kati.

„Ich habe doch gar nicht gesagt, dass ich allein gehen will!"

Gern wäre er bis zum Rochus-Spital gelaufen, aber Kati fand das zu weit. Egal, sie gehen erst einmal los, und dann werden sie ja sehen, wie viel er schafft.

Auf der Pozsonyi-Straße spazierten sie in Richtung Brücke. Die 15er-Trambahn, die an der Ecke Pozsonyi-

Straße/ Balzac-Straße ihre vorletzte Haltestelle hat, fuhr nicht. An der Endstation, beim Pester Pfeiler der Margaretenbrücke, standen zwei leere Straßenbahnwagen nebeneinander mit herabgelassenen Stromabnehmerbügeln und vom Perron herunterhängenden, zusammengeschobenen Metallgittern. Die an Ketten befestigten Nägel, die normalerweise die hochgezogenen Gittertüren zu halten pflegen und sonst gewiss für nichts zu gebrauchen sind, waren von beiden Wagen gestohlen worden.

Die Pozsonyi-Straße steigt in der Nähe der Brücke langsam an. Am Jászai-Mari-Platz blieb er vor dem Uhrmacherladen stehen und keuchte etwas. Kati trippelte besorgt um ihn herum.

„Gleich ... hätte nicht gedacht ... meinte, die Straße wäre durchgehend eben ..."

Etwas beschämt lachte er und atmete tief, setzte sich dann aber entschlossen wieder in Bewegung. Kati stapfte, die Hände in den Taschen, sorgenvoll hinter ihm her, sich bei ihm einzuhaken traute sie sich nicht, es wäre dann für ihn vielleicht noch beschwerlicher gewesen. Sie wusste nicht, was besser war: wenn ihr Mann allmählich wieder zu Kräften käme oder auf Dauer schwach bliebe. Sie spürte Wellen giftigen Zorns gegen ihn in sich aufkommen.

Beim Oktogon-Platz blieben sie endgültig stehen. Unser Held keuchte, sah nach oben.

Das Gebäude an der Ecke Lenin-Ring/Andrássy-Straße (jetzt Straße der Jugend genannt, früher Stalin-Straße, später Straße der Volksrepublik) trug eine riesige Tungsram-Reklame: an Eisentraversen die Karte von Ungarn mit den großen Städten des Landes, markiert durch Glühlampen, die allerdings nicht brannten. Sie überquerten die Fahrbahn und traten auf der anderen Seite des Lenin-Rings den Heimweg an. Er blieb wieder stehen und betrachtete lange die auf der Verkehrsinsel umgeworfene, demolierte Kabine des Verkehrspolizisten.

Aus diesem zylinderförmigen Häuschen mit dem großen Panorama-Fenster, in das der Polizist über eine kurze Eisenleiter einstieg, bediente er, geschützt vor Wind und Wetter, die rot-gelb-grünen Ampeln; er brauchte nicht mehr in seinem weißen Kunststoffcape mit Kapuze zwischen Trambahnen, Bussen und Lastwagen herum zu gestikulieren, um mit dem gestreiften Stab den Verkehr zu regeln. Im Sommer ist diese Einrichtung in den Zeitungen noch hochgelobt worden, von der es selbst in den Städten der Sowjetunion erst wenige gibt.

Die kann nur ein Panzer umgefahren haben. Wen hat diese moderne Verkehrsinsel wohl gestört? Ihn schauderte. Man hat es mit Absicht getan. Sinnlose Zerstörung, eindeutig.

Auf dem Rückweg vom Oktogon-Platz sah er erst, was eigentlich nicht zu übersehen war. An den Hinweg konnte er sich absolut nicht erinnern. Er staunte sehr. Vielleicht war es der Schock, oder er hatte sich ganz auf das Gehen konzentriert, war mit dem Zustand des eigenen Körpers beschäftigt gewesen und mit nichts sonst.

Oder er hatte es nicht sehen wollen.

Einschüsse an vielen Häuserfronten, ausgebrannte Wohnungen, teilweise oder ganz abgebrochene Hausecken, bei denen man die tragenden Karyatiden weggeschossen hatte, herabhängende Leitungen, umgestürzte Straßenbahnwagen, ausgeweidete Panzer. Haufen von herausgerissenen Pflastersteinen, in die Höhe ragende, verbogene Trambahngleise. Nicht nur die Umgebung des Rochus-Spitals war verwüstet. Die Überreste von menschlichen Opfern waren inzwischen fortgeschafft, nur improvisierte Holzkreuze standen da und dort am

Rand des Gehsteigs, waren unter einem Alleebaum in die Erde gerammt, daneben Grablichter, Reste improvisierten Blumenschmucks und rot-weiß-grüner Schleifen. Mancher, der provisorisch hier verscharrt wurde, liegt gewiss auch jetzt noch da. An manchen Abschnitten der Straße wurden die Kreuze seltener, dann standen sie wieder dicht an dicht. Es wird einfacher sein, die Holzkreuze heraus zu ziehen und die Opfer wie im Krieg hier in der Erde ruhen zu lassen. Ausgelaufenes Öl hatte das Kopfsteinpflaster dunkel gefärbt. Abschreckend die Laternenpfähle: an jedem könnte man einen Menschen aufgeknüpft haben.

Die Gräuelmärchen sind tatsächlich wahr.

„So schlimm habe ich es mir nicht vorgestellt", murmelte er.

Vielleicht hätten ihn die Zerstörungen weniger schockiert, wenn er sie von Anfang an mitbekommen und sich daran hätte gewöhnen können, so aber brach das alles zu plötzlich über ihn herein. Viel Schutt war schon weggeräumt, doch unter dem Pflaster vernahm er noch das Brodeln des Vulkans. Und aus den Pflastersteinen lassen sich jederzeit wieder Barrikaden bauen. Dieses harte Material, das abgekühlte Magma, kann durchaus wieder hochkochen und flüssig werden, dazu braucht es nur eine momentane Aufwallung und den Gleichklang von Willensäußerungen. Auch bei schwachem Wind kann selbst eine mächtige Brücke in Schwingung geraten; und wenn sich die unterschiedlichen Wellenlängen einzelner Brückenteile addieren, könnte sie sogar einstürzen.

Kati schwieg, ihr Schweigen war zugleich eine Anklage. Als hätte ihr Mann ihr vor elfeinhalb Jahren hoch und heilig versprochen, dass so etwas nicht mehr geschehen kann.

Im Krieg war das klar gewesen: Die Eroberer waren auf Rauben und Morden aus, über sie hatte, wenn auch unter unbeschreiblichen Opfern, die Gerechtigkeit gesiegt. Und was war jetzt? Um welche Gerechtigkeit, um wessen Recht ging es jetzt?

Während er sich allmählich erholte, erzählte und erzählte ihm Kati von den schlimmsten Grausamkeiten, die sich während seiner Abwesenheit zugetragen hatten. Sie schilderte sie so, als wäre es zu all den tatsächlichen oder von ihr ausgemalten Scheußlichkeiten nur gekommen, weil er, ihr Mann, seine Familie in weiser Voraussicht feige und egoistisch sich selbst überlassen hatte.

Wo doch das Zusammenfallen seiner Operation mit dem Ausbruch des Aufstandes ganz offensichtlich Zufall gewesen war.

Dennoch hatte er ein schlechtes Gewissen: Man lässt seine bislang vernachlässigten Hämorrhoiden nicht ganz zufällig gerade dann operieren, wenn ...

Vor dem Kammer-Varieté versammelten sich Menschen, die Vorstellungen der schon wieder geöffneten Theater begannen wegen der Ausgangssperre schon um drei Uhr nachmittags.

Gegenüber vom Westbahnhof blieb er stehen. In der Auslage des Sportgeschäfts lagen Ski und Skistöcke.

„Wir sollten dem Jungen welche kaufen."

„Die gibt es auch woanders", sagte Kati.

„Warum, sie sehen doch gut aus! Sind ja neu!"

„Hier wird niemals Frieden herrschen."

Unser Held schwieg.

Plötzlich flüsterte Kati:

„Lass uns auch weggehen!"

„Weg von hier?! Ins Ausland!? Für immer!?"

Kati nickte, und in ihrer Aufregung musste sie, als sie das sagte, losweinen.

„Warum sollten wir?"

„Du hast eine gute Ausbildung. Könntest doch auch im Ausland ...?"

Nie hatte man ihn in seinem Beruf arbeiten lassen, seit langem fehlt ihm als Ingenieur jegliche Praxis. Hier stört das niemanden, aber im Ausland wäre es ein Problem. Kati hat nur sechs Klassen Volksschule, sie kann das nicht verstehen.

„Der Junge", sagte Kati, „er könnte jetzt noch die Sprache lernen, ohne dass man es ihm später anmerken würde ..."

„Ich bin zu alt. Mit sechsundvierzig kann man nicht mehr ganz von vorn anfangen."

„Ich könnte als Heilgymnastin arbeiten! Uns durchbringen, bis du dich irgendwo eingearbeitet hast!"

„Und ich fühle mich auch noch nicht gesund genug ... Bis ich so weit bin, ist die Grenze wieder zu."

„Bis Ende Dezember wird sie noch nicht zu sein."

„Woher weißt du das?"

„Jeder weiß das. Und in Richtung Jugoslawien lassen sie alle raus."

Unser Held schwieg.

„Du hast ja nicht durchgemacht, was ich ...!", schrie Kati. „Wenn die Russen erst einmal gehen, werden sie kurzen Prozess mit uns machen – auf schnellstem Weg!"

„Was heißt gehen?! Sie sind zurückgekommen, ohne weggegangen zu sein!"

„Aber wenn sie hinausgehen, dann werden die anderen nicht noch einmal zögern!"

„Wenn sie einmal irgendwo einmarschiert sind, dann ziehen sie nicht wieder ab! So etwas dauert meist hundertfünfzig Jahre ... Und wir waren doch keine ÁVOs!"

„Das ist denen doch egal! Wir hätten schon 1945 weggehen sollen ... Da waren wir noch jung ..."

Kati musste wieder weinen.

Unser Held schwieg.

So jung waren sie damals auch nicht mehr. Er fünfunddreißig. Kati zweiunddreißig.

In wunderbarem Einvernehmen hatten sie sich für dieses Land begeistert, hegten die Hoffnung, dass es ein glückliches, freies, klassenloses Ungarn werden würde, ohne Ausbeutung. Und da hätten sie weggehen sollen? Das kam doch damals für sie überhaupt nicht in Frage.

Sie hatten sich so sehr beim Aufbau des neuen Landes engagiert, dass sie darüber das Kinderkriegen beinahe versäumt hätten.

„Es wird uns gut gehen", sagte er aus voller Überzeugung. „Du hast nichts getan, jeder weiß das. Und ich bin sauber geblieben. Zufällig zwar, aber sauber. Völlig unangreifbar, wie sonst niemand in diesem Land! Das wird man anerkennen!"

Er zog den Kopf seiner Frau beschwichtigend an sich, streichelte ihr strubbliges, rötliches Haar. Entdeckte auch schon spröde, weiße Fäden in ihren Strähnen, sie tat ihm leid. Nein, er konnte sich keinen Mann vorstellen, der mit dieser Frau außer Landes gehen würde.

Auf dem Gehsteig gegenüber vom Bahnhof patrouillierten ganz junge, mit Maschinenpistolen bewaffnete Ordnungskräfte in ihren typischen wattierten Joppen auf und ab. Auch vor dem berühmt-berüchtigten Ilkovics-Büffet waren zwei von ihnen postiert. Ganz junge Burschen, die großen Tellermützen über den kahlgeschorenen Nacken drückten ihnen die Ohren beidseits vom Kopf weg, sie hatten gleichgültige, ausdruckslose Gesichter. Im Büffet standen nur wenige Leute herum, aßen etwas, es galt noch das Alkoholverbot. Die 49er Linie fuhr nicht, obwohl in der Bajcsy-Zsilinszky-Straße die Schienen intakt und auch die Oberleitungen nicht heruntergerissen waren. Auf der schmalen Verkehrsinsel der Endstation stand ein Kastanienbrater mit seinem schwarzen Rost und verkaufte heiße Maroni. Er hauchte auf seine Fingerspitzen, die aus den Handschuhen ohne Finger herausguckten. Warum wärmte er seine Hände denn nicht über dem heißen Rost?

Sie gelangten zum Fotogeschäft hinüber. Hierher waren sie 1952 mit dem zweijährigen Matyi gegangen, und Kati hatte ihn vor der Aufnahme eine Stunde lang angezogen und gekämmt. Monatelang war das Bild des lachendes Lockenkopfes im Schaufenster gewesen, damals hatte er noch platinblonde Haare, trug ein Trägerhöschen, kariertes Hemd und weiße Spangenschuhe; jemand hatte ein Paket mit all diesen Sachen von irgendwoher bekommen, und Kati stürzte sich sofort darauf. Immer wenn sie in diese Richtung spazieren gingen, lenkten sie Matyis Aufmerksamkeit auf sein Bild, aber er zeigte wenig Interesse daran.

Längst ist das Bild aus der Auslage verschwunden und neue lachende Lockenköpfe stehen im Schaufenster.

In was für einer Welt werden diese armen Kerlchen aufwachsen?

Wenn der Westen schon einmal dieses ganze Territorium, uns eingeschlossen, den Sowjets überlassen hat, und er konnte ja gar nicht anders, schließlich waren sie hier die Befreier, warum sollte er es nun zurückfordern? Unnötigerweise haben sie die Emotionen geschürt, woraus dann ein Bürgerkrieg geworden ist. Wieder mussten viele ihr Leben lassen und sind ins Elend geraten. Und wieder haben sie uns in der Entwicklung um Jahrzehnte zurückgeworfen. Zum Verzweifeln!

Was haben sich all jene denn vorgestellt, die auf diese Hetze reingefallen sind? Wie konnten sie so sehr den Kopf verlieren? Wollten sie den Kapitalismus wieder zurück haben? Und wer waren sie überhaupt? Verführte Massen im Kampf mit sich selbst? Haben sie gegen den Sozialismus revoltiert? Unmöglich!

Die Massen wollen doch keine Ausbeutung, denn sie sind das Volk, und es ist das erste Regime in der Geschichte des Landes, das das Volk nicht ausbeutet.

Man hat das Schlechteste in den Menschen angestachelt. Ach, denen dort im Westen ist nichts heilig, sie wollen sich dieses Gebiet wieder einverleiben. Aber sie lügen, weil sie es doch eigentlich gar nicht haben wollen. Unruhe wollen sie stiften und dem sozialistischen Lager Schaden zufügen. Auch jetzt noch hetzen alle ihre Rundfunksender, obwohl sie offiziell erklären, dass sie sich nicht mit Waffen einmischen werden. Auch sie haben Angst vor einem neuen Weltkrieg!

Fliehen von hier, wo trotz aller Probleme und Auseinandersetzungen eine menschliche Gesellschaft errichtet werden soll, dorthin, wo man solche Schweinereien ausbrütet. Ihnen helfen, für sie arbeiten, dorthin gehen, wo die Ausbeutung, die Raffgier, der alles verdrängende Eigennutz regiert, wo der ärgste Egoismus kultiviert wird. Für sie schaffen, ihren Profit mehren, unsere Idee verraten? Unmöglich. Die Niederlage anerkennen, wo wir endlich beginnen können, den geläuterten Sozialismus aufzubauen? Kati hat ihren nüchternen Verstand verloren, wenn sie außer Landes, wenn sie dorthin will, zu denen, die unsere Feinde sind! Gerade sie, die doch eine der glühendsten Verfechterinnen der Volksdemokratie war!

In der Konditorei Sziget, vis-à-vis vom Theater der Volksarmee, haben sie jeder eine der üppigen Tortenecken mit Schlagsahne, die Spezialität des Hauses, bestellt; für den Jungen ließen sie sich im Weggehen noch ein Stück

Dobosch-Torte einpacken. Matyi war heute der Ancsa-Néni anvertraut; und auch für sie nahmen sie nach kurzer Beratung noch eine Maronenkugel mit.

So feierten sie, dass sie diese aufregenden Ereignisse unversehrt überstanden hatten, und falls so etwas überhaupt drohte, so mussten sie gewiss am wenigsten befürchten, dass irgendwelche Repressalien auf sie zukämen.

Der Bus der 6er Linie fuhr noch nicht wieder, und so ging er zu Fuß über die Margaretenbrücke. Auch die 17er Linie verkehrte nicht. Am Lukács-Bad und an der Császár-Schwimmhalle vorbei schlenderte er auf der Seite mit den ungeraden Hausnummern hinauf. Normalerweise ging er nicht hier. Sein Bus hielt an der Ecke des Kolosy-Platzes, von der Üröm-Straße lief er meist den Szépvölgyi-Weg hinauf. Einmal hatte er sich einen Spaß daraus gemacht, die Entfernung zwischen ihrer Wohnung und der Fabrik abzuschreiten. Noch aus der Zeit, als er viel gewandert war, wusste er, dass man pro Schritt etwa siebzig Zentimeter rechnen kann, und dieses Maß stimmte auch im städtischen Gelände. Von der Balzac-Straße bis zu seinem Betrieb, also von Tür zu Tür, machte er siebentausendeinhundertdreißig Schritte, es waren also fünf Kilometer. Die kann man als gesunder Mann in eineinviertel Stunden schaffen. Er aber war jetzt nicht im Vollbesitz seiner Kräfte und veranschlagte anderthalb Stunden für die Entfernung, die er am selben Tag natürlich noch einmal zurücklegen muss. Als er damals die Entfernung abschritt, hatte er auf dem Heimweg den Bus genommen.

Die Häuser der Gegend, ein-, zwei- oder dreistöckig und in ganz verschiedenen Epochen gebaut, standen eng aneinandergedrängt und hatten etwas Gezwungenes, schroff Unfreundliches. Als wäre die Frage, ob die Gegend Dorf bleibt oder Stadt wird, noch nicht entschieden. Er blieb beim Geschäft des Geigenbauers stehen und sah sich die Auslage an. Dieselben Musikinstrumente wie vor Ausbruch der Unruhen, so als wäre gar nichts geschehen. Ein beruhigendes Bild: Möglich, dass im Grunde tatsächlich nichts geschehen ist. Vor ein paar Monaten waren sie mit Matyi hier, weil sie gehört hatten, dass dieser Instrumentenbauer günstiger wäre als der andere, der seine Werkstatt am Liszt-Ferenc-Platz hat. Der Meister schob dem verschreckten Matyi nacheinander mehrere Geigen unters Kinn und stellte dann fest, dass jetzt zwar noch eine Viertelgeige passend wäre, doch könnte die bald zu klein sein; sie sollten besser noch etwas warten, bis der Junge groß genug für die halbe Geige wäre. Unser Held wunderte sich, weil er nicht selbst daran gedacht hatte, dass es auch bei Geigen verschiedene Größen gibt. Kati, die den Tick hatte, aus Matyi einen Musiker zu machen, fand sich nach längerem Reden damit ab, dass der Junge erst in einem Jahr zum Geigenunterricht gehen sollte, „aber dann ganz bestimmt". Fátray selbst hielt das Musizieren für überflüssigen Luxus, aber er ließ seine Frau gewähren, wenn sie es unbedingt wollte. Matyi hatte sich jedenfalls gefreut, dass er so davongekommen war.

Der nagelneue Betrieb ist erst drei Jahre nach dem Krieg übergeben worden, er steht an der Stelle einer früheren Ziegelfabrik, in der man im Sommer 1944 all jene ungarischen Landsleute zusammengetrieben und in Viehwaggons gepfercht hatte, die für eines der Todeslager bestimmt waren. Der Onkel mütterlicherseits unseres Helden, seine Frau und ihre drei Kinder wurden von da aus abtransportiert. Keiner von ihnen ist wiedergekommen. Ihn bedrückte dieser Standort, obwohl nichts mehr an die alte Ziegelfabrik erinnerte. Sicher, in Budapest gibt es kaum einen Winkel, der einen nicht an etwas Entsetzliches erinnert, deshalb ist es fast schon egal. Er mied die Umgebung des ehemaligen Gettos, seine Eltern wurden seinerzeit aus der Szövetség-Gasse dorthin verbannt, und da sind sie auch gestorben. Man weiß nicht, ob eine Krankheit sie umgebracht hat oder ob sie verhungert sind. Kati war mit falschen Papieren untergetaucht und hatte um die Gettos immer einen großen Bogen gemacht, unser Held nutzte einen Fußmarsch zu einem anderen Standort zur Flucht und schlug sich in den Bergen durch. Er versuchte mehrmals, nach Pest zu kommen, doch die ständig hin- und herwogende Front warf ihn immer wieder zurück. Zweimal schnappten ihn die Russen, mit Mühe gelang es ihm jedes Mal, zu türmen, und er war wieder gezwungen, in den Wäldern umherzuirren. Im Nachhinein fragte er sich immer wieder, woher er die Kraft genommen hatte, dort zu überleben. Als er endlich ins befreite Budapest gelangte, fand er seine Eltern nicht mehr, angeblich hatte man sie zusammen mit anderen am Klauzal-Platz begraben. Anfangs war davon die Rede, dass man eine symbolische Grabstätte errichten würde, doch dann ist nichts daraus geworden. Im Wiederaufbaufieber wurde die Vergangenheit beiseitegeschoben, und vielleicht wäre es ihnen ohnehin kein großes Bedürfnis gewesen, diesen Friedhof zu besuchen.

Im Betrieb hätte er sich gern mit weiteren technischen Entwicklungen beschäftigt, aber stattdessen wurde ihm die Planungsabteilung anvertraut. Eine undankbare Aufgabe, denn zwischen den übersteigerten Anforderungen der Planungsbehörde, den eingeschränkten Möglichkeiten der Fabrik und der ständigen Unzufriedenheit der Belegschaft wird man aufgerieben. Statt seiner technischen hätte er hierfür eine Diplomaten-Ausbildung gebraucht. Wie immer die neuesten Planzahlen aussahen, sie hatten bittere Normen-Abstimmungen zur Folge. Der Planungsbeauftragte bekam seine Ukas von oben, gegen sie halfen keine Appelle, er musste mit List und diplomatischem Geschick versuchen, die Auflagen nach unten durchzusetzen. Wegen der ungerechten Normen waren die Betriebsleiter verhasst, obwohl die wirklich nichts dafür konnten. Ein Glück, dass die Leute nicht wissen, was die mit den weißen Kitteln da oben in der Direktion eigentlich zu tun haben; und wenn sie es auch ahnen, so begegnen sie ihnen wenigstens nicht täglich. Außerdem hat sich irgendwie herumgesprochen, dass Fátray eigentlich ein ganz anständiger Bursche ist. An dieser Ansicht änderte sich auch im Laufe der Jahre nichts. Und im Allgemeinen ist an solchen Einschätzungen ja auch etwas dran.

Fátray hielt es nicht für glücklich, dass der Stücklohn in einem Arbeiterstaat geringer war als zu Zeiten des Kapitalismus und dass immer neue Regelungen der Normen und sozialistische Betriebswettbewerbe, wie man die Forderung nach Leistungssteigerung nannte, Qualitätsarbeit zunehmend unmöglich machten. Anfangs verlangte er nur leise, später vernehmlicher aufbegehrend die Überprüfung der Normen. Ein degressives Akkordsystem würde zum Beispiel auch der Qualität zugutekommen. Die andauernd wechselnden Direktoren und Parteisekretäre im Betrieb waren an ihrem Überleben interessiert und wollten nicht so weit gehen, dass man ihnen im Ministerium oder in der Parteizentrale die Herabsetzung der Mengenleistung ankreiden konnte.

Er hatte kein Blatt vor den Mund genommen, passiert ist ihm trotzdem nichts, obwohl er auch niemanden im

Rücken hatte. Es kommt ja vor, dass es hilft, nicht feige zu sein, aber es kann auch passieren, dass selbst Feigheit nicht hilft. Sicher, menschlicher sind die Normen nicht geworden.

Er war nervös, wenn er daran dachte, was ihn wohl jetzt im Betrieb erwarten würde.

Géza Gelb hatte ihm noch im September gesagt, als sie sich zufällig an der Ecke Sziget-Gasse/ Pozsonyi-Straße trafen:

„Das Regime ändert sich dann, wenn andere als die, von denen wir es gewöhnt waren, anfangen zu lügen."

Man weiß nicht, was sich geändert hat. Beim Lesen von Artikeln in der *Népszabadság* war er geneigt zu glauben, dass die Kádár-Regierung einen Ausgleich anstrebte. Für die Volksdemokratie muss es doch eine erfolgreichere Alternative geben, sonst hat die Menschheit keine Zukunft. Und vielleicht kann sich das Regime auch ändern, indem dasselbe Personal ab jetzt nicht mehr lügt.

Was die Angelegenheiten der Fabrik anging, war er nicht gänzlich uninformiert, während seiner Rekonvaleszenz hatte ihn der Kleine Horváth zweimal besucht.

Dieser dunkelblonde junge Mann mit Neigung zur Glatze und einem runden Gesicht ging fleißig in die Abend-Universität und war seinem ehemaligen Seminarleiter sehr zu Dank verpflichtet, weil der ihn in die Produktionsabteilung empfohlen hatte. Er berichtete, im Betrieb wäre es nicht zur geringsten Pöbelei gekommen. Die Parteiorganisation hatte bereits den Arbeiterrat bestellt, bevor die Parteilosen aufgewacht waren, so gab es in dem neuen Gremium auch eine Reihe Parteimitglieder. Ein paar Tage später hätten sie das nicht mehr durchbekommen. Der vom Arbeiterrat aufgestellte Werkschutz wachte darüber, dass niemand Volkseigentum wegschaffte. So wurde in der Zeit weniger gestohlen als zuvor. Man wechselte die Torwache aus, und die Raben hatten noch keine Zeit gefunden, mit den Neuen zu kungeln.

In der Umgebung der Fabrik hatte es keine Kämpfe gegeben. Ein einziges Mal verirrte sich ein sowjetischer Panzer vom Kolosy-Platz aus den Szépvölgyi-Weg herauf, aber nach hundert Metern wendete er und ratterte in Richtung Stalin-Brücke davon, so erzählte man es sich jedenfalls. Der Kleine Horváth war damals nicht im Betrieb, weil er während der Schießereien von Kispest, wo er bei seinen Eltern wohnte, nicht in die Stadt herein konnte. Einige Male aber hat er sich doch durchgeschlagen und verbrachte dann ein paar Nächte in der Fabrik, weil der Rückweg genauso gefährlich gewesen wäre.

Der Direktor kam an jenem 24. Oktober nicht in den Betrieb und ist seitdem auch nicht wieder aufgetaucht. Man hat ihm einen Job im Ministerium verschafft. Der neue Direktor soll die Parteischule absolviert haben, aber er ist bis jetzt nicht unangenehm aufgefallen, hat dazu auch noch keinen Anlass gehabt: Die Fabrik steht still, es fehlt an Material, die Lieferungen stocken, oft gibt es Stromausfall. Schon deshalb lohnt es sich nicht, einen Streik zu organisieren, weil ihn ohnehin niemand spüren würde. Es wird nur Instandhaltung betrieben, geschmiert, geölt und natürlich gequatscht und Papierkram erledigt. Auch der Parteisekretär ist neu, er sitzt oft hinter verschlossener Tür beim Direktor.

„Gyula", sagte der Kleine Horváth aufgeregt, „wir meinen, dass man dich zum Direktor ernennen sollte!"

Unser Held lachte verlegen. Er saß am Tisch, noch in Hausschuhen, Schlafanzug und Morgenrock.

„Wer ist »wir«?"

„Der Betrieb."

„Und warum sollte gerade ich das sein?"

„Weil man Dir nichts anlasten kann. Weil du anständig und ein Kommunist mit sauberer Weste bist. Und natürlich ein Fachmann! Es würde ja wirklich nicht schaden, wenn der Direktor einer Werkzeugmaschinenfabrik endlich einmal ein Ingenieur wäre!"

„Mir ist es nie um eine Position gegangen, ich möchte als Ingenieur arbeiten, der ich ja bin … In der Horthy-Zeit durfte ich nur Arbeiter sein, im Sozialismus Büroangestellter … Es ist zwei Jahrzehnte her, seit ich mein Diplom gemacht habe, seitdem hatte ich keinen Rechenschieber mehr in der Hand, nur die Schublehre."

„Innerhalb von zwei Monaten hättest du alles im Griff!"

„Man sollte lieber auf Jüngere setzen."

„Gebraucht wird ein Leiter mit Erfahrung!"

„Gut, ja", sagte er.

Die Begeisterung des jungen Arbeiterkaders schmeichelte natürlich seiner Eitelkeit.

An der Schranke zeigte er seinen Passierschein. In der Portierloge, die wie das Direktionsgebäude mit rötlichem Naturstein verkleidet war, saßen drei, an der Schranke zwei.

„Die alten Passierscheine sind ungültig", sagte ein hochgewachsener, ihm unbekannter Mann. „Stellen Sie sich da an die Seite. Wer kann Ihre Identität bestätigen?"

„Jeder. Man kennt mich."

„Sagen Sie einen Namen."

„Gyula Fátray."

„Wer ist das?"

„Das bin ich."

„Lassen Sie die Späßchen. Wer von drinnen kann Sie identifizieren?"

Unser Held begann aufzuzählen:

„Also Jancsi Horváth von der Entwicklung, Sanyi Palágyi,

Techniker ... Frau Kónya aus dem Sekretariat ... Harkaly, der Oberbuchhalter ..."

Es dauerte etwa zehn Minuten, bis der Kleine Horváth und Palágyi zur Portierloge herunterkamen, über ihren weißen Kitteln trugen beide ärmellose Felljoppen. Unser Held lächelte.

„Entschuldigung", sagte der Kleine Horváth und lächelte nicht zurück. „Diese Genossen hier sind neu ..."

„Macht nichts."

"Ich werde das mit der provisorischen Eintrittsmarke gleich erledigen", sagte Palágyi.

„Wieso provisorisch?", fragte Fátray und lachte.

Auch die beiden lachten.

Sie machten sich zum Direktionsgebäude auf, er aber wollte vorher noch in die Werkshalle hineinschauen.

„Gut", sagte der Kleine Horváth, „dann bis später, oben."

Halbdunkel. Feuchte, abgestandene Luft. Kalte Heizkörper aus Blech. In der Nähe der Männerumkleide wurde auf einem ziemlich großen Eisenofen in einem roten Topf Essen aufgewärmt, dem Geruch nach Paprika-Kartoffel-Gemüse; den Rauch leiteten sie über ein aus ineinandergeschobenen Blechrohrelementen bestehendes Ofenrohr durch ein gekipptes Fenster ins Freie. Ein paar saßen, andere standen in Gruppen herum, rauchten, manche nickten ihm zu. Drei spielten, um eine Holzkiste sitzend, Karten, er kniff die Augen zusammen, um sie besser zu sehen: zwei Werkmeister und einer von der Qualitätskontrolle. An der Nordwand der Halle standen fünf Frauen und besprachen das Neueste. Man hätte schon Licht machen müssen, denn der Novembertag draußen war dunkel.

Angesichts der stark geschrumpften Belegschaft fiel ihm auf, dass in dieser geräumigen Halle auch zwei, drei moderne Fertigungsbänder Platz fänden. Wenn der ganze

Wirbel überhaupt einen Sinn gehabt hatte, dann den, dass ein paar leitende Positionen vielleicht doch neu besetzt würden. Und die wären dann für technische Innovationen möglicherweise aufgeschlossener.

Oben grüßte er in alle Büros hinein und ging dann in sein Zimmer.

Zu viert hatten sie da ihren Arbeitsplatz: der Kleine Horváth, Palágyi, Benkő und er.

Mit Erleichterung stellte er fest, dass auf seinem Platz niemand saß.

Er schüttelte Benkő freundschaftlich die Hand. Und jetzt lächelte auch der Kleine Horváth schon.

Er zog seinen Überrock aus und hängte ihn auf den gemeinschaftlichen hölzernen Wandhaken. Dann kramte er seinen Schlüsselbund hervor, an den er noch daheim die separat aufgehobenen einzelnen Schlüssel gehängt hatte. Er sperrte das Schloss des Metallspinds auf und holte seinen Arbeitskittel heraus, roch daran und zog ihn an. Dann setzte er sich an seinen Schreibtisch, schloss die Schublade auf, zog sie raus und holte Stift und Radiergummi hervor.

Es gab eine strikte Anweisung, Schränke und Schubladen abzuschließen. Sowohl in den Schubladen als auch in den Schränken gab es nichts Besonderes, aber sie waren eine Metallwarenfabrik, ein Betrieb, der Präzisionsgeräte erzeugte, also eine Firma von militärischer Relevanz, deshalb war eine gewisse Wachsamkeit angebracht. Nicht weit von einer echten Waffenschmiede südlich der Hauptstadt führte die Vorortbahn Budapest-Ráckeve vorbei, und seit jeher hieß die Haltestelle dort „Lámpagyár", also Lampenfabrik, aber jedes Mal, wenn die Bahn sich dieser Station näherte, rief der alte Schaffner laut: "Lampistolo!" Trotzdem wurde er nicht von der ÁVO abgeholt.

Sein Tischkalender war unberührt und noch bei der mit dem 15. Oktober beginnenden Woche aufgeschlagen. Er sah durchs Fenster hinaus, der Nordhang des Rosenhügels lag kahl und matschig da. Links unten ragte der Turm der Újlaki-Kirche farblos und schäbig zum Himmel auf.

Im Büro war es kalt, im Sitzen noch unangenehmer als im Stehen. Deshalb trugen die Kollegen Fellwesten. Er zog sich über den Kittel seinen Mantel an und setzte sich wieder.

Dann ließ ihn der neue Direktor kommen.

Auch der neue Parteisekretär saß dabei. Die beiden waren ungefähr gleich alt, an die vierzig, blasse Typen. Er stellte sich vor. Sie lächelten. Boten ihm einen Platz an und erkundigten sich nach seinem Gesundheitszustand. Ihm war nicht ganz klar, ob die mundartlich gefärbte Sprache der beiden nur aufgesetzt oder echt war. Ob sie wirkliche oder nur gespielte Kader aus dem Volk waren. Natürlich gibt es auch unter den Volkskadern viele Begabte, auf jeden Fall. Aber von denen wird nicht so leicht einer Direktor oder Parteisekretär, jedenfalls nicht in mittelgroßen Unternehmen wie diesem. Wo soll man sie hinstecken?

Vielleicht sind die zwei ja ganz in Ordnung.

Das gegenseitige Bekanntmachen war bald erledigt, sie wünschten ihm einen guten Start und vor allem Gesundheit. Sie erhoben sich. Was ist gleich sein Gebiet? Die Planung? Ja richtig, die Planung müssten wir schnellstens wieder im Griff haben. Das Planungsamt wird sicherlich bald anklopfen, auch in den Ministerien dürfte es bald so weit sein … An Plänen werden wir keinen Mangel haben, Sie werden zu tun kriegen.

Auf technischem Gebiet? Entwicklung? Natürlich, ja, man wird sehen. Also dann bis auf Weiteres gute Gesundheit.

Im Speisesaal unten im Erdgeschoss kamen viele an seinen Tisch, gratulierten zur Genesung, gerade so, als hätte er eine besondere Heldentat vollbracht. Die Plakate mit den die Volksdemokratie und die Produktionswettbewerbe preisenden Parolen waren nicht ausgewechselt worden. Zum letzten Mal war es im Sommer '53 zu einer wesentlichen Änderung gekommen, als man auf persönliche Anordnung von Rákosi in allen Betrieben die Rákosi- und Stalin-Bilder abhängte und an ihre Stelle Marx-, Engels- und Lenin-Porträts kamen.

Er saß zusammen mit dem Kleinen Horváth und dem Herrn Ingenieur Benkő an einem Tisch. Zeitweise bedankte sich Benkő statt unseres Helden für die mitfühlenden Nachfragen der Kollegen. Sie lachten. Die Lehrlinge waren laut und bester Stimmung, freuten sich, dass sie das Hammerkopffeilen hinter sich hatten und endlich zu Mittag essen konnten. Sie waren die einzigen in der Betriebshalle, die gearbeitet haben, ihnen hatte man die sinnlosesten Tätigkeiten aufgetragen. In der Durchreiche der Essensausgabe winkte die beleibte Erzsi-Néni ab, als sie hörte, dass er noch keine Essensmarken habe: Ja, ja, ist schon gut, mein Lieber, bis Sie sich wieder welche besorgt haben. Erzsi-Nénis Anwesenheit wirkte ebenso beruhigend auf ihn wie das Schaufenster des Geigenbauers, sie bedeutete für ihn die personifizierte Kontinuität.

Es gab Erbsensuppe und Reisfleisch, nicht das schlechteste Menü, wenn man wochenlang auf so etwas verzichten musste.

Er aß mit einem Anflug von Rührung. Hatte den Eindruck, dass man ihn hier mochte, ihn schätzte. Wie schwierig es manchmal auch gewesen ist, er fühlt sich ganz wohl hier in diesem Kreis. Sind doch alle ganz in Ordnung, anständige Kerle. Sicher, wer hat keine Fehler?

In dem öden Speiseraum war ihm alles und jeder so vertraut, dass ihm durch den Kopf ging: Von diesem kollektiven Ausbruch des Wahnsinns ist hier gar nichts mehr zu merken, also kann es doch nicht so tiefgehend gewesen sein, wenn jetzt wieder alle hier sitzen und keiner dem anderen an die Gurgel geht.

Zwei Tische weiter saß die hübsche Anna Podani, die vor ein paar Jahren auf Betreiben der Gewerkschaft von einer Putzfrau zur Vertrauensperson befördert worden ist. Jahrelang hat sie mit ihm geschäkert, unübersehbar und nur mit ihm. Seit anderthalb Jahren aber gibt sie seltener Zeichen ihrer Bereitschaft, vielleicht hat sich jemand gefunden. Immer noch ist sie eine gut aussehende Person. Aber klar, auf Stallhasen schießt man nicht.

Beim Eingang saß auch die magere, etwas gehässige Frau Salánki von der Arbeitskontrolle und -organisation. Sie war missgünstig und kleinlich, betriebsbedingte Überstunden hat sie ihm nie verrechnet, auch nicht, wenn sie ihr von der Direktion gemeldet wurden, nie ist er von ihr für eine höhere Gehaltsklasse oder eine Prämie vorgeschlagen worden. Er konnte nie herausfinden, warum sie es gerade auf ihn abgesehen hatte, vermutlich ist er von irgendjemandem angeschwärzt worden, und sie hat es geglaubt.

Auch der Anblick von Frau Salánki berührte ihn angenehm, man kann sich anscheinend auch über das Wiedersehen mit einem vertrauten Feind freuen.

Er wusste nicht die Namen sämtlicher Buchhalter und Mitarbeiter des Lohnbüros, kannte viele nur vom Sehen, aber auch über sie freute er sich. Nicht jeder kam zum Essen herunter, die meisten Frauen brachten sich Wurst- oder Käsebrote mit, aßen aus dem Zeitungspapier, der Oberbuchhalter Harkaly sah großzügig darüber hinweg, solange sie ihm die Vorlagen nicht mit Fettflecken verunzierten.

In einem mittleren Betrieb kennt jeder jeden. Heimlichkeiten gibt es so gut wie nie, früher oder später kommt alles ans Licht. Ein Verein wie dieser ist so infantil wie eine Gymnasialklasse, die gesellschaftlichen Gruppen organisieren sich da ebenso nach Kasten wie auf dem Land. Die Kontrolleure mischen sich nicht unter die Dreher und auch nicht unter die Fräser, weil sie eine höhere Klasse repräsentieren. Die Direktionssekretärinnen haben einen Extra-Tisch und setzen sich nicht zu den Arbeitern. Der Chef der Lehrlinge kann am Tisch der Kontrolleure Platz nehmen, aber ihm käme nicht in den Sinn, sich bei den Technikern und Ingenieuren niederzulassen. Man kennt die Grenzen und respektiert sie. Eine wirkliche Revolution wäre es gewesen, wenn auch dieser Kastengeist gefallen wäre, aber das ist er nicht. Also ist im Grunde gar nichts passiert.

Irgendwie abwesend betrachtete er das schäbige Aluminiumtablett mit den abgerundeten Ecken. Wohlwollend wog er das in der Sowjetunion produzierte Besteck in der Hand. In die Griffe von Messer und Gabel war mit kyrillischen Buchstaben „njersch" eingeprägt, soviel konnte er mit den Russisch-Kenntnissen, die er sich in einem Schnellkurs gleich nach dem Krieg angeeignet hatte, lesen. Was das Wort bedeutete, wusste keiner. Auf dem Tisch stand auch ein Krug mit Leitungswasser, er goss es in die geriffelten 2-Dezi-Gläser ein und stieß mit den Kollegen am Tisch an.

Benkő war außer für sein pausenloses Witze-Reißen auch dafür bekannt, dass er stets eine Krawatte trug, ihm hat man das zugestanden.

„Du, wir wissen übrigens, dass auch ihr euch davongemacht habt", verkündete er jetzt mit gestrenger Stimme,

„man hat euch Ende Oktober in Wienerneustadt gesehen. Du schliefst im Lager mit dem ungarisch-deutschen Wörterbuch unterm Kissen, um auch im Schlaf Deutsch zu lernen."

Der Kleine Horváth und Palágyi lachten.

„Wir sagen Dank, dass du uns über Radio Free Europe Grüße geschickt hast! Mehrere von uns haben sie gehört."

„Was habt ihr gehört?"

„Gyula und Kati lassen grüßen und teilen euch mit, dass sie glücklich angekommen sind, dass es ihnen gut geht und dass Matyi schon in der ersten Woche Deutsch gelernt hat. Ein Gruß an alle zu Hause ... Wirklich schön, dass du an uns gedacht hast ..."

„Auch einen musikalischen Gruß hast du gesandt", ergänzte Benkő, „das Lied »Es kommt, wie's kommt« ... Da war es ja auch noch nicht verboten ... wir danken jedenfalls!"

„Ist es denn jetzt verboten?", wunderte sich unser Held.

„Natürlich", sagte Palágyi, „ es ist doch eine jugoslawische Nummer, also destruktiv."

Alle lachten.

„Wir wissen auch", fing Benkő wieder an, „dass ihr es drüben gar nicht gut getroffen habt, einen Job als Straßenkehrer hätte man für dich gehabt. Und ihr seid ziemlich auf den Hund gekommen, so dass ihr Mitte November schon wieder den Rückwärtsgang eingelegt habt."

„Ja, ja, das lässt sich nicht leugnen!", bestätigte unser Held.

„Im Lager sollt ihr so ausgehungert gewesen sein, dass ihr am Stacheldraht geknabbert habt, den ihr vom Grenzzaun als Souvenir mitgenommen hattet, mehrere Zeugen haben das beobachtet."

Der Kleine Horváth wieherte.

„Auf dem Rückweg wurdet ihr in Fertőd aufgegriffen", fuhr Benkő fort, „man konnte nicht begreifen, wieso ihr in entgegengesetzter Richtung unterwegs wart. Da hat man euch kassiert."

„Und wo wurden wir eingelocht?", wollte unser Held wissen.

„In Győr. Von da seid ihr in einer Grünen Minna nach Pest überstellt worden. Und deine Frau hat den ganzen Weg lang, entschuldige, aber das ist die Wahrheit, hysterisch gekreischt. Der eine Polizist, der euch begleitete, muss noch immer in Lipótmező in der Psychiatrie behandelt werden."

„Und unsere Wohnung haben wir zurückgekriegt?", fragte Fátray.

„Man hatte nicht genügend Zeit, sie euch wegzunehmen. Auch hattet ihr die Schlüssel mitgenommen, und als ihr zurückkamt, habt ihr einfach wieder aufgeschlossen. Dem Hausmeister hattet ihr gesagt, ihr wollt zu Verwandten aufs Land fahren."

„Aber wir haben gar keine Verwandten auf dem Land", warf unser Held ein, „in Pest haben wir keine, und im Ausland auch nicht."

„Gesagt habt ihr es aber", erklärte Benkő.

„Und wie konnten wir den Kleinen Horváth bei uns zu Hause empfangen, wenn wir schon jenseits der Landesgrenze waren?", fragte unser Held.

„Ihr habt ihn ja gar nicht empfangen", wusste Benkő. „Der Arme stand vor eurer Tür herum und wurde schon für einen Einbrecher gehalten. Der Vize-Hausmeister hat versucht, ihn mit dem Besen zu verscheuchen, aber er hat sich gewehrt. Da rief der Hausmeister die Polizei."

„Und dann?", fragte der Kleine Horváth.

„Seitdem sitzt du."

Sie lachten.

Wegen der Ausgangssperre konnte die Belegschaft schon nachmittags um drei nach Hause gehen, Arbeit gab es ohnehin keine.

Zu Hause wollte Kati von ihm wissen, wie die neuen Chefs wären.

„Sie rechnen mit mir."

Da in der Firma noch nichts weiter zu tun war, machte er sich Notizen, was der Betrieb in Zukunft alles produzieren könnte, wie sich die Struktur ihres Industriezweigs ändern sollte. Für solche Vorschläge gab es eigentlich keinen Adressaten, und wenn sie doch irgendwo landeten, wurden sie nicht gelesen, aber es war nicht seine Art, untätig herumzusitzen. Er ging auch in die Nachbarzimmer zu den Kollegen, die gleichfalls versuchten, die Zeit irgendwie totzuschlagen. Der Direktor und der Parteisekretär redeten hinter verschlossener Tür miteinander, empfingen die Vertreter des Arbeiterrats und der Gewerkschaft und rannten in der Stadt von einer Konferenz zur nächsten. Von Zeit zu Zeit haben sie die Leute aus der Produktionsabteilung zusammengerufen, um irgendwelche uninteressanten Belanglosigkeiten zu verkünden, unser Held musste oft ein Gähnen unterdrücken, dann schickte man sie bald wieder heim. Nein, die werden nicht die Initiative ergreifen, die warten auf Anordnungen von oben.

Die Streiks flauten allmählich ab, es gab auch schon öfter und in mehreren Bezirken der Stadt Strom, in der Betriebshalle begann man zu heizen, und auch die Lieferung von Material und Ersatzteilen kam in Gang.

Gelegentlich sprach sich herum, dass der eine oder andere nicht erschienen sei. Auch flüsterte man, Makolczai aus der Produktionsabteilung und zwei Leute aus der Dreherei wären abgeholt worden. Nach ein paar Tagen waren sie wieder da, und wenn jemand nachfragte, hieß es, sie wären in Familienangelegenheiten weg gewesen.

Ein paar Tage hat bei ihnen Benkő gefehlt. Als er wiederkam und gefragt wurde, was los war, meinte er: „eigentlich nichts Besonderes". Man habe ihn befragt, aber auf keine Weise insultiert.

Er sah auch nicht so aus, als hätte man ihm irgendetwas getan.

Nur die überregionalen Arbeiterräte wurden verboten, die betrieblichen blieben noch bestehen.

Schließlich berief der Direktor eine Produktionsbesprechung ein. Anwesend waren der Parteisekretär, der Chefingenieur, der Hauptbuchhalter, der Personalchef, der Gewerkschaftssekretär, die Abteilungsleiter, Werkmeister und drei Arbeiterräte. Die Phrasendrescherei ging schon über anderthalb Stunden, als auch unser Held ums Wort bat und kurz erläuterte, welche Vorteile die Einführung von degressiven Normen hätte. Keiner sagte ein zustimmendes oder ablehnendes Wort dazu. Und der Parteisekretär beendete gleich danach die Besprechung, betonte, dass er diese Aussprache für sehr nützlich halte und versprach, alle angesprochenen Probleme sollten überlegt und behandelt werden. Als das Gros der Teilnehmer schon abgezogen war, trat der Direktor zu Fátray, schüttelte ihm die Hand und bedankte sich für seinen Diskussionsbeitrag.

Und unser Held sagte, die Dinge kämen wohl allmählich ins Lot.

Auch Kati ging schon wieder regelmäßig zur Arbeit.

Makrisz, pflegte sie zu sagen.

Agamemnon Makrisz, sprach sie seinen vollen Namen begeistert aus; sein Name war fast der einzige, den man sich unter den vielen hundert Namen von Malern, Bildhauern und Grafikern merken konnte. Schon früher, vor jenen Oktobertagen hatte Kati oft seine lustige Aussprache und die seltsamen Wortverdrehungen nachgemacht, und nach Auflösung des Verbandes der Bildenden Künstler Ungarns – im Oktober wurden alle bisher bestehenden Künstlervereinigungen aufgelöst – hat der zuständige Minister Makrisz zum Kommissar für Bildende Kunst ernannt. Bis zur Neugründung des Landesverbandes ist er allein die Stimme des Präsidiums.

„Eine gute Entscheidung!", schwärmte Kati. „Jeder mag ihn, und auch Makrisz hat ein Herz für die ungarischen Künstler. Er zeigt Mut und ist ein aufrichtiger Mensch. Hat es aber auch leicht, denn er steht über dem ganzen einheimischen Sumpf, ist ein geschätztes Mitglied des Weltfriedensrates, deshalb haben ihn die Franzosen 1951 ausgewiesen."

„Prag oder Pest hat man ihm damals angeboten", erzählte Kati weiter, „von beiden Städten wusste er so gut wie nichts, aber er wählte Budapest, weil es näher bei Griechenland liegt. Sobald dort der Faschismus überwunden ist, geht er nach Hause zurück."

„Und Makrisz hat jetzt vorgeschlagen, dass für die Landesausstellung im nächsten Jahr nicht nur eine, sondern vier Jurys bestellt werden! Das Ministerium und die Parteizentrale unterstützen ihn darin!"

Zerstreut wiegte Fátray den Kopf.

Er ging notgedrungen mit seiner Frau zu den Vernissagen. Ein großes Problem war für ihn die Zuordnung von Bildern oder Skulpturen zu ihren jeweiligen Schöpfern. Es kam vor, dass er sich in einer Ausstellung demselben Künstler mit Bart und großem Hut mehrmals nacheinander vorstellte, und auch bei Glattrasierten und Schnauzbartträgern passierte ihm das. Kati war es oft sehr peinlich, und manchmal stellte sie sich vor ihn hin, um ihn abzuschirmen. Doch sie hielt es für ihre Pflicht, ihn als Familienmitglied überallhin mitzuschleppen.

„Wie sieht denn dieser Makrisz überhaupt aus?"

Kati errötete:

„Ein ziemlicher Riese. Aber sonst nichts Besonderes."

Sie kam regelmäßig spät von der Arbeit beim Fonds für Bildende Künste nach Hause. Als man 1951 Orchestik zusammen mit anderen avantgardistischen Kunstsparten zu einem bourgeoisen Relikt erklärte und verbot und die in diesen Bereichen Tätigen entließ, wurde Kati von der Sektion für Tanzkunst innerhalb des Ministeriums zu den Bildenden Künsten abkommandiert. Das war ihr Glück, denn es hätte schlechtere Alternativen gegeben. Sie hatte zwar bis dahin mit Bildender Kunst nichts zu tun gehabt, stürzte sich aber umso begeisterter auf die Sacharbeit in diesem Bereich, und es gab keine linientreuere Verfechterin von Parteibeschlüssen.

Nagymező-Straße 49 ist ein solides altes Gebäude mit drei hohen Stockwerken ohne Aufzug, das zweite Haus in der Podmaniczky-Straße. Das Büro des Fonds befindet sich im Hochparterre, gegenüber vom Treppenhaus, seine Fenster blicken auf den mit einem Laubengang versehenen Innenhof, dunkle Räume, in denen auch tagsüber das elektrische Licht brennt. Rechts vom Treppenhaus befindet sich der dem Unternehmen der Kunsthalle zur Verfügung stehende Saal, wo jeweils am Freitag die Werke zur offiziellen Begutachtung durch eine Jury eingeliefert werden. Jeden Montag um die Mittagszeit begab sich Kati aus dem Büro in die Nachbarschaft hinüber, dort hatten sich allmählich auch die Künstler, die die Bewertung vorzunehmen hatten, eingefunden. Von den siebzig Berechtigten waren vier oder fünf beauftragt, die gern länger schliefen; ein anderer Sachbearbeiter von der Künstlervereinigung kam ebenfalls dazu, und so begann bei Geplauder, Klatsch und ein paar Schnäpsen die Bewertung der Bilder.

Schlechte Bilder akzeptierten sie kaum, außer wenn sie von einem guten Freund stammten. Wirklich wertvolle Werke wurden selten eingereicht, und man konnte anhand der Bewertung sehen, wie der Stellenwert eines Malers gerade war. Für den Fonds führte Kati das Protokoll. Sie liebte diese Bewertungs-Treffs. Vor solchen Sitzungen lief sie meist noch schnell in die Kaufhalle an der Hold-Gasse hinüber und besorgte von ihrem eigenen Geld Strudel oder ein paar Pogatschen für die Jurymitglieder. Das machte sie bei den Künstlern beliebt. Ein Problem war für sie, dass sie keinen Schnaps trank, so oft man auch versucht hatte, ihr ein Gläschen aufzudrängen.

„Nein", sagte sie jedes Mal düster und entschlossen, und ihre schmalen Lippen wurden zu einem Strich. Das mussten die Herren zur Kenntnis nehmen, aber sie versuchten es immer wieder, vergeblich.

Auf die von der Jury akzeptierten Werke kam ein schöner großer Stempel: „Künstlerisch begutachtet". Am Dienstag folgte die Preisfestsetzung, dann entschieden die Experten des Kunstvertriebs, für welche Bilder sie sofort zahlen und welche sie nur in Kommission nehmen würden. Das aber betraf Kati nicht mehr. Schließlich kamen die Vertreter – raffinierte Burschen, Rummelplatzfotografen, durchtriebene Hausierer, deklassierte Elemente – mit ihren Autos und transportierten alles ab, denn in der Nagymező-Straße fehlte es an Lagerraum, man hatte sowieso kaum noch Platz für die Bilder, die zum Teil für den Privatbedarf angeboten wurden, vor allem auf Märkten in der Provinz. Den Rest diente man den Unternehmen an, die einen Kulturetat hatten und nicht immer wussten, wofür sie ihn verwenden sollten. Am günstigsten war es, sie Mitte Dezember aufzusuchen, denn bis dahin hatte sich meist herausgestellt, dass sie noch eine erkleckliche Summe aus diesem Etat zur Verfügung hatten, die nicht ins nächste Jahr übertragen werden konnte. Das Gros der Werke aber ging an die verstaatlichten Galerien.

Hatte die Jury beschlossen, ein Bild sogleich gegen Barzahlung anzukaufen, weil der Künstler ein Freund, ein guter Genosse oder eben ein guter Ungar war, so bekam der Künstler sein Geld mittwochs an der Kasse. Wurde ein Werk in Kommission genommen, bekam er zunächst nichts. Erst wenn das Bild verkauft war, gab es für ihn Geld. Wichtig waren auch gute Beziehungen des Künstlers zu den Chefs der Galerien, andernfalls konnte das Werk im Magazin verstauben. Wie viel Prozent vom Erlös sie kriegten, weiß man nicht.

Die Preise waren nicht gerade üppig, aber es ließ sich davon leben, wenn einer alle zwei, drei Wochen etwas auf die Leinwand kleckste, was Aussicht hatte, angenommen zu werden. Das große Geld konnte man nur bei öffentlichen Aufträgen machen. Ein Kisfaludy Strobl, ein Pátzay, ein Mikus verdienten mehr als das ganze Zentralkomitee der Partei zusammen.

Viel Staub wurde vor ein paar Jahren aufgewirbelt, als herauskam, dass die Putzfrau nachts im Büro ihre Freier empfing. Denn dieses einst elegante Zinshaus hatte schon der liebe Gott als Freudenhaus geschaffen. Schöne, große Zimmer, viel Platz. Man musste nur einfach eine Decke oder einen Mantel ausbreiten oder nicht einmal das. Wären sich die Zuhälter nicht in die Haare geraten und hätten sie sich nicht gegenseitig angezeigt, das Gewerbe hätte dort noch jahrelang weiter geblüht.

Kati lamentierte: Vielleicht haben die sogar auf ihrem Schreibtisch?!

Weiß der Teufel, was Kati dort bis zum späten Abend treibt. Gut, was soll sie schon treiben, ihre Arbeit macht sie. Es ist nicht gerade ein Mädchentraum, sich dort abzuarbeiten, der Heizer legt ab dem Nachmittag nichts mehr nach, die Wände sind dick, und das Hochparterre wird, weil es nicht unterkellert ist, besonders kalt.

Unser Held ist froh, dass er vom Szépvölgyi-Weg einen schönen Ausblick hat, er kann den Himmel sehen – das ist seine Passion – und am Vormittag scheint, vor allem im Winter, die Sonne bei ihm herein.

Also, vier Jurys werden für die nächste Frühjahrsausstellung die Auswahl treffen, und nicht nur eine wie bisher, erzählte Kati und war davon sehr angetan. Die Parteizentrale hat den Vorschlag von Makrisz unterstützt. Jetzt kann sich niemand mehr beklagen! Jeder wird seine Jury finden wie der Sack seinen Flicken. Auch der neue Abteilungsleiter im Ministerium unterstützt ihn.

Die Frau Berda hat man entlassen.

In der Arbeitsplatzmythologie wurde sie als Gisi geführt, und Kati schwärmte für sie.

Kati war nicht nur ihre Schülerin, sondern ihre Seelenverwandte. Frau Berda freute sich nämlich auch, wenn sie auf einem Gemälde wieder einmal den Genossen Rákosi zu sehen bekam, wie er in einem Weizenfeld strahlend eine Ähre mit den Fingern zerbröselt. Bei einer solchen Gelegenheit versäumte Kati nie zu erwähnen, dass sie das Modell für dieses Bild auch persönlich kannte. 1945 ist Rákosi öfter in die Parteizelle von Újlipótváros gekommen, hat dort sogar persönlich Parteiseminare abgehalten. Dann saß Mátyás Rákosi in dem ebenerdigen Geschäftsraum an der Ecke Tátra-Straße/Sziget-Straße auf dem Tisch und ließ heiter ungezwungen seine kurzen Beinchen baumeln, erzählte vor oder nach dem Vortrag und in der Pause Witze in seinem eigenartig gefärbten Dialekt, er entzückte die Genossinnen mit seinem charmanten Lächeln, obwohl er auch damals schon so aussah, wie man ihn aus seiner bald darauf anbrechenden Zeit als Diktator kennt – glatzköpfig und ohne Hals.

Kati wurde einmal in die Abonyi-Straße zur Privatwohnung von Rákosi geschickt, dieses Erlebnis hat sie bis 1953 immer wieder gern erzählt. Man wollte von ihr wissen, ob er persönlich geöffnet habe. Kati errötete und gestand dann, dass sie damals nicht geklingelt hatte, sondern den Brief nur durch den Briefschlitz in der Tür gleiten ließ.

Gisi, die unbeugsame Kommunistin, hatte Redő, den früheren Leiter des Fachbereichs Bildende Kunst angeschwärzt und zu Fall gebracht; der war zwar auch Kommunist, aber nicht so linientreu, und er zeigte auch eine gewisse Sympathie für die dekadente bürgerliche Kunst. Gisis Lieblingskünstler, die „Kader der Genossin Berda", bekamen häufig Aufträge für Skulpturen an öffentlichen Plätzen, für Reliefs in den Kultursälen von Fabriken und Genossenschaftsbauten, sie lieferten Entwürfe für monumentale Gemälde, Fresken und Mosaiken und bekamen Spitzenhonorare. Mit solchen Aufträgen hatte die wöchentlich tagende Jury nichts zu tun. Gisi nahm von ihren Kadern weder kleine noch größere Geschenke an, sie war unbestechlich, ließ sich strikt nur von Prinzipien leiten. Jetzt hat man Gisi also abgesetzt, an ihre Stelle ist Nóra getreten, aus Rumänien gebürtig, wo jeder auch Französisch spricht, sogar mit Makrisz redet sie Französisch, ein großer Vorteil.

Diese Nóra ist wahrscheinlich hübsch und jung.

„Wie alt ist denn die Nóra?"

„Zweiunddreißig", war die schnelle Antwort.

„Woher weißt du das so genau?"

„Ich habe ihren Lebenslauf gelesen ... sie ist anerkannte Kunstwissenschaftlerin und sie hat gute Verbindungen. Nicht nach oben, aber nach innen! ..."

Kati nickte vielsagend, damit ihr Mann auch begriff; er begriff.

„Jemand hat gesehen, dass sie ihre Kanone sogar ins Ministerium mitnimmt!"

Viele hat man vom Militär oder von der Staatssicherheit in die Kultur versetzt. Manche sind nach unten, andere nach oben gefallen.

Demnach ist Makrisz also vergeben.

„Beschweren kann sich jetzt niemand mehr. Jeder hat die Wahl, kann sein Kunstwerk bei der Jury einreichen, von der er sich das meiste erwartet! Vorsitzender der Jury A ist Rezső Burghardt, der Jury B Aurél Bernáth, von C Domanovszky, und den Vorsitz von Jury D hat Dezső Korniss ..."

Unser Held nickte.

„Korniss! Hast Du gehört?"

„Seltsamer Name ..."

„Ein Abstrakter! Formalist! Und jetzt kann so einer sogar Jury-Vorsitzender werden!

„Aha."

„Die Jury-Mitglieder werden nicht etwa so ausgewählt, dass hier die Abstrakten, dort die Naturalisten sind, sondern die Jurys sind gemischt ... Aber trotzdem ... auch Tihamér Gyarmathy ist Jury-Mitglied. Und Csernus! Andererseits István Tar und Ék und Strobl ... Sarkantyú ... Köpeczi Bócz ... Alles bunt gemischt ... Aber beschweren kann sich jetzt wirklich keiner mehr ..."

Unser Held nickte.

„Ist auch Makrisz in einer Jury?"

„Nein, der ist nirgendwo Mitglied, aber er organisiert das Ganze ... So dass eigentlich er der Chef von allem ist ..."

„Ich hatte schon Sorge, dass man ihn übergangen haben könnte ..."

Kati sah ihren Mann argwöhnisch an, aber er machte ein ernstes, interessiertes Gesicht.

„Und wie ist es bei euch im Betrieb?", fragte sie.

„Eigentlich wie immer."

Den Silvester haben sie im Szent-István-Park bei den Gelbs verbracht, anderthalb Ecken von ihnen entfernt. Géza Gelb ist ein Jugendfreund von Fátray, sie haben aber die Verbindung schon seit Jahren nicht mehr richtig gepflegt, die Frauen können sich nicht ausstehen; auf der Straße sind sie sich gelegentlich über den Weg gelaufen.

Gelb sprang Mitte November kurz zu ihm herein, jemand hatte ihm von der Operation des Freundes erzählt.

„Na Gyuszi, welche Pestilenz hat dich denn jetzt heimgesucht?", begrüßte er ihn kumpelhaft burschikos.

„Nichts Schlimmes, und ich bin auch schon wieder einigermaßen auf den Beinen".

„Wolltest dich wohl auf diese Weise durchmogeln?! Nicht schlecht!"

„Natürlich. Und woher habe ich das schon Mitte Oktober gewusst?"

„Das kennt man doch! Die schnell wirkende tödliche Seuche ins Armesünderhaus einschleppen: nicht schwer zu durchschauen, aber vor allem parteischädigend!"

Gelb setzte sich auf die Bettkante des Freundes und schimpfte, wie es seine Art war, zehn Minuten lang über den Kommunismus. Seither hatten sie sich nicht gesehen.

Sonntags, am Abend des 30. Dezember, rief er an. Da er feststelle, dass sich keiner von ihnen beiden inzwischen davongemacht habe, könnten sie doch morgen zusammen Silvester feiern. Ob sie nicht zu ihnen rüberkommen wollten, um gemeinsam auf den Jahreswechsel anzustoßen? Vorausgesetzt natürlich, dass sie sich die vielen Stunden mit ihnen zumuten wollten. Und tatsächlich musste man sich auf einen langen Abend einstellen: Die Ausgangssperre war auch in der Silvesternacht nicht aufgehoben, vom frühen Abend bis zum Morgen war es verboten, das Haus zu verlassen.

Kati hatte sich auffallend schnell zu dem gemeinsamen Silvester bei Gelbs überreden lassen. Immer wenn sie früher dort waren, jammerte sie ihm hinterher vor, dass sie auch gern im Szent-István-Park wohnen würde. Egal, das wird er ihr eben noch einmal ausreden müssen.

1948 hatte man den Fátrays in der Károly-Légrády-Straße eine abgeteilte Ein-Zimmer-Wohnung mit Diele zugewiesen, und sie freuten sich darüber. 1950 wurde ihr Sohn Matyi geboren, ein Jahr darauf begann in Budapest die Aussiedlung unzuverlässiger Elemente. Da lag ihm Kati dauernd in den Ohren, er solle wenigstens eine um ein Dienstbotenzimmer größere Wohnung beantragen. Darauf wurde ihnen eine Dreizimmerwohnung mit Garten in einer Villa am Rosenhügel angeboten. Kati tobte, weil er sie nicht annehmen wollte.

„Die Pfeilkreuzler sind damals in jüdisches Eigentum eingezogen", hat unser Held geschrien, „wir aber gehen in keine Wohnung, die anderen gehört, das ist der Unterschied!"

„Sie gehört nicht anderen, sie gehört dem Staat!", schrie Kati zurück.

„Dann erst recht nicht!"

„Dein Sohn wächst in einer fensterlosen Diele auf, das stört dich wohl nicht?"

„Er wird auch da aufwachsen! Ich hatte es schlechter!"

Kati war damals bei seinen Eltern in der Szövetség-Gasse gewesen, es hatte ihr kurz den Atem verschlagen.

In die ebenerdige Zimmer-Küche-Wohnung im Hof gelangte man durch die Küche. Sie hatte weder Flur noch Bad oder Klo. Das Fenster des auch als Werkstatt genutzten Zimmers stand selbst im Winter meist offen, da reichte die Kundschaft dem Kürschnermeister Mützen und Handschuhe zur Reparatur hinein, und durchs Fenster wurde auch bezahlt. Es war eine finstere, bedrückende Wohnung, er hat am Küchentisch seine technischen Zeichnungen gemacht, und wenn die Mutter Teig ausrollen wollte, setzte er sich im Türkensitz vor einen umgestülpten Zuber und arbeitete darauf weiter.

In vielen Dingen hat er mit sich reden lassen, in der Wohnungsfrage nicht.

Lange stand er vor dem Spiegel im Flur, wollte sich die Krawatte binden. Er hatte schon lange keine mehr getragen, ging auch jetzt noch mit Jacke und offenem Hemd wie die Jungkommunisten Ende der 40er Jahre, aber Gelbs hätten das vielleicht als ideologische Provokation aufgefasst, also plagte er sich mit dem Knoten, doch der wollte nicht gelingen. Er schloss die Augen, versuchte sich zu erinnern, nicht an den Knoten, sondern an die Handgriffe beim Binden, wie man sie ihm als Gymnasiast beigebracht hatte. Matyi schaltete in der Diele das Radio ein, die Sportereignisse des Jahres wurden gerade gewürdigt, besonders die Erfolge bei der Olympiade.

„Mach doch das Radio aus!", schrie er.

Das Radio verstummte. Plötzlich hatte er die Handbewegung wieder heraus, und der Knoten war gebunden. Er blieb noch kurz vor dem Spiegel stehen, dann trat er in die Diele.

„Jetzt kannst du wieder einschalten, aber nicht so laut."

Trotz blitzte in Matyis Augen auf. Unser Held wünschte sich eigentlich, der Junge würde das Radio nicht wieder einschalten, sollte er sich doch endlich einmal auflehnen, auch jetzt war er gerade ohne Grund angebrüllt worden.

Matyi schaltete den Apparat wieder ein. Es ging immer noch um die olympischen Triumphe der Ungarn, László Papps dritte Goldene wurde gewürdigt, da sie noch glänzender strahlte als die ersten zwei zusammen.

„Ein großer Sportler, der Laci Papp", sagte er versöhnlich.

Matyi sagte nichts.

Was soll aus diesem Jungen werden, wenn er kein bisschen eigenen Willen zeigt?

Sie mussten noch auf Ancsa-Néni warten, die Matyi seit seinem dritten Lebensjahr beaufsichtigte, weil der Kleine sich nicht an den Kindergarten gewöhnen wollte.

Eine nette ältere Dame, sie war Kati von Arbeitskollegen empfohlen worden. Unser Held vermutete, dass sie früher Nonne gewesen sein könnte, doch nicht das fand er problematisch, sondern dass sie als eine Art Dienstbote bei ihnen war, und als Quasi-Vorkämpfer des Kommunismus, für die sie sich hielten, konnten sie eigentlich keine Dienstboten halten.

Kati schnaubte vor Wut:

„Auch andere Kommunisten haben Dienstboten im Haushalt. Und die dürfen das? Die Bonzen? Wieso gilt für uns etwas anderes?! Außerdem ist Ancsa-Néni keine Dienstmagd, sondern eine Kinderfrau! Also eine Art trockene Amme! Wer soll denn bei dem Kind sein, wenn wir beide arbeiten?"

„Aber sie macht auch die Einkäufe für uns, also ist sie ein Dienstbote, was denn sonst!? Wir machen es nicht anders als die Ausbeuter!"

„Wieso Ausbeuter? Bezahlen wir sie denn nicht? Und wer soll den Einkauf besorgen, sag doch? Und wann? Rennst du vielleicht aus dem Betrieb weg auf den Kolosy-Platz zum Markt? Oder soll ich während des Dienstes zum Lehel-Platz gehen, die vollen Taschen ins Büro mitnehmen und bis nachmittags dort abstellen?"

Kati hatte ein anderes Problem mit Ancsa-Néni: Matyi hatte sie lieb gewonnen. Lieber wäre ihr eine gewesen, die er nicht allzu sehr mochte.

Die Gelbs wohnten im zweiten Stock, zwei Zimmer nach Nordwesten in Richtung Margareteninsel und Hármashatár-Berg. Ein sechsstöckiges, langgestrecktes Gebäude direkt vor dem Haus der Gelbs nahm ihnen die Sonne und die Sicht auf die Burg. Wirklich ruhig war auch diese etwas abseits vom Verkehr gelegene Ecke des Parks nicht: Im Winter wie im Sommer hörte man den Lärm der auf der Straße und im Park Fußball spielenden Kinder.

Panni hat in der Diele mit dem schönen Porzellan und dem Silber, das sie von ihren Eltern hatte, den Tisch gedeckt. Sie tat das wegen Kati, die es hasste, weil sie selbst etwas so Schönes nicht hatten. Das gibt es, Klassenunterschiede und Klassenhass.

Unser Held und Gelb hatten sich an der Technischen Universität kennengelernt und angefreundet. Beide spielten gern Schach und versuchten, den sogenannten Rassenschützern aus dem Weg zu gehen. Sie waren nach der teilweisen Rücknahme des Numerus clausus für Juden im ersten Semester und konnten sich glücklich schätzen, trotzdem gingen sie mit gesenktem Kopf und hochgeschlagenem Kragen in die Vorlesungen, wollten nicht auffallen. Gelb war ein baumlanger Bursche und fiel schon wegen seiner Statur auf, die Rassenschützer attackierten ihn mehrere Male.

Miteinander haben sie oft darüber diskutiert, welcher Name ungarischer sei, Géza oder Gyula, aber sie konnten sich nicht entscheiden. Gelb kam aus einem ähnlichen Elend wie er, dennoch wurde er kein Linker, und er fand es nicht gut, dass unser Held mit allerlei verdächtigen Subjekten Ausflüge machte. „Ein Klassenverräter", sagte Kati, nachdem sie ihn kennengelernt hatte. Gelb verhehlte nicht seine Abneigung gegen Bewegungskunst und Ausdruckstanz sowie andere linksverdächtige künstlerische Aktivitäten. „Er spielt gut Schach", verteidigte ihn unser Held ein wenig betrübt und kleinlaut, ihm war es stets ein Anliegen, all jene einander näher zu bringen, die er gern mochte. Kati rührte das wenig, sie hat mit anderen jungen Damen auf der Bühne begeistert ihre Gliedmaßen geschwungen. Der Ausdruckstanz, an dessen welterlösende Bedeutung sie unerschütterlich glaubte, war ihre Leidenschaft. Ferner betrachtete sie es als ihre Aufgabe, den mit den Linken sympathisierenden, aber von seiner kleinbürgerlichen Mentalität gefesselten Herrn Ingenieur zu erziehen, der, weil er als Ingenieur keine Stelle bekam, in der Maschinenfabrik Láng als angelernter Arbeiter beschäftigt war; aus ihm wollte sie einen unerschrockenen Revolutionär machen.

Vorher hatte Gelb bei einer unerfüllten Liebe unseres Helden assistiert. „Ihre Klasse hat sie mir geraubt", zitierte der verliebte Fátray den Dichter Attila József, und Gelb nickte dazu wochenlang zustimmend. Das Mädchen hätte auch Freund Gelb gefallen, aber Lyrik zitierte er nicht, weil er darin nicht so beschlagen war, auch versuchte er nicht, ihr den Hof zu machen, er hielt die Sache für aussichtslos. Das aus Kreisen der Bourgeoisie stammende Mädchen mit den grauen Augen, kurzen Haaren und einem kessen Gesicht, das Skifahren und Schlittschuhlaufen konnte und Tennis spielte, wohnte am Anfang der Pozsonyi-Straße, dann aber wurde sie nicht von ihrer Klasse, sondern von einem jungen Herrn aus Wien geraubt, die beiden gingen vor dem Anschluss Österreichs nach Amerika, und sie ward nicht mehr gesehen. Es waren jene grauen Augen, die die beiden auf den gerade entstehenden Stadtteil Újlipótváros, die Neue Leopoldstadt, aufmerksam machten, so dass sie nach diesem unergründlichen Anstoß des Schicksals auf einigen Umwegen dorthin umgezogen sind.

Gelb hatte den Arbeitsdiensteinsatz an der Front in der Ukraine überlebt, seine Kompanie wurde völlig aufgerieben, ihn ließen die Russen nach anderthalb Jahren frei, doch darüber hat er kaum etwas erzählt. Sein betagter Vater war noch vor dem Krieg gestorben, die Mutter starb während der Belagerung von Budapest an einer Lungenentzündung.

Bei Géza Gelb ist vor allem der Rumpf, speziell der Oberkörper, so lang geraten. Meist trug er Jacketts mit Esterházy-Karo und schwarze oder graue Rollkragenpullover, und er wirkte immer noch so stutzerhaft wie seinerzeit mit achtzehn. Als er sich zu Kati niederbeugte, um sie zu umarmen, stöhnte er: in letzter Zeit quälten ihn Kreuzschmerzen. Unser Held drückte Panni, die kleine schwarze Pumps trug, die Blumen in die Hand.

„Das Kind habe ich bei den Großeltern abgeliefert", sagte Panni. „Ihr könnt so laut sein, wie ihr wollt."

Glückliche Familie, die bei Bedarf gratis einsetzbaren Großeltern leben noch. Pannis Eltern waren in einem

„Geschützten Haus" für Juden davongekommen.

„Wie gut dieser Gyuszi aussieht!", staunte Panni.

„Zehn Jahre kann er ohne Weiteres unterschlagen, nicht wahr? Fantastisch! Er hat noch alle seine Haare und kein einziges graues …"

Kati ließ sich nicht anmerken, dass sie fast explodierte. Sie ging herum, lobte wie immer die Aussicht, die Möbel und die Einteilung der Wohnung, den gedeckten Tisch, nahm sogar einen tiefen Teller in die Hand und schätzte ihn ab; unser Held schämte sich wie immer. Gelb verzog das Gesicht, und Panni erzählte wieder einmal, wer von den Wertgegenständen, die ihre Eltern zur Aufbewahrung bei Ariern deponiert hatten, gar nichts und wer wenigstens etwas zurückerstattet hatte. Seit elf Jahren langweilte sie jeden mit diesen Geschichten.

Panni arbeitete gelegentlich da oder dort. Öfter gelang es Gelb, sie irgendwo in der Verwaltung unterzubringen, wo Panni regelmäßig alle zu Tode beleidigte und nach ein paar Monaten wieder hinausgeekelt wurde. Ihr stand schon ins Gesicht geschrieben, dass sie eine unausstehliche Person war: die aus großen Zähnen bestehende obere Zahnreihe überdeckte die zu vernachlässigende untere völlig, und dazu hatte sie eine große Nase. Gelb heiratete sie auch nicht wegen ihrer Schönheit und ihres Charmes. Aber zu der Zeit war trotz der historischen Umwälzungen noch manches von ihrer Aussteuer vorhanden.

Im Bad gefiel Kati nur der schäbige alte Badeofen nicht, sie haben in der Balzac-Straße denselben; deshalb wollte sie wissen, wann die Gelbs ihn austauschen würden. Inzwischen gab es nämlich schon Wasserboiler, die mit Gas beheizt wurden, man musste nur das Gas von der Küche ins Bad hinüber leiten. Die Erlaubnis dafür war bei der Hausverwaltung einzuholen. Unser Held begriff, dass er nun das Heft des Handelns in die Hand nehmen musste. Gelb war nämlich bei einer der großen Hausverwaltungen beschäftigt; mit ihrer harmlosen Frage nötigte ihn Kati, über Gelb endlich die Verbindung zur Hausverwaltung aufzunehmen, um zu der erforderlichen Erlaubnis zu kommen.

„Für uns lohnt es sich jetzt nicht mehr, den Badeofen auszutauschen", war Gelbs harmlos klingende Reaktion, er tat, als hätte er die Frage nicht verstanden. „Wenn man jetzt wirklich das heiße Thermalwasser von der Margareteninsel herüber leitet, werden wir auch angeschlossen. Und dann ist mit der Heizungs- auch die Warmwasserfrage gelöst."

„Wird vielleicht auch die Balzac-Straße angeschlossen?"

„Das glaube ich nicht."

Der Ladekai von Újpest war schon seit dem Frühjahr von der Margaretenbrücke bis zur Sziget-Straße gesperrt. Auf dem Grünstreifen zwischen beiden Fahrbahnen waren riesige Pfähle eingerammt. Deshalb hatte es auch in dieser Gegend keine Kämpfe gegeben: Die Panzer konnten nicht in das Viertel vordringen, denn hätten sie die Einzäunungen durchbrochen, sie wären von den breit und tief ausgeschachteten Gruben verschlungen worden.

Fátray verheimlichte nicht seine Freude darüber, dass Gelb für die Zukunft optimistische Pläne schmiedete. Demnach war es kein Zufall, dass er und seine Familie nicht in den Westen gegangen waren. Eine Tatsache, über die er sich nicht genug wundern konnte.

Gelb lachte. Er erzählte: Als der Plan aufkam, das Thermalwasser herüber zu leiten, wurden in der ganzen Gegend die Häuser daraufhin untersucht, wie das Leitungssystem geführt werden müsste, und dabei hat sich herausgestellt, dass die Palatinushäuser früher mit

Thermalwasser beheizt wurden, die Rohrleitungen in den Wänden sind noch vorhanden, aber man hat irgendwann einmal die Leitungen zugedreht und sie vergessen. Die unter der Donau verlaufenden Rohre aber findet man nicht, Planzeichnungen gibt es keine mehr, doch bestimmt sind die Rohre noch da. Die Häuser im Szent-István-Park wurden dreißig Jahre später gebaut, da haben die Planer nicht mehr ans Thermalwasser gedacht.

„Die Ingenieure damals in der Monarchie konnten schon Dinge, die man später im verstümmelten Restungarn nicht mehr konnte und die wir heute auch nicht können", meinte Gelb.

Der koschere Fisch in Aspik schmeckte ausgezeichnet, auch die süße Nachspeise aus der berühmten Bären-Konditorei, die Panni bis zum Abend im Eisschrank frisch gehalten hatte. Vom Dessert gab es noch etwas nach, die Damen nahmen einen Likör, die Herren sprachen dem Wein zu. Gelb konnte nicht oft genug hören, dass unser Held ein so unverschämtes Schwein gehabt hatte, denn dem verdankte er es doch, dass er auf seinem schmerzenden Arsch hocken bleiben und keine zweite Eselei begehen konnte. Die erste Eselei hatte darin bestanden, dass er in die Partei eingetreten war. Denn er meinte, wenn Gyula nicht ins Krankenhaus gekommen wäre, hätte er sich gewiss auf der falschen Seite wiedergefunden. Aber welche ist die falsche Seite? Alle beide, das wird sich schon bald herausstellen. Sie lachten.

Die Männer setzten sich jetzt endlich zum Schach. Gelb hatte schon die in poliertes Kirschbaumholz gefasste Schachuhr bereitgestellt. Die Frauen zogen sich zum Plaudern ins Kinderzimmer zurück. Panni setzte sich aufs Kinderbett, Kati zog sich den Kinderstuhl heran, er war ihr nicht zu schmal. Panni, die schon deutlich sichtbar

Speck angesetzt hatte, betrachtete sie nicht ohne Neid.

„Gesund ist diese übertriebene Magerkeit trotzdem nicht", stellte Panni fest. „Apfelkur?"

„Ach, ich esse sogar fetten Speck", gab Kati zurück.

Im Radio erklang, offenbar von einer scheußlich knirschenden Schallplatte, der vertonte Petőfi »Am Dorfrand die Kaschemme«. Gelb stöhnte gequält auf und schaltete das Radio aus.

„Du spielst sicher oft, ich kaum noch ...", sagte er beklommen.

„Jeden zweiten Sonntag", sagte Fátray, „in der Meisterschaftsrunde der städtischen Betriebe ... sonst fast nie ..."

„Hundert Prozent mehr als ich ... an welchem Brett?"

„Am zweiten, dritten, vierten, je nachdem ... an Brett eins haben wir einen, zwar noch ein ganz junger Kerl, aber er hat schon die Meister-Qualifikation. Einer von den TMKs, ihm ist bei uns keiner gewachsen ... Hat auch Barcza im Simultan-Schach geschlagen, als der einmal bei uns war ..."

„Und du?"

„Ich hätte beinahe ein Patt geschafft, aber da standen so viele Kibitze herum, gaben so großartige Ratschläge, dass ich schließlich eine Turm-Schach-Stellung übersehen habe."

„Ein ziemlicher Sauertopf, dieser Barcza", sagte Gelb. „Ich war einmal bei ihm, wir haben seine Wohnung renoviert."

„Ein hartgesottener Calvinist."

„Er hat mich behandelt wie einen Hausmeister. Einen Lakai. Einen Hilfsarbeiter. Gut, Schach spielen kann er besser als ich, na und?! Ich bin Diplom-Ingenieur!"

Unser Held reagierte nicht. Gedeon Barcza arbeitete früher in der Budapester Stadtverwaltung, war später auch Direktor an einem Gymnasium, dazu schrieb er in der Sportzeitung *Népsport* ... Vielleicht ist er ein Reaktionär, aber er kann was, ist vielseitig.

Jetzt fingen sie an, wie früher Blitzschach zu spielen. Nach ein paar Partien schaltete Gelb das Radio wieder ein, Operettenausschnitte wurden gespielt. Unser Held summte unwillkürlich mit und versäumte dabei nicht, mit Schwung auf die Schachuhr zu schlagen.

„Bitte nicht so falsch!", jammerte Gelb, machte seinen Zug und hieb auf die Schachuhr.

„Du weißt ganz gut, dass ich irreparabel unmusikalische Ohren habe", er machte seinen nächsten Zug und schlug wieder auf die Uhr.

„Wie erträgt deine Frau das?", fragte Gelb, zog und knallte auf die Uhr.

„Sie hat auch kein besseres Gehör, Gott sei Dank", summte unser Held, zog und donnerte auf die Schachuhr.

Sie stellten die Figuren erneut auf und drehten die Uhren zurück.

„Kati hätte auch gern gesungen, nicht nur getanzt, aber man hat ihr abgeraten", sagte unser Held, „zum Glück."

Gelb reagierte nicht. Vor zwanzig Jahren hatte er versucht, seinem Freund diese Verbindung auszureden.

„Kann ich das Radio ausschalten?", fragte Gelb.

„Ja,"

Gelb gewann mit 16:13. Bei 13:13 hatte Fátray beschlossen, sich jetzt nicht mehr anzustrengen, schließlich war Gelb der Hausherr.

Zufrieden lehnte sich Gelb zurück.

„Siehst du", sagte er, „ich schlage dich auch blind."

„Was heißt hier blind?!", begehrte unser Held auf.

Früher hatten sie auch Blind-Partien miteinander gespielt, darin war Gelb der Stärkere gewesen.

„Magda hat mich operiert, wusstest du das nicht?", fragte Gelb verwundert.

„Woher sollte ich das wissen, wenn du es mir nicht sagst?!"

Jener Magda Radnót, die in der Zwischenzeit eine berühmte Augenspezialistin geworden war, hatte unser Held Mitte der dreißiger Jahre Gelb vorgestellt, sie haben auch gemeinsam einige Male Ausflüge unternommen, obwohl Gelb weder Kommunist noch Sozialdemokrat war, sondern nur Wander- und Naturfreund. Auch in der Pálvölgyer Tropfsteinhöhle waren sie zusammen, es war eine Riesentour, sie erkundeten auch die gesamte Umgebung. Damals existierten noch Felhéviz und Szentjakabfalva und auch die Ziegelfabrik. Während des Kriegs wurde in der Höhle ein Luftschutzbunker eingerichtet, damit hat man sie zerstört; seit sie wieder zugänglich ist, war er nicht mehr dort.

„Sie hat dich operiert?"

„Ja."

Gelb schilderte ihm den unter dem Mikroskop vorgenommenen Eingriff in allen Einzelheiten, unser Held verspürte dabei ein unangenehmes Kribbeln in den Augen, aber er nahm sich zusammen.

„Fett ist sie geworden", sagte Gelb.

„Wer?"

„Die Magda, aber sie hat goldene Hände. Und was für einen Respekt ihre Kollegen vor ihr haben! Wenn du gesehen hättest, was dort für eine Disziplin herrschte!"

„Gesehen hast du es ja auch nicht, dafür hattest du doch gerade kein Auge."

Gelb lachte.

„Deine allerliebsten Genossen liebedienern bei ihr, wie sie es nicht einmal bei Stalin getan haben."

„Welche von meinen Genossen?"

„Na, die Mitglieder des Zentralkomitees! Ihre Blindheit konnte natürlich auch sie nicht beheben. Magda ist eine ganz wichtige Person geworden! Sie wird die neue Führungs-Crew ebenfalls behandeln ... Die haben es nötig, auch sie werden unter Blindheit leiden ... Magda hat die Klinik wieder auf Vordermann gebracht, westliches Niveau! Da muss schon ein hohes Tier dahinter stehen ... sie ist natürlich Mitglied internationaler Fachorganisationen, reist seit Jahren auch in den Westen ..."

Ein paar Minuten vor Mitternacht schrie Panni laut auf: „Es wird Zeit, den Sekt aufzumachen!" Gelb wurde hektisch, der Korken schoss bis an die Decke.

Im Radio schlug die Uhr Mitternacht. Sie stießen an, die Männer küssten wie üblich ihre Frauen und standen dann feierlich steif da, bis die Hymne verklungen war. Dann gab es internationale Tanzmusik, und Panni nahm in der Diele den Teppich hoch. Unser Held forderte seine Frau zum Tanzen auf, er verspürte jetzt sogar ein wenig Zärtlichkeit für sie, strich ihr übers Haar. Gegen halb vier zogen sie sich zurück, breiteten im Kinderzimmer eine Decke aufs Bett und legten sich in Kleidern hin.

Beim Abschied am Morgen deutete Gelb an, dass er sich freuen würde, wenn ihn jemand in der Fabrik am Szépvölgyi-Weg empfehlen könnte.

Vermutlich hatte er das die ganze Zeit im Kopf gehabt.

Fátray murmelte, ja, ja, natürlich.

Er wunderte sich, dass er noch imstande war, enttäuscht zu sein.

Gelbs Anliegen war natürlich verständlich. Er darf Akten hin- und herschieben, sich mit allerlei blöden Leuten herumstreiten. Zu den wichtigeren Genossen muss er persönlich hingehen, Kritik einstecken, Beschimpfungen ohne Widerrede schlucken, tatsächlich wie ein Lakai. Wasserschäden an Dächern, Leitungsbruch in Wohnungen, ständiger Ärger mit den Handwerkern, Streit mit der

Abteilung für Materialbeschaffung ... Nicht gerade motivierend für einen diplomierten Maschinenbauer, der zwar keine dunklen Flecken in seiner Biografie hat, sehr wohl aber auf seiner Kaderakte.

Trotzdem. Mit jemandem, der einen nichts mehr angeht, einen ungewöhnlich langen Silvester durchstehen, nur um seiner Bitte Nachdruck zu verleihen? Er hätte sein Anliegen ja auch am Telefon vorbringen können. Überflüssig, es im Voraus mit dieser Einladung abzugelten.

Stumm und müde zockelte er nach Hause, und Kati, die Gelbs Bitte auch mitgekriegt und begriffen hatte, dass ihr Mann von seinem früheren Freund mal wieder enttäuscht war, hat mit feinem Gespür und auch mit Rücksicht auf das hoffnungsvoll begonnene neue Jahr ausnahmsweise nur über Panni hergezogen: dass es auf Erden keine langweiligere, beschränktere, reaktionärere Bourgeoise gäbe als die.

Das neue Jahr fing nicht gut an.

Am Dritten klingelte es abends. Eine rothaarige Frau mit verweinten Augen stand vor der Tür, Klára, Sanyikas Mutter von gegenüber, sie jammerte, dass der liebe Gyula ihnen doch helfen solle, ihr Mann sei abgeholt worden, und der habe ja wirklich nichts gemacht.

Die Kinder haben sich angefreundet, als sie noch klein waren, und so auch ihre Eltern zusammengebracht; ein, zwei Mal gab es gegenseitige Einladungen. Sanyika war im Herbst in die Schule an der Sziget-Straße gekommen, die Sprengelgrenze verlief nämlich mitten durch die Balzac-Straße. Im Dezember, als Fátray sich zum ersten Mal mit Matyi auf die Straße hinunter traute, begegneten sie sich. Klára erzählte, dass man ihren Mann im Oktober in den Arbeiterrat gewählt habe, wo er die Krawallmacher beschwichtigen musste, nachdem sie die Führung in die Toiletten eingesperrt hatten: der Direktor und der Parteisekretär konnten unversehrt nach Hause gehen, und auch später wäre nichts mehr passiert, und sie hätten alles gut überstanden.

„Nicht, dass sie ihm auch nur mit einem Wort gedankt hätten", fügte sie damals noch enttäuscht hinzu.

Unser Held bat sie ins Vorzimmer. Kati stand abwehrbereit in der Küchentür. Aus der Diele kam auch Matyi und grüßte vor Schreck viel zu laut, als er die Mutter seines Freundes weinen sah. Die beteuerte immer wieder, dass ihr Mann nichts getan habe, gar nichts, und doch sei er abgeholt worden, und sie weiß nichts von ihm, schon seit zwei Tagen keine Nachricht.

„Aber was könnte ich ...?", fragte Fátray ziemlich ratlos.

Er versuchte, ihr ein Glas Wasser aufzunötigen, aber sie wiederholte nur: Ihr Mann habe immer nur alle beschwichtigt und zurückgehalten, wenn sich jemand zu irgendeiner Gemeinheit hinreißen lassen wollte, und deshalb nehmen die gemeinen Kollegen jetzt Rache an ihm; das alles hätte er sich ersparen können, längst hätten sie von hier weggehen sollen, am besten wäre man schon 1945 fortgegangen, nein, hier hätte man nicht einmal geboren werden sollen.

Klára stand in der offenen Vorzimmertür und hat das fast herausgeschrien, selbst draußen am Gang und auf der Treppe konnte man sie hören.

Unser Held stand wie gelähmt, Kati schwieg und lauerte sprungbereit. Klára war in ihrer Erregung und Verzweiflung die Puste ausgegangen. Sie drehte sich um und verschwand im Treppenhaus.

„Hinein mit dir!", zischte Kati dem Jungen zu.

Sie standen im Vorzimmer, Kati schüttelte empört den Kopf und schnaubte vernehmlich, aber sie sagte nichts. Und auch unser Held schwieg. Derart peinlichen Szenen müsste man aus dem Weg gehen. Alle ihn entschuldigenden Sätze fielen ihm erst nachträglich ein, zum Beispiel, dass er solche Genossen, auf die es ankäme, leider gar nicht kenne; und das stimmte sogar. Kati stürzte in die Diele, und es brach aus ihr heraus:

„Mit diesem blöden Sanyi wirst du dich nicht mehr abgeben!"

Der Vater des kleinen Sanyi hatte einen anständigen Eindruck gemacht, aber man konnte natürlich nicht wissen, wann und was er getan oder nicht getan hat. Selbst wenn man die Möglichkeit hätte, wäre es ein Wahnsinn, sich für jemanden einzusetzen, den man nicht kennt. Aber er hat diese Möglichkeit ja gar nicht. Er kennt wirklich niemanden, der auch nur irgendetwas für einen Verhafteten tun könnte. Aber selbst wenn er einen wüsste, wäre es jetzt nicht gerade ratsam, sich zu erkundigen. Die da oben sind alle noch sehr nervös, und man sollte ihnen vorläufig besser nicht lästig fallen. Die Frau – fast dachte er schon: die Witwe – kann man in ihrer Verzweiflung verstehen, schließlich herrscht Standrecht. Aber auch für die Regierung sollte man Verständnis haben: Sie muss Ordnung schaffen. Zu viele Flugblätter sind noch im Umlauf, und vielerorts wird noch zum Streik aufgerufen; diejenigen, die in jenen Tagen Verbrechen begangen haben, müssen im Interesse des Volkes und des ganzen Landes abgeurteilt werden.

Was für ein unglaubliches Glück, dachte er, dass gegen ihn tatsächlich keinerlei Anschuldigung vorgebracht werden konnte; wenn überhaupt jemand gegen Verdächtigungen gefeit war, dann er.

Aber es ist ja auch Positives geschehen: Er ist in das alle zwei Wochen tagende Beratungsgremium beim Landesplanungsamt berufen worden, wo, wie es heißt, der neue Dreijahresplan diskutiert und vorbereitet werden soll.

Dreijahresplan! Ein ruhmreicher Begriff. Der erste Dreijahresplan galt dem Wiederaufbau des Landes. Und niemand kann behaupten, dass dieser Plan nicht erfolgreich gewesen wäre. Es gibt viele, die sich auch heute noch dafür begeistern können, vermutet unser Held, der es zu Recht für eine große Ehre hält, in dieses hochrangig besetzte Gremium berufen worden zu sein. Denn sein Betrieb hat keineswegs landesweite Bedeutung, und im Allgemeinen sind bei solchen Veranstaltungen nur Führungspersönlichkeiten aus Großbetrieben geladen. Vielleicht haben jetzt allzu viele keine sauberen Hände, und so kommt es zu einem gewissen Mangel an geeigneten Kadern, dachte sich unser Held. Aber er freute sich über diesen unerwarteten Vertrauensbeweis.

Vor der ersten Beratung kamen der Streik in den Csepel-Werken und die Todesopfer zur Sprache. Der Rücktritt des Zentralen Arbeiterrates in Csepel und das Blutvergießen bei der Demonstration wurden ganz unterschiedlich beurteilt. Unser Held äußerte keine Meinung dazu, er hatte keine Informationen, kannte nur die kurze Presseerklärung. Ihm schien, dass dieser Aufruhr in den Csepel-Werken zeitlich mit dem am Sonntag, dem 13. Januar, erlassenen Gesetz des Präsidialrates über Schnellgerichte und die Bildung von Sondergremien mehr oder weniger zusammenfiel, die dergleichen Angelegenheiten verhandeln sollten. Darüber haben die Kollegen aber nicht geredet. Sie waren von dem Gesetz offenbar nicht bedroht, da man sie doch in den Großen Sitzungssaal des

Planungsamtes Ecke Nádor-Straße/Zrínyi-Straße eingeladen hatte, wo der Präsident des Amtes, Árpád Kiss, sie persönlich begrüßte.

Das Gesetz besagt, dass es keiner Anklageschrift bedarf; die Anklage wird vom Staatsanwalt mündlich vorgetragen. Und der kümmert sich auch um die Bestellung von Zeugen und Sachverständigen. Das Strafmaß ist laut dem von Justizminister Dr. Ferenc Nezvál unterzeichneten Wortlaut »in der Regel« die Todesstrafe oder Freiheitsentzug zwischen fünf und fünfzehn Jahren. Wäre das Gewissen unseres Helden auch nur durch irgendetwas belastet gewesen, so hätte er Grund genug gehabt, sich zu fürchten. Aber sein Gewissen war rein. Doch ist ihm immer wieder Sanyikas Papa in den Sinn gekommen, den er ja eigentlich kaum kannte. Der wurde nämlich noch verhaftet, bevor das Gesetz in Kraft getreten war, und vielleicht betraf es ihn dann gar nicht. Vielleicht war er auch schon wieder zu Hause. Wenn er nicht so viel zu tun hätte, könnte er ja mal auf die andere Straßenseite hinüberschauen, um in Erfahrung zu bringen, was aus dem Fall geworden ist.

Die Plauderei zog sich hin. Árpád Kiss erklärte, man warte noch auf Rezső Nyers und Jenő Fock, die von einer Sitzung in der Parteizentrale kommen sollten. In Gesellschaft so wichtiger Persönlichkeiten gibt es immer den einen oder anderen, der sich mit einer guten Geschichte produziert; im Grunde ist es beinahe nebensächlich, was bei einer solchen Sitzung herauskommt, meist sind es nur die Anekdoten, die am Ende hängen bleiben, und weniger die Pläne. Unser Held kam selten in höhere Funktionärskreise, seine Rolle hier bestand darin, als dankbarer Zuhörer an den passenden Stellen zu lachen.

Endlich hasteten Fock und Nyers herein, und Árpád Kiss eröffnete die Sitzung offiziell; dann gab er einem jüngeren, schon früh ziemlich kahl gewordenen, freundlichen Genossen mit Schnurrbart das Wort, der auch die weiteren Sitzungen leiten würde. Dieser Péter Vályi begrüßte die Anwesenden und hatte durchaus etwas Gewinnendes.

Fock gab ein kurzes politisches Statement ab. Überraschend positiv äußerte er sich über die Arbeiterräte. Die Bezirksarbeiterräte waren zwar verboten worden, doch die in den Betrieben sollten auf jeden Fall bestehen bleiben. Er sagte, der Gewerkschaftspräsident, Sándor Gáspár, sei ebenfalls dieser Meinung. Er selbst habe schon im September vorgeschlagen, dass man Arbeiterräte nach jugoslawischem Muster schaffen sollte; auch Genosse Kádár vertrete diese Ansicht. Nyers ergriff dann ebenfalls das Wort: Die Selbstverwaltung würde das jugoslawische Modell nicht eins zu eins übernehmen, doch werde es durchaus als nachahmenswert betrachtet. Jenő Fock sprach auch über das Schicksal der Gruppe um Imre Nagy: Ja, sie habe sich zeitweilig in der jugoslawischen Botschaft aufgehalten, dann aber darum angesucht, in eine ruhigere Gegend umziehen zu dürfen, diesem Wunsch sei die Partei mit Verständnis nachgekommen. Weitere Äußerungen gab es dazu nicht. Zu dem Aufruf auf den illegalen Anschlägen IMW (Im März Wieder) äußerte sich Fock dahingehend, dass die Partei mit eiserner Faust über „die Unversehrtheit unseres Arbeiterstaates" wachen würde, auch beschloss man, dass schnellstens freiwillige bewaffnete Verbände der Arbeiter, also Milizen, aufzustellen seien, denen die Aufrechterhaltung der öffentlichen Ordnung obliegen sollte.

Fock und Nyers zogen sich noch vor dem Ende der Sitzung zurück. Vályi, der die Sitzung leitete, bat dann die Anwesenden, konkrete Vorschläge zu machen. Die Eingeladenen von den Großbetrieben kamen auch mit diesem oder jenem Anliegen. Unser Held hörte sich alles aufmerksam an. Unter den namhaften Volkswirten und den Vertretern großer Fabriken kam auch er sich wichtiger vor als jemals zuvor.

Bei einer weiteren Sitzung Ende Januar meldete er sich schließlich zu Wort. Vályi kannte seinen Namen und erteilte dem Genossen Fátray das Wort.

Ich schlage vor, dass wir die Herstellung von Personenautos in Angriff nehmen, Genossen, sagte unser Held aufgeregt mit roten Ohren. Die Erfahrungen sind da, sowohl bei Ikarusz als auch in der Autofabrik in Csepel. Man sollte vielleicht mit einem Modell wie dem Topolino anfangen, keinesfalls mit einem Zweisitzer oder einem dreirädrigen, umgestalteten Motorrad mit Dach wie dem Messerschmitt-Kabinenroller oder der Isetta. Die Entwicklung geht in eine andere Richtung. Man könnte ihn ja Kleinwagen nennen, damit das Fahrzeug beim RGW nicht gleich Misstrauen weckt. Ferner meine ich, dass gleichzeitig auch die Motorradherstellung weiterentwickelt werden sollte, denn es gibt ja keinen vernünftigen Grund, nicht mit den Tschechen oder den DDR-Kollegen in Wettbewerb zu treten. Erfreulich ist doch auch unser internationaler Erfolg mit der 250er Pannonia; aber es würde sich gewiss lohnen, eine Kategorie höher zu gehen, eine 350er oder sogar eine Maschine mit 500 Kubik zu produzieren. Die Instrumente dafür, so fuhr er fort, könnten sie sogar in seinem Betrieb herstellen, Kilometerzähler würden bei ihnen schon jetzt erzeugt. Nur der Motor wäre noch zu entwickeln, das könnte zunächst einer sein wie der des Spartac von Skoda, also mit etwa 500 Kubikzentimetern, zehn, zwölf PS stark. Dieser selbst zu entwickelnde PKW sollte sich ein Beispiel nehmen an dem, mit dem auch NSU experimentierte; der Hinterradantrieb, den Deutsche und Tschechen favorisierten, sei nicht dumm, er habe technische Vorteile. Und Genossen, wir sollten es jetzt anpacken, denn wenn noch ein, zwei Jahre vergehen, geraten wir ins Hintertreffen, dann lässt sich das Versäumte nicht mehr aufholen.

Die unerwarteten Anregungen unseres Helden wurden mit Schweigen quittiert.

Dann meldete sich als Erster ein Genosse aus der Motorradfabrik Csepel, er unterstützte Fátrays Vorschlag, bemerkte aber dazu, dass schon ein verkleinertes Pendant des Pannonia-Motorrads in Arbeit sei, ein Kraftrad mit 50 Kubik, das den Ansprüchen einer breiten Schicht genügen würde; es ist besser als ein Dongó mit Hilfsmotor und dazu viel billiger als die Pannonia oder die Danubia. Unser Held hörte das mit Missvergnügen, weil er genau in die andere Richtung argumentiert hatte und keine Rückentwicklung gefördert sehen wollte. Aus der Autofabrik Csepel war niemand anwesend, der Vertreter von Ikarusz schüttelte den Kopf: Sie hätten genügend Bestellungen für ihre Autobusse aus China und der Mongolei, das reiche ihnen noch hundert Jahre. Die Chefs der Planungsabteilungen von Hütten- und Bergwerken meldeten sich gar nicht zu Wort.

Árpád Kiss fühlte sich verpflichtet, auch etwas dazu zu sagen, schließlich war er der Präsident des Planungsamtes.

„Ach, das sind doch Träumereien, Genosse Fátray. Auf dem Gebiet waren uns die Tschechen schon immer voraus, und sie werden uns auch in Zukunft voraus sein. Und die DDR bleibt stets bevorzugt, weil sie absoluter Frontstaat ist. Ich bin nicht einmal sicher, dass wir die Motorradproduktion beibehalten können, allem Anschein nach haben sich Jawa und MZ gegen uns verbündet ... Auch die Sowjets strengen sich mit ihrem IZS mächtig an … und die Bruderstaaten sind ebenfalls nicht dafür, dass wir Personenautos produzieren … schon im letzten und vorletzten Jahr haben wir für Ungarn den entsprechenden Wunsch geäußert, fanden aber keine Unterstützung …"

„Ich meine", sagte Fátray und redete sich fast in Rage, „dass man gerade jetzt Druck bei den Sowjets machen könnte. Wenn überhaupt, dann jetzt! Sie werden zu Konzessionen bereit sein, wir müssen unsere Wünsche nur mit mehr Nachdruck vortragen!"

Die Genossen starrten vor sich hin und hüllten sich in tiefes Schweigen, unser Held spürte, dass er übers Ziel hinausgeschossen war. Er empfahl, und so verstanden ihn auch die anderen, dass man die Russen mit Blick auf die Revolution jetzt erpressen sollte.

Gewiss hatten auch andere derlei im Kopf, und es war nicht ausgeschlossen, dass sogar Münnich und Kádár, wenn sie mit den Sowjets verhandelten, etwas in dieser Richtung probierten; aber dies auszusprechen, war nicht opportun.

Péter Vályi lachte laut auf.

„Kein schlechter Vorschlag", sagte er. „Ich habe auch schon einen Namen für dein Auto, lieber Gyula: Es könnte Fatraplan heißen!"

Die Genossen lachten dankbar, und diese Pointe kam besonders gut an: Vályi nahm mit dem Bezug auf die Autos der tschechischen Marke Tatraplan Fátrays Vorschlägen die Schärfe.

Unser Held verspürte gleichzeitig Erleichterung und Zorn.

Er schlenderte über die Akademie-Straße nach Hause. Auch sonst ging er vom Planungsamt zu Fuß heim, aber über die Nádor-Straße.

Nun kam er am Haus Akademie-Straße 12 vorbei.

Hier hatte sich Kati 1948 vor das Auto von Károly Kiss geworfen.

Károly Kiss ist nicht mit Árpád Kiss verwandt. Er war seinerzeit zusammen mit Rákosi inhaftiert, man hatte ihm schon viele hohe Funktionen anvertraut, damals war er Sekretär beim Zentralkomitee der Partei, scheinbar vertraute ihm auch Kádár. Unser Held hatte Károly Kiss noch vor dem Krieg in der sozialistischen Bewegung kennengelernt, bei der besagten Begegnung stellte er sich ihnen mit einem Decknamen vor, und erst nach dem Krieg kam seine wahre Identität heraus.

Fátray war als Chef einer Unterabteilung vom Ministerium für eine Auszeichnung vorgeschlagen worden, und man hatte ihn schon darauf aufmerksam gemacht, dass er sich rechtzeitig einen Anzug besorgen müsse, aber im letzten Augenblick wurde diese Auszeichnung zurückgenommen. Die dazu befugte Institution, das Zentrale Kontrollkomitee, hatte ihn nämlich inzwischen aus der Partei hinausgeworfen.

Unser Held war daraufhin zusammengebrochen. Kati ist, nachdem sie die Nachricht erreicht hatte, von daheim losgelaufen. Wie sich herausstellte, wollte sie in der Akademie-Straße unbedingt mit einem der Chefs reden. Die Wachen ließen sie nicht hinein, sie balgte sich mit ihnen, doch dann beruhigte sich Kati, zog sich zurück und wartete. Es regnete, sie war bis auf die Haut durchnässt, wich aber nicht von der Stelle. Bis Károly Kiss, der Präsident des Zentralen Kontrollkomitees, aus dem Tor trat. Kati ging auf ihn zu und sprach ihn an, aber seine Begleiter drängten sie weg, und Károly Kiss stieg in seinen Wagen. Als der Wagen los fuhr, riss sie sich los und warf sich vor das Auto. Der Fahrer stoppte, und Kati kam mit ein paar Kratzern davon. Kiss, bleich geworden, sprang aus dem

Wagen, und Kati schrie aus vollem Hals, dass man ihren Mann sofort wieder in die Partei aufnehmen solle. Drei Männern gelang es kaum, sie zu bändigen, sie zerrten sie von der Straße, Kati schrie und drohte, der erschrockene Károly Kiss versprach, sich um die Angelegenheit zu kümmern, der Wagen fuhr mit ihm weg, und Kati ließ man erstaunlicherweise laufen. Sie wurde auch nicht zur Verantwortung gezogen, zwei Tage später bekam unser Held sein Mitgliedsbuch zurück, und nicht lange danach berief man ihn in die neugegründete Fabrik in Óbuda. Die Auszeichnung hat er allerdings nicht bekommen.

Erst später erfuhr er, was geschehen war, Kati hatte ihm nichts davon gesagt.

Als er am früheren Gebäude der Parteizentrale vorbeiging, überkam ihn ein unerklärliches Glücksgefühl. Die einstmals hier tätigen eifrigen Genossen waren bereits ins Weiße Haus umgezogen, das zuvor das Innenministerium gewesen war. Und noch früher, nämlich seit dem Herbst 1950, als in der Nähe des Pester Pfeilers der Margaretenbrücke anstelle eines zerbombten Palatinus-Hauses dieses ausnehmend hässliche Gebäude fertiggestellt war, hatte es das Hauptquartier der Staatssicherheit beherbergt. Unser Held fand die Entscheidung bedrohlich, denn es schien, als würde die neue Partei mit der Standortwahl ihrer Zentrale die üble Vergangenheit der gefürchteten Staatssicherheit nachdrücklich mit verantworten wollen. Aber eigentlich ist es ja egal, wo sie sich jetzt eingenistet haben, die Frage ist vielmehr, was sie und wie sie die Dinge in Zukunft regeln. Unser Held ging und ging, kam über die Akademie-Straße schließlich zum Kossuth-Platz und hätte dort am liebsten getanzt.

An einem Nachmittag Ende Januar kam der Parteisekretär zu ihnen ins Zimmer. Jeder legte den Stift hin.

„Servus, Genossen! Servus, Genosse Fátray", sagte er, und noch bevor sich unser Held umdrehen konnte, legte der Parteisekretär ihm seine Hand auf die Schulter. „Bleib doch sitzen, ich sehe, du schreibst gerade, ich will ja gar nicht stören."

„Servus."

„Wie wäre es mit einem Glas Bier nach der Arbeit?"

„Ja klar, warum nicht, Genosse Parteisekretär ..."

„Ervin", sagte der Parteisekretär, „Ervin."

„Wir spazieren hinunter und setzen uns auf ein, zwei Bier irgendwo hinein, bist mein Gast ..."

„Ich bin kein Biertrinker ... maximum einen leichten Gespritzten."

„Gut, auf einen Gespritzten ... Also dann bis später, Gyula!"

„Servus, Genossen!"

Die Genossen murmelten ebenfalls ihr Servus, während der Parteisekretär schon hinausging.

„Ich würde einen Schnaps nehmen, wenn er schon zahlt", meinte Benkő. „Dreifünfzig."

„Mag ich nicht", sagte Fátray.

Der Kleine Horváth und Palágyi gaben keine Ratschläge.

Er ging vom Parteisekretär aus gesehen rechts an der Gehsteigkante. Unser Held fühlte sich peinlich berührt, er war doch nicht die Frau. Sie schlenderten im Dunkeln die Straße hinunter. Der Parteisekretär, ein großer, magerer Mann, schwadronierte über Arbeitseinheiten, derentwegen er Anfang der Fünfzigerjahre Probleme in der ihm anvertrauten Produktionsgenossenschaft bekommen habe, Fátray konnte der Geschichte nur schwer folgen, von Zeit zu Zeit brummelte er etwas, so als würde er die Zusammenhänge kapieren.

Er hatte das Gefühl, dass er jetzt auch etwas sagen sollte.

„Wenn wir uns schon die Zeit nehmen, würde ich gern etwas zur Sprache bringen, nämlich, dass ich in die Partei eintreten möchte."

„Sehr richtig", meinte der Parteisekretär. „Melde deine Kandidatur nur an. Es ist an der Zeit. Ich werde sie unterstützen."

Sie fanden am Rand eines langen Tisches mit tiefen Rissen in der Nähe des Ausschanks Platz. Die Kneipe war nicht geheizt, aber die Temperatur erträglich. Lärm, Tabakrauch, Ausdünstungen, Gestank und der Geruch nach abgestandenem Alkohol. Die lange Bank hatte keine Lehne. Dass sie wegen einseitiger Belastung hochschnappte, war nicht zu befürchten, eng zusammengedrängt saßen noch viele darauf. Unser Held richtete sich auf, streckte seinen Rücken, er hatte an diesem Tag viel gesessen.

„Wirklich nur einen Gespritzten?", fragte der Parteisekretär ungläubig.

„Einen Gespritzten ... aber einen ganz leichten ..."

„Gut, Gyula, wie du willst."

Der Parteisekretär saß selbstzufrieden da, er war am Ziel. Als Gastgeber ließ er seine Blicke schweifen, der stark hervortretende Adamsapfel an seinem dünnen Hals ging auf und nieder. Er lächelte. Das eingefallene Gesicht mit den Bartstoppeln betrachtend, fragte sich unser Held, ob sein Parteisekretär wohl TBC gehabt hatte oder noch bekommen würde, und auch, warum sein langer Schnauzbart so schlaff nach unten zeigte. Ist er so mager, weil er trinkt? Aber Alkohol lässt das Gesicht ja eher aufgedunsen erscheinen. Oder ist dieser verhältnismäßig junge Mensch schon darüber hinaus und im Vorstadium der Auszehrung? Hüpft sein Adamsapfel etwa in Erwartung des Alkohols so?

„Vielleicht einen kleinen Durstmacher?", erkundigte sich der Parteisekretär.

„Nein, wirklich nur einen Gespritzten, ich werde daheim erwartet ..."

„Klar, die Frau! Ist ja auch richtig so. Ohne Frau geht es nicht. Preiswerteste Haushaltshilfe!"

Unser Held brummte nur etwas in sich hinein.

Mit einer heftigen Drehung war der hagere Mann auch schon unterwegs und kam mit dem Bierkrug in der Rechten und einem gelben Getränk in der Linken zurück. Sein Schnauzbart blieb außerhalb, als er den Krug ansetzte.

„Mit Bier stößt kein Ungar an, um die Gläser klingen zu lassen, dennoch auf dein Wohl, Gyula!"

„Zum Wohl ... Ervin ..."

Der Gespritzte war eine miserable Brühe, auch mit viel Wasser vermischt noch sehr kratzig.

„Nun, wie fühlst du dich im Betrieb nach all diesen Änderungen, Gyula?", fragte der Parteisekretär ganz freundlich.

Auf diese Frage war er gut vorbereitet.

Mitte Januar hatte es eine Verhaftungswelle in der Stadt gegeben, er rechnete damit, dass überall eine neue Kaderauslese stattfinden würde und auch er an die Reihe käme. Nach einer gründlich durchdachten Bewertung der politischen Situation hatte er runde, markige Sätze parat und war sich sicher, dass er nichts zu befürchten habe. Wenn überhaupt jemand etwas zu befürchten hatte, dann gewiss nicht er. Aber er konnte wirklich nicht damit rechnen, dass er mitten im Wirtshauslärm seine diplomatisch ausbalancierte, ehrlich anmutende und vielleicht auch gar nicht unehrliche Antwort schreiend vorbringen musste; dabei hat sie nichts Verwerfliches, und jeder kann sie hören.

Trotzdem setzte er, wenn es sich schon so ergeben hatte, an: Wie groß seine Sorge um das Land ist und wie sehr er hofft, dass die Sache des Sozialismus siegreich bleibt, und nun weiß er, die Produktion und der Produktwechsel und die strategische Planung…

Der Parteisekretär hörte kopfnickend zu, brachte dann noch ein Bier und einen Gespritzten, obwohl das Glas mit dem ersten noch halbvoll war. Unser Held reagierte erst, als der Parteisekretär schon wieder zurückkam. Er machte eine abwehrende Handbewegung, aber der Genosse winkte ab.

„Erlaube mir eine diskrete Frage, Gyula …"

„Bitte."

„Sag, Gyula, was ist deine Familie oder was seid ihr? Gräflich? Oder nur adelig?"

„Weder noch", antwortete er nach einer kurzen Pause.

„Aber dieses Ypsilon am Ende deines Namens … Woher hast du das?"

Fátray nickte. Er hatte auch diese Frage erwartet, aber man konnte nie wissen, wann und in welcher Form sie gestellt wurde.

„Ich habe meinen Namen magyarisieren lassen. 1948 wurden mir von den Genossen drei Namen angeboten, die anderen zwei waren, lass mich überlegen … Kárpáti und Kelemen. Ich habe Tátrai gewählt."

„Tátrai? Vorn mit einem T?"

„Tátrai. Mit T, ja. Und mit einem i am Ende. Aber im Innenministerium haben sie sich verschrieben. Aus dem T wurde durch einen Tintenklecks ein F; sie haben sich vertan und es falsch eingetragen. Und ans Ende auch noch das Ypsilon gesetzt. Schlamperei das Ganze. Unaufmerksamkeit. Du kannst dir sicher denken, dass ich keinen Namen mit einer Ypsilon-Endung verlangt habe! Man hätte ihn mir auch nicht gegeben, selbst wenn ich es gewollt hätte! Das war zu der Zeit gar nicht mehr in Mode ... Ich beantragte eine Richtigstellung. Man gab mir zwar Recht, weil dieses Ypsilon natürlich blöd war, aber man sagte mir auch, dann müsste ein neues Gesuch eingereicht und die ganze Prozedur wiederholt werden, und es wäre nicht sicher, dass eine erneute Namensänderung überhaupt durchginge. Dann müsste man ja von Fátray – mit Ypsilon! – eine Namensänderung auf Tátrai ... Und eine zweite Änderung würde erfahrungsgemäß überhaupt nicht bewilligt ... Aber ich könnte nach eigenem Gutdünken verfahren, wenn ich es unbedingt wollte, das hörte sich fast schon wie eine Drohung an ... Obwohl es reine Bürokratie war ... Daraufhin habe ich einfach unterschrieben ... So ist aus mir im Jahr der Wende ein Aristokrat geworden ..."

Der Parteisekretär nickte, aber die Geschichte konnte ihm kein Lächeln entlocken.

„Und was warst du vorher?" fragte er.

„Klein habe ich geheißen."

„Klein hast du geheißen?!", fragte der Parteisekretär ungläubig.

„Ja, Klein, lieber Ervin", antwortete er in etwas schärferem Ton, als eigentlich beabsichtigt. „Gyula Klein."

Wochenlang hat er damals, als man ihm den Fátray angehängt hatte, getobt. Er verdächtigte das gesamte Innenministerium, man habe ihm mit dem ominösen Y absichtlich einen vernichtenden Hieb versetzen wollen. „Meine Feinde, ja, das können nur meine Feinde sein", hatte er sich damals gesagt. Da wäre er doch besser gleich der Klein geblieben. Kati sah die Dinge nüchterner, genauso wie ein paar Monate später nach seinem Rauswurf aus der Partei gelang es ihr, ihn davon zu überzeugen, dass es sich hier wahrscheinlich um eine gewöhnliche Schlamperei gehandelt hatte. Denn welche Feinde sollten das denn sein? Ausgerechnet er. Blödsinn.

„Und bevor du Gyula wurdest?", wollte der Parteisekretär, der ehrlich interessiert schien, wissen.

Fátray bekam einen trockenen Mund, und er nahm jetzt einen Schluck aus dem zweiten Glas.

Der macht sich doch bloß lustig über mich, oder was will er? Er hat doch sicher längst nachsehen lassen, wie ich früher hieß? Will er mich foppen? Und warum?

„Auch vor dem Gyula war ich der Gyula", antwortete er gelassen. „Den Namen haben mir meine Eltern gegeben, mein Vater Rezső Klein und meine Mutter, geborene Janka Klein …"

Der Parteisekretär hob beschwichtigend die Hand, als wolle er sich entschuldigen.

„Der Familienname meiner Frau ist Róna", fuhr unser Held fort. „Ihre Eltern hießen noch Feld. Vielleicht hätte sie sich zu Mezei oder Mező magyarisieren lassen sollen, das hätte besser gepasst, aber Róna gefiel ihr besser … Obwohl es schon viele Róna gibt … Sicherlich auch eine Menge Kati Róna … im Telefonbuch haben wir noch nicht nachgeschaut …"

„Schon gut", sagte Ervin, der Parteisekretär, „ich habe früher Niederwieser geheißen … und nur mit Mühe sind wir damals der Aussiedlung als Ungarndeutsche entgangen … obwohl wir brave Ungarn sind … Und auch ihr könnt ja anständige Ungarn sein … wichtig ist, wie du zur Volksherrschaft stehst … Alles andere zählt nicht …"

Unser Held schwieg. Er hatte schon vielerlei Kommunisten getroffen, ehemalige Pfeilkreuzler, Bourgeoise, übergelaufene Sozialdemokraten. Ehemalige ungarndeutsche Volksbündler sind ihm noch nicht untergekommen, aber warum sollte es nicht auch solche unter ihnen geben.

„Und diese Kleins", fragte Alréti, „was waren die von Beruf, wenn ich fragen darf?"

„Sie waren Kürschner. Und ich bin kleinbürgerlicher Abstammung. Das wolltest du doch wissen? Ein jüdischer Kleinbürger ..."

„Natürlich, das ist die Frage ..."

Dann herrschte Schweigen. Eigentlich war es unmöglich, dass sich der Parteisekretär vor dem Gespräch seine Personalakte nicht angesehen hatte, in der sicherlich auch seine Herkunft beschrieben steht.

Alréti leerte sein zweites Bier.

„Gyula, das hier ist kein Kadergespräch, sondern eine freundschaftliche Einladung. Seit ich hier eingesetzt wurde, hatte ich noch keine Gelegenheit, mich mit dir zu unterhalten. Ich denke, dass es mein Versäumnis war. Gut, es gab ja keine Probleme, aber du bist immerhin ein leitender Mitarbeiter, der im Betrieb Ansehen genießt, auf den man hört, und du hast es verdient, dass die Partei dir besondere Beachtung schenkt. Du weißt, wir sind noch nicht durch, es gibt eine Menge Probleme ... und unsere Feinde werden weiterhin alle Hebel in Bewegung setzen ... wie gesagt, es war mein Versäumnis ... Natürlich gab es auch dringendere Angelegenheiten ... Und mit dir war ja nichts zu regeln, keinerlei Probleme, daran hat es gelegen. Ja, eben daran, dass es bei dir keine Probleme gab! ..."

Unser Held trank den Rest des zweiten Glases aus.

Schwerer, saurer Wirtshausdunst hing in der Luft. Ein leichter Schwindel überkam ihn. Mittags hatte es Grenadiermarsch gegeben, aber bis er in die Kantine kam, war der nicht mehr warm genug gewesen, und er hat die Hälfte stehen lassen. Und die hier haben ihm wahrscheinlich auch keinen leichten, sondern den normalen großen Gespritzten eingeschenkt. Nicht ausgeschlossen, dass sich

Alréti mit dem Wirt abgesprochen hat und der die eingeladenen Delinquenten abfüllt, bevor der Parteisekretär mit ihnen redet. Er fühlte sich etwas unwohl in seiner Haut und schüttelte sich. Doch man soll einen Menschen, über den man gar nichts weiß, nicht verdächtigen.

Hier in diesem Loch wimmelte es nur so von scheußlichen Gestalten; er fand sie körperlich abstoßend. Früher hat er mit den Arbeitern getrunken, und sie haben ihn auf ihre Art auch akzeptiert, obwohl sie ihn spöttisch mit „Herr Ingenieur" titulierten. Diejenigen, die früher Bauern auf dem Land gewesen waren und jetzt Hilfsarbeiter sind, nannten ihn weniger spöttisch, in Anspielung auf den ungarischen Zsellér, den für Tagelohn arbeitenden Kleinhäusler, Herr Inscheller. Er hat Gewissensbisse, weil ihm diese Leute hier widerlich sind, Mitmenschen, die das Schicksal stiefmütterlicher behandelt hat als ihn, die man jetzt die treibende Kraft der Gesellschaft nennt, obwohl sie Menschen sind wie er.

Schrecklich ist dieser Alkohol. Katis Vater, die Abschreckung in Person, ein abscheulicheres Wesen ist kaum vorstellbar, geradezu ein Wunder, dass Kati da einigermaßen normal geblieben ist.

Plötzlich überkam ihn ein Mitteilungsbedürfnis. Nicht diesem uninteressanten Kerl hier wollte er sagen, was zu sagen war, sondern denen weiter oben oder dem System Mitteilung machen, in deren Auftrag dieser Mensch redete – nur damit sie es wissen.

Dieser Mann mit den Silberzähnen vertritt, wie auch immer, die Partei. Und es ist unmöglich, der Partei nicht anzugehören.

So führte er also aus: Bei uns in der Familie war keiner religiös, auf beiden Seiten nicht, sie gingen nicht in die Synagoge, alle, die er kannte und von denen er gesprochen hat, fühlten sich seit Generationen als Ungarn. Alle Charakterfehler, so sie welche hatten, waren seiner Meinung nach typisch ungarische Schwächen und nicht jüdische. Selbstbewusst waren sie nicht, konnten sie gar nicht sein, denn, wie wir wissen, können nur Arbeiter selbstbewusst sein, und sie waren ja keine Arbeiter. Seine Eltern waren private Gewerbetreibende, Kürschner, und sehr arm. Sie haben in einem Loch von Wohnung täglich bis zu achtzehn Stunden gerackert, um ihren Sohn etwas lernen zu lassen. Die Eltern seiner Frau waren Lumpenproletarier, also noch ärmer, ihr Vater war ein Trinker, seine kaputte Leber hat ihn auch ins Grab gebracht, die Mutter musste für andere putzen und waschen. Sie kamen aus einem Dorf in Szabolcs, lebten dann in Újpest im Hof einer Mietskaserne in einer Bude. Sie verstanden auch von bäuerlicher Arbeit nichts, fristeten ihr Leben mit Gelegenheitsarbeiten, Selbstbewusstsein konnten sie nicht entwickeln. Aber auch sie waren schon Ungarn.

Gyula ist kein jüdischer Vorname, einen solchen Namen gaben nur Ungarn ihrem Sohn, und auch nur solche Ungarn, die richtig ungarisch sein wollten, und vielleicht wussten seine Eltern auch etwas über die Bedeutung dieses Namens, denn er bedeutet so viel wie Anführer. Sie wollten unbedingt einen Gebildeten aus ihm machen. Und es ist ihnen gelungen.

Seine Eltern, und das gilt auch für Katis Eltern, hat es empört, und das zu Recht, dass die Propaganda ständig vom jüdischen Reichtum schwadroniert hat, so als ob nicht die Mehrheit der Juden genauso bettelarm wie sie gewesen wäre. Und sie haben die reichen Juden mehr gehasst, als wenn sie Christen gewesen wären. Schierer Hass ist noch kein Klassenbewusstsein, aber man kann ihn zumindest als den Keim dafür betrachten.

Sie, und in dieser Mehrzahl ist seine Frau inbegriffen, haben sich trotz der Verfolgung nie als etwas anderes denn als Ungarn betrachtet. Sie hätten ja 1945 weggehen können, aber daran haben sie nicht im Traum gedacht. Hass oder Rachsucht hegten sie nicht im Herzen, und das sagt er, weil er durchaus Menschen kennt, die solchen Hass in sich trugen und sich deshalb schwer am ungarischen Volk und am Sozialismus vergingen. Aber ein schlechtes Gewissen hat er seit langem, und er ist froh, dass er jetzt einmal darüber reden kann: Den armen Bauern, den Arbeitern gegenüber quält ihn ein schlechtes Gewissen. Dabei hat er sich ihnen gegenüber in keiner Weise etwas zu Schulden kommen lassen, doch ihn ließen seine Eltern in diesem schrecklichen, ausbeuterisch feudalen, kapitalistischen System studieren und es bis zum Diplom bringen. Er hat dieses Diplom zwar nie missbraucht, sich nie angebiedert und falsche Freundschaften gesucht, durfte gar nicht als Diplom-Ingenieur arbeiten, war während der ganzen Horthy-Ära nur angelernter Arbeiter. Doch trotzdem ist zwischen ihm und den richtigen Arbeitern, wie soll er es nennen, eine gewisse Distanz geblieben, und diese Fremdheit, er muss es gestehen, quält und hemmt ihn bis heute.

Seine Eltern waren arm, aber selbstbewusst waren sie nicht. Das sagt er so, weil er ihnen Dank schuldet. Sein Studium mussten sie sich vom Mund absparen. Er ging schon zur Universität, da schlief er immer noch auf dem Diwan vor dem Ehebett der Eltern. Sicher, andere waren noch ärmer, aber dass er bürgerlicher Abstammung wäre, kann man nur mit Einschränkungen behaupten. Auch zwischen Kleinbürgern und Kleinbürgern gibt es, wenn auch keine Klassen-, so doch gewisse Schichtunterschiede. Es gibt so etwas wie proletarische Kleinbürger und bourgeoise Kleinbürger. Der Marxismus wird sicherlich einmal dahin kommen, dass er auch diese Unterscheidung trifft.

Er und seine Frau haben schon in den Dreißigerjahren an illegalen Aktionen teilgenommen, er hatte damals auch im Dreizehnerhaus und im Siebenerhaus Bekannte, ja Freunde; jedenfalls lebten Genossen von ihnen dort; das WC war am Ende des Ganges oder im Hof, die meisten konnten nicht heizen, hatten kein elektrisches Licht und schliefen auf dem Boden. Er gehörte zu den Jugendlichen der Fünfergruppe, ein bekannter Kreis, inzwischen berühmte Leute, sie können es bezeugen. Er hat nach der Befreiung nicht ohne Grund gebeten, dass man seine illegale Parteimitgliedschaft anerkennt, was bis jetzt noch nicht geschehen ist, aber er ist sicher, dass es früher oder später der Fall sein wird, wenn sich die Genossen einmal auch mit solchen Dingen beschäftigen können. Doch er leidet darunter nicht, und es gibt schließlich wichtigere, mutigere Genossen, die auch die Mitgliedschaft noch nicht bekommen haben. Er senkt das Haupt und beklagt sich nicht, weil er sich gefühlsmäßig tatsächlich nie mit den wirklich Armen identifizieren konnte, das muss er zugeben, und er ist froh, dass er der Partei das jetzt beichten kann. Immer ist er zu ihnen auf Distanz gegangen, es gelang ihm nicht, mit ihnen auf derselben Ebene zu agieren, in ihrer Gemeinschaft aufzugehen, zu ihnen zu gehören. Es ist ihm nicht gelungen, hundertprozentig eins zu werden mit ihnen, seine Seele blieb ihnen gegenüber irgendwie zu spröde, auch zu ungeduldig, er konnte nicht über ihre Mängel und Fehler hinwegsehen, das ist die Wahrheit. Aber auch die Arbeiter waren ihm gegenüber zurückhaltend, natürlich hat sein Diplom da eine Rolle gespielt. Selbst seine Frau hat ihn oft einen unverbesserlichen Kleinbürger genannt, was sicher übertrieben war, vielleicht aber auch nicht ganz falsch. Vollständig konnte er seinen Individualismus noch nicht ablegen, doch er hat daran gearbeitet. Aber dies muss er mit sich selbst ausmachen, und das wird er auch tun.

Das war im Grunde das Wesentliche, was er beim zweiten Gespritzten dem Parteisekretär anvertraut hat, der inzwischen sein drittes Bier trank, den Rauch durch die Nase entließ und ernst vor sich hinsah.

Er konnte nicht wissen, was dieser Alréti genannte, hauptberufliche Alkoholiker von ihm dachte, der möglicherweise aus einer besseren Position in einen mittleren Betrieb abgestürzt ist. Möglich, dass er höherrangiger Offizier der ÁVO, also beim Staatsschutz oder auch nur einer ihrer Schläger war. Vielleicht ein aus der Armee entlassener Oberst, der unterschlagen hat. Eine harmlose Seele, wie ihn seine Frau oft herabsetzend nannte, das war unser Held, aber kein krankhaft Naiver.

Möglich, dass sein Parteisekretär die Kleinbürger hasst, die Bürger und alle, die keine Funktionäre sind, und dass er auch die anderen Funktionäre verabscheut. Vielleicht hasst er die Intelligenz, sie verachten und boykottieren ja auch die Ingenieure, Lehrer, Volkswirte nach Kräften und richten dadurch immensen Schaden an, denn ohne seine Intelligenz kann ein Land in der modernen Welt nicht bestehen. Dennoch fand er, dass er es sich schuldig war, ehrlich auszusprechen, wie er denkt.

Nach diesem Monolog war er erleichtert und bat gleich um noch einen Gespritzten, aber das sollte jetzt wirklich „ein leichter aus zwei Dezi Wasser und einem Dezi Wein" sein.

Mit steifem Hals und ebenso steifem Kreuz brachte ihm der Parteisekretär das Getränk. Zündete sich erneut eine

Zigarette an und lächelte, doch dieses Lächeln vermochte unser Held nicht zu deuten. Mit kräftigen Schlucken versenkte der Parteimann sein viertes Bier, das macht inzwischen schon zwölf Forint, unser Held trank den dritten Gespritzten, das waren dreisechzig oder ein Kilo Brot. Es hätte nicht geschadet, inzwischen auch eine Kleinigkeit zu essen, von dem sauren Weinverschnitt wurden ihm die Kehle und der Magen schal, aber der Parteisekretär hätte ihn ja nicht zahlen lassen, also ist er lieber hungrig geblieben.

Der Parteisekretär sagte etwas über Benkő, der ein unverbesserlicher Bürger und Schwätzer sei, und „dich, lieber Gyula, nicht besonders mag". Berichtete auch vom Kleinen Horváth, der ebenfalls viel redet und über jeden ein paar Peinlichkeiten auf Lager hat. „Negatives wusste er auch über dich, aber ich habe gar nicht hingehört." Die Leute von der Gewerkschaft kamen ebenfalls dran; die lästern übereinander und über andere; „die Wahrheit ist, dass du, Gyula, in ihren Kreisen nicht gerade beliebt bist". Nur über den neuen Direktor hat er nichts Negatives gesagt, auf den kam er gar nicht zu sprechen.

Es war ihm nicht angenehm, dass sein Parteisekretär vertrauliche Informationen über die Kollegen weitergab. Er konnte sich auch nur schwer vorstellen, dass der Kleine Horváth ihn angeschwärzt haben sollte. Was hätte der schon über ihn sagen können? Im Betrieb hat er die drei Schritte Distanz immer peinlich eingehalten; wenn sie sich begegneten, begrüßte er ihn zurückhaltend, und nur bei ihnen in der Balzac-Straße, wohin er ihn seit seiner Genesung zwei Mal zum Plaudern begleitet hat, gab er sich etwas vertraulicher. Auch von dem etwas dünkelhaft-zynischen Benkő kann er sich kaum vorstellen, dass er Übles über ihn redet. Aber überhaupt nicht in den Sinn gekommen ist ihm, dass der Parteisekretär auch ihm allerlei gemeine Aussagen in den Mund legen könnte. Dazu war er viel zu gutgläubig, aber in Ordnung fand er es schon nicht, dass er sich all diese Dinge angehört hat.

Ihn schwindelte. Am Kolosy-Platz winkte er ein Taxi heran. Der Parteisekretär stand mit gestrecktem Oberkörper auf dem Gehsteig und winkte mit steifem Unterarm hinter seinem Wagen her.

Nun war geschehen, was kommen musste, er hatte das Kader-Gespräch hinter sich gebracht. Und es war vielleicht nicht einmal so peinlich gewesen, wie er befürchtet hatte.

Das ungute Gefühl holte ihn dann am nächsten Tag ein. Ihm war, als hätte er sich vom Scheitel bis zur Sohle in der Scheiße gewälzt. Und von Tag zu Tag verkrustete der ganze Unflat um ihn herum immer mehr.

Er war bemüht, das alles wieder aus seinem Kopf zu kriegen.

Im Februar und Anfang März fürchteten viele, dass die Parole „Im März Wieder", auf irgendeine Art Wirklichkeit werden könnte, dass es erneut, diesmal aber tatsächlich, zu einem sinnlosen Blutvergießen kommen würde. Es ist nicht passiert, obwohl Radio Free Europe auch weiterhin aufgehetzt hat. Viele hätten gern einen weiteren Aufstand gesehen, auch diejenigen, die sich immer weggeduckt haben. Man munkelte, dass die Ankündigung IMW für „Im März Wieder", also im März fangen wir wieder an, in Wirklichkeit eine Provokation des Staatsschutzes war, um die Hasen aus dem Unterholz zu locken; es wurde auch behauptet, die ÁVH-Schergen hätten schon im September und Oktober vieles angezettelt, vielleicht auch die

Demonstration bei der Technischen Universität und den Sturm auf das Rundfunkgebäude, auf jeden Fall aber das Blutbad vor dem Parlament. Bei dem es offiziell zweiundzwanzig, inoffiziell aber mehrere hundert Tote gab. Doch im März ist gar nichts passiert.

Bis dahin hatte man schon zahlreiche Menschen festgenommen, und jeder hat sich ganz genau überlegt, worauf er sich einlassen würde ... Eine Arbeitermiliz wurde aufgestellt. In den Straßen marschierten bedrohlich Bewaffnete mit Maschinenpistolen und Karabinern auf der Schulter, die bei den Passanten Panikgefühle auslösten. Mit Pistolen ausgerüstete Zivilisten gingen nachts Streife. Und inzwischen hatten die Bergleute ihren Streik beendet. Die beherzteren Führer der Arbeiterräte waren verhaftet worden. Wegen verschiedener tatsächlicher oder angeblicher in den Oktober- und Novembertagen verübter Verbrechen wurden manche von ihnen zum Tode verurteilt und hingerichtet. Die Regierung hatte sich konsolidiert, auch das Wetter wurde besser. Und auf dem Land, wo man, an die vier Jahreszeiten gewöhnt, jeden Frühling freudig begrüßt, hellte sich die Stimmung auf.

Die organisatorischen Vorbereitungen für die große Frühjahrsausstellung liefen auf Hochtouren. Kati brachte täglich neue Nachrichten über den Fortgang des Projekts mit. Sie betrachtete es als große Auszeichnung, dass sie in der Zeit, da die Werke für die Frühjahrsausstellung ausgewählt wurden, statt ihrer allwöchentlichen Protokollarbeit nun in der Großen Kunsthalle sitzen und darüber Buch führen durfte, welche Arbeiten die Sachverständigen der vier Jurys für die Präsentation akzeptierten. Die Vorsitzenden der Jurys mussten Kati die handschriftlichen Listen aushändigen, und sie wiederum hatte zu kontrollieren, ob die Angaben komplett waren: Namen der

Künstler, Titel der Bilder und Skulpturen, die genauen Maße, das Material und alles hielt sie handschriftlich fest, um es später im Büro abzutippen. Wenn etwas fehlte, wies Kati die berühmten Munkácsy- und Kossuth-Preisträger an, sich die Werke nochmals vorzunehmen, die Maße zu kontrollieren, eventuell die Titel auf der Rückseite eines Bildes zu entziffern.

Nicht immer waren sämtliche Mitglieder der Jurys anwesend, aber drei, vier kamen stets zusammen. Um die Mittagszeit begannen sie unter den am rückwärtigen Tor der Kunsthalle eingelieferten Werken auszuwählen, jede Jury tagte in dem Raum, wo die Kunstwerke ausgestellt werden sollten. Mehrere Lagerarbeiter schleppten die Bilder herbei; die großen Skulpturen wurden auf Schubkarren gehoben. Ihren Arbeitstag begann Kati aber in der Stiftung, wo sie ihre Listen abtippte, um elf Uhr dreißig fuhr sie eine Haltestelle mit dem Trolleybus und war dann mit der U-Bahn zehn Minuten später bei der Kunsthalle am Heldenplatz. Ein Exemplar der Listen ließ sie im Büro, die vier Durchschläge lieferte sie bei einer Kollegin in der Kunsthalle ab.

Es wurden auch Bilder von Leuten wie Tihamér Gyarmathy, Endre Bálint, Piroska Szántó, Margit Anna und Lajos Kassák ausgewählt, berichtete Kati die Sensation. „Kassák!" schrie sie geradezu heraus, um den Namen zu betonen. Sie kannten ihn nämlich beide aus den Dreißigerjahren persönlich: Er hat immer Rollkragenpullover oder hochgeschlossene Hemden mit russischem Kragen getragen, und seine Gedichte deklamierte er psalmodierend. Die Bilder, die er malte, bestanden aus Kuben und Rechtecken, sonst war darauf nichts zu sehen.

Unser Held nickte eifrig und gluckste dazu.

In der Frühjahrsausstellung wird auch ein Bild mit dem Titel „Zsuka" ausgestellt sein, erzählte Kati grinsend.

Man habe es ausgewählt, obwohl es kein gutes Bild sei, aber es zeige jene Zsófia Dénes, die noch mit Ady – „stell dir vor! mit Ady!" – ein Verhältnis gehabt hat. Der Maler Szalatnyay, also Szepi, der Leiter des Kreises für Bildende Kunst im Haus des Offizierskorps, hat sie kennengelernt, als er sich 1952 auf eine Wohnungsanzeige bei ihr meldete und ihr Untermieter wurde. Zsuka ließ den jungen Herrn damals wissen, dass sie in ihrer Wohnung keine Damenbesuche dulde. Gut, sagte sich Szepi, empfing keine Damen, dafür aber Herren. Als Zsuka das zu viel wurde, bekehrte sie den jungen Mann, Szepi hat sie geheiratet und himmelt sie an.

Inzwischen ist diese Frau zweiundsiebzig und Szepi zweiundvierzig!

Irgendwie erleichtert hörte sich unser Held all diesen Klatsch an: Kati ist überglücklich, dass sie seit Januar zu Mittag im Fészek-Club der Künstler essen darf, in dem von der Stiftung verwalteten berühmten Restaurant akzeptiert man ihre Essensmarken. Da speisen all die bekannten Sänger, Schauspieler, Tänzer, Regisseure, Verfasser von Liedtexten, allerlei linke Vögel, seelische und geistige Prostituierte, die Creme also, sie spielen Karten und saufen bis zum Morgen. Deren Sache ist nicht das Mittagessen, eher das Essen am Abend gegen zehn, elf.

Wenn der Trolleybus kommt, sind es drei Haltestellen von der Stiftung bis zur Kertész-Straße, aber auch zu Fuß ist man in einer Viertelstunde da.

Mit dem Oberkellner duzt sich Kati, sie kennt ihn noch von Újpest her. Wie ein echter Graf sieht der aus. Da hängen also die von ihren bourgeoisen Ansichten nicht abzubringenden Typen herum, und Kati, die dogmatische Kommunistin, saugt glücklich das Odeur des verrotteten Lebens auf.

So hat sie jedenfalls ein bisschen Spaß. Grund zur Freude gibt es für sie ja sonst nicht viel.

Im Gebäudekomplex des Fészek-Clubs an der Kertész-Straße führte eine teppichbelegte Holztreppe in den ersten Stock hinauf zum Verbandsbüro der Bildenden Künstler. Die Volksdemokratie tat so, als wollte sie diesen Bohème-Treff für die Künstler aufrecht erhalten, sie ließ das Restaurant in Betrieb und verbot auch die bis zum Morgen dauernden Kartenschlachten nicht. Ja, der Fészek-Club durfte sogar auf demokratische Weise einen Vorstand wählen, besetzt zum Beispiel mit Mihály Székely, Tivadar Uray, Tamás Major und ähnlichen prominenten Persönlichkeiten; Präses war Zsigmond Kisfaludy Strobl, Vize der Komponist Ferenc Szabó. Es gab keine Administration und auch keine Telefonnummer. Die Kellner meldeten anderntags die Sprüche des Erzreaktionärs und Spielerkönigs Pál Királyhegyi weiter und auch, wer darüber gelacht hatte. Kati meint, mindestens die Hälfte der Verbandsmitglieder mache Meldung nach oben. Aber was haben sie schon zu melden, dort verkehrt ja nur Bourgeoisie, sagt sie. Und ergänzt: Es ist leichter, mit dem Klassenfeind fertig zu werden, wenn wir ihn an einem Platz konzentrieren.

Sie standen zwischen vielen Berühmtheiten in der Kuppelhalle, es war Dienstag, der zweite April, über seine Frau war auch er zur vorgezogenen Feier an ihrem Arbeitsplatz eingeladen. Mittags hatte er noch in der Reparaturabteilung des Betriebs in der Bulcsú-Straße zu tun gehabt, dort aber war er bald fertig und konnte schon gegen drei beim Fészek-Club sein. Kati erwartete ihn am Eingang, und sie gingen gemeinsam hinein. Im Gebäude dieses berühmten Fészek-Clubs roch es nach Moder, Küchendunst und Fäulnis. Diesen Tempel der Kultur, dachte er, als er der zahlreichen Schmarotzer ansichtig wurde, lohnt es nicht mehr zu säubern, er wird allmählich von allein zusammenfallen.

Die 4.-April-Feier zum Tag der Befreiung wurde am Mittwoch, dem 3., im Betrieb abgehalten. Er konnte nicht oben beim Präsidium sitzen, wurde auch nicht mit einer persönlichen Einladung dazu gebeten, wie in den Jahren zuvor. Unser Held war sich sicher, dass es bloß ein Versehen sein konnte, vielleicht hatte man die neue Sekretärin mit der Organisation beauftragt, und die wusste nicht, dass dem Genossen Fátray ein Platz beim Präsidium zustand, aber es hat ihn gekränkt. Nach außen hin gut gelaunt stand er im Konferenzraum zwischen den zweit- und drittklassigen, aber immer noch bevorzugten Arbeitskollegen, während die langweiligen Festreden gehalten wurden.

Zu der Arbeiterversammlung in Csepel zwei Wochen zuvor hatte man auch von ihrer Fabrik einige Leute delegiert. Zur Delegation zu gehören, galt als Auszeichnung, und einer von ihnen, ein Dreher, hat dann auch zusammengefasst, was in der Festrede gesagt worden ist. Das war keine schwierige Sache, denn die *Népszabadság* druckte ja am nächsten Tag Marosáns Rede im Wortlaut ab, daraus ließen sich problemlos einige Passagen übernehmen. Doch der Dreher hatte an Ort und Stelle eifrig mitgeschrieben, was geredet wurde und wiederholte nicht nur das, was im Parteiorgan stand.

Bei einem Satz rissen alle mit einem Ruck die Köpfe hoch. In der Version des Drehers hatte Marosán nämlich am Ende seiner Rede gesagt:

„Genossen, wir müssen noch sehr fleißig arbeiten, um dahin zu kommen, wo wir heute sind!"

Die oben im Präsidium begannen erst später zu lachen,

aber gelacht haben auch sie, und auf diese Weise kamen Führung und Volk wieder zusammen.

Kádár wagte sich in Csepel noch nicht vors Arbeitervolk, sondern nur vor ausgewählte Parteigremien; anders Marosán, der sich sogar einen Spaß erlaubte!

Möglicherweise hat er sogar die Wahrheit gesagt.

Für den 4. April haben sich die Fátrays drei Tage zuvor im Hotel Duna, das vor allem wegen seiner Küche berühmt war, einen Tisch reservieren lassen. Es war für sie zur Tradition geworden, das Feiertagsmenü entweder dort oder im Kleinen Kuckuck einzunehmen. Das inmitten der kriegsbedingten Baulücken trotzig allein dastehende Duna soll bald abgerissen werden, es muss modernen Hotelbauten Platz machen, die rings um den Pester Pfeiler der Kettenbrücke geplant sind. Schade. Denn bis die neuen Hotels fertig werden, hat sich die Küchenbrigade des Duna längst in alle Himmelsrichtungen verlaufen und findet nie wieder zusammen.

Bei solchen Gelegenheiten hat auch der sonst eher appetitlose Matyi mitgeschmatzt und zum Schluss als Belohnung sein Dreiecks-Tortenstück mit Schlagsahne bekommen. Und sie beide trinken einen doppelten Mokka mit Schlag.

Kati lachte bei Tisch zu laut, sie rutschte aufgeregt auf ihrem Stuhl herum, blätterte auffallend hektisch in der Speisekarte und las Matyi störend laut vor, was es alles gab – der Junge konnte immer noch nicht fließend lesen, sondern nur buchstabierend.

Entweder hat sie oder sie hätte gern einen Liebhaber. Sie ließ sich die Haare wachsen und kaufte sich einen Faltenrock, so ging sie in die Große Kunsthalle. Einen Faltenrock mit Schottenmuster. Man weiß ja, wann sich Frauen einen Faltenrock zulegen. Sie ist mager, hat aber trotzdem mit einer Diät angefangen; ein sicheres Zeichen. Nach langem Grübeln bestellte sie sich jetzt nichts weiter als eine Gemüsesuppe und eine halbe Portion mit Marillenmarmelade gefüllte Palatschinken.

Ihre Brille hatte sie heute nicht dabei.

Als sie Sachbearbeiterin wurde, begann sie, ihre eine halbe Dioptrie starke Brille – runde Gläser mit brauner Hornfassung, die hässlichste, die zu haben war – an Arbeitstagen auch auf der Straße zu tragen. Zog sich an, wie die Sekretärinnen in ungarischen Filmkomödien der Dreißigerjahre: Plissierte Seidenbluse unter dem kleinen Kostüm und Stöckelschuhe. Das war keine der Arbeiterbewegung angemessene Tracht, aber niemand machte eine Bemerkung, legte sich mit ihr an. Ihre spitze Nase wurde noch spitzer, und wenn sie von internen Angelegenheiten redete, setzte sie auch daheim eine resolutere, angespannte, strenge Miene auf.

Neuerdings trägt sie auf der Straße keine Brille mehr und als Arbeitskleidung einen eng anliegenden Pullover zum Faltenrock.

Sie hatten gehofft, dass mit der Geburt des Kindes ihre Ehe in Ordnung kommen würde. Auch mit einem Wohnungstausch hätte man es versuchen können: Etwas zu planen und herumzuwerken kann auch Spannungen lösen. Aber da war ja gerade er dagegen.

Nun ist also die Zeit des Faltenrocks gekommen. Makrisz?

Er blickte durchs Fenster hinaus. Junge Paare schlenderten auf der Flaniermeile vorbei. Vis-à-vis die riesige Ruinensilhouette der Burg.

Kati ist dreiundvierzig, aber eine Frau. Dem Anschein nach sind siebenundvierzig mehr, aber er ist ein Mann. Sie lächelt ihn noch an, wenn sie sich begegnen, die schöne Anna im Betrieb, die von der Putzfrau zur Gewerkschaftsfunktionärin avanciert ist. Auch die Frauen im Sekretariat flirten gern mit ihm, und die Mädchen unten, die Hilfsarbeiterinnen, tuscheln und kichern hinter seinem Rücken. Wenn er im Bus eine Frau anschaut, wendet die den Blick nicht ab. Elvira Török blickt ihn immer noch mit verträumten Augen an und gibt ihm zu verstehen, dass sie jederzeit und unter allen Umständen bereit wäre. Diese Elvira lebt allein in einem Ein-Zimmer-Apartment in der Közraktár-Straße, obwohl man ihr eine schönere, größere Wohnung angeboten hat, sie lehnte ab, ist die puritanische Anhängerin der Bewegung geblieben, die sie in ihrer Jugend in den Dreißigern schon war. Sie kann einem sehr schaden, wenn sie will, arbeitet im Ministerium, das ist ihr Leben, obwohl sie es nur bis zur Sachbearbeiterin gebracht hat. Elvira Török ist hässlich, und es wäre schon ein Wunder, wenn sich jemand an sie herangemacht hätte. Kati und er haben sie in der Arbeiterbewegung als begeisterte Stalinistin kennengelernt; angesichts der Fotografie des Großen Führers im Sarg fiel ihr nur ein: „Er ist immer noch ein so schöner Mann."

Nur auf Elvira Török ist Kati damals nicht eifersüchtig gewesen.

Es ist nicht gerade ein Kompliment, wenn Elvira einen verliebt ansieht, trotzdem mag auch das, wenn die Seele es will, noch eine verheißungsvolle Option für die Zukunft sein.

Matyi drehte sich um und betrachtete andächtig die Kapelle, vor allem den Trompeter. Die Musiker spielten amerikanische Vorkriegsnummern. Der Junge war hingerissen, sein dünner Hals spannte sich.

„Gefällt dir das Instrument?", fragte der Vater.

„Schau, wie es glitzert!", antwortete Matyi begeistert. „Auch das, was aus der Trompete raushängt!"

Der Musiker hatte einen Dämpfer in den Schalltrichter geschoben, damit er den Saal mit seinem Geschmetter nicht zum Platzen brachte. Klar, auch der war auf Hochglanz poliert.

Und dieses hoffnungslos dumme Kind hat mich für immer an seine Mutter gefesselt.

Kati fuhr ihn mit scharfer Stimme an:

„Du wirst Geige spielen und aus!"

Matyi wurde rot und drehte sich wieder zu ihnen, er senkte den Kopf.

Kati vertiefte sich in die Speisekarte, obwohl sie schon bestellt hatten. Mit gesenktem Blick las sie die Karte von vorn bis hinten.

Nach der Jury-Arbeit am Vortag hatte Makrisz sie eingeladen, mit ihm zur Künstler-Siedlung an der Százados-Straße zu fahren. Dort waren verhältnismäßig wenige Werke zu begutachten, und es war noch früh am Nachmittag, Kati errötete und sagte zu. Auf der Dózsa-György-Straße fuhren sie mit dem Trolleybus, vom Népstadion aus gingen sie zu Fuß. Makrisz erzählte ohne Pause, sein lustiges Ungarisch machte ihr Spaß, Kati lachte viel und fühlte sich wie ein Backfisch in seiner Gesellschaft.

Sie gingen durch das Tor der Künstlerkolonie. Am ersten Haus links die Aufschrift: „Die Kunst soll der Form nach national, dem Inhalt nach sozialistisch sein." Der Urheber dieses Spruchs war nicht vermerkt, vermutlich ein wichtiger Genosse in seiner Gesellschaft.

„Hier das Bertalan-Pór-Haus ist", sagte Makrisz. „Alles große Name."

Die Künstler-Kolonie bestand aus lauter einstöckigen Häusern mit großem Grundriss und einem Laubengang davor, laut Makrisz sechzehn an der Zahl. Die kleinen Vorgärten waren nicht eingezäunt, in der Mitte der Kolonie gab es ein Badebassin. Die Fenster und die hohen Dachkonstruktionen erinnerten Kati an die Wekerle-Siedlung, nur hatten hier alle Häuser eine große Grundfläche, und zu jedem gehörte ein mehr als zwei Stock hoher Anbau mit Kassettenfenstern, eine Art gedrungener Turm mit Flachdach, offensichtlich das Atelier. Vermutlich waren diese Häuser für Bildhauer gebaut worden, damit darin selbst Reiterstandbilder Platz fanden. Maler benötigen ja keine so hohen Ateliers.

Die Bäume, die Sträucher waren gepflegt und gleichmäßig beschnitten. Die Wege mit gelbem Kies bedeckt, beiderseits von niedrigen Steinmauern begrenzt. Der Rasen schön kurz gehalten. Rotgestrichene Bänke. Das Ganze wie der Park eines Sanatoriums für Parteifunktionäre.

Makrisz führte sie zu einem der rückwärtigen Häuser.

„Hier wohnen ich und Familie", sagte er.

Er ging voraus, Kati folgte. Eine Frau erschien. Makrisz beugte sich hinunter und küsste sie auf den Mund. Kati verlor beinahe den Boden unter den Füßen.

„Sisi", sagte Makrisz. „Sisi ist mein griechische Frau. Künstlerin und Kommunist, aber sehr! Verwandte alle in Athen, große Kapitalisten!" Er lachte. „Und das ist Kati!", wandte er sich an seine Frau.

Aber sie gingen nicht in Makrisz' Haus, sondern in eins, das neben der Steinmetzwerkstatt stand.

„Essen nur und trinken", erklärte Makrisz. „Bei uns ist Sisi sehr zornig."

In diesem Haus waren eine Menge Leute.

„Wachen auf jetzt erst", sagte Makrisz. „Mittag. Noch immer Frühstück."

Sie wurden mit Wein bewirtet, mit Schinken, Zwiebeln, selbstgebranntem Schnaps. Hier scheint schon Wochen vor dem Termin Ostern zu sein. Wankende Männer, Frauen trugen süßes Gebäck herum, Kinder tobten, hier war Leben, vor allem Gemeinschaft. Kati wurde nicht nach ihrem Namen gefragt. Man stopfte sie wie auf dem Dorf mit Essen und Trinken voll.

Am späten Nachmittag fand sie sich in einem anderen Haus wieder, in Gesellschaft eines großen, bärtigen Mannes mit Glatze, der sich nicht vorgestellt hatte, sie aber auf den ersten Blick um die Hüfte packte und mit einem Arm hochhob, so dass sie schwebte. Der Mann erzählte ausführlich, wie sie den nackten Mädchen heimlich beim Baden zusehen, gleich neben dem Atombunker. Dann setzte er sich, streckte die Hand aus, hielt Kati waagrecht in die Luft, steif wie eine Statue.

„Die Erde ist voller Stalin-Statuen", flüsterte er prophetisch. „Man hat sie vergraben ... sie können wieder hervorkommen ... Werden aufgehen wie der Mais ... Viele kleine Stalins! Mit langen Schnurrbärten!"

Kati zog sich schnell die Bluse aus und legte ihren Faltenrock ab, doch der Mann war inzwischen im Sitzen eingeschlafen. Kati versuchte ihn wachzurütteln, erreichte aber nur, dass der Stuhl umstürzte, der Mann wachte auch am Boden nicht auf. Kati raffte ihre Kleider zusammen und rannte weg, als wäre ein Dieb hinter ihr her. Doch niemand verfolgte sie.

Sie rannte bis zum Ostbahnhof. Inzwischen war sie wieder ziemlich nüchtern geworden. Dort nahm sie den 76er Trolleybus, aber sie stieg nicht am Ende der Csanády-Straße aus, sondern zwei Haltestellen später, trank im Ipoly-Espresso noch zwei doppelte Mokka, damit man den Alkohol nicht mehr roch. Große, starke Burschen soffen dort im Stehen Kognak neben ihr, Fußballspieler.

Ihr Mann lag schon im Bett, las die Zeitung und war, während Kati duschte, auch schon eingeschlafen, sie musste nichts mehr erklären.

Diese Bildhauer, ja, die wissen zu leben. Es wäre nicht schlecht, immer dort bei denen zu sein, in dieser fantastischen Kolonie. Sie kümmern sich um keine bürgerliche Moral, Tageszeit, Regeln, wenn ihnen danach ist, saufen sie schon am Morgen. Freie Menschen.

Ihr Mann ist ein unverbesserlicher Kleinbürger, in ihrer Verbindung war immer sie, die Frau, die Stärkere, die ideologisch Reifere, die Kommunistischere. Sie hat ihn in die Bewegung eingeführt. Dachte, er hätte eine gute Substanz. Das war ein Irrtum.

Sie hatte Gewissensbisse, aber nicht, weil sie ihn betrügen wollte, wenn es geklappt hätte, sondern weil sie ihr ganzes Leben mit ihm würde irgendwie weiterfristen müssen, mit einem so hoffnungslosen Weichling. Er ist eine Last für sie, dieser fantasielose Langweiler, sie kann ihre Fähigkeiten, die noch immer in ihr schlummern, nicht entfalten. Dabei hat sie diese Fähigkeiten, hatte sie immer. Hätte sie nicht für andere opfern dürfen. Ihr Mann wollte Kinder, aber er kümmert sich nicht um den Jungen, war noch kein einziges Mal bei einer Elternversammlung, ein miserabler Vater. Die Frau eines Bildhauers sein, das wäre etwas anderes. Die Kinder rennen dort barfuß und nur in Hemdchen herum, wie die Zigeunerkinder, sitzen mit nacktem Arsch auf dem Boden, niemand kümmert es, trotzdem geht es ihnen gut.

Auch sie selbst könnte Bildhauerin sein. Es ist keine große Sache: Brauchst nur die Lehmklumpen auf den Rahmen aus Draht zu schmeißen und dann mit den Fingern verarbeiten, so wie du Teig knetest, sie hat es dort in der Siedlung gesehen, das Schnitzen und das Gießen erledigt dann jemand anderes. Sie kassieren unglaubliche Summen für eine solche Statue. Alle zwei, drei Jahre machen sie eine, und zwischendurch lassen sie die Beine baumeln.

Sie sah von der Speisekarte hoch.

„Die Einleitung steht jetzt!", sagte sie lebhaft plaudernd.

„Was für eine Einleitung?"

„Für unseren Katalog. Es war auch höchste Zeit. Er sollte längst in der Druckerei sein!"

„Ja."

„Ich habe Makrisz gesagt, dass er jetzt Dampf machen muss, aber ihn interessiert die Druckerei nicht, er hat abgewinkt und nur gelacht."

Makrisz, natürlich.

Sie redet, als würde sie seinen Vornamen sagen, obwohl er doch Agamemnon heißt, aber das wäre zu lang und hört sich nicht so vertraulich an.

„Wo hätte er denn Dampf machen können?"

„In der Parteizentrale. Diese Ausstellung muss doch irgendwie begründet werden ... vier Jurys! Das heißt doch Zweifel an der Lenkung durch die Partei haben, oder?!"

„Schon", sagte unser Held.

„ Jetzt, wo dieser Gyula, der Kállai, Minister geworden ist, nominell ist er ja Abteilungsleiter in der Parteizentrale geblieben, aber er kann nicht gleichzeitig auf zwei Posten sein ... Man hat sich Zeit gelassen mit dem Text ... möglich, dass sie ihn im Ministerium geschrieben haben ... Ich habe GÖP gefragt, ob er vielleicht die Einleitung schreibt, aber er hat verneint ... Die Irén von der Kunsthalle, du weißt, das ist die, die den Katalog redigiert, sie ist schon völlig aus dem Häuschen ..."

„Die Arme", sagte unser Held.

„Makrisz wird nie richtig Ungarisch lernen, GÖP übersetzt ihn vom Ungarischen ins Ungarische. Pátzay hatte sich während des Streits gerade in Richtung Ausgang davongestohlen, als ihm Makrisz nachrief: »Auf Englisch?!

Auf Englisch?!« Wir verstanden nicht, was er sagen wollte, aber GÖP hat es uns erklärt: Er sagt, dass Makrisz seiner Meinung nach fragen wollte »Entfernst du dich auf die englische Art?«."

Kati lachte. Unser Held beschloss, ebenfalls zu lächeln.

Auch über die weiteren Informationen lächelte er. Dass die Maler und Bildhauer da herumsitzen und sitzen, stundenlang diskutieren, kreischen, röcheln und ihre Schützlinge loben, ihnen nicht genehme Künstler aber abqualifizieren. In allen vier Jurys hocken Leute, die glauben, jetzt ganz wichtig zu sein, während sie aus der Flut von Kitsch und indiskutablem Mist Kunst auswählen und küren sollen. Die Kunsthalle ist schon übervoll, die völlig hoffnungslosen Stücke werden in die Telepes-Straße gekarrt, dort lagert man alles ein; sie haben für den Zweck sogar eigens Lastwagen gemietet, denn in Budapest machen jetzt so viele Kunst, jeder formt etwas aus Ton, hofft, entdeckt zu werden, es gibt ja keine Maßstäbe für das, was gut und was schlecht ist.

„Du, was heißt denn GÖP?", fragte unser Held.

Der Junge sah hoch und lachte laut.

„GÖP!", sagte er. „GÖP!"

Kati verstummte. Denn sie hatte es ihm schon unzählige Male gesagt. Sie seufzte.

„Gábor Ödön Pogány", sagte sie, „Kunsthistoriker. Jetzt ist er stellvertretender Direktor vom Museum der Schönen Künste ... Möglich, dass er Direktor der Galerie wird ... Ein guter Kopf ... mit großem Einfluss ..."

Also die Einleitung sei jetzt fertig. Makrisz habe sie auch unterschrieben, obwohl er sie gar nicht so richtig gelesen hat. Er tut sich ja schwer mit der ungarischen Amtssprache, aber GÖP sagt, dass keiner unterschreiben wird, so dass diese Einleitung ohne Verfassernamen erscheint.

„Dann weiß man wenigstens, dass es sich um einen Beschluss der Partei handelt", bemerkte unser Held.

Kati schüttelte den Kopf: Der Text enthält doch revisionistische Aussagen, kann also gar kein Beschluss der Partei sein.

Sie habe sich einige Sätze daraus aufgeschrieben, es würde sich lohnen, sie vorzulesen.

„Natürlich, dann lies sie doch vor", sagte unser Held ergeben.

Kati holte ein paar zusammengefaltete Blätter aus ihrer Tasche, strich sie glatt, suchte die entsprechenden Stellen und las sie vor:

„ » … eine von unseren Künstlern selbst organisierte Kunstausstellung, in der jede aktuelle und vorwärts weisende Richtung ihren Platz erhielt …« "

Unser Held sah bedeutungsvoll auf und ließ ein wohlwollendes Brummen vernehmen. Und wo ist hier das Problem?

Kati fuhr fort.

„ » … ohne kleinliche Vorbehalte und das falsche Signal einer einheitlichen Bildenden Kunst bietet unsere mutige neue Kulturpolitik den Künstlern die Gelegenheit …« "

„Hm", äußerte unser Held.

„ »… zwischen den beiden Extremen, den sogenannten Naturalisten und den Abstrakten ist eine reiche, vielgestaltige Skala der Ausdrucksmöglichkeiten zu erkennen … falsche Vereinfachungen macht sich unsere Kunstpolitik nicht zu Eigen. Sie verschweigt nicht, dass sie mit den künstlerischen Praktiken der Abstrakten nicht übereinstimmt, gibt aber doch ihren Experimenten Raum. In der Auseinandersetzung um die Kunst sind Verbote keine Argumente. Dieser Erkenntnis wird mit der Ausstellung Rechnung getragen.« "

Triumphierend legte Kati die Blätter auf den Tisch.

„Das ist in der Tat ein starkes Stück: »Verbote sind keine Argumente in der Auseinandersetzung um die Kunst.«"

„Das wäre, auch wenn Makrisz unterschrieben hätte", bemerkte unser Held, „ein Beschluss der Partei gewesen".

„Ein Parteibeschluss über den Verzicht auf Lenkung durch die Partei?!"

Kati war empört.

„Wieso? Hat man denn nicht eine ganze Reihe Schriftsteller verhaftet?", fragte unser Held. „Die Verhaftungen gelten doch als Parteibeschlüsse oder nicht? ... Ein verhältnismäßig starkes Argument ..."

„Schrei doch nicht so! Kein Bildender Künstler ist verhaftet worden."

„Weil die das Maul nicht so weit aufgerissen haben."

Er wollte es nicht aussprechen, dass man mit einem Gemälde oder einer Kleinplastik keine zündende Wirkung erzielen kann, denn Kati wäre imstande, im Namen der gesamten Bildenden Kunst beleidigt zu sein.

Der Ehemann überlegte, wieso seine Frau sich diese schrecklich klingenden Passagen wohl herausgeschrieben hatte. Sie wird doch nicht wegen dieses Vorworts bei der Parteizentrale Meldung machen wollen, wo es doch auf deren Geheiß hin geschrieben worden ist.

Man brachte die Suppe.

D as Wetter war trüb und kühl an diesem Samstag, dem 20. April. Er saß in der Fabrik an seinem Schreibtisch, hatte die *Népszabadság* des Tages und zwei frühere Nummern der Tageszeitung vor sich liegen, ebenso das aufgeschlagene Papierschach mit den Figuren darauf. Die meisten Figuren steckten in der Randleiste, die für geschlagene Figuren vorgesehen ist, der Stand auf dem Brett zeigte ein Endspiel.

Draußen regnete es, die Tropfen prasselten auch ans Fenster, die Wolken hingen tief und verdeckten, als sie sich ineinander schoben, den oberen Teil des gegenüberliegenden Rosenhügels.

Er war allein im Büro. Der Kleine Horváth war mit seinen Eltern aufs Land gefahren, Palágyi besuchte mit Braut die Schwiegereltern in Győr, und Benkő hatte gesagt, er wolle mit seinen Neffen für ein paar Tage auf eine Berghütte fahren und sich den Tag frei nehmen. Es wäre auch für ihn nicht schlecht gewesen, sich heute frei zu nehmen. Der einzige Unterschied zwischen Juden und Ungarn aber ist: dass Letztere Verwandte haben, zu denen sie fahren können.

An Samstagen wurde von der Vormittagsschicht durchgearbeitet, die Nachmittagsschicht fing gar nicht mehr an. Theoretisch dauerte auch in der Führungsebene die Arbeitszeit von halb acht bis vier wie an den Wochentagen, dazwischen die halbstündige Mittagspause, aber in der Praxis ist gegen zwei schon jeder heimgegangen. In der Presse zog sich die Pseudo-Diskussion um die Vor- und Nachteile der Fünf-Tage-Woche schon eine Weile hin, und die Entscheidung hieß schließlich, dass die Sechstage-Arbeitswoche die bessere Lösung sei.

An diesem Samstag schlenderten in dem würfelförmigen Direktionsgebäude weniger Leute umher als sonst, weil der nächste Tag Ostersonntag und auch der Ostermontag noch arbeitsfrei waren. Vielleicht hat der Aufstand doch so viel gebracht, dass Ostern nun ein staatlicher Feiertag ist, was es nicht in allen, ja nicht einmal in den bigott katholischen Ländern ist. Wer eben konnte, nahm sich auch den Samstag frei, bekam so einen Dreieinhalb-Tage-Urlaub zusammen und machte sich schon Freitagmittag davon; eben das haben, in Absprache mit dem Chef, viele getan. Auch die Vorgesetzten machten keine Ausnahme und gingen davon aus, dass sie die paar Stunden am Freitag und den Samstag irgendwann schon wieder einbringen würden.

Am Morgen, nachdem unser Held aufgestanden war, krabbelte auch Kati aus dem Bett, denn mittags sollte die feierliche Eröffnung der Frühjahrsausstellung stattfinden. Mit dem Trolleybus dauert es eine halbe Stunde bis zur Kunsthalle, aber Kati wollte früher da sein. Vor solchen Ereignissen pflegte sie ihre Haare zu waschen und sich die Nägel zu lackieren, was neuerdings von den Personalleitungen nicht mehr beanstandet wurde, ja es gehörte langsam schon zum gewünschten Erscheinungsbild; auch das hatte dieser Oktober gebracht, genauso wie die schon vor ihrer Eröffnung landesweit gerühmte gemeinsame Kunstausstellung von Naturalisten und Abstrakten.

Auch Matyi musste seine Sonntagskleider anziehen, in den letzten zwei Schulstunden feiern sie in der Schule den 87. Geburtstag von Lenin, im Schulhof, wenn's das Wetter erlaubt. Bei Regen wird die Feier in die Turnhalle verlegt, allerdings nur für ausgewählte, denn für alle Schüler reicht der Platz nicht. Dreiviertel der Klassen verfolgen die Feier dann am Schulradio.

Abends kommt die Ancsa-Néni zu ihnen, denn sie haben Karten für den Bartók-Saal. Das Ensemble des Theaters Győr spielt ein italienisches Stück, und sie haben sich Plätze reservieren lassen. Auch Ferenc Kiss spielt mit, er war unter den Pfeilkreuzlern Vorsitzender der Kammer der Bühnenkünstler, wenigstens eine Zeitlang hat er gesessen. Regie führt Gábor Földes, ein alter Bekannter von ihnen, Jude und Kommunist. Ja, so ist dieses Land.

Er saß an seinem Schreibtisch und grübelte über das Schicksal des Landes; eigentlich wäre die Vierteljahresmeldung fällig, aber die Datenlieferanten waren noch säumig. Er hatte vor, eine Aktennotiz zu formulieren, wenn es auf seine Empfehlungen im Planungsrat kein Echo gibt. Er hatte sich nicht mehr zu Wort gemeldet, saß nur noch stumm da zwischen den vielen Weisen und Klugen. Seine Eingabe wird er einem der Zuständigen schicken, eventuell dem sympathischen Péter Vályi. Vielleicht lässt man sich doch den einen oder anderen Gesichtspunkt durch den Kopf gehen, obwohl man das schon früher hätte tun müssen. Damals, als auch er noch nicht ganz klar gesehen hat, dass die Sache des Sozialismus' und des Landes – beides ist voneinander nicht zu trennen, wie er glaubt – für Jahrzehnte verloren ist. Daran ändert auch diese große Frühjahrsausstellung nichts. Obwohl sich seitdem herausgestellt hat: Die Kolonialmacht bringt beträchtliche Opfer dafür, dass sie ihre Kolonie behalten und befrieden kann – und zwar zur Sicherung des Friedens in den übrigen Kolonien. Es ist nicht mehr so selbstverständlich, dass das Geld und die billige Ware zur Kolonialmacht fließen, die Richtung kann sich durchaus auch einmal umkehren. Sich eine Kolonie zu halten, ist nicht unbedingt empfehlenswert und nicht immer lohnend, man kann daran auch zugrundegehen.

Einen Kredit von 750 Millionen Rubel mit zehnjähriger Laufzeit zu einem Zinssatz von 2 Prozent hat Ungarn nach der Niederschlagung des Aufstands von der Sowjetunion bekommen, und die Rückzahlung beginnt erst 1961; eine Milliarde Forint Schulden haben uns die Sowjets erlassen. Darüber, wann Ungarns Wiedergutmachung nach dem Zweiten Weltkrieg abgeleistet war, was alles und wie viel den Sowjets geliefert werden musste, erfuhr man nichts; auch gibt es keine genauen Informationen darüber, welchen Wert die ungarischen Betriebe hatten, die die Deutschen beim Rückzug demontiert und in die Tschechoslowakei verbracht hatten und die Ungarn vom sozialistischen Schwestervolk nicht zurückfordern durfte, das selbst wiederum nicht im Traum daran dachte, sie von sich aus zurückzugeben.

Ferner liefern die Sowjets 45 000 Waggons Weizen und 20 000 Waggons Futtermittel, statt diese von uns zu importieren. Wenn sie dazu bereit sind, hätte man ihnen ja vielleicht auch noch anderes und mehr abtrotzen können. Man weiß nicht, ob diese 750 Millionen Rubel viel oder wenig sind, und es ist auch nicht sicher, dass die Summe tatsächlich so hoch sein wird, aber er hält es für denkbar, dass, unter Hinweis auf die Revolte, noch viel mehr möglich gewesen wäre. Man hätte ja nicht unbedingt auf Geld bestehen müssen, aber vielleicht auf eine günstigere Beurteilung Ungarns im sozialistischen Wirtschaftsraum und mehr Unterstützung beim Warenaustausch.

Damit hätte man die ganze ungarische Industrie umbauen können.

Dieser sowjetische Kredit war die allerwichtigste Nachricht der vergangenen Monate. In der Feiertagsausgabe der *Népszabadság* vom 4. April wurde er auch in allen Einzelheiten erörtert; diese Nummer lag auf dem Schreibtisch unseres Helden. Dazu die Ausgabe von vor einer Woche, in der er sich die Schach-Aufgabe Nr. 24 angestrichen hatte, sie lag bereits nachgestellt auf seinem Tisch: »Weiß: König d6, Bauern a5, b2; Schwarz: König c4, Bauern b6, b5, e4; Weiß zieht und gewinnt«. Einsendung bis 23. April. Er hatte noch keine Zeit gehabt, diese Aufgabe zu lösen.

Am sowjetischen Kredit ist so deprimierend, dass er mit traditionellen ungarischen Waren verrechnet werden soll. Nach der früheren Konzeption des Dreijahresplans, der schon eingereicht war und der auch angenommen wird, bleibt unsere ganze Wirtschaftsstruktur so, wie sie gewesen ist, weder wird es neue Produkte noch modernere Wirtschaftszweige geben, dafür sind jetzt keine Mittel verfügbar. Das haben sie gesagt, vertreten und geschrieben.

Ein neues Amt ist eingerichtet worden, die Hauptabteilung Industriepolitik des RGW. Ihr Chef, Gyula Korponai, erschien im Planungsrat, um seine Vorstellungen darzulegen. Er brachte kaum einen vernünftigen Satz heraus, anschließend herrschte peinliche Stille. Árpád Kiss bedankte sich herzlich für die Information, und der Abteilungsleiter zog sich, erleichtert, weil keiner Fragen stellte, schnellstens zurück.

„Wer war das?", fragte unser Held leise, entsetzt.

„Ein sehr anständiger Bursche!", schwärmte Vályi, „Gyuszi Kohuth, seid ihr euch noch nicht begegnet? Seit dem Sommer ist er Mitarbeiter der Industrie- und Verkehrsabteilung. Für den Herbst ist er an der Uni in Miskolc für Metallhüttenkunde eingeschrieben. Vier Jahre, und er ist Diplom-Ingenieur!"

Ein Student der Fernuniversität hält den vielfach diplomierten, erfahrenen Fachleuten einen Einführungsvortrag. Wenn die Augen von Vályi nicht so schelmisch gefunkelt hätten, wäre es zum Verzweifeln gewesen, zum Glück ist Vályi Vizepräsident des Staatlichen Planungsamtes und nicht dieser sehr anständige Bursche.

Man sitzt als erfahrener, zuverlässiger Kader in diesem Planungsrat und kann absolut nichts bewirken. Entmutigend! Oder wir importieren die sowjetische IZS, eine 350- Kubikzentimeter-Maschine und bieten sie für 24 000 Forint an. Genau zwanzig Mal mein Monatseinkommen – mit dem ich dank der knausrigen Kollegin Salánki um 50 Forint unter dem Durchschnittslohn in der Industrie liege – und ein unersättlicher Spritfresser dazu. Für so viel Arbeitszeit kriegt man in einem normalen Land ein Auto. Wir hatten doch in den letzten Jahren bereits Prototypen eines Kleinwagens, aber dann tat sich in dieser Richtung nichts mehr. Warum nicht? Damit haben wir die technische Weiterentwicklung Ungarns abgewürgt. Warum? Weil man sich deswegen ein klein wenig mit den Sowjets anlegen müsste? Und das traut sich niemand? Vielleicht hätte es gar nicht so viel Mut verlangt, doch die Genossen dachten, man könnte es ihnen übel nehmen. Also hat man es gar nicht erst versucht.

Stolz wurde das neue Motorrad Danuvia vorgestellt, es fand ein gutes Presse-Echo, geschrieben hat aber niemand, dass es, verglichen mit der Pannonia, keine Weiterentwicklung, sondern mit 125 Kubikzentimeter eine schwache, überholte Konstruktion, ein Rückschritt war. In Csepel hat man den Motorroller Panni mit Hilfsmotor vorgestellt, und man vergaß nicht zu betonen, dass er, verglichen mit dem Dongó-Motorroller, einen gewaltigen Fortschritt bedeutete. In Wahrheit ein bedauerlicher Rückschritt, das sieht doch ein Blinder, der Gipfel der Anspruchslosigkeit. Die ungarische Industrie wird entweder stagnieren oder total absacken. In Zukunft werden wir fünfzig Prozent unseres Außenhandels mit den Sowjets abwickeln, heißt es, bisher lag die Quote bei fünfunddreißig Prozent, und das bedeutet, mit einer qualitativen Weiterentwicklung ist nicht zu rechnen. In den Westen werden wir nichts liefern, und bekommen im Gegenzug auch keine fortschrittliche Technologie. Von der erträumten Schweiz des Ostens – diese Perspektive erhofften nach dem Krieg alle, Sozialdemokraten, Kommunisten und Kleinlandwirte – entfernen wir uns immer weiter. Es war ja auch nur eine Fata Morgana.

Draußen rieselte gemütlich der Regen.

Er begann, im Innenteil der *Népszabadság* den Leitartikel zu lesen.

„ ... in letzter Zeit hat sich der Säuberungsprozess beschleunigt. Den redlichen Mitgliedern der Arbeiterräte wird immer öfter klar, mit welchen Elementen sie sich an einen Tisch gesetzt haben. Die Unredlichen werden identifiziert und gestellt, und die Arbeiter fangen selbst an, die in ihrem Namen sprechenden Klassenfeinde und demagogischen Elemente aus ihren Reihen zu entfernen. In dem aus 57 Mitgliedern bestehenden Arbeiterrat der Traktorfabrik Roter Stern zum Beispiel saßen noch vor kurzem sieben gewöhnliche Kriminelle. Dieser Arbeiterrat ist inzwischen zurückgetreten, und die Belegschaft der Fabrik wird einen neuen wählen. Im Arbeiterrat der Waggonfabrik Ganz sind noch vor kurzem Agenten von konterrevolutionären Parteien aufgetreten und haben zum Streik ermutigt, ehemalige Gendarmen, Pfeilkreuzler und ähnliche Elemente meldeten sich im Namen der Arbeiter der Waggonfabrik zu Wort ... In der proletarischen Diktatur kann die Arbeiterklasse keine Organisation haben, die ihrer Partei entgegensteht oder von ihr unabhängig ist ..."

„Die Unredlichen werden identifiziert und gestellt! Weg mit Schaden!" : In diesem Ton wurde Anfang der Fünfzigerjahre geredet und verfahren, und man weiß, wie es geendet hat. Zur Kategorie der Klassenfremden wird auch er gezählt. Abwechselnd hat man die Begriffe „Klassenfremder" und „Klassenverräter" verwendet. Aber wie kann denn ein Klassenfremder ein Klassenverräter sein? Die Arbeiterklasse verraten kann doch nur ein Arbeiter; er könnte allenfalls die ihrer Abstammung nach „Sonstigen" verraten.

Was heißt überhaupt »ehemalige Gendarmen, Pfeilkreuzler und ähnliche Elemente«? Wer sind denn diese ähnlichen Elemente? Und wer entscheidet das?

Auch die Lösung dieser verflixten Schachaufgabe kriegt er nicht hin. Er hat sie nachgestellt, betrachtet, findet aber die Lösung nicht. Einschicken will er sie sowieso nicht, so etwas hat er nie gemacht, aber er ist als guter Schachspieler bekannt und spielt erfolgreich Turniere. Auch am Sonntag, dem 28. April, gibt es wieder eine Runde, im XIII. Bezirk im Kultursaal der Armee. Ihr Gegner ist diesmal die zusammengelegte Mannschaft der Aufzugsfabrik und des Möbelkombinats Angyalföld, und zufällig spielt er diesmal an Brett eins, denn Toni Farkas von der Qualitätskontrolle mit der Qualifikation eines Ungarischen Meisters ist auf Fortbildung. Brett eins ist eigentlich eine große Ehre.

Dann sah er plötzlich die Lösung der Schachaufgabe und verstand nicht, warum er sie nicht auf Anhieb gesehen hatte, war doch kinderleicht: Man schlägt den b-Bauern und bringt den eigenen Bauern durch, und obwohl auch Schwarz den d-Bauern durchbringt und so zur Dame kommt, kann die weiße Dame nun so lange Schach geben, bis sie den Abtausch erzwingt, der c-Bauer kann geschlagen werden, und Weiß bleibt ein Bauern-Vorteil. a-Bauer schlägt nach b. Man braucht nur den ersten Zug der Lösung einzuschicken.

Wenn er die Lösung am Dienstag aufgibt, kommt sie noch an.

Doch er wird sie auch diesmal nicht abschicken.

Eine simple kleine Aufgabe, auf diese Lösung muss man nicht stolz sein.

Er war gerade dabei, das Papier-Schach lustlos wegzuräumen, als jemand eintrat.

Er drehte sich um.

Es war Harkaly, der Oberbuchhalter, mit einer großformatigen Zeitung in der Hand.

„Hast du es schon gelesen, Genosse Fátray?"

„Nein. Was?"

„Ich lass' es dir hier", sagte Harkaly, legte die Zeitung auf den Tisch und tippte mit dem Zeigefinger auf die aufgeschlagene Seite. Dann ging er hinaus.

Harkaly war kein Genosse, er strebte auch die Mitgliedschaft in der Partei nicht an. Gute Buchhalter sind rar. Er trug ständig Anzug und Krawatte, zog keinen Arbeitskittel an, und wenn er sich vorstellen musste, buchstabierte er: Har-ka-ly, mit Ypsilon, und nicht Harkály, also Specht, auch kein Wendehals, sondern Harkaly, mit Ypsilon.

Als erstes fiel unserem Helden in der Zeitung das Bild des Genossen Lenin mit der Schiebermütze ins Auge, darüber der Titel: »Unser Lenin ist einfach wie die Wahrheit – Begegnungen mit Lenin«.

Wir feiern jetzt seinen Geburtstag.

Links ein Artikel im Kasten mit dem neuen Emblem des Kommunistischen Jugendverbandes, darunter in kleineren Lettern der Text.

Und darunter auf Mitte die Überschrift »Berufswahl« mit kleingedruckten Kurzmeldungen.

Noch ein Stück weiter unten ein Bild des geplanten Östlichen Hauptkanals und darunter ein Foto mit einer Blaskapelle, die gerade den flotten Marsch »Fröhlich in den 1. Mai« schmettert.

Links der Artikel:

»Was befiehlt uns Radio Free Europe? Eine aufgedeckte Verschwörung – viele interessante ‚Zufälle'«.

Wer schon allerlei Broschüren in der Hand gehabt hat, besitzt die Fähigkeit, auch eine ganze Seite quer zu lesen, ohne jeden Satz im Einzelnen zu erfassen, und er weiß trotzdem, was drin steht. Den Artikel über die Verschwörung begann er auf diese Art zu überfliegen.

Darin waren viele Namen aufgeführt.

Der Artikel füllte in der großformatigen Zeitung zwei ganze und zwei kürzere Spalten; in der Mitte der zweiten Spalte las er Folgendes:

»Wir haben die Mitglieder unserer Organisation in verschiedene Gruppen eingeteilt. Auf diese Weise hatten wir je eine Gruppe zur Ausweis-, Waffen-, und Fahrzeugbeschaffung. Später bildeten wir eine weitere, die die Standorte festgelegt hat. Die für die Ausweisbeschaffung zuständige Gruppe habe ich geleitet; dazu gehörten: Zsótér, Szilványi, Csaszkóczi, Bodányi und Dezső Balázs. Leiter der Fahrzeugbeschaffungsgruppe war József Magoss, die weiteren Beteiligten waren: Lóránd Peterdi, Gyula Hegedűs, Gyula Juhász und Rédely. Die Gruppe, die Waffen beschaffen sollte, leitete Mikófalvy, ihm zugeteilt waren Sipos, Aba, Máriaházy und Bánáty. Für die Erkundung von Verstecken und Tarnplätzen war Emil Csaszkóczy zuständig, ihm als Helfer zugeteilt: Fátray, Rédely und Rimai. Wir beschafften uns Fallschirmspringer-Ausweise, Genehmigungen für die Staatsgrenzzonen, Einberufungsbefehle und militärische Untauglichkeitsbestätigungen ...«.

Er las den Artikel noch einmal.

Fátray, Rédely und Rimai ...

Sein Herz klopfte heftig.

»Für die Erkundung von Verstecken und Tarnplätzen war Emil Csaszkóczy zuständig, ihm als Helfer zugeteilt: Fátray, Rédely und Rimai ...«

Noch einmal machte er sich an die Lektüre des Artikels.

Und diesmal las er ihn sehr langsam, sehr aufmerksam, sehr gründlich durch. Er schwitzte, Hitzewellen überliefen ihn, sein Herz hämmerte, sein Fuß klopfte pausenlos auf den Boden.

Ein verworrener Artikel.

Er handelt von einer staatsfeindlichen Verschwörung, für die ein Plan schon einmal, 1949, aufgetaucht war. Anfang der Fünfzigerjahre, heißt es in dem Artikel, wurden Menschen dafür gewonnen, Offiziere aus der Horthy-Zeit und ehemalige Gendarmen. Die Verschwörer hat man Anfang 1956 verhaftet, es fand eine Verhandlung statt, und die Beschuldigten wurden im September abgeurteilt. Wer die Verurteilten im Einzelnen waren, ging aus dem Artikel nicht hervor. Ihre wichtigste Aufgabe wäre es gewesen, so ihr Hauptorganisator Jenő Sulyánszky, aus dessen Geständnis ausführlich zitiert wurde, falls sich die Weltlage entsprechend entwickeln und der Dritte Weltkrieg ausbrechen würde, das Rundfunkgebäude und die Sendeanlage oben auf dem Lakihegy zu besetzen. Im Oktober hat sie dann Radio Free Europe angewiesen – es wird nicht klar, wen – dem Plan entsprechend zu verfahren:

»... die Instruktion von Radio Free Europe kam mit der Parole Mezartin, wonach die Sulyánszkys den Plan einer Rundfunkbesetzung nicht verwerfen dürften, ungeachtet der Tatsache, dass sie getrennt von der Gruppe Désaknai handeln müssen. Und wer weiß, an wie viele solche durch Parolen gelenkte Gruppen sie diverse Instruktionen geschickt haben, die alle nur ein Ziel hatten: Die proletarische Diktatur, die Volksdemokratie zu stürzen ...«

Unser Held krächzte, hustete, als täte ihm das gut. Das Herz schlug ihm bis zum Hals.

»…Und unserer Meinung nach war es gewiss auch kein Zufall, dass die Konterrevolutionäre die Militär-Staatsanwaltschaft in der Fő utca gestürmt und dass sie von den politischen Gefangenen als erste die Gruppe um Sulyánszky herausgeholt haben. Wer würde jetzt noch behaupten, dass die herausgeholten Rädelsführer mit Waffen in den Händen „für den Sozialismus", für „hehre Ziele", für die „Macht des werktätigen Volkes" auf die Barrikaden gegangen sind? Nein, sie wussten, warum und für welche Ziele sie kämpften, und sie hatten einen bis ins Detail ausgearbeiteten Plan und genaue Anleitungen dazu. Klar, dass die einfachen Menschen in diesen Tagen auf Budapests Straßen darüber nicht gesprochen haben, man hat sie durch falsche Parolen mitgerissen, sie auf das Rundfunkgebäude und in die Waffendepots gehetzt. Diese Menschen waren für sie nur Mittel zum Zweck, Marionetten in ihren Händen. Aber es hat organisierte Gruppen gegeben, die die Menschen nicht zufällig zum Rundfunk geleitet haben …«

Unser Held sprang auf.

Gibt es in diesem Land noch einen Menschen, der sich Fátray mit Ypsilon schreibt oder nicht? Ihm hat man, als er im Innenministerium seinen neuen Namen bekam, versichert, dass es niemanden gibt. Es gibt einen Fátrai mit i am Ende, hieß es, aber der hat einen anderen Vornamen.

In dem Artikel ist der Vorname dieses gewissen Fátray nicht angegeben. Soviel hätte der Verfasser wirklich tun können, dass er den Vornamen hinzufügt. Bei mehreren anderen ist ja auch der Vorname genannt. Und was heißt denn Gyula Hegedűs und Gyula Juhász? Hat man hier einfach den Schauspieler und den Dichter hinzugemischt? Oder gab es diese Gruppe tatsächlich , und heißen die wirklich alle so? Seltene und häufige Namen bunt vermengt …

Was soll dieses Mezartin? Was bedeutet das Wort? Ist es der Name von irgendetwas, dass man es großschreibt?

Was soll das alles?

Wer ist dieser Fátray mit Ypsilon, verdammt noch mal?!

Und wieso schiebt ihm der Oberbuchhalter diesen Artikel unter die Nase? Der weiß doch genau, dass nicht er gemeint sein kann, weil er doch die ganze Zeit über im Krankenhaus gelegen hat!

Warum regt er sich dann selbst so schrecklich auf?!

Er ging hinaus auf den Flur, dann ins WC, öffnete den Wasserhahn und hielt den Mund unter den Wasserstrahl. Danach trocknete er sich das Gesicht ab.

Wann, wer, wie haben sie sich verschworen, wer ist verurteilt und ins Gefängnis gesperrt worden. Wer versteht das?

Er ging zurück in sein Zimmer und las den Artikel noch einmal von vorn. Doch das alles kam ihm immer verworrener vor. Schon 1949 haben die mit der Verschwörung begonnen, und erst im September 1956 wurden sie verurteilt? Wen hat man denn da alles verurteilt? Von wo aus hat man die Menschen manipuliert, ihnen eingegeben, dass sie zum Rundfunk gehen sollten, doch nicht aus dem Gefängnis? Oder hatte man damals gar nicht alle festgenommen, und die in Freiheit Gebliebenen haben sich verschworen? Wann? Wie? Warum hat man seinerzeit nicht auch die verhaftet? Und warum wurde dieser Fátray im September nicht angeklagt? Wenn doch sein Name bei Gericht gefallen ist, warum hat er dann nichts davon erfahren?

In der ganzen Sache ist keine Logik.

Aber dieser Fátray mit Ypsilon prangte da, ohne Vornamen, in der Mitte der zweiten Spalte.

Gut, aber das kann man so nicht auf sich beruhen lassen. Man muss doch den Vornamen dieses unglückseligen Burschen hinschreiben!

Es kann ja sein, dass man in diesem Artikel den Namen des Betreffenden genauso falsch geschrieben hat wie damals bei der Magyarisierung seinen: Der Setzer griff zufällig ein F statt dem T. Und Tátrays mit Ypsilon gibt es wie Sand am Meer. Möglich, dass irgendein Tátray bei den Verschwörern war, aber das ist ihm egal.

Doch bei diesem Fátray mit Ypsilon wird man in erster Linie an ihn denken!

Nicht jeder weiß ja, dass er während der Oktober-Ereignisse nirgendwo dabei sein konnte. Sicher, wenn diese Verschwörung schon 1949 begonnen hat? ... Dann hätte er theoretisch daran beteiligt sein können. „Zur Erkundung von Verstecken und Tarnplätzen" hört sich furchterregend an. So militärisch. Oder ist es eher Pfadfinderjargon? ... Und was soll überhaupt der Satz, dass sie, wenn der Dritte Weltkrieg ausbricht, das Radio besetzen wollten? Wenn der Dritte Weltkrieg ausbricht, wirft man eine Atombombe auf Budapest, und es gibt nichts mehr zu besetzen.

Wer zum Teufel ist dieser Artikelschreiber? Er hat einen normalen ungarischen Namen. Ist mir noch nie aufgefallen. Kein bekannter Journalist.

Er suchte das Impressum des Blattes, die Adresse und Telefonnummer der Zeitung. Fand sie aber nicht. Dann blätterte er diese *Magyar Ifjúság* noch einmal von vorne bis hinten durch, konnte aber nichts finden. Erneut ging er hinaus, wankte bis ans Ende des Flurs und betrat das Büro der Buchhaltung. Harkaly saß an seinem Platz, blickte über seine Brille hoch.

„Das Telefonbuch? Ja, hier."

Unser Held stand benommen da.

„Bitte setz dich, Genosse Fátray", sagte er, „so ist es bequemer."

Im Allgemeinen verwendete Harkaly die Anrede Genosse nicht. Im äußersten Fall sagte er Kollege, normalerweise aber hieß es bei ihm : Herr oder Frau. Er sagte das „Genosse" jetzt nicht mit besonderem Nachdruck, trotzdem bekam unser Held glühende Ohren.

„Du kannst es gern mitnehmen, Genosse Fátray", sagte er in mittlerer Stimmlage. „Bringst es dann später zurück."

Fátray stürmte mit dem Telefonbuch in sein Zimmer zurück. Halb zwölf, Samstag. Es muss doch einen Journaldienst bei diesem Blatt geben.

Die Zeitung stand nicht im Telefonbuch. Es ist von 1956, und *Magyar Ifjúság*, dieses Organ der Ungarischen Jugend, gibt es unter diesem Namen erst seit Ende 56.

Er brachte das Telefonbuch zurück in die Buchhaltung.

„Du hast nicht zufällig schon das neue Telefonbuch, Genosse Harkaly, das von 57?"

„Nein, habe ich nicht. Ist auch noch nicht erschienen, soviel ich weiß. Angeblich soll es gar keins geben."

„Ach, natürlich."

Kati hat es schon bei der Post angefordert. Es ist noch nicht gedruckt, hieß es da.

„Nächstes Jahr", sagte Harkaly, „wenn sie sicher sein können, welche Institution auf längere Zeit Bestand hat und welche nicht ..."

Fátray stand da, seine Beine zitterten.

„Ich meine", sagte Harkaly, „du könnest die Zentrale von *Szabad Nép* anrufen, bei denen lässt sich bestimmt die Telefonnummer der *Magyar Ifjúság* in Erfahrung bringen."

Fátray murmelte etwas und ging mit dem Telefonbuch zurück in sein Zimmer. Wieso tut dieser Harkaly jetzt so vertraulich?

Der Portier von *Szabad Nép* meldete sich.

„Bitte, ich hätte gern das Sekretariat von *Magyar Ifjúság*."

„Ich kann mit niemandem verbinden", sagte eine Männerstimme.

Der Mann war aber nicht erstaunt, dass man das Blatt in seinem Haus vermutete.

„Am Dienstag wieder", setzte er noch hinzu.

„Wieso Dienstag?!"

„Ostermontag ..."

„Gibt es keinen Journaldienst?"

„Gibt es nicht. Ist ja ein Wochenblatt."

Frühestens am Dienstag ist da also jemand zu sprechen. Es hat nicht viel Sinn, die Richtigstellung vor Dienstag zu verlangen, sie könnte dann sowieso erst in einer Woche, am nächsten Samstag, erscheinen.

Der Teufel soll dieses Ostern holen, das musste auch ausgerechnet jetzt über uns kommen!

Harkaly stand auf, beugte sich über den Schreibtisch, nahm das Telefonbuch und setzte sich wieder.

„Habe ich mir schon gedacht", sagte er, „dass da keiner mehr zu erreichen ist."

„So ist es."

„Bis Dienstag Stillstand im Land", sagte Harkaly. „Bis dahin geht gar nichts."

Fátray zögerte. Sollte er sich bei dem Reaktionär für seine Anteilnahme bedanken? In der Buchhaltung saßen auch noch ein paar Frauen, sie werkelten vor sich hin, er wollte nicht vor ihnen sprechen.

„Angenehme Feiertage, Herr Oberbuchhalter", sagte er und ging. Die Buchhaltung war dafür bekannt, dass auf jedem Schreibtisch ein kleiner Abakus stand, Spielzeug, das in der Schreibwarenhandlung ÁPISZ verkauft wird. Harkaly hatte das eingeführt, als er aus der Gefangenschaft zurückkam.

Draußen fiel ihm ein, dass er die Telefonnummer des Redakteurs nicht nachgeschlagen hatte. Aber er ist gar nicht sicher, dass der Telefon hat. Egal, er kann auch daheim nachsehen.

Was für ein beschissener Tag, dieser 20. April!

Hitlers Geburtstag.

Er rief sich selbst zur Ordnung: Mitten im 20. Jahrhundert sollte man nicht mehr abergläubisch sein.

Kati kochte auf dem Herd in einem großen Topf Lauge zum Wäschewaschen. Das auf der Holzkohle verkochende Wasser füllte sie mit einem Becher aus dem Wandbrunnen wieder nach, dann schöpfte sie die Lauge mit einer langstieligen Kelle in einen Weitling, der auf dem gepflasterten Boden stand.

Am Schwengel des Wandbrunnens war mit einem Bindfaden ein lebendes Huhn am Bein angebunden, es stand auf einem großen Tablett mit Maiskörnern. Matyi hockte davor und bestaunte die Henne mit großen Augen. Also gibt es zum Feiertagsessen am Sonntag und Montag Huhn. Morgen früh muss das Familienoberhaupt das Tier abstechen, so lange darf es in der Küche herum scharren.

Kati berichtete, dass sie auf dem Lehel-Markt einkaufen waren und gerade noch vor Marktschluss hingekommen sind, denn sie hatte nach der Eröffnung der Ausstellung schnell Matyi von der Schule abgeholt, dann sind sie zum Markt gerannt, dort wurde schon eingepackt. Sie brach ab, aber es gab keine Reaktion, also fuhr sie fort: Matyi hat das Huhn im Korb nach Hause getragen, sie hatten es mit einem Tuch zugedeckt, so gab es im Trolleybus keinen Ärger. Auch Matyi war brav und hat gut auf seine Sonntagskleider achtgegeben. Keine Hühnerkacke, nirgends.

„In der *Magyar Ifjúság* steht ein Artikel", begann unser Held, Kati unterbrach ihn:

„Ich wollte es dir auch schon sagen! Wie findest du das? Jeder weiß doch, dass er verhaftet ist, und dann tun sie so, als wäre er es gar nicht! ..."

Fátray schaute verständnislos, verwirrt.

„Meinst du nicht den Preis, den man Iván Darvas zugesprochen hat?", fragte Kati.

„Nein."

„Aber das musst du gesehen haben ... ich wollte es dir gerade zeigen ..."

Kati trocknete sich mit einem Geschirrtuch die Hände ab und brachte aus dem Zimmer nebenan die *Magyar Ifjúság*, schlug die Seite auf und reichte sie ihm hinüber. Unser Held murmelte irgendwas, nahm die Zeitung und las den Artikel.

»Ein siegreicher Schauspieler«, unter diesem Titel dokumentierte eine Reportage mit Bildern, dass Darvas durch das Votum des Publikums der „Preis des beliebtesten Schauspielers" zugesprochen wurde, und dass er bereits seinen nächsten Film mit dem Titel „Das Abenteuer von Gerolstein" dreht.

Er schaute auf das Datum: 23. März.

„Dabei weiß doch jeder", sagte Kati, „dass Iván Darvas sitzt, weil er im Oktober seinen Bruder bewaffnet aus dem Untersuchungsgefängnis herausgeholt hat! ... Jeden Tag wird er zu den Dreharbeiten gebracht, danach kommt er zurück in die Zelle ... Ist das nicht verrückt?!"

Unser Held murmelte erneut etwas vor sich hin und schüttelte den Kopf. Er blickte auf den Jungen hinunter, der stumm vor dem Huhn kauerte und es anstarrte.

Vielleicht ist es auch besser, die Sache nicht vor dem Kind anzusprechen.

Kati hielt es nicht mehr aus.

„Du fragst gar nicht, wie es war?!"

Unser Held stierte vor sich hin.

„Die Eröffnung!", schrie sie.

„Natürlich! Eure Frühjahrsausstellung!"

Es war nicht zu übersehen, dass Kati tödlich beleidigt war. Seit Monaten redete sie vom Aufstehen bis zum Schlafengehen über nichts anderes, und ihr Mann fragte sie mit keinem Wort!

„Ich hatte eine Menge zu tun", entschuldigte er sich. „Wie war es denn? Ein großer Erfolg?"

Nach einigem Zögern entschloss sich Kati, doch nicht so gekränkt zu sein, dass sie nichts erzählte.

„Schon um halb elf gab es kein Durchkommen mehr. Alles überfüllt. Auto an Auto, der ganze Heldenplatz zugeparkt. Die Autoschlange zog sich auch an der Seite der Kunsthalle entlang, ein Wunder, dass die Polizei nicht ausgerückt ist, wie 1950, bei der ersten Großen Ausstellung der Kunsthalle. Alle waren sie da, wer lebt und laufen kann. Eine Menge Leute aus dem Ministerium und aus der Parteizentrale. Riesig viele Künstler. Fast alle Jury-Mitglieder aus den vier Preisrichter-Kollegien. Natürlich alle vier Vorsitzenden. Aurél Bernáth sah sehr gut aus, eine elegante Erscheinung. Auch Sándor Mikus war da, über den die Fama verbreitet wird, dass er sich im Klo versteckt hat, als man das Stalin-Denkmal umwarf, und erst wieder herausgekommen ist, als die Russen da waren. Erik Scholz ist gekommen, du weißt, er war ursprünglich nicht ausgewählt worden, aber ich bin ihm auf der Straße begegnet, er wohnt hier in der Pannonia-Straße, sein Sohn hat öfter mit Matyi im Szent-István-Park Ball gespielt, er ist 4 oder 5 Jahre älter; also Erik ist ein netter Mensch, er berief sich darauf, dass er 1950 den Munkácsy-Preis bekommen hat, also müsse er berücksichtigt werden; ich habe uns damit entschuldigt, dass er nur Stufe drei bekommen hat und deshalb nicht vorgesehen war, aber dann habe ich ihn doch hineingedrückt ... Im Katalog kommt er im Text vor, der Katalog wurde kostenlos abgegeben, ein Bild von ihm ist nicht drin, dazu war keine Zeit mehr, und man konnte ja ohnehin nicht alle abbilden, bei der Zahl von Malern und Bildhauern, aber die Einleitung haben sie vorgelesen, drei Seiten, du weißt schon, von der ich dir erzählt habe ..."

„Die Makrisz geschrieben hat, nicht?"

„Nein, das habe ich sicher nicht gesagt, die ist von jemand anderem. Der Autor ist nicht genannt, aber er hat sie ganz bestimmt nicht geschrieben. Entweder GÖP, obwohl er es leugnet, oder Nóra aus dem Ministerium ... Die Irén, die den Katalog redigiert hat, sie weiß, dass man den Text kritisieren wird, in der Literaturzeitschrift *Élet és Irodalom*, der Artikel ist schon bestellt, bei Anna Oelmacher ... Aber ein Riesenerfolg ... So viele Menschen! ..."

Kati heizte den Herd ein, holte aus dem Eisschrank die Suppe und stellte sie zum Aufwärmen hin. Für die Mohnnudeln musste sie nur noch die Nudeln kochen, Mohn und Zucker waren schon vorbereitet. Sie aß nicht mehr mit, stürzte so davon, um im Café Gerbeaud mit den fünf oder sechs Frauen aus der Kunsthalle, vom Verband und der Bildergalerie das Ende der monatelangen gemeinsamen Arbeit zu feiern; sie waren für fünf verabredet.

Unser Held aß mit seinem Sohn am Tisch. Aber er brachte keinen Bissen hinunter, auch Matyi stocherte nur auf seinem Teller herum.

„Wie war eure Feier?", fragte unser Held.

„Ja also", sagte Matyi.

„War sie auf dem Schulhof?"

„Ja, auf dem Hof."

„Aber es hat doch dann geregnet."

„Schon, aber nicht stark."

„Wie lange hat es gedauert?"

„So lange wie die Rede dauerte."

„Hat der Direktor gesprochen?"

„Nein."

„Wer denn?"

„Der Miklós Somogyi."

Unser Held wunderte sich.

„Wer ist das?"

„Äh ...äh ...ä ... Der Vorsitzende vom Fachverband. Der hat im Radio gesprochen."

„Weißt du, was ein Fachverband ist?"

„Nein."

„Warum hast du nicht danach gefragt?"

„Wen sollte ich?"

„Mich zum Beispiel. Jetzt."

Matyi schwieg.

Unser Held fuhr ihn an.

„Warum zum Teufel fragst du nicht, wenn du etwas nicht verstehst?!"

Matyi schwieg.

Unser Held versuchte, sich zu beherrschen.

„Worüber hat er gesprochen, über Lenin?"

„Ja."

„Und was hat er gesagt?"

„Gelobt hat er ihn."

„Wie lange hat er gesprochen?"

„Ganz lange."

„Und ihr musstet stehen?"

„Ja, wir standen."

"Wurde die Rede im Radio übertragen?"

„Ja. Der Kossuth-Sender wurde ins Schulradio übernommen."

„Das war doch sicher eine lange Rede, nicht?"

„Zwei Stunden ..."

Da stehen diese Kinder, die ganz andere Sachen im Kopf haben, zwei Stunden herum und protestieren nicht. Was soll aus denen einmal werden? Sie sind schon als Kinder Sklaven, nehmen alles hin. Die werden niemals eine Revolution anfangen.

Kati kam ein paar Minuten vor acht nach Hause, sie stürmte noch im Mantel ins Zimmer und schaltete das Radio ein, erst danach begann sie, sich auszuziehen.

„Sie werden darüber berichten!", erklärte sie. „Alle haben gesagt, dass darüber berichtet wird!"

Gegen Ende der Abendnachrichten rief sie laut:

„Jetzt kommt es!"

Eine Männerstimme las:

»Samstagmittag wurde in der Kunsthalle die große Frühjahrsausstellung feierlich eröffnet, mittels derer mehrere hundert Werke unserer Künstler aus der Hauptstadt und der Provinz dem Publikum zugänglich gemacht werden. Zur Eröffnungsfeier erschienen: Magda Jóború und Ernő Mihályfi, stellvertretende Minister für Kultur und Bildung, ferner zahlreiche Vertreter des gesellschaftlichen und kulturellen Lebens. Anwesend waren auch mehrere Mitglieder des Diplomatischen Korps in Budapest. Lajos Luzsicza, der Direktor der Kunsthalle, begrüßte die Gäste, nach ihm hielt Gábor Ödön Pogány, der stellvertretende Generaldirektor des Landesmuseums der Schönen Künste, die Eröffnungsrede. Er hob unter anderem hervor, dass statt der unfehlbaren Strenge ein Geist des Vertrauens und der Ermunterung in die öffentliche Wahrnehmung des künstlerischen Schaffens einziehen müsste. Der Entwicklungsprozess des Sozialistischen Realismus ist lang und kompliziert, es gibt keinen Propheten, der vorhersagen könnte, nach welchen Erfahrungen, Umwegen und Erfolgen er zum vollwertigen Spiegelbild unserer Zeit und zum Wegbereiter der Zukunft wird dienen können. Es wäre allerdings trügerisch zu glauben, dass es keinerlei Stützen und Wegweiser zur Förderung und Entfaltung der sozialistischen Kunst gäbe. Die marxistisch-leninistische Lehre bietet uns auch auf diesem Gebiet Orientierung, der revolutionäre Glaube inspiriere das handwerkliche Können und führe es zu künstlerischem Schaffen von bleibendem Wert. Es sei keine Utopie, die Hoffnung zu hegen, dass unsere begabten und berufenen Künstler ihre individuellen malerischen, bildhauerischen und grafischen Mittel finden werden, um die kreissende, sich formende und schließlich siegreiche neue Welt darzustellen und künstlerisch umzusetzen. (MTI)«

Es folgte der Wetterbericht.

Kati strahlte. Sie haben, sagte sie, ausführlich darüber diskutiert, wer wohl aus welchem Grund nicht anwesend war. Der Minister hat gefehlt. Er kann aber auch eine andere Verpflichtung gehabt haben; offenbar ist er noch am Freitag mit seiner Familie verreist, und er hat ja nicht nur einen, sondern gleich zwei seiner Stellvertreter geschickt, und das ist kein Zeichen von Abgrenzung, im Gegenteil. Man hat auch Ausländer gesehen, die Franzosen sind vielleicht wegen Makrisz gekommen. Anwesend waren jedenfalls die Sowjets, die Chinesen, die DDR-Vertreter und die Polen. Und auch die Jugoslawen, natürlich!

Plötzlich schrie sie:

„Der Bartók-Saal!" Sie hatten ganz vergessen, dass sie ins Theater gehen wollten.

„Der Gabi Földes wird beleidigt sein!", jammerte Kati.

Unser Held konnte ihr den Artikel erst zeigen, als sie sich schon ausgezogen hatten, im Pyjama waren und wegen Matyi die Tür zur Diele abgeschlossen hatten. An der zweiflügeligen Glastür, die ursprünglich vierteilig und aufzuklappen war, hatte Kati von innen mit Heftzwecken Gardinen aus Papier angebracht, die inzwischen schon ziemlich verschmutzt waren. Die Diele diente nämlich als Matyis Zimmer, auch der Ofen stand dort neben seinem Bett; von ihrem Zimmer aus gab es keine Zuleitung zum Kamin. Es handelte sich ja um eine abgetrennte einstmals große, jetzt geteilte Wohnung.

Kati setzte sich die Lesebrille auf und las den ganzen Artikel. In der Mitte der zweiten Spalte blieb ihr Blick lange an dem Namen Fátray hängen.

„Uninteressant", sagte sie gekränkt, weil ihr das jetzt ihren wunderbaren Tag verdarb. „Es kann sich gar nicht um dich handeln, du warst doch die ganze Zeit über im Krankenhaus. Das kann jeder bezeugen."

„Gut, aber die schreiben nicht, dass die Gruppe, die Verstecke auskundschaftete und deren Mitglied ich gewesen sein soll, im Oktober aktiv war! Ich könnte ja schon vor dem Oktober mit ihnen konspiriert haben! ..."

„Blödsinn. Hier steht doch, dass man sie im September verurteilt hat ... Dich hat man im September jedenfalls nicht verurteilt ...Hast du von so einem Prozess überhaupt gehört? Warst du vorgeladen?"

„Nein, mich hat man nicht vorgeladen ... ich habe von all dem nichts gehört ... aber offensichtlich wurden nicht alle abgeurteilt, wenn die danach noch Menschen angestiftet haben, das Rundfunkgebäude zu stürmen ... Die, auf die der Artikel hinweist, die waren auf freiem Fuß!"

„Aber du hast doch, als der Rundfunk angegriffen wurde, im Rochus-Spital gelegen!"

„Der Rundfunk ist ja auch in der Nähe des Rochus... In ein paar Minuten ..."

„Ach, das ist doch Blödsinn! Du siehst Gespenster! Dieser Fátray bist nicht du. Kennst du denn irgendjemanden von denen? Wer ist dieser Sulyánszky? Und der Désaknai?"

„Von denen habe ich nie gehört."

„Na eben?!"

Unser Held schwieg.

„Was ist jetzt?", fragte Kati herausfordernd. Unseren Helden überraschte ihr Ton.

„Wieso, was soll denn sein?"

„Sind jetzt die beiden Feiertage im Eimer?"

„Ist das meine Schuld?"

„Du machst ein Gesicht, als würdest du schon zur Schlachtbank geführt. Es steht doch gar kein Vorname dabei. Oder siehst du vielleicht irgendwo Gyula? Es steht nichts da. Also bist du das gar nicht."

„Wir wissen es, aber ich bin mir nicht sicher, dass sie es auch wissen."

„Wer? Wer sind die, die es nicht wissen? Am Montag rufst du an, dass sie eine Fehlermeldung drucken sollen oder wie das heißt, und fertig."

„Am Dienstag. Montag ist Feiertag."

„Dann eben am Dienstag."

„Eine Richtigstellung. So heißt das."

„Ja, dann heißt es eben so! Ist das nicht egal?!"

Unser Held saß im Sessel. Kati ging ins Bad, um noch mal schnell zu pieseln und kroch dann unter ihr Federbett.

„Willst du jetzt die ganze Nacht trübsinnig wachen", erkundigte sich Kati in scharfem Ton.

Unser Held begab sich ebenfalls ins Bad, zog den Bademantel übers Pyjama, öffnete leise die Tür zur Diele und schloss sie wieder hinter sich, machte von da die Vorzimmertür auf und schloss auch die vorsichtig, dann schlurfte er in die Küche.

Das Huhn erwachte, schlug mit den Flügeln und wollte weg. Aber die kurze Schnur hielt es zurück. Unser Held trank einen Schluck Wasser, dann setzte er sich an dem wackeligen, mit Wachstuch bedeckten Tisch auf einen Hocker. Den hatten sie nach der Belagerung an der Szövetség-Straße gefunden. Jemand hatte das kleine Möbelstück hinausgeworfen, sie aber nahmen es überallhin mit. Er wartete, dass seine Frau zu ihm herauskäme und ihm über den Kopf strich. Nach mehr sehnte er sich gar nicht. Er wartete und wartete, dann wurde ihm klar, dass sie nicht mehr kommen würde.

Die gelbliche Brandmauer jenseits des Gangs war gerade nur zu ahnen, die schwache Glühbirne der Küche spiegelte sich im vergitterten Fenster und blendete ihn. Er wunderte sich. Im Verlauf eines einzigen Nachmittags, innerhalb von Stunden, war sein Leben buchstäblich zusammengebrochen, obwohl doch gar nichts geschehen war.

Dieses Land ist verloren.

Kommt die Zeit der Angst, fürchtet sich der Mensch, und er verkriecht sich, wenn er sich verstecken muss; er rennt voll verträumter Zuversicht zwischen Mördern umher, in dem blinden Glauben, dass man ihn, das abgestempelte Opfer, nicht erkennt; und dennoch kann er sich nicht vorstellen, wann und auf welche Weise das Schicksal bei ihm zuschlagen wird.

Und zwar dann, wenn er am wenigsten damit rechnet, dann und auf eine Weise, wie es nicht vorherzusehen war.

Am besten hier draußen in der Küche schlafen, denn im Morgengrauen werden sie wohl kommen und ihn abholen. Wachen wie jemand, der morgen dran glauben muss, wie dieses jämmerliche Huhn, und noch ein paar Stunden leben? Zurückkriechen ins warme Bett, die verbleibende Zeit bewusstlos neben einer fremden Frau verbringen und so tun, als hätte diese Frau ihn gar nicht verraten? Eine sinnlose Demonstration, die niemanden kümmert, was immer er tut. Soll er dieses blöde Huhn freilassen? Soll er so sinnlos und kindisch rebellieren? Was soll er tun?

Matyi schlich in die Küche, blieb in der Tür stehen und fragte mit weinerlicher Stimme:

„Willst du es jetzt umbringen?"

Unser Held schluchzte auf.

„Nein, morgen", gab er zur Antwort und ging ins Zimmer hinüber.

Am Morgen verstand er nicht, wie er überhaupt hatte schlafen können, aber er war wohl doch neben seine Frau ins Bett gekrochen und offensichtlich auch eingeschlafen, wenn er jetzt hier aufgewacht ist.

Die Erschütterung kam ihm jetzt nicht mehr so groß vor, die Lage schien nicht mehr so verhängnisvoll. Er erinnerte sich, welche düsteren Gedanken ihm beim Lesen des Artikels gekommen waren, aber er empfand nicht mehr so große Verzweiflung wie am Tag zuvor. Der Chefbuchhalter hatte ihm die Zeitung nicht mit Zynismus überreicht, das war ihm nur so vorgekommen. Auch Kati ließ es nicht an Mitgefühl fehlen, und sie ist nicht aus Gleichgültigkeit eingeschlafen, sondern weil sie müde war, der Trubel um diese Ausstellung war zu viel für sie. Beide haben sich ja gesagt, was vernünftigerweise davon zu halten ist: Es geht gar nicht um ihn in diesem Artikel, gemeint ist ein anderer Fátray, schließlich könnte es ja auch noch einmal so sein – daran hatte er auch gestern schon gedacht – , dass man einen Tátray irrtümlich Fátray genannt oder in der Druckerei falsch gesetzt hat oder dass dieser Fátray in der Zeitung eigentlich mit i und nicht mit y geschrieben wird.

Er wird eine Richtigstellung verlangen, sie müssen den Irrtum einsehen und seine Bitte erfüllen.

Sicher, es ist ungünstig wegen dieses doppelten Feiertags, aber *Magyar Ifjúság* ist ein Wochenblatt, und da dürfte es doch ganz egal sein, wann diese Bitte um Richtigstellung bei ihnen eintrifft, ob am Montag oder Dienstag, vor Samstag kann sie ohnehin nicht erscheinen.

Er überlegte, ob er nicht doch noch einmal anrufen sollte. Heute ist zwar Sonntag, aber vielleicht haben sie doch einen Journaldienst, der Portier kann sich ja auch geirrt haben. Aber schließlich kam er wieder davon ab: Selbst wenn der Empfang am Ostersonntag besetzt ist, in der Redaktion wird bestimmt niemand sein. Zur Ruhe gekommen ist er aber trotzdem nicht. Warum mache ich mich verrückt? Das Einfachste ist, ich rufe an und lasse sie sagen, dass sie heute nicht arbeiten.

Nachdem auch Kati aufgewacht war, holte er das Telefonbuch. Er blätterte und suchte die Nummer von *Magyar Ifjúság*, doch er fand sie nicht. Das Blatt gab es darin nicht.

Er hatte ja das Telefonbuch von 1956 in der Hand. Natürlich, das 1957er war noch nicht erschienen, dieses Problem hatte er ja schon einmal gehabt.

Er rief die Auskunft an.

Eine Männerstimme sagte, dass die Nummer noch nicht geführt würde, aber er könnte sich denken, dass die von *Magyar Ifjúság* mit der Nummer der Zentrale von *Népszabadság* identisch sei.

Unser Held saß auf der Bettkante und wunderte sich über sich selbst.

Das alles hatte doch Harkaly gestern auch gesagt. Und gestern wusste er es auch noch. Wie konnte es ihm entfallen?

Er suchte die Nummer der *Népszabadság*, aber auch die *Népszabadság* kam im Telefonbuch nicht vor. Natürlich, sie steht noch unter *Szabad Nép*!

Auch gestern hat er die Nummer von *Szabad Nép* angerufen. Harkaly hatte ihm das empfohlen, und er hatte Recht.

Bin ich verrückt geworden? Habe ich vielleicht eine Gehirnblutung?

Er suchte jetzt *Szabad Nép* heraus und wählte die Nummer der Zentrale. Eine Frauenstimme teilte ihm mit, dass *Magyar Ifjúság* ein Wochenblatt sei und keinen Journaldienst habe, der Genosse solle es doch am Dienstag versuchen.

Gestern hat man ihm das auch gesagt.

Der Verfasser des Artikels ... Ob der Telefon hat?

Er suchte unter dem Buchstaben S. Da stand der Name und daneben: Journalist. Der gibt damit auch noch an.

Dass der sich nicht geniert!

Ob er ihn zu Hause anrufen soll?

Zu Ostern? Wahrscheinlich ist er ohnehin aufs Land gefahren. Und wenn nicht, freut er sich gerade aufs Festessen. Das gehört sich nicht. Auch er würde sich nicht freuen, wenn man ihn daheim mit irgendeinem Schmarren aus dem Betrieb behelligen würde, gerade jetzt. Vermutlich würde er sagen, er könne sich an den Namen nicht erinnern. Doch eher dürfte er den Hörer auf die Gabel schmeißen und sich dann erst recht nicht mehr an diesen Fátray erinnern. Die Richtigstellung konnte man damit auch kaputt machen.

Am besten doch erst Dienstag und offiziell.

Gut, dann kann man jetzt halt nichts machen. Also steht im Augenblick nichts anderes an, als das Huhn zu metzeln.

Matyi hatte sich im Bad versteckt.

Kati machte sich im Zimmer zu schaffen.

Er stand jetzt mit dem Huhn allein da.

Wäre er auf dem Land aufgewachsen, hätte er die Bluttat innerhalb von Augenblicken hinter sich gebracht, aber er hatte nie zugesehen, wie Professionelle das anstellen. Völlig unerfahren war er allerdings nicht, musste sich schon einmal mit einem Huhn, sogar mit einer Gans herumbalgen – unter Aufsicht und Anleitung der Hausmeisterin. Die Gans musste sogar ein paar Tage vorher gestopft werden, auch sie war am Wandbrunnen festgebunden. Mit einer Hand hatte er sie dabei buchstäblich würgen müssen, damit das verflixte Biest schluckte und er mit der anderen vollen Hand die Körner in sie hineinstopfen konnte. Ein solches zur Flucht entschlossenes Federvieh erfordert eine Menge Kraft. Also hat er diesem Huhn mit einer Schnur die Beine zusammengebunden, damit es ihm nicht mit durchschnittener Kehle davonrennt. Mit einem zweiten Stück Schnur wurde sein Hals am Wasserhahn festgeknüpft.

Das Huhn wusste, dass ihm Unheil drohte, wenn die Beine zusammen- und der Hals an den Wandbrunnen gebunden sind, es schlug wie verrückt mit den Flügeln. Fátray, der Maschinenbauingenieur, versuchte dem Tier auch die Flügel zusammenzubinden, aber das gelang ihm nicht, das Huhn wehrte sich weiter durch verrücktes Flügelschlagen, er brachte die Schnur nicht um den Hals, hätte Hilfe gebraucht, aber er wollte Kati oder Matyi nicht hereinrufen, und von selbst kamen sie nicht, sie hatten sich ins Zimmer verdrückt, ihnen reichte es, das jämmerliche Gegacker und Gezeter aus der Küche zu hören.

Er kniete sich auf die Bodenfliesen, legte sein rechtes Bein über das Huhn und setzte sich auf das flatternde Ungetüm. Mit seiner Linken packte er den Kopf, mit der Rechten das Küchenmesser und zog einen tiefen Schnitt durch den Hühnerhals.

Die Hinrichtung übertraf alle Erwartungen. Das Huhn rannte nicht kopflos durch die Küche, zog auch keine lange Blutspur hinter sich her, die sich nur schwer hätte entfernen lassen, auch spritzte kein Blut auf die Fliesen. Übung macht den Meister. Mühsam erhob er sich.

"Fertig!", schrie er triumphierend.

Nun begann er die Jagdleidenschaft der bedeutenden Genossen zu verstehen. Aber Schießen muss doch eine sauberere Angelegenheit sein.

Da Feiertag war, wollte Kati nicht in der Küche, sondern in der Diele auf dem Esstisch decken, von dem Matyi seine Sachen wegräumen musste. Unser Held trug die Teller herein, Matyi das Besteck.

Kati brachte die Suppe, füllte zuerst ihrem Mann auf, dann dem Jungen, schließlich sich selbst. Guten Appetit, sagte unser Held und hob seinen Löffel.

Matyi rührte sich nicht. Er saß am Tisch, denn sich nicht hinzusetzen, traute er sich nicht, doch er saß sehr entschlossen da und fasste seinen Löffel nicht an.

„Was ist?", fragte Kati streng, weil sie wusste, was los war.

Matyi deutete mit dem Kopf auf die Suppenschüssel. In der Suppe war auch Hühnerklein, ein halber Magen und ein Stück von der Leber schwammen darin. Sonst aß er so etwas, heute nicht.

Kati schrie: Dieser dumme, verwöhnte Fratz, das ist ja nicht zu glauben, was bildet der sich ein, andere würden sich alle zehn Finger danach lecken, wenn sie so etwas vorgesetzt kriegten. Ganze Erdteile hungern; hätte dieser blöde Bengel nur einmal in seinem Leben Hunger leiden müssen. Unser Held schwieg, am liebsten hätte er jetzt selbst nichts gegessen; das Gezeter hatte ihm den Appetit verdorben.

Man hätte es nicht dazu kommen lassen dürfen, dass der Junge sich so viel mit dem Huhn abgab. Es wäre gescheiter gewesen, gleich ein geschlachtetes zu kaufen, kein lebendes Tier. Er sagte das nicht, sonst hätte er nur Öl ins Feuer gegossen. Es reichte, wenn Kati so mit ihm herum zeterte.

Matyi saß mit geradem Rücken auf seinem Stuhl, schwieg, dicke Tränen kullerten ihm über die Wangen, das machte er wie seine Mutter. Die Arme hielt er hinterm Rücken verschränkt, wie es in der Schule Pflicht war, so trotzig saß er da. Unser Held löffelte pflichtgemäß, nahm eine Prise Salz, nicht viel, streute sie in die Suppe und aß weiter. Er nahm sich auch ein Stück Leber, die eine Hälfte trennte er mit dem Löffel ab, das andere Stück legte er wieder in die Schüssel zurück. Kati sprang auf und ging in die Küche, um die Hühnerkeulen und die Brust im Fett zu wenden. Durch die offenstehende Tür zum Vorzimmer strömte der unvergleichliche Geruch in die Diele, das Brutzeln des heißen Fetts war zu hören.

Unser Held musste etwas sagen. Er legte den Löffel hin und überlegte.

„Nun", meinte er dann in versöhnlichem Ton.

Matyi reagierte nicht.

Kati schickte ihn schließlich ins Vorzimmer hinaus, er sollte sie nicht stören. Unser Held mischte sich nicht ein. Wenn der Junge nicht essen will, soll er es lassen. Dann isst er eben am Abend. Oder auch erst wieder zum Frühstück. Ein bisschen Hungern schadet ihm nicht.

Den Schokolade-Osterhasen gaben sie ihm am Nachmittag. Unser Held verpasste ihm eine Kopfnuss. Kati küsste ihn auf beide Wangen. Matyi bedankte sich, packte den Osterhasen aus und verschlang ihn auf der Stelle.

Unser Held spürte, dass sein Kopf rot anlief. Er schwieg. Der Junge hätte eigentlich noch eine Weile weiterstreiken müssen, er hat zu schnell aufgegeben und den Hasen verputzt.

Verwöhnt ist er, der Bengel. Hat keine Ahnung, was Hunger ist. Matyis Großeltern, beiderseits, kannten das Hungern. Auch seine Eltern konnten nicht immer zu Abend essen, als sie anfangs zusammen waren, und gingen mit knurrendem Magen ins Bett. Ja, was weiß dieses Kind schon vom Hungern? In Erwartung von Ohrfeigen sitzt er da am Tisch wie ein Heiliger und ist beleidigt, weil er was zu essen kriegt.

Da wird man etwa tun müssen.

Am nächsten Tag, Ostermontag, gab es nochmals Huhn. Matyi aß nach kurzem Zögern von der Suppe und auch von der Hühnerbrust. Seine Trauer hatte nur einen Tag gedauert.

Er war nicht glücklich über diesen Sohn.

Aber das kann sich noch auswachsen. Es heißt, in den Flegeljahren verändern sich die Kinder noch von Grund auf. Warum sollte nicht auch aus ihm noch etwas werden. Aber er braucht Erziehung. Man wird sich dafür Zeit nehmen müssen.

Am Montagabend schrieb er den Brief an die Zeitung.

Er entwarf mehrere Versionen, bis die Endfassung feststand, kurz und kompakt, nur fünf, sechs Zeilen, die man auch in einer gehetzten, unter Zeitdruck stehenden Redaktion zu Ende lesen kann. Die Sprache seines Ersuchens um Richtigstellung war kühl, objektiv, nicht fordernd, aber entschieden. Er zeigte den Brief auch seiner Frau, die ihn überflog und gut fand.

Er steckte das Schreiben in ein Kuvert, leckte über die Gummierung, klebte es zu und schrieb die Adresse.

Ihm fiel ein: Die Zentrale der *Szabad Nép* hatte man ja auch zusammengeschossen. Er schloss die Augen. Was sieht man, wenn man am Nationaltheater aus der Sechs gestiegen ist? Ist das Gebäude wieder instandgesetzt? Er hat selten in der Gegend zu tun und ist in den letzten Monaten auch gar nicht mehr dort ausgestiegen. An der Üllői-Straße schon. Er hatte dort die völlig zerschossene Kaserne gesehen, davorgestanden und sich gewundert. Aber was war an der Ecke Blaha-Lujza-Platz, ist die *Népszabadság* dort wieder eingezogen?

Wo war die Redaktion provisorisch untergebracht? Ihm war, als hätte er es auf einem Anschlag gesehen. Ja, in der Nádor-Straße, vielleicht Ecke Zoltán-Straße. Nach den Sitzungen des Planungsrats ist ihm das auf dem Heimweg aufgefallen. Aber in letzter Zeit hat sich da nicht mehr viel getan. Offenbar ist die *Népszabadság* jetzt nicht mehr dort.

Am Dienstag hat ihn frühmorgens einer der Uniformierten im Eingangsbereich der wiederhergestellten Zentrale am Blaha-Lujza-Platz hinauskomplimentiert: Draußen an der zweiten Tür. Es war zu sehen, dass man von dort gar nicht ins Innere des Gebäudes hineinkam. Hinter der gläsernen Abtrennung saßen Frauen.

„Zu wem möchte der Genosse?"
„Ich weiß nicht … Möchte nur einen Brief abgeben …"
„Am Haupteingang."
„Von da hat man mich hierher geschickt."
„Wir geben hier nur die Passierscheine aus."
Unser Held landete erneut am Haupteingang.
„Ich möchte nur einen Brief abgeben …"
„Beim Pförtner."

Man ließ ihn bis zum Pförtner vor. Stämmige Männer, jeder in Anzug und Krawatte, und Arbeitermilizionäre standen in der Eingangshalle; gegenüber vom Empfang bewegten sich die Kabinen vom Paternoster in auffälligem Tempo rauf und runter. Die Pförtnerin mittleren Alters im dunklen Kostüm schaute auf die Anschrift, nickte und schob den Brief gleich von ihrem Stuhl aus in ein Fach.

„Kriegen die ihn heute noch?", erkundigte sich unser Held und beugte sich dabei zu dem Fensterchen in der Glaswand hinunter.

„Ja, sie kriegen ihn."

„Am Vormittag?"

„Am Vormittag."

„Sind die Redakteure also heute im Haus?"

„Sie werden wohl da sein."

„Um welche Zeit kommen sie?"

„Je nachdem. Bis Mittag sind meist alle da."

Unser Held zögerte.

„Gibt es so etwas wie ein Eingangsbuch? Für einen Übergabe-Eintrag ..."

„Brauchen wir nicht ... der Genosse braucht keine Sorge zu haben, das geht schon in Ordnung."

Unser Held bedankte sich und lief zur Straßenbahnhaltestelle, er wollte nicht zu spät im Betrieb sein.

Der Portier dort blickte genauso gelangweilt in seine Aktentasche wie sonst. Er schloss seine Tasche wieder, klemmte sie unter den linken Arm und holte mit der rechten Hand seine Anwesenheitskarte für die Woche aus dem Fach des Kartenbehälters. Linke Seite, zweite Reihe, die dritte von oben. Er steckte sie in den Schlitz unterhalb der elektrischen Uhr, griff, ebenfalls mit der Rechten, zum Hebel und drückte ihn kräftig hinunter. Die Karte wurde mit Datum und Uhrzeit gestempelt. Er zog die Karte heraus, legte sie wieder an ihren Platz und nahm seine Tasche. Sie war ziemlich leer. Am Abend wollte er sich einen Packen Akten mit nach Hause nehmen, weil er Aufstellungen über die Planerfüllung des Quartals zu machen hatte – fürs Ministerium für Maschinenbau und Hüttenwesen, das Industrie-Ministerium und für das Staatliche Planungsamt. Massen von Daten waren gefordert, alle nach unterschiedlichen Aspekten, jede Behörde ist auf etwas anderes neugierig. Auch die Buchhaltung wird mit der Anforderung von immer neuen Nachweisen und Ergebnissen an den Rand der Verzweiflung gebracht; ebenso die Werkmeister, Qualitätskontrolleure und Magazinverwalter, bei ihnen musste sich unser Held mit viel Druck die Daten beschaffen und machte sich damit auch nicht gerade Freunde.

Jeder versuchte, die Ergebnisse etwas zu schönen, aber zu lügen trauten sie sich nicht. Man konnte noch nicht wissen, wie das neue System funktionierte, wenn es überhaupt eines geben sollte, was man also in Zukunft alles fordern, was und wie man sanktionieren würde. Die Bürokratie ufert jetzt noch mehr aus – das hat uns die Revolution beschert – und auch das Misstrauen ist größer. In diesen Salzämtern klammert sich jeder an seinen Posten und will mit immer mehr Daten belegen, dass er gewissenhaft arbeitet, dass er Tag und Nacht übers Volksvermögen wacht, sich für die Bewahrung der Werte einsetzt und immerfort um die Planerfüllung bemüht ist.

Zufällige Ungenauigkeiten und absichtliche Inkorrektheiten zu registrieren, war angebracht. In ihrem Zimmer wussten alle, dass es sich in einer Lage wie der gegenwärtigen empfahl, wachsam zu sein. Alle waren sehr bemüht, nicht zu stören, und redeten auch nicht mit ihm.

Um kurz nach acht klingelte das Telefon, Benkő hob ab und reichte ihm den Hörer weiter. Eine Sekretärin des Planungsamtes wollte den Genossen Fátray sprechen. Sie ließ ihn wissen, dass er sich in dieser Woche nicht zur Sitzung bemühen müsse. Das liebenswürdige, hübsche Geschöpf sitzt in einem kleinen Raum neben dem Sitzungssaal, sie bringt immer das Tablett mit den Wassergläsern hinein. Die wahre Konsolidierung wird geschafft sein, wenn sie sie eines Tages mit Kaffee bewirtet.

„In dieser Woche fällt die Sitzung also aus?", fragte unser Held.

„Ja, Sie brauchen nicht hereinzukommen, Genosse Fátray. So heißt es im Beschluss."

„Ist die Sitzung also auf nächste Woche verschoben?"

"Das weiß ich nicht, Genosse Fátray. Wir melden uns dazu noch."

Auf diesen regelmäßig tagenden Planungsrat könnte man jetzt auch schon verzichten. Die wichtigsten Daten des Dreijahresplans sind beschlossen, über die Höhe des sowjetischen Kredits ist entschieden, die Produktionsstruktur ändert sich nicht. Und wegen nicht so wichtiger Angelegenheiten lohnt es sich nicht, alle zwei Wochen diese ganze Gesellschaft zusammenzutrommeln, seit mehr als anderthalb Monaten wird ohnehin nur noch geredet, und es geht um nichts Entscheidendes mehr.

Den ganzen Vormittag trödelte er herum, wurde früh hungrig, wollte aber mit einer Sache doch noch zu Ende kommen. Die drei Kollegen gingen pünktlich zu Mittag in die Kantine, er hielt noch bis halb eins durch. Essensausgabe ist ab halb zwölf, da wartet meist schon eine längere Schlange vor dem Ausgabefenster. Aber es war auch jetzt nicht anders. Er stellte sich in die Reihe, vor seinen Augen flimmerten noch die Zahlenreihen, ihm brummte der

Kopf. Er blickte hoch. Neben der Reihe der Wartenden stand die hübsche Anna Podani von der Gewerkschaft und fixierte ihn.

„Einen Augenblick, Genosse Fátray", sagte Anna Podani.

„Ja?"

„Können wir einen Moment auf die Seite gehen ...?"

Unser Held trat aus der Schlange heraus und folgte der Frau. Sie ist dicker geworden in letzter Zeit. Der Wohlstand bekommt ihr nicht gut.

Anna Podani blieb ein paar Schritte von der Schlange entfernt stehen, wandte sich ihm zu und lächelte jetzt gar nicht so wie sonst.

„Genosse Fátray, ich bitte dich, komm nicht mehr in die Kantine, bis deine Angelegenheit geklärt ist."

Unser Held begriff nicht.

„Es macht böses Blut", sagte Anna Podani.

Für das breite Gesicht sind ihre Augenschlitze zu schmal. Bald wird ihr fettes Doppelkinn hin- und herschlenkern. Dabei ist sie noch immer jung.

„Aber wieso denn, was ist los?", fragte Fátray, obwohl er durchaus im Bilde war.

Anna Podani nickte nur, wandte sich um und ging in Richtung Treppenhaus weg.

Noch immer standen Menschen in der Schlange. Ihm kam es so vor, als unterhielte sich niemand mehr. Es sah ihn auch keiner an. An den Tischen wurde gelöffelt und gekaut, kein Blick eines Anwesenden ging in seine Richtung. Sie konnten nichts gehört haben. Er stand neben der Schlange. Nicht nur sein Magen fühlte sich leer an, ihm war, als hätten sich auch seine Lunge, Milz und Leber entleert.

Gut, murmelte er vor sich hin, das muss jetzt geklärt werden. Sofort.

Er machte sich auf den Weg hinauf zur Direktion. Unterwegs stellte er fest, dass sein Herz nicht schneller schlug. Möglich, dass er im Grunde schon darauf vorbereitet war.

Im Vorzimmer des Parteisekretärs sagte ihm die Sekretärin, dass der Genosse Alréti bei einer Sitzung in der Parteizentrale sei und wahrscheinlich erst am Nachmittag wiederkäme.

„Würden Sie bitte so nett sein und mir gleich Bescheid geben, wenn er zurück ist? Es ist dringend."

„Natürlich, Genosse Fátray."

Die Sekretärin weiß noch nichts. Oder sie lässt sich nichts anmerken.

Er ging hinüber zum Direktor. Die Direktionssekretärin schüttelte den Kopf.

„Der Kalender des Genossen Direktor ist für den ganzen Tag randvoll."

„Aber nur anderthalb Minuten höchstens", insistierte Fátray und versuchte sehr gewinnend zu lächeln. „Das müsste sich doch machen lassen?!"

Die Sekretärin schüttelte bedauernd den Kopf.

„Versuchen Sie es morgen, Genosse Fátray."

„Dann kann ich vielleicht eine kurze Notiz für ihn schreiben …"

„Bitte."

„Könnte ich ein Blatt von dem Papier? …"

„Mein Schreibpapier ist so knapp bemessen, kann es auch Durchschlagpapier sein?"

„Natürlich."

Er ließ sich auf einem der Besucherstühle nieder, beugte sich über das Rauchertischchen und holte einen Bleistift aus seinem Arbeitskittel. Er konnte ja nicht gut mit dem Füller auf Durchschlagpapier schreiben, die Tinte würde darauf zerfließen.

Was sollte er jetzt so schnell schreiben?

Jemand muss die Anna Podani angewiesen haben, mir das zu sagen. Man hat ihr den Wortlaut vorgekaut in den Mund gelegt, er war zu glatt und direkt. Einer der Chefs muss es gewesen sein, einer Gewerkschaftssekretärin fällt so etwas nicht ein. Der Parteisekretär, der Direktor oder die Personalreferentin? Was soll er dem Direktor jetzt mitteilen, wenn vielleicht er es gewesen ist? Und wenn er es nicht war? Was könnte er dann schreiben?

Es ist besser, wenn er zu Hause in Ruhe und in bestimmtem Ton schreibt, dass der im Artikel Genannte gar nicht er sein kann und dass er schnellstens eine Untersuchung gegen seine Person verlangt. Das geht nicht hier auf diesem Käsepapier.

Er stand auf.

„Danke", sagte er, legte das Blatt auf den Tisch, strich es glatt, damit es nicht unbrauchbar war und weggeweht wurde. „Doch besser mündlich."

Er begab sich in die Personalabteilung.

Die Personalreferentin empfing ihn gleich.

Die etwas zu dicke Frau Demeter, sie litt unter Krampfadern, wünschte, dass man sie mit ihrem Vornamen Zsuzsa ansprach – 1949 war sie in die Parteischule geschickt worden, sie konnte Arbeiterabstammung nachweisen, obwohl ihre Eltern, wie es hieß, Bauern waren. Die Parteischule schloss sie nicht ab, weil man sie inzwischen in die Technische Universität aufgenommen hatte, dort schied sie allerdings nach dem ersten Semester wieder aus. Im Rahmen irgendeines Fortbildungsprogramms verbrachte sie auch ein halbes Jahr in der Sowjetunion, aber es hat sich nie herausgestellt, ob sie dort Russisch gelernt hat. In Wirklichkeit wusste man gar nichts Genaues über sie, so dass man sie eher fürchtete.

Schwer atmend saß die dicke Zsuzsa hinter ihrem Schreibtisch, und so wird auch die Anna Podani bald schnaufen. Die dicke Zsuzsa hatte ebenfalls zu enge Sehschlitze.

„Ja, Genosse Fátray?"

„Danke, dass Sie für mich Zeit haben. Anna Podani von der Gewerkschaft hat mich gebeten, die Kantine nicht mehr aufzusuchen, bis meine Angelegenheit abschließend geklärt ist. Aber ich weiß gar nicht, dass ich eine Angelegenheit habe. Sie müssten es ja wissen, wenn ich eine hätte, nicht wahr? Bitte, lassen Sie mich die Sache aufklären. Es ist nämlich ganz einfach."

Die Personalreferentin schaute an Fátray vorbei.

„Mir ist von einer Sie betreffenden Untersuchung nichts bekannt, Genosse Fátray", sagte sie nach einer kurzen Pause.

„Dann habe ich also gar keine Angelegenheit?"

„Ich weiß von keiner, Genosse Fátray."

„Dann spricht Ihrer Meinung nach ja auch nichts dagegen, dass ich in die Kantine gehe."

Die dicke Zsuzsa zögerte.

„Die Kantine fällt nicht in meinen Kompetenzbereich", sagte sie dann.

Demzufolge hat die Genossin Demeter diesbezüglich auch keine Anweisung gegeben.

„Ich weiß nicht, was die Gewerkschaft tut", sagte die dicke Zsuzsa und seufzte. „Ich kann der Gewerkschaft auch keine Vorschriften machen, beschäftige mich nur mit meinem Bereich. Tut mir leid, Genosse Fátray."

Fátray stand noch da. Was tat ihr denn leid, der dicken Zsuzsa?

„Danke", sagte er und ging hinaus.

Sein leerer Magen meldete sich. Es ist noch nicht einmal Viertel nach eins. Die Kantine schließt erst um Viertel nach zwei, damit auch die von der Nachmittagsschicht noch essen können und man ihr Geschirr noch abspülen kann. Er hat seine Essensmarke, niemand hat sie ihm abgenommen. Und Anna Podani wird ja nicht stundenlang am Eingang der Kantine stehen, um mich wieder wegzujagen, oder? Und wer ist überhaupt diese Anna Podani?

Wegen dieser Hirngespinste wird er nicht hungern.

Also ging er hinunter in die Kantine, vor der Essensausgabe stand keine Schlange mehr, nahm sich ein Tablett, Besteck und trat vor das Fenster, musste sich etwas vorbeugen, um hineinzuschauen.

„Küss' die Hand, Erzsi-Néni!", rief er, gute Laune vortäuschend. „Haben Sie noch etwas für mich?"

Erzsi-Néni stand mit dem Rücken zu ihm und drehte sich auch nicht um, als sie angesprochen wurde, wandte nur den Kopf dem Ausgabefenster zu.

„Es gibt nichts mehr", sagte sie missmutig und wandte den Kopf wieder ab.

Fátray blieb etwas vorgebeugt stehen.

In den Kesseln sah er noch Tarhonya, auch Kohlgemüse und Fleisch in einer Sauce, vielleicht Rindspörkölt.

„Aber geben Sie mir bitte trotzdem noch was davon!", rief unser Held in derselben Stimmlage wie eben hinein.

Erzsi-Néni rührte sich nicht.

„Erzsi-Néni!"

„Für Sie gibt es nichts!", brummte sie vor sich hin und drehte sich gar nicht mehr um.

An drei Tischen wurde noch gegessen, stumm. Was Fátray sagte, konnten sie sicherlich hören. Sie sahen nicht auf, aßen.

Er schnaufte heftig und richtete sich auf.

Das muss man klarstellen, es nützt nichts, murmelte er. Trug das Tablett und das Besteck wieder zurück.

„Der Genosse Alréti ist aus der Parteizentrale zurück", sagte oben die Sekretärin, „aber er kann sie jetzt nicht empfangen. Morgen Vormittag um elf?"

„Danke", erwiderte unser Held, „morgen um elf."

Etwas beruhigter ging er die Treppe hinunter. Nur noch ein halber Tag, und alles wird aufgeklärt sein.

Ihm knurrte der Magen, macht nichts, er wird dann eben am Abend essen. Im Zimmer trödelten alle drei geschäftig vor sich hin und störten ihn nicht. Um halb fünf ging er zur gewohnten Zeit, die vollgestopfte Aktentasche unterm Arm und mit einem dicken Aktenordner in der Hand, der nicht mehr in die Tasche passte, in Richtung Pförtnerloge.

Vor dem Pförtnerhäuschen, in dem auch tagsüber das Licht brannte, musste er kurz warten, auch beim Hinausgehen wurde in die Taschen geschaut, gelegentlich darin herumgewühlt. Er trat von einem Fuß auf den anderen, wollte nicht, dass Bekannte jetzt so tun müssten, als würden sie ihn nicht kennen.

Der etwas kräftigere Portier Sanyi-Bácsi stellte sich vor ihn hin, sagte: „Kommen Sie bitte herein."

Unser Held blickte auf, begriff nicht.

„Dorthin", deutete der Portier mit einer Kopfbewegung.

Fátray trat ins Portierhäuschen ein und blieb stehen.

„Legen Sie den Mantel ab", sagte der kleinere der Arbeitermilizionäre zu ihm.

„Wozu?"

„Leibesvisitation."

Unser Held drehte sich um. Langsam gingen Leute von der Belegschaft an der Pförtnerloge vorbei, blieben stehen, sahen durchs Fenster herein.

„Muss das hier sein?!"

„Ja, hier."

Unser Held legte seinen Mantel ab. Ein großer, kräftiger Arbeitermilizionär, den Gurt seiner Maschinenpistole vor der Brust, tatschte seinen Körper ab.

„Auch die Jacke", verlangte der kleinere.

Fátray zog, mit dem Rücken zum Fenster gedreht, das Jackett aus.

Der Bewaffnete tastete es ab, holte aus den Taschen Ausweise und Brieftasche, nahm alles in Augenschein und legte es auf das Tischchen. Draußen schlenderten weitere Leute vorbei, mussten stehen bleiben. Die beiden Portiers draußen stöberten in ihren Taschen und verlangten auch schon mal: „Bitte öffnen!"

„Die Schuhe", ordnete der Größere an.

„Was soll denn in den Schuhen sein?!", brach es aus unserem Helden hervor.

„Ziehen Sie sie aus!"

Auf einem Bein balancierend schnürte er erst den einen, dann den anderen auf. Er stand jetzt in Socken da.

„Die Socken."

„Verdammte Idioten", brummte unser Held.

Der mit der Maschinenpistole tat, als hätte er nichts gehört.

Er stand jetzt barfuß in dem engen Pförtnerhäuschen, nur in Hemd und Hose.

„Drehen Sie sich um."

Unser Held drehte sich zum Fenster des Portierhäuschens. Augen glotzten herein, große Augen ohne Gesichter, Augen neben- und übereinander, sie zwinkerten nicht, rührten sich nicht.

Der mit der Maschinenpistole ging in die Hocke, fühlte die Hosentaschen, die Schenkel, die Beine entlang. Griff ihm in den Schritt. Ein speziell Ausgebildeter, muss früher Gefängniswärter gewesen sein. Unser Held stand sehr gerade und reckte den Kopf, jetzt war es ihm gleich, er schaute scharf zum Fenster hinaus. Die vielen Augen schienen sein weißes Hemd zu durchdringen.

Das hat doch keinen anderen Sinn, als mich öffentlich zu erniedrigen.

Man rächt sich für irgendetwas.

„Ziehen Sie sich wieder an!"

Da war ihm schon alles egal. Er zog sich in Ruhe seine Socken an, die Schuhe, band sich sorgfältig die Schnürsenkel. In aller Ruhe legte er das Jackett und den Mantel an. In die Tasche sah niemand mehr hinein, obwohl die volkswirtschaftlich unermesslich wichtigen, für die imperialistischen Spione so kostbaren Schriften nur so daraus hervorquollen.

Er taumelte zur Autobushaltestelle hinunter. Niemand verfolgte ihn. Die aus der Fabrik heimwärts Strebenden hielten respektvoll Abstand, verloren sich allmählich und die vor ihm Gehenden wollte er nicht einholen, so trottete er die Straße hinab, hin und wieder überkam ihn ein kleiner Schwindel. Die Wenigen von der Belegschaft, die an der Haltestelle warteten, schauten ihn nicht an, aus Mitgefühl oder Teilnahmslosigkeit, andere Wartende waren ja nicht eingeweiht. Er stieg hinten ein und wurde an das Rückfenster des Busses gedrückt. Sah hinten hinaus, ohne dass er wirklich etwas wahrgenommen hätte. Unterm rechten Arm klemmte das dicke Akten-Dossier, in der rechten Hand trug er die Aktentasche, mit der linken hielt er sich an der Querleiste fest. Im Rücken spürte er, wie alle ihn anstarrten. Sein Gesicht brannte.

Ein böser Traum, was da vor ein paar Minuten mit ihm geschehen ist. So etwas kann ihm doch nicht passieren.

Man hat ihn gehen lassen. Ihn nicht festgenommen. Hätten sie aber tun können. Also kann es sich auch nicht um etwas Gefährliches handeln. Wäre es etwas Ernsthaftes gewesen, hätte man ihn verhaftet.

Morgen klärt er die Sache auf. Er muss noch bis morgen Vormittag um elf durchhalten, und dann wird er es aufgeklärt haben. Also noch achtzehn Stunden, aber davon sind acht Stunden Schlaf. Falls er schlafen kann. Morgen ist Mittwoch, und am Samstag erscheint die Richtigstellung, aber die braucht er dann gar nicht mehr.

Sie wollen rigorose Wachsamkeit demonstrieren, eine andere Erklärung für diese demütigende Entkleidung und Leibesvisitation gibt es gar nicht. Alle bangen um ihre Posten. Es ist verständlich. Ja, Anna Podani … Sie hat sich vielleicht selbst herausgenommen, ihm das Betreten der Kantine zu verbieten… Jetzt rächt sie sich, weil er nicht mit ihr geschlafen hat … so etwas gibt es. Und deshalb hat sie auch Erzsi-Néni diese Anweisung gegeben. Wer sonst könnte die Küche angewiesen haben, ihn nicht mehr zu bedienen? Podanis persönliche Rache, weil er sie verschmäht hat … Aber das am Pförtnerhäuschen, das kann nicht sie gewesen sein … vielleicht war es ein anderer, der die Zeit für gekommen hielt, ihm Ärger zu machen. Aber mehr können es nicht sein. Vielleicht die unsympathische Salánki, die Frau von der Arbeitskontrolle und -organisation oben.

Bei der Sziget-Konditorei stieg er aus dem Bus, überquerte den Ring und spazierte die Fürst-Sándor-Straße entlang nach Hause. Was ihm da vorhin widerfahren war, kam ihm nun schon unwahrscheinlicher vor. Jetzt diese überzogene Wachsamkeit demonstrieren, gerade jetzt, da sich die Staatsmacht schon konsolidiert hat, wo eigentlich alles wieder friedlich ist, Ruhe herrscht, wo nicht mehr gestreikt wird und die Trambahnen und Busse verkehren? Jetzt im Frühjahr?! Aus dieser IMW-Ankündigung ist ja auch nichts geworden. Die eifrigen Genossen übertreiben einfach. Wegen eines Artikels, in dem sein Name vorkommt, ohne Vornamen?! Und auch das offenbar nur wegen eines Fehlers.

Er hat auf jeden Fall im Rochus-Spital gelegen!

Vor dem Duna-Kino blieb er stehen. »Wenn jeder auf der Welt so wäre«, für diesen französisch-italienischen Film mit dem langen Titel wird Reklame gemacht, die dritte Woche verlängert. Kati erzählt, ihre Kollegen behaupteten, es sei der schönste Film, den sie je gesehen hätten. Natürlich wären sie schon längst in dem Film gewesen, wenn Kati nicht wegen der großen Frühjahrsausstellung so viel Druck gehabt hätte. Auf einem Fischkutter bricht eine tödliche Infektion aus, die Funkamateure der ganzen Welt arbeiten zusammen, um das einzig wirksame Medikament zu beschaffen und es zu dem Schiff mitten auf dem Ozean zu bringen. Er hat Kati versprochen, Karten zu besorgen, es aber immer wieder vergessen.

Er betrat den Vorraum und stellte sich an der Kasse an. Fürs Wochenende: Für Samstagabend und den ganzen Sonntag gab es keine Karten mehr; aber die Frau an der Kasse sagte, dass sie den Film sicher auch noch nächste Woche bis Mittwoch spielen würden.

„Für Mittwoch?", fragte die Kassiererin.

„Ich arbeite", murmelte Fátray.

„Am Mittwoch arbeiten Sie nicht, das garantiere ich Ihnen, denn am Mittwoch ist 1. Mai", sagte die Frau an der Kasse vergnügt.

„Für abends um Viertel vor sieben oder um neun? Denn für halb fünf habe ich nichts mehr."

„Dann für Viertel vor sieben. Drei Karten bitte."

Sie werden sich freuen. Auch Matyi darf mitgehen, es ist nichts dabei ...

Sein Optimismus, dass er nächsten Mittwoch ins Kino

gehen wird und nicht nur Karten für seine Frau und den Sohn gekauft hat, beruhigte ihn.

Zu Hause verriet er nicht, dass er Karten für den Film besorgt hat, es sollte eine Überraschung sein.

Sie aßen zu Abend. Kati ging bald schlafen, gleich nachdem der Junge im Bett war. Unser Held saß noch im Pyjama am Küchentisch und starrte in die Dunkelheit hinaus. Kati ist nicht zu ihm herausgekommen, um ihn zu rufen: Wenn ihr Mann sich das neuerdings zur Gewohnheit gemacht hat, dann soll er es eben für sich allein genießen.

Am Morgen sah man wie bei den anderen auch in seine Aktentasche nur hinein, es gab keine weitere Durchsuchung. Er schielte zu den Wachen hin. Auch der Arbeitermilizionär mit der Maschinenpistole stand da, ihre Blicke trafen sich, doch der wandte sich gleichmütig ab.

Mit gesenktem Kopf hastete er in Richtung Bürogebäude.

Zu Hause hatte er sich zwei zusammengeklappte Schmalzbrote in Seidenpapier gewickelt und sie in die Tasche gesteckt. Er konnte sie sich in der Küche bestreichen, als Kati im Vorzimmer mit dem Jungen beschäftigt war: Jeden Morgen kontrollierte sie, den Stundenplan in der Hand, ob er alle Bücher und Hefte beisammen hatte. Als fürsorgliche Mutter kümmerte sie sich auch darum, dass Matyi ordentlich angezogen war: Sie knöpfte ihm den Mantel zu, setzte ihm die Mütze mit den Ohrenklappen auf, die er nicht leiden konnte und zog ihm den Schal zurecht. Der Junge ließ es geschehen.

Fátray war vor den Kollegen im Büro.

Er packte seine Dossiers aus und prüfte, ob die Schmalzbrote auf seinen Unterlagen keine Spuren hinterlassen hatten. Arbeiten konnte er nicht, er sah die Zahlenreihen vor sich gar nicht. Mit diesem durcheinandergeratenen Hirn lohnte es sich nicht anzufangen, er registrierte heute nicht, was ihm normalerweise blitzartig ins Auge springen würde. Die im Planungsamt und in den Ministerien werden sich eben etwas gedulden müssen, sie haben derzeit sowieso genug zu tun.

Er ist ja in einer Minute drüben im Zimmer des Parteisekretärs. Es genügt vollauf, wenn er um fünf vor elf geht und wird dort sowieso warten müssen. Sicher sind schon vor ihm Leute da, alle Besprechungen dauern länger als geplant, das kennt man ja, es lohnt sich nicht, früher dort zu sein und herumzusitzen. Es soll nicht aussehen, als nähme er das Ganze gar so wichtig.

Er blickte aus dem Fenster, keiner kam, niemand verlangte ihn am Telefon.

Der Kleine Horváth und Benkő erschienen, dann auch Palágyi. Das Übliche. Sie machten sich an ihre Arbeit. Er tat so, als würde er sich mit dem Materialbedarf befassen, es gelang ihm auch, zwei, drei Seiten zu überprüfen.

Um zehn nahm er seine Aktentasche und ging hinaus.

Daran war nichts Auffallendes: Er muss öfter hinuntergehen, um mit einem Werkmeister etwas zu besprechen; gelegentlich hat er auch außerhalb in der Bulcsú-Straße zu tun oder in Betrieben, wo man ihre Maschinen verwendet und die etwas zu reklamieren hatten oder Vorschläge machen wollten. Benkő nannte ihn deshalb oft Genosse Produktionskoordinator oder Kollege Materialbeschaffer.

Er ging ins WC, schloss sich in eine Kabine ein und verspeiste dort eines seiner Schmalzbrote.

Das andere würde er statt des Mittagessens verzehren.

Bevor seine Angelegenheit nicht geklärt ist, wird er nicht mehr in die Kantine gehen, will sich nicht mehr einer so beschämenden Situation aussetzen. Möglich, dass er heute schon unten essen könnte und kein Hund sich ihm in den Weg stellte, aber besser erst morgen oder dann, wenn sie sich entschuldigt haben. Die Sache mit Erzsi-Néni hat ihn mehr getroffen als der Auftritt mit der Anna Podani. Erzsi-Néni hat sich einfach nicht getraut, ihn zu bedienen, weil man es ihr verboten hatte, und sie wagte nicht, sich darüber hinwegzusetzen. Schweren Herzens hat sie ihm die Mahlzeit verweigert und ihm den Rücken zugekehrt, damit sie ihm nicht in die Augen sehen musste. Das wird er ihr irgendwie zugutehalten müssen. Die Podani aber hat ihn mit Genugtuung aus der Kantine gewiesen. Er sah ihre breite Visage vor sich und die schmalen Augenschlitze: Sie hat sich an dem Mann gerächt, der nicht mir ihr ins Bett gehen wollte. Ein mieser Charakter.

Er aß das Brot auf, dann zog er die Wasserspülung, horchte, aber niemand kam; er ging in den Vorraum hinaus, hielt den Mund unter den Wasserhahn und trank einen Schluck. Stand etwas unentschlossen herum, sah auf die Uhr, dann ging er in die WC-Kabine zurück und verriegelte die Tür. Man soll ihm nicht ansehen, wie aufgeregt er ist. Auch dass er schwitzt, braucht niemand zu bemerken. Sonst glauben die noch, er habe ein schlechtes Gewissen. Es könnte so aussehen, als ginge er in ein sein Schicksal entscheidendes Gespräch, wo doch offensichtlich ist, dass sich irgendwo jemand total geirrt hat. Sie zur Einsicht zu bringen, wird nicht schwer sein. Die Kunde, dass man ihn vom Verdacht freigesprochen hat, dürfte sich innerhalb weniger Augenblicke in der Stadt verbreiten, die Anschuldigungen werden wie ein Kartenhaus in sich zusammenfallen.

Vielleicht ist irgendjemand neidisch, weil er im Oktober aus objektiven Gründen wirklich nirgendwo dabei sein konnte?

Er betätigte nochmals die Wasserspülung, verließ das Klosett und ging in sein Zimmer zurück. Seine Kollegen waren nicht da. Er stellte die Aktentasche neben seinen Stuhl und ging wieder hinaus.

„Nehmen Sie Platz, Genosse Fátray", sagte die Sekretärin. „Es sind noch ein paar drinnen, aber er lässt Ihnen ausrichten, dass er gleich Bescheid geben wird."

Er setzte sich. Ihm fiel auf, dass die Sekretärin, die der Parteisekretär aus der Provinz mitgebracht hatte, als er zu ihnen versetzt wurde, seinen Namen kannte, obwohl sie sich tatsächlich noch nicht oft begegnet waren. Wahrscheinlich ist sie ihm auch nicht offiziell vorgestellt worden. Er versuchte, sich zu erinnern, wann er zum ersten Mal hier gewesen war. Wahrscheinlich im November, als er nach dem großen Zirkus wiederkam. Ob sie sich damals vorgestellt hat oder ihm vorgestellt wurde und ihren Namen gesagt hat? Man sollte wissen, wie sie heißt. Er strengte seinen Kopf an, als würde etwas Wichtiges davon abhängen, dass ihm der Name dieser unwichtigen Frau mittleren Alters mit Doppelkinn und fettigen Haaren einfiel.

Ein paar Minuten nach elf ging die Tür einen Spalt auf, und der Parteisekretär guckte heraus.

„Genosse Fátray?", sagte er, schob die Tür weit auf und machte unserem aufspringenden Helden Platz.

Der Zigarettenqualm in dem Raum war zum Schneiden dick.

Den Kleinen Horváth nahm er als Ersten wahr, dann Sanyi Palágyi. Auch Benkő war da, im grauen Arbeitskittel, den er über seinem Anzug trug, etwas abseits vom Schreibtisch saß Frau Demeter, die Personalreferentin, neben ihr

Anna Podani. Dann Hídvégi, der Leiter der Niederlassung des Betriebs in der Béke-Straße, mit dem er nur selten zu tun hatte. Ein Techniker aus der Reparaturabteilung in der Bulcsú-Straße, dessen Namen er nicht kannte. Neben ihm die stellvertretende Leiterin des Handelsressorts, die hinkende Frau Márki. An der Ecke des Schreibtischs, sieh mal an, die Sekretärin des Direktors höchstpersönlich, mit dem Schreibblock im Schoß. Die Sekretärin war die größte Überraschung für ihn in dieser bunten Gesellschaft.

Er blieb stehen. Der Parteisekretär ging hinter seinen Schreibtisch und setzte sich.

Ihm wurde kein Platz angeboten. Er stand vor dem breiten Schreibtisch des Parteisekretärs, vis-à-vis das große Fenster. Stand also wie bei einem Verhör im hellen Licht, die Köpfe der anderen blieben im Schatten.

„Servus, Genosse Fátray", sagte der Parteisekretär. „Du hast um ein Gespräch gebeten. Bitte."

Die Sekretärin, den Stift in der Hand, war bereit, alles, was gesagt wurde, mit zu stenografieren.

Man hat ihn also vor einen Rechtfertigungsausschuss geladen.

Darum ging es doch nicht. Die Verschwörung! Doch nein. Warum sollten sie nicht hier sitzen?

„Bitte, Genossen, ihr habt Fragen", sagte er.

Die eigene Stimme gab ihm Sicherheit, und er fühlte sich irgendwie erleichtert. So wird jetzt wenigstens alles geklärt.

Zuerst war es still.

Der Parteisekretär stellte die erste Frage:

„Genosse Fátray, wo warst du zwischen dem 23. Oktober und dem 4. November?"

„Im Krankenhaus war ich", antwortete er erleichtert. „Am 18. Oktober wurde ich operiert, und man hätte mich schon bald wieder entlassen, als das Krankenhaus in den

Keller umziehen musste. Da habe ich beim Umräumen geholfen und mir dabei eine Lungenentzündung geholt ... Am 8. November hat mich dann der Krankenwagen vom Rochus-Spital nach Hause gebracht, aber ich hatte immer noch Fieber, und der Arzt schrieb mich krank ..."

Darauf schwieg er, die Sekretärin des Direktors notierte seine Worte und hielt bald inne, sie war als exzellente Stenografin bekannt.

„Wie kannst du das bezeugen, Genosse Fátray?", fragte der Parteisekretär.

Unser Held war überrascht.

„Das weiß doch jeder", sagte er.

Stille trat ein.

„Es wäre nicht schlecht", sagte der Parteisekretär, „wenn du über all das eine Bestätigung vorlegen könntest ..."

Unser Held starrte den Parteisekretär erstaunt an. Der trug ein Jackett und darunter ein kariertes Flanellhemd, das Revers des Jacketts war voller Schuppen.

„Vom Krankenhaus soll ich eine Bestätigung besorgen?", fragte er erstaunt.

„Zum Beispiel", antwortete der Parteisekretär.

In seiner Stimme lag keine Verärgerung oder gar Hohn, er sagte es einfach so dahin.

„Sei mir bitte nicht böse, Genosse Alréti", sagte unser Held, „aber als ich zurückkam, hat man mich gleich sowohl Dir als auch dem Direktor vorgestellt ... Das war im November, im dritten Drittel des Monats, den Tag weiß ich nicht mehr genau ... Es war ein Montag, glaube ich ... Marika wird es wissen ... Ich habe noch am selben Tag im Arbeitsreferat oben bei Frau Salánki die ärztliche Bestätigung abgegeben ..."

Die Direktionssekretärin schaute nicht auf, sie notierte.

„Was hast du zwei Wochen lang zu Hause gemacht, Genosse Fátray?", fragte Benkő.

Unser Held starrte ihn an.

„Ich habe mich erholt, versucht, wieder zu Kräften zu kommen", sagte er dann. „Musste mich von der Operation und der Lungenentzündung erholen, Genosse Benkő."

Sonst sagte er Kálmán zu ihm.

„Da hast du dich aber lange erholt, Genosse Fátray", bemerkte der Parteisekretär. „Erholt man sich so lange, wenn unser Arbeiterstaat in Gefahr ist?"

Fátray glaubte, Alréti mache einen Spaß, aber der hatte mit ernster Miene gesprochen. Und niemand zeigte auch nur ein Lächeln.

Darauf fiel ihm nichts ein.

„Würdest du uns berichten, wie groß der Grundbesitz deiner Vorfahren war?"

Er verstand die Frage nicht.

„Genosse Fátray, informiere uns bitte über deine aristokratische Herkunft."

Alréti saß ganz ruhig auf seinem Platz. In seinem Tonfall lag keinerlei Ironie.

Er beherrschte sich und antwortete besonnen:

„Ich habe dir das schon einmal erzählt, Genosse Alréti, dass ich einen magyarisierten Namen habe. Ich wollte ihn auf i endend und nicht mit Ypsilon, aber irgendjemand hat nicht aufgepasst und sich verschrieben, so bin ich zu dem Ypsilon gekommen ... Ich habe damals protestiert, aber das hat nichts genützt ..."

„Gibt es darüber, dass du protestiert hast, etwas Schriftliches, Genosse Fátray?"

„Etwas Schriftliches? Nein."

„Und wie kamst du auf einen so irredentistischen Familiennamen, Genosse Fátray? Hast du darum gebeten oder hat man auch den verschrieben?"

„Auch das habe ich dir schon einmal erklärt, Genosse Alréti", antwortete er heiser. „Ich hatte Tátrai gewählt, das war einer von drei Namen, die man mir vorgeschlagen hat, Tátrai klang für mich am besten, aber man hat auf den T-Strich in der Mitte Tinte gekleckst, so wurde aus Tátrai dann Fátray ..."

Schweigen.

Auch Tátrai ist ein irredentistischer Name, denn auch das Tátra-Gebirge ist von Ungarn abgetrennt worden, nur gibt es sehr viele Tátrais, und man hat sich an den Namen gewöhnt. Kárpáti ist ebenfalls irredentistisch. Kelemen wäre besser gewesen, obwohl es von den Kelemen, also Clemens, eine Menge Päpste gab, und so wäre der zwar kein irredentistischer, aber ein klerikaler Name.

Der Techniker mit dem pickeligen Gesicht aus der Bulcsú-Straße meldete sich:

„Und wenn ich fragen darf, Genosse Fátray, wie war dein ursprünglicher Name?"

„Klein."

Die Sekretärin schrieb ihn hin und wartete.

„Und dein Vorname?"

„Gyula."

„Und vor Gyula?"

„Gyula."

Die Sekretärin hielt inne.

„Ich bin kleinbürgerlicher Herkunft", sagte Fátray mit hochrotem Kopf. „Das steht in allen meinen Lebensläufen."

„Sag, Genosse Fátray, ist das alles auch in deinem Kader-Material vermerkt?", fragte der Parteisekretär.

„Vermutlich."

„Wieso vermutlich? Hast du deine Unterlagen nicht eingesehen?"

„Wie denn?"

„Als am 28. Oktober die Kaderbögen verteilt wurden, hast du dir da deine gar nicht angesehen?", fragte Alréti fast erstaunt.

„Ich war doch nicht in der Firma", zischte unser Held durch die Zähne, „wie kann ich sie mir da angesehen haben?!"

„Mich hat man jedenfalls dahingehend informiert, dass alle das sie betreffende Material gesehen haben ... ausnahmslos alle."

Er blickte in die Richtung der Genossin Demeter. Die dicke Zsuzsa saß reglos und stumm auf ihrem Stuhl. Hatte die Frage wohl nicht gehört. Vielleicht hat sie das Kader-Material persönlich an die Leute verteilt und ist jetzt in Schwulitäten.

„Am 29. wurde es ausgeteilt", sagte Sanyi Palágyi. „Nicht am 28. Nach der Rede des Ministerpräsidenten ..."

Den Namen von Imre Nagy sprach er nicht aus.

„Ich habe auch dann nichts gesehen", sagte unser Held, „konnte doch die ganze Zeit über nicht herkommen!"

Der Parteisekretär wandte sich Palágyi zu.

„Aber der Genosse Palágyi hat mich darüber informiert, dass er dich in der Fabrik gesehen hat, Genosse Fátray."

„Ja", sagte Palágyi leise und bekam einen roten Kopf.

Unser Held verstummte.

„Aber bitte!", schrie er dann.

„Wir haben hier auch etwas Schriftliches, überfliege es bitte", sagte der Parteisekretär und holte ein Blatt aus dem vor ihm liegenden Dossier.

Er nahm es, hielt es ein wenig von sich weg, um die handgeschriebenen Kritzeleien besser lesen zu können.

»... Fátray hat gegen die Partei gehetzt ... für Imre Nagy ... Revisionistische Ansichten ... Für das Mehrparteiensystem ... Hat sich im Arbeiterrat zu Wort gemeldet ...«

Eine Unterschrift stand nicht darunter.

„Das hat Sanyi Palágyi geschrieben?", fragte er verblüfft.

Er wandte sich dem blatternarbigen Techniker zu.

„Sanyi, das hast du geschrieben?!"

Palágyi neigte den Kopf etwas, der aufmerksame Beobachter konnte es als Nicken verstehen.

„Lauter Lügen!"

Es war ganz still.

„Ansichtssache", resümierte der Parteisekretär. „Kommen wir auf die letzten Oktobertage zurück. Mir wurde berichtet, man hätte dich beim Rundfunkgebäude gesehen. Stimmt das? Noch am Abend des 23. Oktober?"

„Wie kann das stimmen?! Ich sagte doch, dass ich im Krankenhaus gelegen habe!"

„Hat dich dort jemand gesehen?"

„Ärzte, Krankenschwestern, Patienten! ... Der Cousin meiner Frau, Oberarzt Zoltán Kállai, hat mich operiert ... Er arbeitet natürlich auch jetzt im Rochus-Spital, er wird es bestätigen! Der Kleine Horváth ... Pardon, der Genosse Horváth hat mich in marodem Zustand gesehen ..."

„Genosse Horváth, hast du den Genossen Fátray in krankem Zustand gesehen?", fragte der Parteisekretär,

„Ja", sagte der Kleine Horváth, „aber nicht im Krankenhaus ... Ich wohne ja, nicht wahr, in Kispest bei meinen Eltern und konnte nicht jeden Tag hereinkommen, als die Konterrevolution stattfand, auf der Üllői-Straße waren so viele Panzer, ich musste mehrere Male umkehren ... Als ich es zu Fuß schaffte, weil ich einen Umweg über Kőbánya machen musste, habe ich sogar hier in der Fabrik übernachtet ... In Richtung Rochus-Spital bin ich nicht gegangen, wie sollte ich auch, da wurde ja ständig geschossen ...

„Wovon redest du dann, Genosse Fátray?", fragte der Parteisekretär.

„Zu Hause hat er mich besucht, ich war noch bettlägerig, fühlte mich sehr schwach und hatte ständig Fieber ..."

„Einmal bin ich kurz hinaufgelaufen zu ihm", sagte der Kleine Horváth schnell, „gegen Abend auf dem Heimweg, ... er war im Pyjama ... Abends um neun herum ..."

„Da war Ausgangssperre", sagte Fátray heiser, „und du bist um neun Uhr zu mir hochgelaufen?"

„Dann eben früher ... aber es war schon dunkel ... Einmal habe ich ihn im Pyjama gesehen..."

„Was hatte seine Frau da an?", fragte der Parteisekretär.

Unser Held schwieg.

„Vielleicht ein Nachthemd", sagte der Kleine Horváth und sah an Fátray vorbei zur Tür. „Ich erinnere mich nicht. Seine Frau wird in der Küche gewesen sein..."

„Und war der Genosse Fátray damals krank?", fragte der Parteisekretär.

„Ich bin kein Arzt", murmelte der Kleine Horváth.

Unser Held beobachtete die Hand der Sekretärin, den Bleistift, der gerade ruhte. Prima, wenn jemand stenografieren kann. Wie lernt man so etwas? Mit so wenigen Bewegungen so viel zu notieren!

Dieser Kleine Horváth, der ist also auch zum Verräter geworden. Wer hätte das geglaubt.

Was er wohl davon hat? Er lebt bei seinen Eltern in Kispest. Wenn er sich zufällig einmal eine Frau aufgabelt, weiß er nicht, wohin er mit ihr gehen kann. Für ihn wäre so eine abgeteilte Ein-Zimmer-Wohnung wie unsere in der Balzac-Straße purer Luxus. Eine Wohnung, wo das Kind in der Diele, in einem Raum ohne Fenster aufwächst, das Bad ein enges Loch ist, vom Wohnzimmer aus zugänglich, es war früher die Garderobe, die Wasserzuleitung von der

Küche aus und weil sie um so viele Ecken geführt wird, alle naselang verstopft. Es fehlt ein Dienstmädchenzimmer, es fehlt eine Speisekammer. Von so einer Wohnung träumt der Kleine Horváth. Und für einen Alleinstehenden wie ihn wäre sie auch ideal.

Dafür hat es sich nicht gelohnt, in der Wohnung zu bleiben, noch dazu, wenn man eine am Rosenhügel in Buda bekommen hätte, eine mit Garten und an der Einundneunziger-Linie gelegen. Im November hätte man in eine der zwei Wohnungen in dem leer gewordenen Haus einziehen sollen, aus dem sich die Bewohner in den Westen abgesetzt haben. Der Rat der Hauptstadt hat jetzt alle eigenmächtigen Wohnungsbesetzungen nachträglich gebilligt. Als diese Meldung in der *Népszabadság* erschienen war, hat Kati tagelang vor Wut geschnaubt, denn sie hatte das gleich vorhergesagt. Und sie hatte Recht!

Ja, der Kleine Horváth. Von ihm kann man es vielleicht noch verstehen. Es war bekannt, dass wir ein gutes Verhältnis zueinander haben. Auf meine Empfehlung ist er damals auch in der Fabrik untergekommen. Als er den Artikel las, hatte er die Hose voll und verriet mich. Aber der Palágyi, mit dem mich gar nichts verbindet, warum der?

Ostern habe ich zwei Tage vertan. Die Sache nicht ernst genommen. Aber ich hätte mir denken können, dass sie Angst um ihre Arbeitsstellen kriegen würden. Die Bestätigung des Rochus-Spitals müsste ich jetzt schon in der Hand haben. Der Zoli Kállai hätte sie mir am Ostersonntag schreiben können.

Die Stille dauerte zu lange. Er blickte hoch. Der Parteisekretär suchte im Dossier nach etwas.

„Wenn ich noch etwas erwähnen darf", meldete er sich. „In dem Artikel in der *Magyar Ifjúság* geht es nicht um mich. Es steht auch gar kein Vorname dabei! Die Leute, die darin erwähnt werden, kenne ich nicht, habe ihre Namen nie gehört. Inzwischen habe ich schon bei der Zeitung um Richtigstellung ersucht. Die wird auch kommen. Und ich werde die Bestätigung vom Rochus-Spital vorlegen, dazu die vom Sprengelarzt. Eine habe ich ja schon bei der Genossin Salánki in der Arbeitsplanung und -organisation abgeliefert, als ich wieder zur Arbeit kam, die muss ja vorliegen, aber ich kann sie auch noch einmal bringen."

„Wenn ich auch etwas sagen kann", meldete sich Benkő.

„Bitte, Genosse Benkő."

„Der Genosse Fátray war nie ein Anhänger des Regimes", sagte er. „Im September, als die Delegation mit dem Genossen Kádár nach Jugoslawien gereist ist ..."

„Im Oktober", kläffte Anna Podani dazwischen.

„Im Oktober ... sagte er, also der Genosse Fátray, das hätten sie früher machen sollen, noch vor dem Rajk-Prozess ... dann hätten wir nicht so viele Leichen ..."

Unser Held stand da und wunderte sich. Benkő! Wozu muss der denn lügen?!

„Oft hat er sich darauf berufen, dass er damals illegaler Kommunist gewesen ist", fuhr Benkő fort, „aber uns hat er eingestanden, und auch der Genosse Horváth war dabei, noch vor 1955 im Sommer, in der Kantine, sagte er, er war nie ein Illegaler, man hat ihm seine Parteimitgliedschaft auch nicht anerkannt und wird es auch nicht tun ... In der Horthy-Zeit hat er sich nicht einmal getraut, in die Sozialdemokratische Partei einzutreten, und damals hat er auch gesagt, dass sie nach Palästina auswandern wollten, aber dann sind sie aus irgendeinem Grund doch geblieben ..."

„Kein Wort davon ist wahr! Nicht ein Wort!", schrie er.

„Auch der Genosse Horváth war dabei", sagte Benkő, inzwischen ganz blass, „er hat es auch gehört!"

Der Kleine Horváth hustete, und es sah so aus, als hätte er genickt.

„Ich habe immer gesagt", schrie Fátray, „wer am Leben geblieben und 1945 nicht ausgewandert ist, der ist ein Ungar, nichts anderes! Das habe ich immer gesagt! Etwas anderes wäre mir nie in den Sinn gekommen! ..."

„Schrei nicht, Genosse Fátray", sagte der Parteisekretär, „ das geht hier nicht. Wenn du etwas falsch gemacht hast, so schweige und ertrage jetzt die Kritik."

„Das ist keine Kritik, das sind miese Verdächtigungen! ..."

„Das wird sich herausstellen. Hier herrscht Demokratie, und jeder kann seine Meinung sagen. Genosse Hídvégi, hast du noch etwas zu sagen?"

Der Techniker mit dem dichten Haar hatte große Ähnlichkeit mit dem legendären Fußballer Öcsi Puskás und war auch überaus stolz darauf, dass man ihm den Kosenamen Öcsi Hídvégi gegeben hat, er holte tief Luft.

„Ja" ..., sagte er. „Als der Arbeiterrat gewählt wurde, da ist auch der Name vom Genossen Fátray gefallen..."

„Du bist doch auch jetzt Mitglied des Arbeiterrats?", fragte Alréti nach.

„Ja ... Also es wurde der Name vom Genossen Fátray genannt, und er hat nicht dagegen protestiert."

Es wurde wieder still.

Unser Held kam noch immer nicht aus dem Staunen heraus.

„Wie hätte ich protestieren sollen?", sagte er, „wo ich doch gar nicht anwesend war?"

„War der Genosse Fátray anwesend oder nicht?", fragte Alréti.

„Ich war teilweise am Béke-Platz", sagte Öcsi Hídvégi, „teilweise in der Bulcsú-Straße in der Reparatur ... Weiß nicht mehr, in welchem Betrieb es war ..."

„Ich konnte weder am Béke-Platz noch in der Bulcsú-Straße sein", sagte Fátray, „weil ich damals im Krankenhaus lag."

„Sprich weiter, Genosse Hídvégi."

„Das war es."

„Und wurde der Genosse Fátray dann in den Arbeiterrat gewählt?"

„Nein", sagte Hídvégi, „er hat sich umsonst angedient, er bekam das Vertrauen nicht."

Ihn schwindelte.

Mit dem Hídvégi hatte er nie etwas zu tun gehabt. Auch kaum einmal mit ihm gesprochen, kannte ihn nur vom Sehen. In der Abteilung in Angyalföld war er nicht oft gewesen, und im Betrieb Béke-Straße war er noch seltener als in der Reparatur in der Bulcsú-Straße.

Kluger Bursche, er verteidigt die Arbeiterräte, verhält sich also parteikonform. Opfert einen, der gar nicht dabei gewesen, der für ihn ein Fremder und um den es auch nicht schade ist. Nur ahnt er gar nicht, dass es nicht mehr lohnt, die Arbeiterräte zu liquidieren, wenn sie doch sowieso verboten werden.

„Die Reparatur ist nicht sehr weit entfernt von der Balzac-Straße", ergänzte der Kleine Horváth ungefragt. „Zwanzig Minuten zu Fuß."

Keine Reaktion. Auch der Junge aus der Reparatur-Werkstatt äußerte sich dazu nicht.

Zugaben bei Rufmord werden nicht honoriert.

„Genossin Podani?", fragte der Parteisekretär.

Anna Podani wurde rot.

„Genosse Fátray kam am Dienstag, dem 6. November, zu mir und schlug mir vor, mit ihm abzuhauen. Er würde seine Familie verlassen und nach Kanada gehen. Ich sollte mit ihm gehen. Ich habe abgelehnt. Er sagte, das hier kann nichts mehr werden. Freiheit wird es hier niemals geben. Er war sehr verzweifelt, weil die sowjetischen Truppen einmarschiert sind, sagte, 1945 hätten sie uns befreit, und jetzt würden wir von ihnen unterjocht ... und der Personenkult fängt wieder an ... und dann sagte er auch, dieses Volk wird sich nicht noch einmal erheben, weil der Westen uns geopfert hat ... Aber er möchte sich nicht allein auf den Weg machen. Allein ist es nicht schön, sagte er. Vielleicht hätte ich es melden sollen, aber ich habe das damals nicht ernst genommen. Da haben alle so viel dahergeredet ... Für mich war der Genosse Fátray immer schon ein schwankender, unzuverlässiger Kleinbürger, der nur zur Tarnung in die Partei eingetreten ist. Das einfache Volk hat ihn nie interessiert. Mit seiner aristokratischen Hochnäsigkeit hat er auf alle herabgeschaut, die es nicht wie er in der Horthy-Zeit zu einem Diplom gebracht haben; weil es ihm die Seinen bezahlen konnten ..."

Schweigen.

„Da fällt mir noch ein", nahm der Parteisekretär wieder das Wort, „warum hast du bis jetzt nicht um Aufnahme in die neu gegründete Partei angesucht, Genosse Fátray?"

„Das habe ich ja", gab unser Held mit heiserer Stimme zurück. „Dich habe ich darauf angesprochen, Genosse Alréti, als wir zusammen in der Kneipe saßen. Beziehungsweise als wir auf dem Weg in dieses Wirtshaus waren ..."

„Hast du einen schriftlichen Antrag gestellt?"

„Ja, ein paar Tage später, im Februar. Der Antrag muss auch irgendwo beim Genossen Parteisekretär liegen."

„Und warum erst so spät? Im Februar! ... Hast du nicht an den Genossen Kádár und an die Sozialistische Partei Ungarns geglaubt?"

Gyula Fátray schwieg.

„Du wolltest sicher gehen, nicht wahr? Abwarten, wer wen besiegt, Genosse Fátray? Und wolltest denjenigen unterstützen, der hier Sieger bleibt."

Gyula Fátray schwieg.

Man schickte ihn hinaus, rief ihn dann wieder herein. Nichts wurde beschlossen. Der Parteisekretär legte ihm nahe, bis die Angelegenheit endgültig geklärt sei, nicht in die Fabrik zu kommen; es mache böses Blut, wenn man ihn in der Fabrik sähe.

Es mache böses Blut: Das hat er schon einmal gehört. Es ist dieselbe Quelle.

Sie ihrerseits würden bestrebt sein, die Aufklärung zu beschleunigen, fuhr der Parteisekretär fast schon herzlich fort. Man werde ihn informieren, was zu tun sei. Seinen Passierschein solle er bei der Abteilung fürArbeitskontrolle und -organisation abliefern.

Lärmendes Stühlerücken, jeder ging grußlos seines Wegs; er sah keinen an, sie ihn auch nicht.

Er blieb mit dem Parteisekretär in dessen Zimmer zurück. Der öffnete einen Fensterflügel, wandte sich dann zu ihm um.

„Na gut, also, das musste jetzt sein", entschuldigte er sich. „Nach diesem unglückseligen Artikel! ... Ich bin mir aber sicher, dass du das aufklären kannst, Genosse Fátray."

„Wird es ein Protokoll geben?"

Alréti nickte.

„Werde ich es lesen können?"

„Das glaube ich nicht", antwortete Alréti nachdenklich. „Es wird auch kein offizielles Protokoll sein, nur ein Gedächtnisprotokoll für den internen Gebrauch ... Das war ja kein Verhör, auch keine Sitzung einer Rechtfertigungskommission ... die gab es 1945, so etwas brauchen wir jetzt nicht ... die Arbeitermacht ist stabil ..."

„Werden die anderen den protokollierten Wortlaut unterschreiben?"

„Möglich."

„Ich möchte ihn auch unterschreiben. Nachdem ich ihn gelesen habe."

„Weiß ich nicht. Man wird sehen."

Alréti sah unseren Helden lächelnd an.

„Ich hoffe das Beste. Ruh dich erst einmal aus, Genosse Fátray. Du hast gut gearbeitet, viel gearbeitet, hast es verdient."

Fátray verspürte einen kleinen Schwindel, aber er hielt sich aufrecht.

„Lass alle Unterlagen auf dem Schreibtisch und in Deinen Schubläden," sagte der Parteisekretär noch.

Er stolperte den Szépvölgyi-Weg hinunter. Auch die Essensmarken hatte man ihm abgenommen, nicht nur den Passierschein. Er gab alles ohne Widerspruch ab. War auch darauf vorbereitet, dass man ihn am Pförtnerhäuschen festnehmen würde, aber er durfte passieren.

Es macht böses Blut!

So viele Lügen! So viele Verräter! Soviel Ungeziefer!

Wie anständig die dicke Zsuzsa von der Personalabteilung war, von ihr ist kein Wort gekommen. Sicher, sie wurde auch nicht dazu aufgefordert, etwas zu sagen, aber vielleicht war das kein Zufall. Wenn man sie hinbestellt hat, hatte auch sie ihre Rolle zugeteilt gekriegt. Wer hätte das gedacht: Wenn sie ihn auch nicht verteidigte, so hat sie ihn wenigstens nicht verleumdet.

Der Junge aus der Reparaturwerkstatt hat ebenfalls nichts gesagt. Seinen Namen weiß er gar nicht. Auch der ist anständig.

Geschwiegen hat auch die hinkende Frau Márki. Sie hatten überhaupt nur einmal miteinander gesprochen, am

1. Mai in Hűvösvölgy. Ein etwas gezwungenes Gespräch über Familiäres. Ja, warum ich denn meine Familie nicht dabei hätte und ob ich einen Luftballon für meinen Sohn mit nach Hause nehmen wolle. Er nahm dann auch einen für Matyi mit.

Die haben sich natürlich im Vorhinein abgesprochen, wer was sagen würde; wenn es nicht schon länger feststand, dann bevor er um elf hineingerufen wurde. Es muss eine längere Abstimmung vorausgegangen sein. Und gewiss hat eine Art Drehbuch vorgelegen. Bei diesem Tabaksqualm haben die schon länger getagt. Wer sich nicht äußerte, der hat zu ihm gehalten, im Grunde anonym.

Möglich, dass sie es schon einstudiert und heute, bevor er dazu kam, nur noch schnell eine Probe gehabt haben.

Der Kleine Horváth! Hatte der das nötig?! Er erwartete keinen Dank von ihm dafür, dass er seine Einstellung in die Firma bewerkstelligt hat, aber immerhin. Ist er denn so feige? Wovor hat er Angst? Er ist ein Arbeiter-Kader. Bei den Oktoberereignissen hat er sich nicht exponiert, jetzt sah er seine Zeit gekommen, aber das wäre trotzdem nicht nötig gewesen.

Er hat die Augen des Burschen vor sich gesehen und Hass in seinem Blick entdeckt.

Ihn schauderte.

Wenn sein Name in solch einem Artikel genannt wird, ist der Genosse Fátray ein Gefallener. Aus ihm wird kein Direktor mehr. Diese Speichelleckerei hat ihm nichts gebracht. Und was dieser Kleine Horváth alles an Energie aufgewendet hat, überlegte er. Als es sonst keiner gewagt hätte, besuchte er ihn. Viermal oder fünfmal? Und die Balzac-Straße liegt für ihn nicht auf dem Weg nach Kispest. Er muss damals bis nach Hause mindestens anderthalb Stunden Fahrerei mit Trambahn und Bus gebraucht haben.

Der Einsatz hat sich nicht gelohnt.

Keine Wohnung. Nichts. Die vertane Energie. Das Gewissen. Er hat mich geschätzt und gemocht, und was tue ich, stolpere über einen verlogenen Artikel. Was für eine Sauerei von mir?!

Aus so einem Kleinen Horváth wird man sich einmal einen Direktor backen. Und er verdient es sich, auch heute hat er sich schon einen schönen dicken Pluspunkt erworben.

Anna Podani. Sie rächt sich, sobald sich eine Gelegenheit bietet. Anna Podani ist keine Hure, Anna Podani ist eine Mörderin. Weil sie genau weiß, was so eine Zeugenaussage bedeutet. Und wie sie es weiß, sie ist ja nicht dumm. Von der Putzfrau ist sie zum Kader geworden, ganz ohne Begabung geht das nicht. Man hat sie verpflichtet, den Volksschulabschluss nachzuholen, sie hat nicht abgeschlossen, weil sie zu faul ist. Aber sie weiß auch so alles, was sie braucht, ist lebenstüchtig. Hasst Leute mit Diplom. Ihre Seele ist die einer Putzfrau geblieben. Auf solchen wie sie fußt dieses Regime.

Und der Parteisekretär, eine hinterhältige, gemeine, feige Bestie, dieser elende Alkoholiker, dieser gemeine Nazi, der sich als Bolschewik tarnt und dann! ... Unglaublich, unglaublich, unglaublich! ...

Bei der eingerüsteten Újlaker Kirche blieb er stehen. Ob er den Bus nehmen oder zu Fuß weitergehen sollte?

Eine ziemlich gesichtslose, schäbige Kirche, es war wirklich an der Zeit, sie einzurüsten, an den Wänden war kaum noch Putz; er hat sich in kleineren und größeren Stücken abgelöst und schon die Passanten gefährdet. Wann kann sie gebaut worden sein? Und von wem? Wer und was für Leute waren die Erbauer, wie lebten sie? Wie haben sie über Leben und Tod gedacht? Wer hat sie gedemütigt, und wie? Warum war es ihnen wichtig, an ein

Jenseits zu glauben und zu beten? War das Land auch damals schon so verdammt? Verdammt ist dieses Land doch seit der Tragödie von Mohács. Hier wird verleumdet, gelästert, geraubt und gemordet, darauf verstehen sie sich, dazu sind sie fähig.

Oft ist er daran vorbeigekommen, und nie fiel ihm ein, hineinzugehen, sie sich von innen anzusehen. In dieser Gegend gab es früher deutsche Dörfer, Felhévíz und Szentjakabfalva, nach der Vertreibung der Türken wurden die Deutschen hier angesiedelt, sie haben sich die Kirche gebaut.

Von wem hat er das gehört, und wann? Wahrscheinlich vom Fremdenführer, als sie vor dem Krieg mit Gelb und den anderen die Tropfsteinhöhle von Pálvölgy besichtigt haben. Oder bei einer anderen Gelegenheit. Wie haben sie die Ausflüge zum Hármashatár-Berg genossen! An der Stelle des heutigen Betriebs stand damals noch eine Ziegelfabrik.

Wie hießen nur diese Dörfer auf Deutsch? Damals hat man es ihnen gesagt. Sprachen hätte man lernen sollen, jetzt ist es dafür zu spät.

Diese Leute müssen es besser gehabt haben. Wurden im Glauben geboren und sind im Glauben gestorben, sie glaubten und wurden nicht zu Ungläubigen, wenn sie so viel Geld zusammenbringen konnten, um sich eine Kirche zu bauen; und sie haben es zusammengebracht. Diese Kirche schaffte es zweihundert Jahre lang, und wenn der Staat sie jetzt renovieren lässt, schafft sie es noch einmal fünfzig, sechzig Jahre. Es wäre gut, so zu glauben, wie diese Menschen es taten, an etwas anderes, irgendwie Überirdisches. Wer sie wohl waren? Wieso weiß man nichts über sie? Auch sie haben doch hier gelebt, und vor gar nicht so langer Zeit. Was ist ihnen wohl durch den Kopf gegangen, und wie mag es in ihren Seelen ausgesehen haben?

Er setzte seinen Weg fort.

Leer wie ein aufgeblasener Luftballon fühlte er sich, die Leere tat seinem Magen weh, die Lunge brannte ihm. Als hätte die Erde ihren Mittelpunkt eingebüßt und eine Fremdeinwirkung das Gravitationsgesetz außer Kraft gesetzt. Man hat ihm seine Heimat, den Glauben, seine Partei genommen, ihm seine Vergangenheit und seine Zukunft gestohlen. Ohne jede Vorwarnung. Ihn schmerzte nicht einmal so sehr die Ungerechtigkeit, sondern, dass es so einstimmig zugegangen war … Obwohl die dicke Zsuzsa von der Personalabteilung nichts dazu beigetragen hat. Auch der von der Außenstelle herbeizitierte Junge hat nichts gesagt, ebenso wenig wie die hinkende Frau Márki. Noch einmal ließ er sich alles durch den Kopf gehen, und gewiss hatten auch sie eine Rolle zugeteilt bekommen, aber sie machten keinen Gebrauch davon. Sie haben ihn nicht verteidigt, aber auch nicht verleumdet. Sondern geschwiegen. Keine Kleinigkeit in so einem Fall. Aber nützen tut es gar nichts.

Er versuchte, sich über das Schweigen der stumm Gebliebenen zu freuen, doch er sah immer wieder nur die Gesichter derjenigen, die ihn in Verruf gebracht haben, vor sich, den Kleinen Horváth, Anna Podani, Palágyi, Benkő … Immer wieder hingen sie ihm etwas Neues an, seine Erklärungen und Argumente wurden in den Wind geschlagen, zählten nichts. Laut vor sich hin redend und gestikulierend diskutierte er auf dem allmählich dunkel werdenden Bécsi-Weg weiter mit sich selbst, aber sie waren in allem, was sie vorbrachten, nur darauf aus, ihm Unredlichkeit nachzuweisen, ihn in Verruf zu bringen. Und auch dieser Parteisekretär! Was für eine hinterlistige Kreatur! Hat ihm in der Kneipe ein Geständnis entlockt und heute so getan, als hätten sie beide nie ein Wort miteinander gewechselt. Fängt hier mit der Namensgeschichte an, und wenn überhaupt irgendetwas, so hätte er sich das merken können, da hatte er doch noch gar nicht so viel getrunken! Unglaublich, mit welchen Mitteln die arbeiten.

Unglaublich? Aber so sind sie immer schon gewesen. So waren sie in den Dreißigerjahren, '44 und '49 ... so waren sie auch schon 1919 ... warum sollten sie jetzt anders sein? Was hat sich denn geändert?

Er musste stehen bleiben, sein Herz raste, er war schweißgebadet. Ist so ein Herzanfall? Vielleicht ist es ja einer. Das wäre eine Lösung. Die Leere in der Magengegend tat weh, er spürte Brechreiz, seine Extremitäten waren gefühllos, taub. Er lehnte sich an eine Hauswand. Spürte, dass es ihm Erleichterung brachte, wenn er laut hustete. Dabei musste er gar nicht husten, tat es aber doch. Auf der Stirn, an seinen Schläfen schwollen die Adern an und schmerzten.

Der Hass, der unbegründete, blinde Hass, den man nicht verdient hat, der ist schrecklich.

Aber warum hassen sie mich?! Was habe ich getan?! Feinden sie mich an, weil ich überhaupt existiere? Ich konnte doch gar nichts Schlimmes anstellen, weder auf der einen noch auf der anderen Seite!

Vielleicht ist eben das der Grund.

Rächen sie sich dafür? Für seine Schuldlosigkeit? Die zufällig ist, für die er nichts kann, der Zeitpunkt seiner Operation war nicht bewusst geplant.

Sie werden sich wundern, wenn er ihnen die Bestätigung des Krankenhauses auf den Tisch knallt. Ihr ganzes Lügengebäude wird in sich zusammenstürzen.

Er lachte, lachte laut, erschrocken wich man ihm aus, nach ein paar Schritten drehten sich die Leute um und sahen ihm nach, doch er bekam das nicht mit. Ein kleiner

Wisch, und sie können einpacken, können mit ihren Anwürfen zur Hölle fahren!

Es kann ja sein, dass sie tausend Gründe haben, sich für etwas zu rächen, aber das haben sie sich nicht gut genug überlegt, die Schurken.

Auf der Margaretenbrücke, in der 6er Trambahn beruhigte er sich einigermaßen. Es erschien ihm ganz unwahrscheinlich, was ihm an diesem Tag widerfahren war. Am Anfang der Pozsonyi-Straße fiel ihm ein, dass er noch am Abend Zoltán Kállai anrufen würde. Wozu den Anruf noch hinausschieben, er soll ihm das Papier gleich morgen schon besorgen.

Er sah sich in ihrem Zimmer daheim am Telefon und erschrak. In Anwesenheit von Kati und dem Jungen kann er nicht reden. Kati würde auf der Stelle mit der Fragerei beginnen, wozu diese Bestätigung gut sein solle, und er hat jetzt nicht die Kraft, Erklärungen abzugeben.

Er muss aus einer Telefonzelle an der Straße telefonieren, ihn jetzt gleich anrufen.

Es ist vier Minuten nach sechs, wie die hohe, würfelförmige Uhr beim Pester Brückenpfeiler am Anfang der Pozsonyi-Straße gleich neben dem Park anzeigt. Hier haben Kati und er sich oft getroffen und sind dann zu Fuß nach Hause spaziert.

Vielleicht hat er Glück und Zoltán ist nicht gerade im Nachtdienst.

An der Ecke der Budai-Nagy-Antal-Straße im Szamovár-Espresso, das der Volksmund Kleines Sudelloch nennt, kaufte er sich eine Telefonmarke, dann nach einigem Zögern weitere fünf. Hier spielt abends irgendeine Éva, eine noch immer hübsche Frau mittleren Alters; um den Herbstanfang waren sie mit den Eltern vom kleinen Sanyi einmal hier, saßen unten in dem einige Stufen tiefer liegenden, schlecht gelüfteten Saal, und Sanyikas Mutter erzählte, dass die Diva am Klavier im Hauptberuf Gesangslehrerin in der Hauptschule Sziget-Straße wäre.

Was wohl mit Sanyikas Vater ist, ob sie ihn schon wieder freigelassen haben? Wie heißt er noch? Angestrengt überlegte er, als würde die Freiheit, ja die Existenz des Mannes davon abhängen, ob ihm sein Name einfiel, aber vergebens.

Er ließ einen einbiegenden Trolleybus vorbeifahren und überquerte die Pozsonyi-Straße. Wartete, bis die Frau in der Telefonzelle ihren Plausch mit dem Liebhaber beendet hatte, und trat in die Kabine, machte die Tür zu und suchte aus dem zerfledderten, aber noch lesbaren 1956er Telefonbuch, das mit einer Kette an einem Metallrahmen befestigt war, die Nummer des Arztes Doktor Kállai heraus. Auswendig wusste er seine Telefonnummer nicht. Sonst telefonierte nur Kati mit ihm. Das 1957er Telefonbuch gibt es auch hier nicht, stellte er fest. Es ist schon fünf Monate verspätet. Harkaly wird Recht behalten, sie geben in diesem Jahr gar kein neues heraus.

Sein Blick fiel auf die Adresse: Gyulai-Pál-Straße 2. Er stutzte. Zoli Kállai wohnt doch an der Rákóczi-Straße, vis-à-vis der Urania. Wann sollten die umgezogen sein, denn sie waren ja nach seiner Operation im Dezember bei ihnen. Da zeigten sie uns stolz das Porträt von Anikó. Kati hatte ihnen den Maler empfohlen, einen ihrer Lieblinge. Der wird sich mit dem Großformat ein schönes Sümmchen verdient haben, denn von Ärzten und Anwälten nehmen die schon ihre Preise. Zolis dümmliche, spröde Frau sitzt vorgebeugt in dem grünen Sessel, hält mit ihren rotlackierten Nägeln eine dunkelbraun und hellbraun gestreifte Pelzjacke vor ihrem Busen zusammen, sie haben auch erzählt, welches Tier, aber das hat er vergessen.

Auch das Rochus-Spital hat diese Adresse. Ja, nur das Rochus-Spital hat die Adresse. Er schlug es auf, tatsächlich: Semmelweis-Krankenhaus des Rates des Komitats Pest, Gyulai-Pál-Straße 2.

Zoltán, der Lump, steht nur unter der Krankenhaus-Adresse im Telefonbuch, damit seine Damen ihn zu Hause nicht stören und ihm nicht vor seiner Wohnung auflauern!

Gar nicht dumm. Niemand hat kontrolliert, dass dies die Krankenhaus-Anschrift ist und keine Privatwohnung. Dahin schreiben ihm seine Freundinnen, und auch Telegramme erreichen ihn dort, ohne dass Anikó es erfährt. Das hat er sich so mit den Portiers ausgemacht. Ein Filou, der Zoli.

Dass Anikó nicht Bescheid weiß? Unvorstellbar, so etwas bleibt doch nicht geheim. Sie weiß es. Spielt die Komödie mit. Wichtig ist der Schein.

Aufgeräumt wählte er die Nummer.

Der Schelm hob selber ab und schnarrte in die Leitung.

„Was ist Gyuszi, seit einer Ewigkeit …! Lebt ihr noch?"

„Lieber Zoli, seit Monaten schulden wir euch eine Einladung …"

„So ist es, ich habe es nicht vergessen! Auch Anikó hat mich schon gefragt, was los ist, wann wir bei Euch sind? …"

„Ich rufe dich dazu gleich nächste Woche an, jetzt habe ich noch eine andere Sache … Du, besorgst du mir bitte eine Bestätigung, dass ich bei euch gelegen habe?"

„Natürlich, Gyuszi, unbedingt …"

Doktor Kállai schwieg.

„Wozu brauchst du die Bestätigung?", fragte er dann.

„Ach, nichts weiter, in der Firma …"

„Klar. Besorge ich dir morgen … Wann bist zu uns reingekommen?"

„Am 17. Oktober. Und am 8. November hat man mich nach Hause gebracht."

„Gut, ist klar."

„Das liegt doch bei euch auf."

„Sicher."

„In der Aufnahme wird doch Buch geführt, nicht wahr?"

„Natürlich."

„Die Bücher kommen doch nicht gleich weg, denke ich."

„Nein, nein."

„Kannst du mir gleich morgen die Bestätigung besorgen?"

Doktor Kállai zögerte.

„Morgen habe ich ein paar schwierige Operationen … Aber ich werde es versuchen."

„Das wäre schön. Ich komme dann vorbei."

„In der Klinik wirst du mich nicht erreichen …"

„Bis wann bist du zu Hause?"

„Na, gegen Abend …"

„Hast du nicht Nachtdienst?"

„Nein. Erst übermorgen und den ganzen Samstag."

„Dann rufe ich dich um diese Zeit an … oder ich komme auf einen Sprung zu euch hinauf …"

„Wenn es so dringend ist?!"

„Vergisst du es auch nicht?"

„Lieber Gyuszi, ich vergesse nie etwas!"

Morgen würde er auch bei der *Magyar Ifjúság* anrufen, und wenn man ihn nicht verbinden kann, wird er hingehen und persönlich vorsprechen.

Er überlegte, ob es Sinn hätte, seinen Direktor anzurufen, aber dann verwarf er diese Idee wieder. Man sollte sein Wohlwollen nicht überstrapazieren, wenn er denn überhaupt eines hat, und ihn zu Hause behelligen. Lieber morgen. Oder übermorgen, wenn er die Bestätigung vom Rochus-Spital in Händen hat.

Zoli Kállai hat sich auf jeden Fall keine Sorgen um ihn gemacht.

Und wie viele Leute im Land lesen überhaupt diese *Magyar Ifjúság?* Nicht viele, ein paar Tausend vielleicht. Zoli hat sie mit Sicherheit nicht gelesen, sonst hätte er die Sache zur Sprache gebracht oder es ihn zumindest irgendwie spüren lassen.

In ihrem Übereifer überziehen die Genossen. Das Land ist mit Wichtigerem beschäftigt als damit, was in der *Magyar Ifjúság* zusammengeschmiert wird. Auch er hat nicht gelesen, dass Iván Darvas die Publikumswahl für sich entschieden hat, obwohl es ein mit Fotos illustrierter Bericht über den momentan populärsten Filmschauspieler war. Und dieser Name Fátray in der Mitte der zweiten Spalte, wo man die großformatige Zeitschrift doch ohnehin zusammenfaltet ... dieser kurze Familienname ohne den Vornamen unter einem Dutzend anderer Namen!? Auch wer sich auf den langen, konfusen Artikel einlässt, kommt gar nicht so weit. Und wer vom Ende her liest, dem wird er ebenfalls nicht auffallen.

Es hat keinen Sinn, Kati etwas davon zu sagen, sie damit aufzuregen, wenn die Sache sowieso innerhalb von Tagen geregelt sein wird.

Am Haustor blieb er stehen, atmete tief durch und zwang sein Herz, ruhiger zu schlagen, suchte nach Gründen, warum er heute ohne seine Aktentasche heimkommt.

Es waren so viele Dossiers, die hätten gar nicht hineingepasst.

Er hat drinnen schon alles erledigt, und es war nicht nötig, das Zeug in der Tasche heim zu schleppen.

Oder er hat die Aktentasche jemandem geliehen.

Aber wem?

Der Henkel der Aktenmappe war abgerissen, er hat sie zur Reparatur in ein Geschäft für Leder- und Galanteriewaren gebracht.

Aber wo gibt es hier ein Geschäft für Leder- und Galanteriewaren, falls sie mich danach fragt? Nicht gut.

Er ist immer mit der Aktentasche weggegangen und mit ihr nach Hause gekommen.

Daran hätte er denken müssen. Aber er war nicht in dem Zustand, dass er daran gedacht hätte.

Er wird so hineinschleichen, dass Kati ihn gar nicht bemerkt, seinen Mantel, die Mütze ablegen und erst dann ins Zimmer gehen.

Also trottete er in den ersten Stock hinauf, zog seinen Mantel schon vor der Tür zum Vorzimmer aus. Blöd wäre nur, wenn Kati jetzt gerade aus der Küche käme.

Er rasselte nicht mit dem Schlüsselbund, öffnete langsam die Tür, leise wie ein Einbrecher. Und Kati kam gerade nicht aus der Küche. Im Vorzimmer brannte Licht, es musste wegen der nur fünf, sechs Meter entfernten Brandmauer auch tagsüber brennen, aber keiner war da. Unser Held hängte seinen Mantel auf, legte die Baskenmütze ins Hutfach und trat ein.

In der Diele saß Matyi an seinem kleinen Schreibtisch und im verrauchten Wohnzimmer Kati mit zwei fremden Frauen, sie hatten wie Kati Kostüme an, vor ihnen eine Flasche Wermut, kleine Gläser und der Aschenbecher.

„Das sind Kolleginnen aus der Kunsthalle", erklärte Kati.

Manierlich stellte unser Held sich vor.

„Wir haben zusammen die Frühjahrsaustellung gemacht", sagte sie selbstbewusst.

„Ich werde nicht stören", sagte Fátray, lächelte sie an und begab sich hinaus in die Küche.

Die Damen blieben lange, Kati kicherte mit ihnen auch noch draußen auf dem Flur weiter und begleitete sie bis zum Treppenabsatz. Danach berichtete sie auch ihm, dass es trotz des großen Publikumserfolgs oder gerade deshalb in Parteikreisen große Aufregung gebe, sie hatte das vorhergesehen, und lange werden die wütenden Kritiken nicht auf sich warten lassen. Luzsicza ist glücklich, denn so viele Menschen haben die Kunsthalle unter seiner Direktion noch nie besucht. Den Frauen hat er eine Prämie in Aussicht gestellt. Und aus der Parteizentrale haben sich auch ein paar wichtige Genossen angesagt, sie wollen die Ausstellung unbedingt sehen.

Unser Held nickte.

Sie zogen sich Hauskleidung an und setzten sich zum Abendessen hin. Matyi kaute stumm, unser Held sagte auch nichts.

Kati telefonierte nach dem Essen lange, sprach noch immer mit jemandem über die Ausstellung. Allzu bald werden keine Besprechungen erscheinen, sagte sie zu ihrem Gesprächspartner, weil man sie erst weiter oben einreichen muss. In der Literaturzeitung *Élet és Irodalom* soll die Anna Oelmacher eine Kritik schreiben, sie regt sich furchtbar auf über die ganze Konzeption der Ausstellung, die sie für parteiwidrig hält, und wird gnadenlos mit der Veranstaltung ins Gericht gehen. Kati war aufgeregt, unser Held kannte diesen Tonfall aus der Zeit, als sie sich verkriechen und verstecken mussten: Kati hat Angst. Ob man auch sie schon etwas spüren lässt?

Unser Held zog sich das Pyjama an, ging aber noch nicht zu Bett, er wusste, dass er ohnehin nicht würde schlafen können. Das Herzrasen kehrte wieder und auch die Schweißausbrüche, im Liegen ist das sicher noch schlimmer als im Sitzen.

„Kommst du noch nicht?", rief Kati aus dem Zimmer.
„Ich komme gleich", antwortete er.
„Ich mache schon mal das Licht aus!"

Vergeblich versuchte er, sich zu beherrschen, er konnte die Gesichter, die Augen nicht verscheuchen, die über ihn herfielen. Er wollte es nicht, aber er hörte trotzdem wieder all die Verleumdungen, Verunglimpfungen, die Lügen im Wortlaut, er stand erneut vor ihnen und musste erdulden, wie sie ihn in Verruf brachten, und sie logen, logen ihm schamlos ins Gesicht.

Er quälte sich, litt, durchlebte diese beschämende Szene immer wieder von vorne. Den Kopf auf dem Küchentisch schlief er irgendwann ein.

Um halb sechs wachte er auf, da begannen die verrückten Spatzen Krach zu schlagen, ihrer Meinung nach war jetzt Frühling. Der Nacken schmerzte ihn, sein Kreuz, der Magen, der Hals, die Ohren, alles.

Leise schlich er in die Diele, dann ins Bad. Vorsichtig ließ er das Wasser in dünnem Strahl laufen, damit es keinen weckte. Und er würde so tun, als ginge er wie gewohnt zur Arbeit. Er bricht von daheim auf, bringt dann den Tag irgendwie herum. Hat ja auch einiges zu erledigen ... wird also dieser ihm fremden Frau, die sein Schicksal ohnehin nicht interessiert, keine Erklärungen geben.

Ihm ging durch den Kopf, dass er gegen den Jungen noch größeren Groll hegte als gegen seine Frau, so als wäre es dessen Aufgabe, ihm ein Trost zu sein. Erklären konnte er sich das nicht, und dann hatte er es auch gleich wieder vergessen.

Er beschloss, gar nicht auf Doktor Kállai zu warten, sondern sich die Bestätigung gleich selbst zu besorgen, und zwar sofort.

Zoli versteht nicht, warum dieses Papier so wichtig ist, und man kann es ihm auch nicht erklären, denn mit klarem Verstand lässt sich ein solcher Irrsinn gar nicht begreifen. Der hat wahrscheinlich die Sache schon längst wieder vergessen, und tagsüber kann man ihn nicht erreichen, um ihn daran erinnern. Entweder er operiert wie ein Besessener, und wenn er nicht operiert, verkriecht er sich irgendwo mit einer Freundin, und man kommt erst recht nicht an ihn heran.

Er ging zu Fuß in Richtung Margaretenbrücke. Seinen Passierschein hätte er gestern nicht so bereitwillig abgeben sollen. Sie haben sich auch nicht geschämt, sogar die Essensmarken von ihm zurück zu verlangen, und er gab sie ihnen. Warum hat er das getan? Warum hat er sich nicht gewehrt? Das Ganze war nicht in Ordnung. Er hätte den Beschluss in schriftlicher Form bekommen müssen, überhaupt wurde ja gar kein Beschluss gefasst, es gab kein Disziplinarverfahren, also konnte er auch keinen Einspruch einlegen, auf die Beschuldigungen nicht gebührend antworten und nicht verlangen, dass man seinen Fall vor eine höhere Instanz bringt. Formal ist überhaupt nichts geschehen: Er hat kein Protokoll unterzeichnet, keine Anweisungen von der Unternehmensführung erhalten, und es gab keine Disziplinarkommission, die etwas beschlossen hätte.

Sie haben ihn mit ihren Lügen terrorisiert, und er ließ sich einschüchtern.

Eigentlich müsste er den Direktor anrufen.

Er blieb stehen und schüttelte den Kopf. Nein, das brächte nichts. Sicherlich ist auch ihm das Gerede zu Ohren gekommen, dass Fátray der bessere Direktor wäre als er, und jetzt freut er sich. Der Kleine Horváth, dieser hinterhältige Bursche, der widerwärtige Verleumder hat sich sicher nicht gescheut, ihm das zuzutragen. Der Direktor wäre nicht die richtige Adresse.

Aber dass er sich von Anfang an diesem seelischen Terror kleinlaut gefügt hat, als hätte er tatsächlich in irgendeiner Beziehung Schuld auf sich geladen, damit hat er sich erst recht verdächtig gemacht. Wie konnte ihm das passieren? Ist er am Ende selbst von seiner Unschuld nicht ganz überzeugt?

Er ging weiter in Richtung Brücke. Panni, die Frau von Gelb, kam ihm auf der Straße entgegen, in der Hand trug sie zwei Einkaufsnetze mit Brot und Milch. Er stellte sich schon auf ein Lächeln ein, als Panni, sobald sie die Katona-József-Straße erreichte, den Kopf senkte und unvermittelt die Pozsonyi-Straße schräg überquerte. Die Richtungsänderung kam so plötzlich, dass unser Held fürchtete, sie könnte überfahren werden. Er blieb auf der Stelle stehen und schaute ihr nach.

Die wollte mich nicht kennen, meinen Gruß nicht erwidern.

Ein paar Leute, wenn auch nicht sehr viele, müssen doch diese verfluchte *Magyar Ifjúság* gelesen haben.

Bei Glázner bog er nach links ab, ging über den Ring in Richtung Lustspieltheater und stellte sich an der Ecke der Sallai-Imre-Straße zu den Leuten, die auch auf den Bus warteten; da fiel ihm ein, dass er heute ja gar nicht in die Fabrik ging. Er wunderte sich, wie zerstreut er war. Fast wäre er seinen täglichen Weg gefahren.

Er spazierte zur Brücke zurück und wartete auf die Trambahn-Linie sechs.

Die Pförtnerloge des Rochus-Spitals war rechter Hand, dort erkundigte er sich, wo er eine Bestätigung darüber bekommen könnte, dass er als Patient hier im Haus gewesen war. Die gedrungene Person mit den stechenden Augen sah ihn misstrauisch an.

„Wozu brauchen Sie die?", fragte sie.

Die Frage überraschte ihn, er überlegte.

„Ich hatte mit dem Krankengeld vom letzten Jahr Probleme", sagte er, „dazu würde ich das Papier benötigen. Das hat man mir erst jetzt gesagt."

Die gedrungene Pförtnerin schüttelte den Kopf.

„Hier können Sie keine Bestätigung kriegen", sagte sie in forschem Ton.

Fátrays Gesicht lief vor Zorn rot an. Eine solche Null von Türsteherin, und gebärdet sich hier als Behörde.

„Dann sagen Sie mir bitte, wo ich sie bekomme."

„Bringen Sie zuerst einen Antrag", sagte sie kurz.

„Von wem?"

„Von Ihrem Betrieb."

„Wozu?"

„Wozu Sie diese Bestätigung brauchen."

„Das habe ich Ihnen doch gesagt!"

Die Frau schüttelte den Kopf.

Nein, auch daraus wird noch ein Staatsgeheimnis. Er nickte und machte sich dann auf den Weg durch den Garten. Der Empfangsdrachen rief ihn nicht zurück.

An den Mauern auf der Gartenseite sah man keine Spuren von Einschlägen, stellte er fest. Natürlich nicht, warum auch.

Er ging in den ersten Stock hinauf und bog in den Korridor ein. Da hat er vor einem halben Jahr gelegen. Alles war noch so wie damals. Er spähte in den Krankensaal, in dem er fünf Tage verbracht hatte, bevor der Radau losging. Es war nicht leicht damals, nach vier Tagen hatte er zum ersten Mal Stuhlgang, aber die Heftigkeit der Schmerzen konnte er nicht mehr heraufbeschwören. Das Acht-Betten-Zimmer lag nicht zur Straße hin, bekam das Licht vielmehr durch zwei Fenster zum Korridor, der Korridor wiederum vom Garten her. Alle acht Betten waren belegt. Bei einer Schwester, die ihm bekannt vorkam, erkundigte er sich nach Oberarzt Kállai.

„Ich glaube, er operiert gerade", sagte sie und ging weiter.

Eine andere Schwester fragte er, wo jetzt die Aufnahme sei.

„Wo sie immer war, unten im Parterre."

Er ging hinunter. Dort traf er auf einen Mann im dunklen Anzug und zwei Frauen in weißen Kitteln. Regale, allerlei Karteien, Dossiers. Auf dem Tisch vor dem Mann das große Buch, in das handschriftlich die aufgenommenen und die entlassenen Patienten eingetragen werden. Das war in diesem Jahr sicherlich schon das zweite, dritte oder wievielte Buch. Irgendwo hier sind bestimmt auch die vom letzten Jahr.

Er bat um die Bestätigung. Man wollte seinen Personalausweis sehen. Der Mann blätterte lange darin.

„Wozu brauchen Sie die Bestätigung?", fragte er.

Fátray antwortete lässig:

„Ein Problem mit dem Krankengeld. Es wurde falsch berechnet."

Der Mann reichte ihm den Personalausweis zurück.

„Ihr Betrieb soll die Bestätigung offiziell schriftlich anfordern", sagte er. „Die Abteilung für Arbeitsplanung und -organisation."

„Aber wenn ich doch nun schon einmal persönlich da bin, könnten Sie es mir doch gleich bestätigen?"

„Nur auf offizielle Anforderung, per Brief."

Unser Held gab nicht auf.

„Schauen Sie, Genosse", redete er auf ihn ein. „Sie haben die Bücher hier, in denen eintragen ist, wann jemand aufgenommen wurde, wann er wieder ging. Sie brauchen doch nur hineinzuschauen, dort finden Sie mich … und mir genügen anderthalb Zeilen als Bestätigung. Auch handschriftlich. Einen Stempel drauf und fertig …"

Der Mann zögerte. „Haben Sie irgendeinen Nachweis dabei", fragte die eine der Frauen.

„Was für einen Nachweis?"

„Vom Betrieb, dass Sie die Bestätigung beantragen sollen und zu welchem Zweck."

Unser Held lachte nervös.

„Bitteschön, hier ist mein Personalausweis, um mich, um meine Person geht es, warum sollte ich herkommen, wenn ich die Bestätigung nicht dringend benötigen würde? Ich verlange ja nichts über irgendeine andere Person, sondern über mich, nur meine eigenen Daten!"

„Offiziell und brieflich", sprach der Mann das letzte Wort.

Fátray kochte vor Wut. Von der Salánki soll er eine schriftliche Anforderung erbitten? Ausgerechnet von ihr. Er kommt ja nicht mal in die Fabrik hinein! Egal, dann wird es eben Zoli Kállai erledigen.

Er ging wieder in den ersten Stock hinauf und fragte nach dem Oberarzt Kállai, man hatte ihn nicht gesehen, sicher war er im OP. Er spähte auch ins leere Ärztezimmer hinein, in dem Zoli ihn zum ersten Mal untersucht hatte, mit dem behandschuhten Finger in seinem Enddarm wühlte, es hatte ihm weh getan, Zoli tat, dabei vor sich hin summend, als hätte er Mitleid, und verriet ihm nicht, dass der richtige Schmerz erst nach dem Eingriff kommen würde.

Es hatte keinen Sinn, noch länger hier im Krankenhaus herumzuhängen. Er würde sich noch verdächtig machen, der Portier notiert sich seinen Namen, und dann kann er sich endgültig von der Bestätigung verabschieden.

Langsam, diszipliniert ging er die Treppe hinunter, gar nicht wie der Dieb seiner eigenen Daten.

Wenn er schon ganz in der Nähe ist, sollte er es doch vielleicht gleich bei der *Magyar Ifjúság* versuchen. Es ist Vormittag, Arbeitszeit, jetzt können sich auch die nicht verleugnen lassen.

Der Sitz der Parteizeitung *Szabad Nép* und sämtlicher Redaktionen ist kaum einen Steinwurf vom Rochus-Spital entfernt. Heute saß eine andere Frau am Empfang. Drinnen standen jetzt, wie ihm schien, viel mehr Arbeitermilizionäre und Zivile herum als vor drei Tagen. Ist das möglich? Oder sieht er schon Gespenster? Vorsichtig klopfte er ans Fenster der Pförtnerloge. Die Frau öffnete von innen.

„Ich suche den diensthabenden Redakteur von *Magyar Ifjúság*."

„Name?"

„Ich heiße Gyula Fátray."

„Nicht Sie, der, den Sie suchen."

Unser Held zögerte, dann sagte er den Namen des Journalisten, der den Artikel gezeichnet hatte.

„Den habe ich heute noch nicht kommen sehen", sagte die Pförtnerin.

Sie drehte sich um und fragte die Kollegin hinter sich:

„Hast du gesehen, ob er gekommen ist?"

„Nein, heute nicht."

Sie wandte sich wieder Fátray zu.

„Er ist noch nicht da."

Schweigen.

„Er kann auch für eine Reportage außer Haus sein", ergänzte die Pförtnerin.

Die Zivilen in der Halle standen lässig herum. Er spürte im Rücken und Nacken, dass sie ihn beobachteten. Der Paternoster fuhr leer, leise und schnell. Es war still.

„Dann möchte ich mit sonst jemandem aus der Redaktion sprechen", sagte er, „irgendeiner wird ja Dienst haben."

„Ich weiß nicht, ob jemand da ist", sagte die erste Frau aus der Pförtnerloge, „die *Ifjúság* ist ja ein Wochenblatt. Am besten erkundigen Sie sich telefonisch und vereinbaren einen Termin. Dann gibt man uns Ihren Namen durch, Sie bekommen hier nebenan einen Passierschein und werden abgeholt."

„Ich habe am Montag hier bei Ihnen einen Brief für die Redaktion abgegeben."

„Der ist dann sicherlich nach oben gegangen. Ist doch so?", wandte sich die Pförtnerin an die Kollegin.

„Ja. Der wurde hinaufgegeben."

„Kann er nicht zufällig hier liegen geblieben sein?"

„Nein, von Montag haben wir hier nichts mehr. Oder ist noch etwas da?"

„Nein, nichts", bestärkte sie die Kollegin.

Länger konnte er jetzt nicht mehr bleiben, musste das Gebäude verlassen. Er ging auf die Seite des Nationaltheaters hinüber und schaute zurück.

Ob er es tatsächlich telefonisch versuchen sollte?

An der Rákóczi-Straße fand er ein Telefonhäuschen, aber das hatte kein Telefonbuch. Die Kette zum Befestigen hing trostlos herab, jemand hatte das Buch samt dem Blechrahmen und dem Schloss abgeschnitten, vielleicht war es ihm nur um das Schloss gegangen. Unser Held ging Richtung Ostbahnhof. Jenseits des Kinos fand er vor dem unbebauten Gelände eine Telefonzelle mit Telefonbuch. Dieses Gelände ist nicht verbaut worden, so sagt man, weil es jahrhundertelang der Richtplatz war, und noch im 19. Jahrhundert gab es hier öffentliche Hinrichtungen. Er hielt sich nicht für abergläubisch, aber ihn schauderte, weil er ausgerechnet hier, von diesem Platz aus, telefonieren musste.

Jetzt wählte er die Nummer des diensthabenden Redakteurs der *Népszabadság*. Es klingelte, und es wurde auch abgehoben. Er fragte nach dem Verfasser des Artikels. Nach kurzer Pause meldete sich eine Männerstimme:

„Ich muss mal nachsehen ..."

Also arbeitet er für die *Népszabadság*. Sie müssen auf demselben Stockwerk sein. Aber es reicht ja, dass sie im selben Gebäude sind.

Die Männerstimme meldete sich wieder:

„Wer möchte ihn sprechen?"

Er nannte seinen Namen.

„In welcher Angelegenheit?"

„Es geht um eine Richtigstellung."

„Damit befassen wir uns nicht", sagte der diensthabende Redakteur.

„Wer denn dann?"

„Weiß ich nicht, wie das bei denen geregelt ist."

„Aber er hat doch den Artikel verfasst!"

Es wurde aufgelegt.

Er hatte jetzt noch drei Telefonmarken. Als nächstes rief er das Sekretariat der *Népszabadság* an. Eine Frau hob ab.

„In Sachen Richtigstellung ...", fing er an, doch die Frau unterbrach ihn:

„Bitte in schriftlicher Form!"

„Das habe ich bereits getan!"

„Dann ist ja alles in Ordnung", sagte sie und legte auf.

Er stand in der Telefonzelle, summte frustriert vor sich hin und blickte durch die Glaswand in die Ferne.

Unter der halbfetten Zeile Krankenhäuser fand er auch

das Stichwort Bettennachweis mit Adresse und Telefonnummer: Bajcsy-Zsilinszky-Straße 76, Telefon 115-115. Er ließ es lange klingeln, aber niemand hob ab. Dann wählte er die Nummer des leitenden Chefarztes für dieses Amt. Eine Frauenstimme meldete sich. Er erklärte ihr, dass er die Bestätigung für einen stationären Krankenhausaufenthalt im letzten Jahr brauche.

„Wann waren Sie im Krankenhaus?
„Vom 17. Oktober bis 8. November.
„Oktober siebzehn ... November ..."
Kurzes Schweigen, dann sagte die Frau:
„Eine solche Bestätigung können wir nicht ausstellen."
„Wer denn dann?"
„Nur das Krankenhaus."
„Aber bitte, warum können Sie das nicht? Es liegt doch bei Ihnen auf?!"
„Wir geben nur Auskunft über frisch eingelieferte Patienten. Und auch nur den Angehörigen."

Nun folgte die Nummer der Direktion des Rochus-Spitals. Dort sagte man ihm, dass sie keinerlei Bestätigungen schreiben würden, er solle sich an das Betriebsbüro der Oberärzte wenden, es befinde sich im selben Gebäude, habe aber eine andere Nummer, und zwar die 138-662.

Er bedankte sich für die Information und ging dann zu Fuß bis zum Hotel EMKE, wo er sich noch einmal zehn Telefonmarken besorgte.

Das Betriebsbüro der Oberärzte war besetzt, und auch nach zehn Minuten, nach zwanzig Minuten sprach es noch mit jemand anderem. Vielleicht hatte man auch den Hörer danebengelegt.

Also rief er die zentrale Nummer des Krankenhauses an und verlangte dringend den Herrn Oberarzt Doktor Zoltán Kállai.

„Man sucht ihn", sagte eine Frau ins Telefon. Während sie noch suchten, wurde die Leitung getrennt. Er rief wieder an, jetzt spräche der Herr Oberarzt mit einem oder einer anderen.

Er verließ die Telefonkabine und hatte den Eindruck, dass sein Kopf gleich auseinander fliegen und all seine Venen und Arterien gleichzeitig platzen würden.

Zu Fuß ging er weiter, die Rákóczi-Straße hinunter Richtung Astoria, und ihm tat der Magen weh. An der Ecke zur Síp-Gasse ging er in eine Metzgerei, verlangte 200 Gramm Bratwurst, Brot, Senf, eine Gurke und ein Glas Mineralwasser. Er aß an einem hohen Tisch im Stehen, schaute hinaus und beruhigte sich allmählich. Die Bratwurst schmeckte gut, das Brot war frisch und der Senf scharf. Die Gurke fand er nicht besonders, um diese Zeit schmecken die eingelegten Gurken noch nicht.

Er kaute jetzt langsamer, genoss es. Es war lange her, dass er so etwas gegessen hatte. Dabei war es nicht einmal teuer. Warum können die in der Betriebskantine nicht auch hin und wieder Bratwurst machen? Wenn er demnächst wieder einmal in diese Gegend kommt, wird er auch die Blutwurst probieren. Bauernblutwurst. Kati mag so etwas nicht, sie isst zur Zeit überhaupt kaum etwas.

Er wird jetzt noch warten, bis Zoli zu Hause ist. Meist kommt er schon um fünf oder sechs heim, und er hat ja gesagt, dass er heute keinen Nachtdienst hat. Er müsste wegen des Papiers ohnehin zu ihm hinaufgehen, dann erspart er sich eine Telefonmarke und einen Weg. Und so lange kann er schon noch in der Stadt verweilen.

Die Rákóczi-Straße ist ein richtiger Boulevard, die vielen Fußgänger, Geschäfte und eiligen Käufer, eine Bummel- und Rendezvous-Meile, vorbeihastende Gruppen von Studenten, gemächlich schlendernde Spaziergänger, plaudernde Pensionisten, Mütter mit Kinderwagen, mittendrin die Trambahnen, alle vier, fünf Minuten nacheinander. Er stand noch eine Weile an dem Tisch, trank sein Mineralwasser, dann ging er hinaus, überquerte die Straße und spazierte in Richtung Rochus-Spital. Gleich beim Urania-Kino ging er kurzentschlossen in ein Espresso. Erzsike hieß das kleine Café.

Er bestellte sich einen doppelten Espresso, nahm ihn mit zu einem Tischchen am Fenster und sah auf die Straße hinaus.

Er kam sich vor, als ob er im Ausland wäre.

Einmal in seinem Leben ist er im Ausland gewesen, als Kind, bei entfernten Verwandten in Kaschau. Als Erinnerung blieb, dass sie sich in einem dunklen, hohen Dom Rákóczis Krypta angeschaut hatten. Die Verwandtschaft hörte später auf, oder besser, die Verwandten hörten auf zu sein. Bei seinen Eltern konnte er sich nicht nach ihnen erkundigen, sie waren tot, und er hatte auch den Namen der Verwandten vergessen. Wer interessierte sich nach dem Krieg noch für entfernte Verwandte, da selbst die nahen nicht mehr da waren? Das Ausland war also für ihn Kaschau, aber auch dort hatte man Ungarisch gesprochen.

Plötzlich strömten Jungen und Mädchen in das Espresso herein, sie redeten viel und selbstsicher, näherten sich mit wiegenden Schritten, waren überlaut und gestikulierten heftig, ihn, der links vom Eingang am Fenster saß, beachteten sie nicht. Es war, als hielten sie sämtliche Tische besetzt, dabei genügten ihnen drei. Er betrachtete sie. Die Mädchen waren sehr hübsch, trugen schon Sommerkleider, obwohl es draußen noch kühl war. Er fixierte sie weiter, und sie begannen, für ihn Theater zu spielen. Sie spielten, dass sie ihn überhaupt nicht beachteten.

Es waren Schauspielschüler von der Hochschule. In der Pause zwischen zwei Unterrichtsstunden kamen sie schnell herunter und hatten sofort einen Zuschauer. Diesen trübsinnig herum hockenden Kauz mittleren Alters, als Mann nicht zu sehr Mann, aber Publikum. Die Mädchen schlugen die Beine übereinander, richteten fortwährend ihre Röcke, beugten sich über die Tische, um ihre Dekolletés besser zur Geltung zu bringen, sie wickelten sich Haarsträhnen um die Finger und warfen sich im Sitzen nach hinten, bogen das Kreuz durch, wurden laut, senkten die Stimme dann tiefer als sie eigentlich war, leckten sich die Lippen, und unser Held vergaß, warum er am helllichten Tag, während andere arbeiteten, hier saß und wie alt er schon war. Er stand auf und bestellte sich an der Bar noch einen Doppelten. Auch während er wartete, schielte er verstohlen auf die Mädchen. Die in dem Wickelkleid wirkte besonders anziehend auf ihn: halblanges Haar, irgendwie seltsam eckige Lippen, eine tiefe, samtene, manchmal fast schon mutierende Stimme. Es gab hübschere Mädchen unter ihnen, aber keine hatte solche Anziehungskraft.

Er bekam seinen Espresso gereicht und setzte sich wieder.

Von seinem Platz aus hatte er die beste Sicht auf die Straße, gerade kam die Trambahn-Linie 67, die Haltestelle lag in Höhe des Cafés, zwischen den beiden Fahrbahnen. Auf der schmalen Verkehrsinsel warteten viele Alte und junge Frauen mit Kindern, Kinderwagen. Ein Tag ohne Arbeit lässt sich ganz gut aushalten.

Es kann ja auch nichts passieren. Er bekommt seine Bestätigung, morgen bringt er sie hin, weist sie vor, und die sollen sich entschuldigen.

Ganz sicher ist er nicht, ob er allen verzeiht. Das muss er sich noch überlegen. Ein bisschen Rache wird ihm gut tun. Er will sich schon ein wenig bitten lassen.

Doch wäre diese dumme Affäre nicht gewesen, hätte er diese Mädchen nie gesehen, vor allem nicht die mit dem eigenartigen Gesicht und der interessanten Stimme.

Er drehte sich in ihre Richtung. Ältere Herren standen an ihrem Tisch, die Mädchen und die Jungen schauten schwärmerisch zu ihnen auf. Das müssen ihre Lehrer sein. Sie kamen ihm auch bekannt vor, vermutlich waren es Schauspieler. Er war kein Freund des Theaters, hat seinerzeit auch die halblegalen Vortragsabende nicht besonders gemocht, die tänzerischen Auftritte der Ausdruckskünstler noch weniger, und seit Kati beleidigt war und für die Professionellen der Sparte eine tiefe Abneigung hegte, weil man sie als Laie nicht zur Geltung kommen ließ, ging er nur noch selten ins Theater.

Sicher, diese Mädchen sind nicht mehr sein Jahrgang, sie dürften vielleicht zwanzig sein, und er hat doch schon die Vierzig überschritten ... könnte ihr Vater sein ... Aber das hat es alles schon gegeben.

Sein Herz hämmerte heftig. Mehr Kaffee sollte er jetzt nicht trinken.

Es ist nicht leicht, Stunden in einem Café herumzusitzen. Nicht, dass ihn jemand irgendwann hinausekeln würde, man wird nicht einmal schief angesehen, wenn man zu lange dasitzt, aber die Zeit vergeht doch verdammt langsam. Doch auf jeden Fall ist es angenehmer im Café zu sitzen als allein zwischen vier Wänden, und nach so einem Artikel könnte er immerhin schon dort drinsitzen. Aber selbst das ist ja schon wie eine Zelle: Du bist allein mit deinem Elend, wo auch immer du die Zeit absitzt.

Die jungen Leute flatterten fort, die Lehrer gingen auch, andere kamen, Nicht-Berufstätige mittleren Alters, vielleicht Privatiers, ältere vornehme Damen. Es war auch interessant, die Haltestelle an der Verkehrsinsel zu beobachten, da tut sich immer etwas, aber stundenlang ist auch das nicht amüsant.

Um halb fünf verließ er das Café. Schaute sich in der Vitrine des Urania-Kinos die Fotos vom gerade laufenden Film an, blickte zu dem gemalten Plakat hinauf, auf dem auch der Filmtitel stand, aber er hatte keine Ahnung von dem, was er sah. Er stand da, blinzelte heftig, schaute auf die andere Seite der Rákóczi-Straße hinüber, ob er dort vielleicht Zoli entdeckte, der möglicherweise gerade auf dem Heimweg war. Dann ging er auf die andere Seite. Blieb vier, fünf Schritte vom Eingangstor entfernt stehen, Zoli würde auf dem Heimweg auf ihn stoßen, und dann müsste er gar nicht zu ihnen in den dritten Stock hinauf.

Zoli kam nicht. Um Viertel vor sechs ging er hinein und fuhr mit dem Aufzug in den dritten Stock. Er läutete. Zoli öffnete ihm, er trug einen dunkelblauen Hausmantel mit Borten.

„Du?!"

Unser Held stand da und war ein wenig verstimmt.

„Wann bist du denn schon heimgekommen?!", fragte er.

„Nach vier … Warum? … Komm doch rein …"

„Nach vier?!"

Er trat ins Vorzimmer, und Zoli schloss hinter ihm die Wohnungstür.

„Entschuldige", sagte unser Held, „ich bin nur wegen der Bestätigung … gehe auch gleich wieder …"

„So komm doch herein, Gyuszi, mein Lieber, lass uns um Gottes Willen nicht hier auf dem Gang herumstehen …"

„Aber ich möchte nicht … bin wirklich nur wegen der Bestätigung …"

Er fühlte, dass irgendetwas nicht stimmte.

„Natürlich, die Bestätigung …"

„Hast du sie vergessen?!"

„Nein, nicht vergessen ..."

„Was dann?!"

Zoli schwieg, trat von einem Fuß auf den anderen, dann: „Morgen bitte ich Pommersheim ..."

Pommersheim, der bekannte Professor, mag den Juden Kállai, obwohl er selbst ungarndeutscher Herkunft ist. Er hatte ihn in der Klinik bald zum Oberarzt gemacht.

Unter den Füßen unseres Helden kam der Teppich etwas ins Rutschen. Anikó war es wichtig, dass auch im Vorzimmer ein echter Perser lag, ein richtig teurer.

„Wieso brauchst du dazu den Pommersheim?!"

„Blöd, aber mir haben sie sie verweigert ..."

„Du hast sie gar nicht verlangt!"

„Doch, das habe ich! Sie wollten nicht! ... Sie geben keinerlei Bestätigung! Niemandem!"

„Warum nicht?"

„Kann ich dir nicht sagen. Es gibt Ärzte, die beschuldigt werden, sie hätten verletzte sowjetische Soldaten nicht versorgt! Was nicht stimmt. Wir haben alle versorgt! Das hast du ja auch mitgekriegt! Es gab Diskussionen darüber, aber schließlich sind alle behandelt worden. Doch alle haben Angst, dass man sie beschuldigt, sie hätten nur Konterrevolutionäre versorgt, was man nach jetziger Auffassung nicht hätte tun sollen ... Vielleicht aus dem Grund ... Es ist offiziell, dass keinerlei Daten nach außen gegeben werden dürfen ..."

„Also keine Bestätigung. Verflucht."

„Morgen haben wir sie!", sagte er mit fröhlichem Gesicht. „Der Pomi hilft uns sicher! Es kostet ihn ein Wort ... aber komm doch herein, Anikó ist nicht zu Hause, lass uns etwas trinken ..."

In der Diele stand ein langer, breiter, an beiden Seiten ausziehbarer Barocktisch mit zwölf dazu passenden Stühlen. Ein Vermögen wert, stellte Kati jedes Mal fest, wenn sie zu Besuch hier waren. An der Wand zum Vorzimmer prunkte eine kostbare Anrichte mit Intarsien, darauf silberne Teller, Nippes. All diese prächtigen Stücke haben dankbare Patienten herbeigeschafft. An der Wand Anikós Portät.

Kállai goss ein.

„Da!", sagte er und reichte Fátray das Glas. „Koschere Zwetschge!"

„Aber morgen Abend hole ich sie ab!", drohte unser Held und nahm das Schnapsgläschen entgegen.

„Komm nur, morgen hast du deine Bestätigung!"

Er fuhr mit dem Taxi nach Hause. Nie im Leben ist er so viel Taxi gefahren wie jetzt. Zoli brauchte nur seinen Namen am Telefon zu sagen, ohne die Adresse anzugeben. Anikó war die ganze Zeit nicht aufgetaucht, vermutlich saß sie beim Friseur oder bei der Maniküre, meinte Zoli, jeden zweiten Tag rennt sie da hin.

Zuhause atmete er beim Hinaufgehen tief durch. Es wäre gut, mit ein paar kräftigen Atemzügen den ganzen Alkohol hinaus zu pusten. Was sollte er sagen, wieso und woher er die Schnapsfahne hatte?

Kati fragte nicht danach. Sie saß mit verweinten Augen in der Küche.

„Was ist?", wollte unser Held wissen und ließ sich resignierend auf den Hocker fallen.

„Ein riesiger Skandal, Makrisz ist angezeigt worden, sogar er, Mitglied des Internationalen Friedensrates, ein griechischer Revolutionär! Wenn man nicht einmal ihn verschont, dann ist hier keiner mehr sicher! Er hat es leicht, steht über diesem ungarischen Sumpf, kann von oben darauf scheißen, aber alle anderen wird man sich vornehmen. Lajos Luzsicza, du weißt doch, Direktor der Kunsthalle, hat man ins Ministerium einbestellt und befragt, warum er sich nicht dagegen gewehrt hat, dass gleich vier Jurys eingerichtet wurden. Luzsicza schrieb auf fünf langen Seiten seine Rechtfertigung und sagte, dass er keine offizielle Kompetenz gehabt hätte mitzureden, und überhaupt nicht mit dem einverstanden gewesen wäre, was die Jurys beschlossen, er fände es ganz und gar nicht richtig, dass die kommunistischen Künstler so in den Hintergrund gedrängt worden seien. Er sei kein Jury-Mitglied gewesen, habe nur den Ausstellungsrahmen, die Kunsthalle und seine Mitarbeiter, zur Verfügung stellen müssen. Bei der Auswahl durch die Jurys hätte er kein Mitspracherecht gehabt. Dieses Schreiben hat er Vali diktiert, du weisst doch, Vali, die Frau von Robi Bán, die noch unter Redő im Ministerium gearbeitet hat; dann, als die Frau Berda Chefin im Ministerium wurde, kam sie zur Kunsthalle. Wenn man Luzsicza zum Rapport antreten lässt, der doch ein richtiger Arbeiter- und Bauernkader und international gut aufgestellt und angesehen ist – er hat ein gutes Verhältnis zu den Tschechen, weil er aus Érsekújvár kommt, Russisch spricht er seit der Gefangenschaft – also wenn sich ein Luzsicza dafür rechtfertigen muss, dass er als Hausherr die Ausstellung zu eröffnen hatte, wer denn sonst, es waren ja sogar zwei stellvertretende Minister anwesend, auch die haben gesprochen – ja, dann kommen auch noch andere dran! Das ist so sicher wie das Amen im Gebet. Wer weiß, wie weit sich das noch auswirkt, dann sind wahrscheinlich auch die beiden stellvertretenden Minister gefallene Leute! Vielleicht wird die Ausstellung kurzfristig geschlossen! Jetzt heißt es überhaupt nichts, dass noch immer riesige Schlangen vor dem Eingang stehen und auf Einlass warten, die Genossen halten das für eine konterrevolutionäre Demonstration. Jetzt, vor dem 1. Mai, möchte man keinen Skandal, aber danach. Die Mädchen in der Kunsthalle befürchten, dass sie alle weg kommen, weil sie nicht wachsam genug waren. Man hat sogar schon über sie gesagt, sie wären Agentinnen der Demény-Fraktion! Ausgerechnet die! Sie wissen nicht einmal, wer Demény ist, haben ihn nie gesehen. Und Pali Demény sitzt ja auch wieder, es gibt kein Regime, unter dem Pali nicht gesessen hätte ... Und die Maler um Piroska Szántó, du weißt, die Abstrakten, man nennt sie Europäische Schule, die sitzen jetzt zu Hause und haben die Hosen voll, sie haben Angst, das schwarze Auto kommt und holt sie ab ... Die Irén sagt, dass mehrere von den Abstrakten eine Menge Anzeigen erstattet haben, aber nicht gegen die Naturalisten, die interessieren sie nicht, nein, gegenseitig haben sie sich angeschwärzt in der Parteizentrale, im Ministerium und in der Künstlervereinigung, dass die anderen Abtrünnige und Bourgeois wären ... Also wenn sie mich abholen, brauchst du dich nicht wundern ... Schmalz und Mehl reichen noch für zwei Monate ... aber Hefe musst du einkaufen."

Er konnte dem, was seine Frau redete, nicht folgen, seine Arme und Beine fühlten sich ganz taub an, es war, als hätte er keinen Blutkreislauf mehr. Sein Herz raste. Er hatte Mühe, sich aufrecht zu halten und nicht vom Hocker zu fallen.

„Hier, sieh dir an, was ihm dieses Rindvieh von Lehrer in sein Mitteilungsheft geschrieben hat, dass er »absichtlich falsch gesungen!« hat. Was kann dieses arme Kind dafür, dass es dein miserables Gehör geerbt hat?! Ihm deshalb einen Verweis zu geben. Er ist doch so harmlos wie sein Vater, ihm würde nicht im Schlaf einfallen, absichtlich falsch zu singen. Wenn er falsch singt, dann ist das ehrlich! Aber ich werde zum Elternsprechtag gehen! Der soll mich kennenlernen!"

Wie kommt sie jetzt auf Matyi? Da muss ich doch ein paar Minuten abwesend gewesen sein.

Kati hat ihr Gift versprüht, jetzt geht es ihr wieder gut.

„Elvira Török wollte dich sprechen", sagte sie. „Sie hat auch in der Fabrik angerufen, aber man konnte dich nicht finden. Sie macht sich Sorgen. Ruf sie an."

Sie fragte nicht, warum sich Elvira Török Sorgen macht und wieso man ihren Mann in der Fabrik nicht gefunden hatte.

Fátray seufzte. Also ist die Sache auch schon im Ministerium angekommen. Am Mittwoch hat man ihn hinausgeworfen, und am Donnerstag ruft die Elvira schon an.

Man muss den Artikel also auch im Ministerium gelesen und am Montag, Dienstag schon die Konsequenzen gezogen haben. Elvira kommt und hilft. Er sah Elviras plattes breites Gesicht vor sich, ihren Körper fast ohne Hals, die hässlich gekräuselten Haare, die kleinen Augen mit den Tränensäcken, er hörte ihre näselnde Stimme und zuckte zusammen.

Die Lage kann so schlimm noch nicht sein.

Deshalb gibt es also in dieser Woche keinen Planungsrat! Er findet schon statt, aber die Anwesenheit des Genossen Fátray ist nicht erwünscht. Im Staatlichen Planungsrat hat man am schnellsten reagiert.

Er konnte sich nur wundern, dass er absolut keinen Verdacht gehegt hatte, als die Sekretärin vom Planungsrat anrief. Es war meine Wachsamkeit, die versagt hat, nicht die ihre.

Morgen muss ich Árpád Kiss anrufen oder Vályi, irgendjemanden dort. Das sind ja vernünftige Leute, unmöglich, dass sie einer so offensichtlichen Verleumdung Glauben schenken. Mein Ausschluss aus den Planungsratssitzungen kann nicht von ihnen ausgegangen sein. Irgendjemand aus den unteren Etagen war übereifrig, aber das ist ja kein Wunder.

Was soll's. Am Samstag erscheint in der *Magyar Ifjúság* die Richtigstellung, und dann ist nächste Woche wieder alles im Lot.

Kati kam in Nachthemd und Morgenrock, eine Zeitung groß wie ein Betttuch in der Hand: die neue, zweiwöchentlich erscheinende Literaturzeitung *Élet és Irodalom* mit ihrer roten Kopfleiste war im März erstmals erschienen.

„Man hat sie mir drinnen in die Hand gedrückt, die neueste Nummer", sagte Kati in normalem Ton und setzte sich auf den Hocker. „Ich konnte sie wegen der Ausstellung bis jetzt nicht lesen … Sieh sie dir an."

„Was Wichtiges?"

„Ein Artikel über Győr … Gabi Földes ist in eine beschissene Situation geraten."

Sie haben ihn damals 1942 als Jungen am Lövölde-Platz kennengelernt. Im Theaterzirkel der Olga Szentpál, zu dem auch Kati ging, ist er ihnen aufgefallen. Links orientierte Künstler gaben dort Unterricht: Feri Hont, Erzsi Hont, Hilda Gobbi, Tamás Major, Zsuzsa Bánki. Über Bildende Kunst hat Máriusz Rabinovszky, Olgas Ehemann, gesprochen, das war das Interessanteste. Gábor fing nach dem Krieg als Schauspieler an, wurde dann Regisseur und bald schon Oberspielleiter in Győr. Man prophezeite ihm eine große Zukunft: ein begeistertes Mitglied der KP, begabt, fleißig und, was das Wichtigste war, ein Protegé von Tamás Major. Im Oktober wurde er ins Nationalkomitee von Győr gewählt, und deshalb hat man ihn im November für ein paar Tage eingesperrt, aber die Sache ist bereinigt, und er arbeitet wieder regelmäßig. Kati hat das noch im Dezember berichtet. In der Stiftung und auch im Künstler-Klub Fészek wurde ausgiebig darüber getratscht.

Waren die Leute aus Győr nicht vor kurzem zu einem Gastspiel im Bartók-Saal, mit Ferenc Kiss, Klára Göndör und unter der Regie von Gabi? Eigentlich wollten sie sich doch die Aufführung ansehen, haben sie aber leider verschlafen. An dem Tag war die Ausstellungseröffnung. Der Artikel ist auch gerade damals erschienen, am 20.

Es ging ihm jetzt etwas besser, er wurde abgelenkt, auch der Alkohol in seinem Blut hatte sich einigermaßen verflüchtigt.

»Der Weg ins Verderben. Notizen aus Győr.«

Die schreiben jetzt immer ellenlange Artikel mit unzähligen Spalten. Er schaute am Ende des Beitrags nach. Es war nicht derselbe Journalist, der in der *Magyar Ifjúság* geschrieben hatte.

„Kennst du diesen Imre Lukács?", fragte er Kati.

„Nein."

Er überfliegt die unwichtigen Stellen nur. In der Mitte des Artikels sind Sätze von Gábor Földes zitiert:

»Ich schäme mich, dass ich zum blinden Hilfsmittel der volksfeindlichen Kräfte geworden bin, nicht gesehen habe, dass ich einem gründlich vorbereiteten konterrevolutionären Experiment Vorschub leiste. Es ist mir gelungen, zwei Offiziere zu retten, drei andere hat der konterrevolutionäre Mob gelyncht ...« Der Reporter fährt fort: „Er blickte vor sich hin und sagte dann leise: »Auch als man mir die Amtsniederlegung im Nationalen Komitee nahelegte, war mir noch nicht klar, was bei uns vor sich geht ... Nach dem 4. November habe ich noch gravierendere Fehler begangen. Ich habe so sehr an Imre Nagy und an einige lokale Führer geglaubt, dass ich für offenkundige Tatsachen blind gewesen bin. Noch immer war ich überzeugt, dass wir am 23. Oktober und danach eine Revolution gemacht haben. Die Hilfe der Sowjetunion nannte ich in meiner Verblendung eine imperialistische Einmischung. Ich selbst habe meine sechzehnjährige Vergangenheit in der Arbeiterbewegung verraten, bin in den Fächern Politik, in Marxismus-Leninismus durchgefallen«, setzte er bitter hinzu…"

Unser Held blickte auf.

Sah Gabi vor sich, wie er verzweifelt Selbstkritik übt, in der Hoffnung, dass es ihm hilft.

Im Allgemeinen hilft es nicht.

In solchen Tiraden äußert sich kein Mensch aus eigenem Antrieb über sich, und erst recht nicht, solange er frei herumläuft. Gabi ist im Gefängnis. Solche Sätze legen rabiate Redakteure und Knastaufseher Opfern in den Mund, bevor man sie aufhängt. Auch Rajk hat sein Geständnis in diesem Stil abgelegt. Fangen sie jetzt wieder an, ein halbes Jahr nach Rajks Exhumierung und erneuter Grablegung? Wenn sie jetzt wieder mit den Schauprozessen anfangen, ist alles vorbei.

„Was hat dieser Unglückselige denn getan?", fragte er.

„Er ist mit dem Wagen zum Schauplatz gerast, als gemeldet wurde, dass in Mosonmagyaróvár geschossen wird", sagte Kati. „Er hat die Menge, so gut es ging, besänftigt, zwei von der Staatssicherheit in sein Auto geschoben und ist mit ihnen weg; die beiden sind davongekommen. Am nächsten Tag, er war gar nicht dort, weil er in Győr eine Menge Dinge erledigen musste, hat man in Mosonmagyaróvár drei Uniformierte von der Staatssicherheit gelyncht … Als er es erfuhr, trat er zurück … Er hat gar nichts getan, was man ihm anlasten könnte, man müsste ihn sogar dafür auszeichnen, dass er Menschenleben gerettet hat ... Mit der sogenannten Republik von Győr, die ausgerufen wurde und so von Ungarn abgefallen ist, hatte er nichts zu tun! ..."

„Wenn sich herausstellt, dass ich ihn schon seit sechzehn Jahren gut kenne, wird man mich gleich mit einsperren!"

„Lass doch diese Blödeleien!", schrie Kati, doch dann wurde sie nachdenklich. „Als das Gastspiel im Bartók-Saal war, zu dem wir nicht hingegangen sind ... vielleicht war es ganz gut, dass wir es vergessen haben! Möglich, dass die Zuschauer notiert wurden ..."

„Da wollten die Zuschauer Ferenc Kiss sehen, nicht Gabi Földes ... Die wissen doch nicht einmal, was ein Regisseur ist ..."

„Dass du immer so gescheit sein musst!"

Freitag früh ist er nun schon als routinierter Arbeitsscheuer von zu Hause losgezogen, und ihn überkam ein rauschartiger Aktionismus.

Mit neuen Telefonmarken ausgestattet rief er aus einem öffentlichen Telefonhäuschen vis-à-vis vom „Kleinen Sudelloch" beim Planungsamt an. Mit dem Genossen Árpád Kiss konnte man ihn nicht verbinden, der hatte dienstlich außer Haus zu tun. Auch Péter Vályi war nicht zu sprechen, er befand sich an diesem Tag in der Parteizentrale. Am Apparat war jetzt dieselbe Sekretärin, die ihn Dienstagmorgen, also erst vor drei Tagen und in einer gänzlich anderen Epoche, davon in Kenntnis gesetzt hatte, dass der Genosse Fátray nicht zur Sitzung des Planungsrates zu erscheinen brauche. Der Genosse Fátray kam nicht in

Versuchung, jetzt zu erfragen, was er ohnehin ahnte: Nur für ihn gab es diese Sitzung nicht. Der Planungsrat tagte weiter regelmäßig am Donnerstag. Aber die Sekretärin erwähnte mit keinem Wort, dass ihn jemand vermisst hätte.

Er rief auch das Sekretariat des Präsidialrats an und verlangte Károly Kiss. Der war zugleich Mitglied des Verwaltungsausschusses der Ungarischen Sozialistischen Arbeiterpartei, aber seine Nummer stand nicht im '56er Telefonbuch. Wer weiß, wo und unter welcher Nummer er zu erreichen war.

Károly Kiss hatte schon einmal geholfen, vor seinen Wagen hatte sich Kati damals geworfen. Als 1953 Imre Nagy Ministerpräsident wurde, gab Károly Kiss ein Treuegelöbnis für ihn ab und nannte die Clique um Rákosi Abenteurer; das erregte damals großes Aufsehen. 1955 hat er Imre Nagy aus der Partei hinausgeworfen, auch das fand allgemeine Beachtung. Jetzt ist er Kádárs Mann. Egal, ein alter Bekannter, vielleicht kann er ...

Man konnte ihn nicht verbinden. Eine Männerstimme im Sekretariat antwortete, die Mitglieder des Präsidialrats hätten im Parlament keine eigenen Räume und demzufolge auch keine Telefonanschlüsse. Aber wenigstens hat er gefragt, wer den Genossen Kiss zu sprechen wünsche und unter welcher Nummer er eventuell zurückgerufen werden könnte. Er gab seine Nummer in der Fabrik an. Es kann nicht schaden, wenn sich drinnen herumspricht, dass er vom Präsidialamt angerufen und gesucht worden ist. Schaden wird es gewiss nicht.

Sein Kopf ist klarer geworden, seit er den Artikel über Győr gelesen hat. Es ist gar nicht sicher, dass ihm einfach nur ein Unrecht widerfährt, und es ist überhaupt nicht sicher, dass er in der Zeitung nur aus Versehen genannt wurde. Es kann auch Schlimmeres bedeuten, ähnlich wie das, was Gábor Földes passiert ist, den man sich herausgepickt hat und in einen fingierten Prozess hineinziehen will. Angesichts echter Gefahr reißt sich der Mensch zusammen. Genau dafür ist eine so tiefe Verzweiflung gut.

Er rief bei der *Népszabadság* an und verlangte den bestimmten Mitarbeiter von der *Magyar Ifjúság*. Man leitete das Gespräch auf den Nebenanschluss um, eine Frau hob ab. Unser Held verlangte aufs Neue den gewissen Genossen.

„In welcher Angelegenheit?"

„Wegen einer Richtigstellung."

„Damit befassen wir uns nicht, und fernmündlich schon gar nicht. Sie können ja einen Brief schreiben."

„Das habe ich bereits getan. Gleich am Dienstag."

„Dann ist es ja in Ordnung."

„Könnten Sie vielleicht nachsehen, ob der Brief vorliegt?"

„Da bin ich nicht zuständig."

„Kann mir die Genossin dann bitte sagen, wer zuständig ist?"

Es wurde aufgelegt.

Danach wählte er noch einmal die Zentrale der Zeitung am Blaha-Lujza-Platz und verlangte erneut jenen Redakteur von der *Magyar Ifjúság*. Er wurde zu einem Nebenanschluss umgestellt. Es klingelte, klingelte, klingelte, doch niemand hob ab.

Das kann es doch nicht geben! Sollte ihm wirklich nichts mehr einfallen?

Lajos Szász!

Halb neun am Vormittag, vielleicht erreiche ich ihn noch daheim.

Er suchte die Telefonnummer heraus. Dr. Lajos Szász, Rechtsanwalt, Visegrádi-Straße.

Vali, Lajos' Ehefrau, meldete sich mit ihrer wohlbekannten Altstimme.

„Gyuszi?! Dass ich Deine Stimme überhaupt noch erkenne! Ihr habt Euch seit ewigen Zeiten nicht mehr gemeldet, Lali ist leider nicht zu Hause, er musste heute schon ganz früh los, hatte einen Termin im Untersuchungsgefängnis, glaube ich ...

Ach kommt doch wieder einmal. Auch Lali würde sich sicher freuen!"

„Ich möchte auch gern kommen, liebe Vali, aber allein und bald ... vielleicht heute gegen Abend, wenn das möglich ist?"

„Ich weiß nicht, wann er heimkommt. Das ist ganz verschieden, und dann ist er meist auch todmüde ... Komm doch vielleicht morgen."

„Am Samstag?"

„Mittags nach dem Essen ..."

„Legt er sich denn nicht hin? Hat er doch früher immer gemacht."

„Nein, Lali schläft schon lange nicht mehr nach dem Essen ... Er ist so abgehetzt in letzter Zeit, wälzt sich auch die halbe Nacht schlaflos im Bett herum ... kommt Kati auch mit?"

„Nein, das glaube ich nicht. Samstagnachmittags geht sie meist einkaufen, und dann kocht sie vor ..."

„Gut, dann komm nur, Gyuszi! Ich sage Lali Bescheid."

Lali Szász. Das ist es. Und besser allein, die Frauen können sich ohnehin nicht ausstehen, Kati kann dieses bourgeoise Geschöpf, wie sie sich ausdrückt, nicht leiden, und Vali mag Kati ebenso wenig. Was sollte sie auch an ihr mögen?

Lajos Szász ist zur Zeit ein gesuchter Verteidiger, in ganz schweren Fällen, hat jemand gesagt. Der müsste auch in seinem Fall eine Idee haben. Er kennt doch viele wichtige Leute.

Morgen Nachmittag. Möglich, dass bis dahin schon alles gegessen ist; sobald die Richtigstellung erscheint, ist dieser ganze Albtraum zu Ende. Dann kann er immer noch absagen. Oder auch nicht. Szász ist ein anständiger Bursche, mit dem kann man sich gut unterhalten.

1945, im Sommer, hatte er den Volksrichter Dr. Lajos Szász kennengelernt, bei der Verhandlung des Rechtfertigungsausschausses im Fall Laci Kandó. Kandó war ein Horthy-Offizier und hatte in seinem Schrank drei Juden versteckt, ganze drei Monate lang. Dieser Schrank war riesig, nach dem Krieg hatte Fátray ihn gesehen, aber es muss darin verdammt eng gewesen sein. Die Frau des einen geretteten Mannes hat Laci Kandó damals beschuldigt, dass er Pfeilkreuzler gewesen sei. Der Volksrichter Lajos Szász aber hörte sich die Zeugenaussage des Ingenieurs Fátray an und hat dann die offenbar durchgeknallte Ehefrau mit ein paar einfachen Fragen durcheinandergebracht und Kandó, der sich diszipliniert und soldatisch korrekt verhalten und vor der Verhandlung nicht einmal sein schneidiges ungarisches Bärtchen abrasiert hatte, rehabilitiert. Kati und er haben dann mit den Kandós jahrelang verkehrt, doch mit der Zeit ist die Freundschaft eingeschlafen. Aber wenn sie sich auf der Straße trafen, haben sie sich immer sehr herzlich begrüßt. Die Kandós wohnen in der Visegrádi-Straße/Ecke Kádár-Gasse, und auch die Szász' nur eine Ecke weiter über die Katona-József-Straße hinaus.

Laci Kandó arbeitet irgendwo als Ingenieur, ja wo eigentlich? Man müsste ihn wieder einmal anrufen ... Sein Sohn ist auch weg ... wie der von Szász', ins Ausland. Fast die gesamte Jugend dieser Gegend ist fortgegangen. Der

Junge von Szász ist zwanzig ... der Péter Kandó war erst fünfzehn, sechzehn ... Nein, nicht gerade jetzt, ich werde Laci anrufen, wenn diese ganze Geschichte vorbei ist, denn helfen könnte er ohnehin nicht.

Er ging ins Café hinüber, hinunter ins Souterrain, und bestellte einen kleinen Mokka. Links von der Treppe am Pianino saß niemand, es war zugeklappt, mit einem Schloss davor. Er schaute nach oben, hinaus auf die Budai-Nagy-Antal-Straße, wo sich die Endstation vom 76er Trolleybus befand. Von da ein paar Schritte entfernt ist auch das Duna-Kino, für das sie am 1. Mai die Karten haben. Zu Hause hat er das noch gar nicht erwähnt. Hoffentlich vergisst er es nicht.

Von hier unten kann man die Frauenbeine betrachten, ohne dass die Besitzerinnen es merken, ihre Köpfe sind gar nicht zu sehen. Sie tragen schon Frühjahrskleider. Es wird nun doch langsam Frühling. Früher wartete er immer wegen der Frauen auf den Frühling. Wie lange das schon her ist.

Alte Frauen saßen hier unten herum. Diese Gesangslehrerin, die an den Abenden Klavier spielt, hat ein nettes Gesicht, wenn sie nicht längst im Ausland ist. Wenn nicht, gibt sie sicherlich gerade Musikunterricht in der Schule. Man müsste ein wenig mit ihr flirten. Er wird an irgendeinem Abend mal herunterkommen und zuschauen, wie sie Klavier spielt. Er braucht ja nichts zu sagen, die Frau wird es merken.

Für ein paar Minuten muss er eingeschlafen sein, denn er ist mit dem Kopf auf den Tisch aufgeschlagen. Erschrocken richtete er sich auf und sah sich um.

Zwei Männer kamen ins Café, nahmen auf der oberen Ebene Platz. Geheimpolizei, sie beobachten mich.

Blödsinn. Langsam werde ich verrückt.

Was ist, wenn Polizisten erscheinen und er sich ausweisen muss? Er könnte sogar als arbeitsscheues Element abgeführt werden. Nein, man hat ihm ja sein Arbeitsbuch noch nicht ausgehändigt. Und in seinem Personalausweis ist der Arbeitsplatz vermerkt. Er ist im Urlaub, kann im Kaffeehaus sitzen, solange er will, vom Morgengrauen bis zum Morgengrauen.

Was wäre, wenn er sich einfach am Anfang des Újpester Kais vors Restaurant des Innenministeriums stellen würde, in das jetzt nicht mehr die IMs aus dem Weißen Haus, sondern die aus der Parteizentrale gehen; und sobald ein wichtiger Genosse auftaucht, diesen anspricht, seine Angelegenheit doch zu klären. Aber dazu könnte es natürlich gar nicht kommen, weil die geheimen Aufpasser ihn sofort schnappen würden. Besser geht er vielleicht zur Garage des Innenministeriums in der Pannonia-Straße, hält so lange Ausschau, bis jemand Bekannter erscheint ...

Nein, Blödsinn, da würde er höchstens die Fahrer sehen.

Aber in der Kárpát-Straße, da hat die Partei eine Tankstelle, und dahin kommen oft auch höhere Funktionäre mit ihren Autos zum Tanken ...

Könnte es sein, dass ihn jemand vom Planungsrat denunziert hat und sein Name in den Artikel geraten ist, weil er den Mund zu weit aufgerissen ... und gewagt hat, etwas vorzuschlagen? Aber wen kann das gestört haben? So jung ist er doch auch nicht mehr, dass ihn die Alten rechtzeitig abschießen müssten ... Wurde das, was er vorgeschlagen hat, als Aufmucken gegen die Sowjets ausgelegt, hat man ihn vielleicht direkt bei den Russen verpetzt? Zuzutrauen ist es ihnen. Es gibt so etwas, dass Leute zu den sowjetischen Genossen rennen und andere anschwärzen. Aber wer?

Er ging die damals beim Planungsrat anwesenden Genossen durch, manche kannte er nicht einmal mit Namen.

Wichtige Genossen aus Csepel, Diósgyőr, Sztálinváros haben sich in den Sitzungen nicht zu Wort gemeldet oder über uninteressante Dinge palavert. Die klügeren Genossen sind vorsichtig, ziehen die Köpfe ein, empfehlen nicht lauthals, dass die ungarische Führung den Sowjets etwas abtrotzen sollte. Sie denken sich's, sagen es aber nicht. Denken es zwar, doch wenn es ein anderer sagt, zeigen sie ihn an.

Und Panni, die Frau von Gelb, rannte an der Kreuzung Katona-József-Straße, ohne auf den Verkehr zu achten, plötzlich quer über die Pozsonyi-Straße.

Ihm war speiübel. Er trank das abgestandene Wasser aus, das man in einem kleinen Glas zum Kaffee serviert hatte. Den Mokka trank er bitter, die drei kleinen Zuckerstücke stopfte er sich nacheinander in den Mund. Er atmete tief durch.

Ich bin einfach fertig.

Gelb. Er war lange ein guter Freund von ihm. Vielleicht kennt er jemanden, der ...? Ja, der im Rochus-Spital Bescheid sagen kann, dass man die Bestätigung herausrückt, dessen Worte so schwer wiegen, dass sie die Hosen voll haben und spuren.

Magda Radnót!

Natürlich.

Sie war illegales Parteimitglied gewesen, jetzt leitet sie die Augenklinik, und es gibt keinen unter den Bonzen, der mit seinen Augen nicht bei ihr wäre! Gelb hat Silvester etwas über sie gesagt. Erzählt, dass die Magda sehr nett ist, dass sie fett geworden ist ... Vor zwanzig Jahren war sie hübsch ... In der Klinik oder an der Uni kriegt er sie sicher nicht ans Telefon, aber Gelb könnte ihre Privatnummer haben, ihn hat sie operiert!

Wo erreiche ich jetzt den Gelb, bei welcher Gebäudeverwaltung ist der gerade? In welchem Bezirk, mein Gott?

Ich hätte besser hinhören müssen! Es bringt nichts, sich jetzt durch alle Bezirksstellen zu telefonieren. Am Abend zu Hause.

Blöd. Dann ist auch dieser Tag verstrichen, ohne dass er etwas erreicht hat.

Aber was kann man denn überhaupt noch erreichen?

Helfen kann einzig die Bestätigung vom Krankenhaus.

Vielleicht doch die Panni. Anscheinend ist sie jetzt immer zu Hause, kann sich ja in keiner Stelle länger halten, überall beißt man sie hinaus. Wenn sie nicht gerade einkaufen ist, wird sie ans Telefon gehen. Sie kann mir die Privatnummer von Magda Radnót heraussuchen. Auch wenn sie gestern auf der Pozsonyi-Straße einen Bogen um mich gemacht hat. Sie wird nicht auflegen. Das traut sie sich nicht. Dazu ist sie zu feige, außerdem hat sie eine gute Kinderstube gehabt. Nicht umsonst hasst Kati sie so.

Er zahlte und lief dann auf die andere Seite der Pozsonyi-Straße hinüber, stürzte in die Telefonzelle. Gelbs Nummer wusste er auswendig.

Panni nahm ab.

„Küss die Hand, Panni", sagte er im Plauderton. „Entschuldige, wenn ich dich bei der Hausarbeit störe, aber ich müsste dringend die Privatnummer von Magda Radnót haben ... Géza wollte ich im Büro damit nicht behelligen ..."

Kurze Pause.

„Natürlich, sofort."

Kurzes Herumnesteln, leises Selbstgespräch.

„Du, ich kann sie nicht finden ... irgendwo hat er sie sicher notiert ... Ruf ihn doch an."

„Ach bitte, gib mir schnell seine Nummer."

„Sofort."

Unser Held kramte wieder eine Telefonmarke heraus. Wie klang eigentlich Pannis Stimme? Sie war überrascht. Aber alarmiert klang sie nicht. Hat ihm ohne Weiteres die Nummer von Gézas Arbeitsplatz gegeben. Vielleicht ist sie gestern so über die Straße gerannt, weil sie gar nicht wahrgenommen hat, dass ich ihr entgegenkam. Es ist nicht sicher, dass …

Vielleicht doch nur Einbildung von mir.

Er wählte.

„Den Genossen Gelb? Ich sage Bescheid. Wer sucht ihn?"

„Ein Freund."

„Natürlich", sagte die Frauenstimme, „denn bei einem Feind würde ich ihn sofort verleugnen."

„Haha", erwiderte unser Held.

„Trotzdem, wer will ihn sprechen? Denn vielleicht hat er keine Zeit oder ist nicht im Haus …"

„Ich beneide den Genossen Gelb, dass er eine so geistreiche Kollegin hat."

„Ist es dienstlich?"

„Natürlich, ein Balkon ist abgestürzt, als ich hinaustrat, und ich stand darauf."

„Welches Stockwerk?"

„Sechzehntes."

Kurze Pause.

„Ich verbinde."

„Servus", sagte unser Held.

Pause.

„Servus", kam es von Gelb. „Was gibt's?"

„Ich müsste die Privatnummer von Magda Radnót haben."

„Hast du Probleme mit den Augen?"

„Ja, Probleme …"

Gelb schwieg.

„Hast du sie nicht?"

„Zu Hause habe ich sie aufgeschrieben", sagte Gelb.

„Ich habe vorhin Panni angerufen, aber die konnte sie nicht finden."

„Du hast Panni angerufen?"

„Ja."

„Und sie hat sie nicht gefunden?"

„Nein."

„Gut, ich weiß es nicht mehr genau, möglich, dass ich sie nicht in das Büchlein eingetragen habe ... Ich weiß jetzt gar nicht, ob ich sie damals zu Hause oder in der Klinik angerufen habe ... Möglich, dass ich doch in der Klinik ..."

Fátray schwieg.

„Hallo? Gyuszi, bist du noch da?"

„Ja, ich höre dich."

„Du, versuch es doch in der Klinik ... Oder an der Uni."

„Ja, danke."

Man schirmt sie vor mir ab, die Frau Professor, die internationale Kapazität, die Frau Dekanin, die schon das ganze Zentralkomitee durchbehandelt hat und auch die Augen weiterer Zentralkomitees noch behandeln wird.

Aber es kann schon sein, dass Gelb die Privatnummer wirklich nicht kennt. Warum sollte er sie auswendig wissen. So oft wird er auch nicht mit ihr gesprochen haben. Vielleicht hat auch nur Panni sie nicht gefunden.

Und möglicherweise steht die Magda Radnót doch im Telefonbuch.

Damit hätte er eigentlich anfangen sollen. Wieso glaubt er, dass sie eine Geheimnummer hat?

Sie stand nicht im Telefonbuch. Hat also doch eine Geheimnummer. Kurz nach dem Krieg stand sie noch im öffentlichen Telefonbuch. Er und Gelb haben sich damals gewundert, dass auch eine zweite Nummer angeführt war, für Notfälle. Irgendwo auf der Rákóczi-Straße hat sie damals gewohnt, und er kann sich noch erinnern, dass auch angegeben war: Privatdozentin. Seither ist sie Ordentliche Professorin. Wohnt inzwischen sicherlich am Rosenhügel in Buda.

Gegenüber ging eine Militär-Patrouille von drei Mann ins Café Szamovár.

Es wird besser sein, wenn ich in die Trambahn steige, das fällt nicht so auf.

Als ob ich ein Deserteur wäre! Ich habe ja völlig den Verstand verloren. Bis heute Abend werde ich die Bestätigung haben. Morgen ist Samstag, ich gehe hinein, lege das Papier vor, und am Montag können sie sich dann entschuldigen. Dann soll diese gemeine, verkommene faschistische Bolschewikenbande vor mir auf den Knien rutschen.

Er trat aus dem Telefonhäuschen und machte sich in Richtung Margaretenbrücke auf den Weg.

Warum war Gelb so überrascht, als er ihm sagte, dass er mit Panni telefoniert habe? Überrascht ist nicht das richtige Wort, erschrocken war er. Hat er vielleicht Angst davor, dass sein Telefon überwacht und er verdächtigt wird, mit einem Spion, einem Verräter, einem Verschwörer, einem Konterrevolutionär, einem Agenten von Radio Free Europe in Verbindung zu stehen. Na und wenn er abgehört wird?! Wer wird denn nicht abgehört? Wer wird nicht bespitzelt? Von seinen Nachbarn. Vom Hausmeister. Vom Portier. Es ist jetzt nicht anders als vor dem Krieg ... Warum macht sich dieser Gelb so in die Hosen, wo er doch sein ganzes Leben lang nichts getan hat, als sich zu drücken und vorsichtig zu reden? Trotzdem hat er es nicht einmal zu einer anständigen Stelle gebracht. Um diese Gebäudeverwaltung braucht man ihn nicht zu beneiden. Seine Wohnung, ja, die ist schön, zwei Zimmer und Diele ... aber sie liegt nach Nordwesten, ist zugig und schlecht zu heizen. Panni beschwert sich immer wieder deswegen ... Hat Gelb vielleicht Angst, dass sich jemand diese Wohnung ausgeguckt hat und sie ihm streitig machen will?

Aber mich, weswegen beneidet man mich?

Wegen ihrer Fantasievorstellungen, ich hätte ihr Direktor werden können? Die Verrückten. Diese Leute leiten? Führen? Diese Bagage, die den Verrat, das Lügen, das Verleumden im Blut hat?

Er ging zur Verkehrsinsel hinüber und wartete auf die Sechs.

Bald wird er 47, und wie weit hat er es gebracht? Um seine Stelle braucht man ihn nicht zu beneiden. Sein Gehalt liegt noch unterm Durchschnittseinkommen. Prämien bekommt er keine. Die Planziele werden so gesteckt, dass sie kaum zu erreichen sind, wenn es doch einmal gelingt, streicht man seinen Namen von der Liste. Um seine Wohnung ist er nicht zu beneiden, sie reicht hinten und vorne nicht für drei. Auch seine Frau neidet ihm keiner, die sicher nicht. Ja und sein Sohn? Wie der schon aussieht! Er ist dumm, und ihm fehlt ein gesunder Ehrgeiz. Wem nützt es, wenn man seinen Namen mit einer Verschwörung in Verbindung bringt? Was ist das Besondere an ihm, das andere nicht haben? Er begreift es nicht.

Schon wie ein Stammgast betrat er heute die Metzgerei auf der Rákóczi-Straße, diesmal aß er Blut- und Leberwurst mit Brot und Senf; ebenfalls als Stammgast betrat er das Café Erzsike, indem er tags zuvor zum ersten Mal gewesen war. Vielleicht taucht ja dieses hübsche Mädchen mit der interessanten Stimme wieder auf.

Wie paralysiert saß er stundenlang da.

Er wird nicht zu den Kállais hinaufgehen, hat kein gutes Gefühl. Wird lieber nur fragen, was Zoltán ausrichten konnte, aber er schob auch das Telefonieren vor sich her, bis es draußen schon dunkel war.

In der Vas-Gasse fand er schließlich eine Telefonzelle. Bevor er sie betrat, holte er tief Luft und gratulierte sich selbst, dass er es so viele Stunden ausgeharrt hatte.

„Servus Gyuszi", sagte Zoltán. „Ich habe keine guten Nachrichten für dich. Sie geben keine solchen Bestätigungen aus."

„Warum nicht? Ich will doch nur die Bestätigung meiner eigenen Daten, nicht die von anderen!"

„Trotzdem nicht ..."

„Hast du Pommersheim gefragt, ob er helfen kann?"

„Ja, natürlich ..."

Ich hätte doch hinaufgehen sollen, dachte unser Held, dann müsste er mir ins Gesicht lügen, am Telefon hat er damit kein Problem.

„Und hat er es versucht?"

„Selbstverständlich ... aber ihm wurde dasselbe gesagt ..."

„Aber ist denn das, verflucht nochmal, ein Staatsgeheimnis, wann ich ins Krankenhaus gekommen bin und wann ich entlassen wurde?!"

„Ich weiß es auch nicht ... Diese überzogene Wachsamkeit ..."

„Aber ich bin doch ein Nichts und Niemand!"

„Lieber Gyuszi, bitte schrei nicht mit mir ... Ich habe ehrlich in deinem Mastdarm herumgewühlt, seither hast du keine Blutungen mehr, keine Schmerzen ... Von diesem Papierkram verstehe ich nichts ..."

Fátray schoss jetzt eine Lösungsmöglichkeit durch den Kopf.

„Zoli, hör mal!" sagte er zu ihm. „Du hast doch als Arzt einen Stempel, nicht? Den brauchst du ja, wenn du Rezepte ausstellst ..."

„Ja – und?"

„Du hast auch Rezeptformulare."

„Ja."

„Auch zu Hause?"

„Klar. Brauchst du ein Rezept?"

„Ich bin in zwei Minuten bei dir. Du schreibst auf ein Rezeptformular nur, dass ich vom 17. Oktober bis zum 8. November in deiner Abteilung gelegen habe, unterschreibst es, drückst deinen Stempel drauf und fertig. Warum müssen wir ein solches Problem daraus machen? Und wenn jemand nachprüfen will, der die Berechtigung dazu hat, kann er in den Büchern im Krankenhaus nachsehen und wird dort dieselben Daten finden. Was soll er sonst finden? Da gibt es doch keinerlei Fälschungsmöglichkeiten. Was spricht dagegen."

„Komm jetzt bitte nicht, es wäre nicht günstig ..."

„Wieso?"

„Ich erwarte einen Patienten ..."

„Aber das Ganze dauert nur eine Minute ..."

„Habe auch keine Rezeptformulare hier, die sind drinnen ..."

„Ich verstehe."

Pause. Stille.

„Vielleicht", meldete sich Kállai wieder, „wenn jemand von weiter oben ihnen Bescheid geben würde ..."

„Natürlich", sagte unser Held, „ich werde schon einen auftreiben."

Er legte auf.

Mein Gott! Auch dieser Mensch ein Verräter!

Wer in diesem Land ist kein Verräter? Verräter, nur

Verräter! Juden, Ungarn, Deutsche, Slowaken, Walachen, ganz egal, überall die gleiche Gesinnung, Verräter.
 Gelb müsste doch jetzt schon zu Hause sein.
 Er wählte.
 Panni meldete sich.
 „Er ist noch nicht heimgekommen", sagte Panni, „und er hat angerufen, dass es spät wird, die feiern heute drinnen, sie feiern den 1. Mai schon vor ..."
 „Gut, ich rufe dann morgen an."
 „Die Nummer von Magda habe ich noch mal gesucht, aber leider nicht gefunden", sagte Panni.
 „Macht nichts."

Jetzt muss er es ihr sagen.
 Kati wird sich mächtig aufregen, aber sie soll es nicht von anderen erfahren. Ein Wunder, dass sich in den drei Tagen noch keine wohlmeinende Seele gefunden hat, die es ihr zuflüsterte. Und dafür, dass sich keine gefunden hat, ist Kati selbst die beste Zeugin, da sie ihm nicht in den Ohren gelegen, ihn nicht mit todsicheren Vorschlägen überhäuft und sich auch nicht wieder vor Károly Kiss' Wagen geworfen hat.
 Er muss es ihr sagen. Mit diesem festen Entschluss trat er ins Vorzimmer, doch da sah er mehrere fremde Mäntel am Garderobenhaken. Er schielte durch die offene Küchentür hinein, und auch auf dem Tisch, auf dem Hocker lagen Mäntel. Von drinnen hörte er tiefe Stimmen und Lachen.
 Er ging hinein.
 Rauch schlug ihm entgegen, einen Augenblick lang konnte er kaum etwas sehen.

Ungefähr anderthalb Dutzend Leute saßen in der Diele und füllten sie ganz aus. Irgendwelches Gebäck hatten sie schon vertilgt, einige waren ins Wohnzimmer abgedrängt worden, aber mit dem Rücken zum Fenster gehörten auch sie noch zu der Gesellschaft um den ausgezogenen Tisch. Ein breitkrempiger großer Hut schirmte einen Teil des Lichts vom Fenster ab, manche saßen mit Baskenmütze da, andere barhäuptig, mit Glatze. Lauter Männer, in Arbeitskitteln, Pullovern oder hemdsärmelig. Im Gegenlicht waren nur ihre sich scharf abzeichnenden Umrisse zu sehen, wie auf einer flüchtig hingeworfenen Kreidezeichnung. Sie saßen in dunklen, grauen Blöcken, geballt in hingeschmierten Pinselklecksen.

Starker Gestank nach Schnaps durchdrang den Tabaksqualm. Im Wohnzimmer war das Fenster offen, aber in der Diele stand die Luft. Diesen Mief werden sie wochenlang nicht rauslüften können.

Wie in einer Kaschemme.

Kati sprang auf.

„Mein Mann! Mein Mann ist gekommen!", rief sie laut und gut gelaunt und hüpfte, wie sie es gelernt hatte, mit Schwung und Volkstanz-Grazilität zur Tür.

Hier scheint auch etwas nicht zu stimmen.

Kati drängte sich unter seinen Arm.

Begrüßungsgemurmel. Kati hob ihren vielgeliebten Gatten buchstäblich in die Luft.

„Die Genossen Künstler sind kurz vorbeigekommen", sagte sie strahlend vor Glück, „und wollten schon wieder gehen, aber ich habe sie gebeten, zu bleiben, bis du kommst..."

„Guten Abend", sagte er.

Jemand drückte ihm ein Glas in die Hand, irgendeiner hatte eingegossen, auch seine Hose und die Schuhe bekamen etwas ab.

„Wie die sowjetischen Genossen zu sagen pflegen: Do dna!", schrie einer.

„Do dna! Do dna!"

Er leerte das Glas. Es war ein scheußlicher Hausbrand, mindestens sechzig Prozent. Er musste sich räuspern.

„Na, der hat es in sich? Nicht wahr? Noch einen?"

„Nein", flüsterte er kaum hörbar, „danke …"

„Iss etwas, mein Herz", empfahl Kati ihm sanft.

„Ja", flüsterte er.

Matyi sprang auf, da erst nahm er seinen Sohn wahr.

Er setzte sich auf Matyis Stuhl. Kati legte ihm etwas auf einen Teller und reichte es ihm.

„Iss, es kommt aus dem Café Bär …"

„Schmeckt gut!", ermunterte ihn jemand.

Nickend stopfte er sich das Gebäck in den Mund.

Sein Blick fiel unter den Tisch.

Er sah einen Fuß mit Stiefel und einen in Fußlappen ohne Stiefel. Der Genosse Künstler lüftete seinen rechten Fuß.

„Hast du sie gesehen?", fragte jemand.

Er kaute.

„Du warst gemeint, mein Herz", sagte Kati.

„Wie bitte?", fragte er mit vollem Mund.

„Hast du die Ausstellung gesehen?"

„Noch nicht", sagte er und biss ein großes Stück ab. Der Teig der Torte war trocken und ließ sich nur schwer hinunterwürgen.

„Dafür war noch nicht Zeit genug", zwitscherte Kati dazwischen. „Er arbeitet viel zu viel … Aber am Sonntag will er … das hat er mir versprochen …"

„Nur nicht drängen", sagte ein Tenor, „vielleicht ist sie bis dahin schon abgebaut …"

Gelächter.

„Es wäre jammerschade, sie schon wieder abzubauen", meinte eine tiefere Stimme. „Lasst die Genossen sie nur genießen. Sollen sie doch mit eigenen Augen sehen, wozu die Konterrevolution fähig ist!"

„Nicht die Ausstellung muss man schließen, besser die wegschließen, die sich das haben einfallen lassen!! Warum nicht gleich fünf Jurys? Warum nicht sechs? Wo war die Partei denn da?! Was?"

„Sie haben ihre eigenen Kader in die Partei geschleust! Revisionisten sitzen da überall drin!"

„So etwas hatten wir schon einmal", sagte der mit dem dünnen Schnurrbart, ein magerer Mensch, „für den Nationalen Salon 1947 haben drei Jurys ausgewählt ..."

„Das war in der Zeit der Koalition, damals wütete noch die Demokratie! ... Aber jetzt?! Wir haben eine Partei, oder wie viele sind es?! Und wessen Partei ist diese eine?! Vielleicht die der Bourgeoisie? Der Revisionisten? Der Rechtsabweichler, der Faschisten?!"

„Ist das der Dank dafür, dass wir im Oktober still waren, nicht herum krakeelt haben? ... Ist das der Dank für unsere Treue! Für unsere Arbeit! Hat das Volk die Leiden auf sich genommen, damit die Formalisten jetzt wieder aus der Jauchegrube hervorkriechen!"

„Im Oktober da sind sie hervorgekrochen, dass ihnen jetzt die Welt gehört, haben sich überall hineinwählen lassen, Endre Bálint wurde Leiter der Fachsektion und nicht ein Ungar! Und als im Januar die Clique die Mitgliedschaft im Verwaltungsausschuss niederlegte, weil sich nicht alles so entwickelt hat, wie sie es gern gehabt hätten, ja, da waren sie noch beleidigt, weil ihnen kein Hund nachweinte!"

„Sag doch Kati, wieso ist dieser Endre Bálint ständig um die Ausstellung herumscharwenzelt? Er war doch gar kein Jury-Mitglied?!"

„Weiß ich nicht", sagte Kati, „ich habe ihn gar nicht gesehen ..."

„Er war da, jeder weiß das! Soll er doch nach Paris zu den Surrealisten zurückgehen und nicht bei uns die Atmosphäre verpesten ..."

Kati strich ihrem Mann über die Schulter.

„Möchtest du noch?"

„Nein, danke ..."

„Die Genossen Künstler sind empört ...", sagte Kati.

„Ich höre es."

„Sie kamen bei uns in der Stiftung vorbei und wollten ihren Text in die Maschine tippen; sie haben eine Petition an die Partei verfasst ..."

„Kati ist eine ganz Liebe", sagte der mit der tiefen Stimme und tippte an seinen Hut. „Mit ihr haben wir kein Problem. Sie kann nichts dafür."

„Sie hat gesegnete Hände ... Wir haben es mit unseren stumpfen zwei Fingern versucht, aber sie mit zehn ... das flutschte nur so bei ihr ..."

„Ich habe ihnen geholfen, den Text abzutippen", erklärte Kati.

„Natürlich", sagte unser Held. „Ich verstehe."

„Auf Kati ist Verlass ..."

„Wenn man sich nur auf Pátzay so verlassen könnte! Der hätte etwas tun können! Jetzt hat er sich gedrückt, der Stalin-Preisträger Pátzay. Er hat für das Historische Gedenkkomitee die Petőfi-Medaille gemacht, dieser reaktionäre Mistkerl, weil er schon ahnte, was kommt, dass nämlich die Sowjets da sein werden. Seitdem leckt man ihm seinen bürgerlichen Arsch ... seit 1942! ..."

„Ja, und als die Ausschreibung für das Stalin-Monument war, hat Rákosi sein Entwurf am besten gefallen, er hat ihn zu sich kommen lassen, ein Wagen musste ihn abholen, und sie haben drei Stunden lang geplaudert ... Seither war der Glatzkopf dem Pátzay verfallen, und der rührte ... rührt auch jetzt ... hievt den Mikus nach oben, seinen verlängerten Arm ... seinen Privatschüler ... Was selbst ihm nicht mehr schmeckt, das schanzt er Mikus zu ..."

„Den Pátzay hat Révai erfunden ... Er bevorzugte die ganze Zeit die Römische Schule! Aber jetzt wird ihn der Teufel holen, er liegt in der Kutvölgyer Klinik, da wird man ihn schön verstecken!"

„In ein und demselben Monat hat Pátzay die Gottesmutter Maria und Josef für die Budapester Basilika und das Lenin-Denkmal für Orosháza gemacht, der nimmt alles mit, was er kriegen kann! ... Gleichzeitig einen Lenin für Veszprém und den Feldherrn Hunyadi für Pécs ... ein kommunistischer Kleinlandwirt! ... Hier eins, dort eins ... Er raucht nur teure Zigarren, die allerteuersten! Schon während der Zeit der Koalition in den ersten Nachkriegsjahren, als er noch Abteilungsleiter im Ministerium war, auch damals hat der schon auf zwei Hochzeiten getanzt!"

Die Kleinlandwirte-Partei hat ihn ins Ministerium für Kultur und Unterricht hineingeschoben ..."

„Jetzt hört man nur noch auf den Makrisz und auf sein Liebchen im Ministerium ... Was Makrisz will, wird gemacht ... was sein Liebchen will, wird gemacht ... Auch jetzt geht die Geliebte mit einem Schießeisen ins Ministerium. Sie war bei der Staatssicherheit, die Gute, dann hat man sie dahin gesetzt ... sie diktiert, und Makrisz führt aus ..."

„Aber Kádár vergöttert Szőnyi, nicht Pátzay ... Und Szőnyi redet nicht, tritt auch nirgends auf ..."

„Pátzay hat uns verraten, jetzt schleicht er, drückt sich herum, klatscht, flüstert diesem und jenem ins Ohr, aber vor allem rettet er seine Haut ... Sein Freund ist ihm abhanden gekommen, der angehimmelte Kamerad Rákosi ist nicht mehr da, also sucht er einen anderen Arsch, in den er kriechen kann, taktiert ... und rührt in der Scheiße ... Ist auch so einer wie unser Gyula Illyés ... Der fällt ja immer auf die Füße, egal, welches Regime kommt, und auch Pátzay ist so einer ... Da können die Pfeilkreuzler kommen, da können die Juden kommen, ihm ist alles gleich ... Obwohl er als ein anständiger Ungar geboren wurde ..."

„Am meisten hasst er die Bolschewiken ... und uns hasst Pátzay, aber Makrisz mag uns auch nicht, er verehrt die Formalisten, schätzt den Medgyessy ..."

„Medgyessy ist kein Formalist!"

„Aber trotzdem hat er für ihn durchgesetzt, dass er eine Ausstellung kriegt! Er hat schon 1937 in Paris eine Skulptur von ihm gesehen, und seitdem schätzt er ihn ... Auch für Barcsay hat er die Ausstellung durchgesetzt ... Ohne ihn wären die nichts mehr, wären sie längst da, wo sie hingehören, in der Versenkung der Geschichte!"

„Czóbel ist still, hockt draußen in Szentendre und schweigt wie ein Grab."

„Auch Sándor Ék macht nichts mehr ... lässt den Studenten an der Hochschule alles durchgehen, wenn sie nur gut zeichnen ... wiederholt immer nur: »Ich hatte keine Zeit, das Zeichnen zu erlernen, aber ihr habt die Zeit dazu « ..."

„Aber wen er weg haben wollte, den hat er doch bei den Russen angeschwärzt, nicht wenige ... Macht euch um Sanyi Ék keine Sorgen ... Sowjetischer Staatsbürger Aleksandjer Jek, Offizier der Roten Armee, der lässt sich nicht auf den Leim locken ... sein großes Werk »Genosse Rákosi an der Front bei Salgótarján!« ..."

Sie lachten. Ein berühmtes Kunstwerk. In der Bildmitte der junge Rákosi schwungvoll vor der Kolonne marschierend, die Baskenmütze auf dem Kopf, damit man die Glatze nicht sieht, rechts von ihm, auf dem noch von der

Frühjahrsüberschwemmung nass glitzernden Feldweg, führen Soldaten Pferde am Halfter, und obwohl das Sonnenlicht nur gefiltert durchkommt, strahlt alles in prächtigen Farben, der Himmel, die Bäume, die Erde ...

„Aber Sanyi Ék ist eigentlich keiner, der jemanden anschwärzt ... Er ist ein schlechter Maler, aber er schätzt Begabungen ... Auch wenn er ein Formalist ist ... Ék ist ein Snob. Aurél Bernáth, der ja, der ist schlau! Ein richtiger Herr, der hatte eine gute Kinderstube ...!"

„Und der Doma, habt ihr gesehen, wie der sich seine Zigarette anzündet? Er nimmt sie aus der goldenen Tabatiere, klopft das eine Ende auf den Deckel, und die Zigarette fliegt ihm zwischen die Lippen! Ein Zauberkünstler!"

„Korniss, Endre Bálint, Lili Ország ausstellen! .... Alles die reinste Konterrevolution! Auch einen Akt von Mácsai haben sie hängen, der ist kein Formalist, aber kein Mensch hat gemerkt, dass er längst über alle Berge ist?! Hat das Bild abgeliefert und dann ade! Liebe Kati, wieso hat das niemand gemerkt?!"

„Ich wusste es nicht ... Mir wird so etwas ja nicht gemeldet ..."

„Mácsai ist schon seit vier Wochen im Ausland!"

„Die Jury hat ihn bestimmt schon vorher hineingenommen", sagte Kati entschuldigend.

„Man muss das Bild abhängen! Das ist ja unglaublich! Nimmt einem ungarischen Künstler den Platz weg!"

„Und wozu muss ein Gyuri Román ausgestellt werden?" Ein taubstummer jüdischer Amateur?! Ein Boxer?!"

„Schön, dass sie Horthy nicht auch noch ausstellen ... Denn der Herr Reichsverweser hat ja auch gemalt, und der Berci Karlovszky korrigierte ihm die Bilder ..."

„Karlovszky konnte wenigstens malen."

„Mikus tut heute so, als wäre er ein bürgerlicher Künstler, als hätte er nie einen Stalin oder Rákosi gemacht: Das seilhüpfende Mädchen! Die sich frisierende Frau! Ja, ein richtiger Pátzay-Schüler! Einer der sich jederzeit anpassen kann... Man hat ihn mit Preisen überschüttet, versteckt sich im Klosett und traut sich zwei Wochen lang nicht heraus ... Und jetzt kriecht er wieder hervor, gehäutet und plötzlich zum Kleinbürger und Bourgeois geworden!"

„Die Klassizisten sind gekommen, indem sie gar nicht weg waren! Was für Horthy recht war, ist auch dem Révai billig.!"

„Mikus wollen sie jetzt als Verbandspräsidenten, habe ich gehört ..."

„Luzsicza ist auch sein Geld wert! Ein mittelmäßiger Zeichenlehrer, nicht einmal für die Abendkurse in Tatabánya hat es bei ihm gereicht, man förderte ihn, er bekam eine riesige Wohnung in der Városmajor-Straße, hockt in allen Jury-Sitzungen, kommt aus dem einfachen Volk, hat das Volk aber längst vergessen, merkt nichts, meldet nichts, liebedienert nur, das Volk hat er verraten! ... Hat er dabeigesessen, Kati, der Lajos? Oder nicht?!"

„Ja, er hat dabei gesessen", sagte Kati.

„Der muss abgelöst werden", meinte der mit dem großen Hut. „Und das haben wir ja auch hineingeschrieben. Ein zuverlässiger Arbeiter-Kader gehört an die Spitze der Kunsthalle! Das steht alles drin. Und das muss auch so sein! Die werden nicht mehr lange die großen Herren Künstler spielen. Sie können dann ihre Kittchen ausmalen, diese Volksverräter!"

„Denen muss man tüchtig die Rute geben. Da schleicht er sich nämlich ganz verstohlen ein, der Westen, und die Partei duldet es! ... Das ist die reine Konterrevolution, diese Ausstellung, damit infiziert man die Massen! Da stehen sie jetzt zu Tausenden, weil man sie angefüttert hat! Das ist Zügellosigkeit, politische und künstlerische Pornografie! Schön, dass nicht schon Radio Free Europe dafür Werbung macht ..."

„Sie wissen schon, wissen es genau, warum sie Schlange stehen vor der Kunsthalle, was sie da zu sehen kriegen ... Eine Ladung vor den Bug, das müssten sie kriegen!"

„Alle die dort im Ministerium muss man auswechseln ... Eine bourgeoise Bande."

„Die Berda, diese Frau war für uns da! An die konnte man sich wenden. Die muss man zurückholen! Sie wüsste, wie man dafür sorgt, dass diese Schweinereien den sowjetischen Genossen zu Ohren kommen. Man muss die Gisi ins Ministerium zurückbringen. Das haben wir nicht reingeschrieben, aber auch das sollte man fordern. Die Gisi ist kein Redő, der dauernd herum philosophierte, ständig Marx und Hegel im Munde führte, uns ein Loch in den Bauch redete, die Berda, die ist dem Volk und der Partei treu geblieben. Und wenn die in der Parteizentrale nichts tun, weil das eine überforderte Bande ist, und wenn man auch im Ministerium nichts unternimmt, weil da jetzt diese Nóra Aradi sitzt, dann kriegen die von den sowjetischen Genossen eins aufs Dach. Nein, die Sache ist noch nicht gegessen! Diese Revisionisten sollen kriechen und katzbuckeln, dass es nur so ...!"

„1950, als die erste Jahresausstellung stattfand, zog es den Feri Redő auch schon zu den Bourgeoisen, er war ein Schüler von Aba-Novák, hat sein Atelier im Burg-Basar, der Jobbágyi hat auch ihn angezeigt, nachdem seine Meisterwerke von der Jury ausgemustert worden sind ..."

„Túri-Jobbágy, der Bildhauer. Aus einer siebenbürgischen Familie."

„Zuerst musste Redő mit Miklós Csillag ins Atelier von Túri-Jobbágy hinaus, sie haben alle seine Skulpturen in

Augenschein genommen, dann drehte sich Miklós Csillag kommentarlos um, verließ das Atelier und stürmte so eilig davon, dass Redő gar nicht mitkam! ... Redő dachte, damit wäre die Angelegenheit Túri-Jobbágy erledigt, doch das war sie nicht, denn mittags musste er mit Dezső Nemes noch einmal hinaus und am selben Tag auch noch mit Márton Horváth, denn der Túri-Jobbágy hatte den Redő bei zwanzig verschiedenen Stellen angezeigt, weil ihn die Jury ungerechterweise abgelehnt habe ..."

Sie lachten.

„Redő ist Abteilungsleiter geblieben; weil er an der Seite der Russen gekämpft hat, traute sich lange niemand an ihn heran ... Aber schließlich hat man doch auch ihn rausgeworfen ..."

„Kálmán Csohány wärmt seinen Arsch doch auch auf einem Sessel des Künstlerverbands, hat er denn nicht gesehen, was da abläuft, Kati?! Csohány ist der Sekretär, ein junger Mensch, tut der denn alles, was Makrisz ihm sagt?! Dabei ist der doch nicht einmal Ungar?!"

„Makrisz ist sein Chef", sagte Kati, „Und Makrisz ist schließlich Ministerialkommissar ... das ist eine Position ... Er ist nicht einfach nur Verbandspräsident ..."

„Wo doch Csohány ein Schüler von Sanyi Ék ist ... Das verstehe ich nicht ..."

„Mit so einem Verband kann man nicht weitermachen", sagte ein junger Mann mit Rundrücken am Kopfende des Tisches. „Wir brauchen einen neuen Bund."

Alle lachten.

„Kádár hat es ja gesagt, Alttestamentarier dürfen nicht mehr Führer der ersten Garnitur sein, allenfalls der zweiten! Und wir sagen, auch nicht der zweiten! Höchstens der dritten, nach den Zigeunern! Der Semmel Gyuri hat es der Naje Cejtung gesagt, dass es die jüdischen Kleinbürger waren, die die Konterrevolution gemacht haben, dabei ist seine Frau auch eine Jüdin! Also sollen die Alttestamentarier zur Hölle gehen! Sollen sie doch aus dem ungarischen Leben verschwinden!"

Alle lachten. Tranken. Der große randvolle Aschenbecher kippte um. Doch Kati sprang nicht auf, um die Zigarettenkippen zusammenzukehren.

„Pfählen sollte man diese bourgeoise Clique, diese Formalisten! Dózsa, unser Bauernführer, der konnte das noch!"

„Wir können es auch! Wissen, wie man's anstellt."

„Auf den glühenden Thron setzen! Die Nieren zerquetschen, diesen Volksverrätern!"

„Mein Sohn ist erst sechs, und der zeichnet bessere Bilder als die, die Korniss ausgestellt hat, das mit diesem Miska oder wie dieser Schmarren heißt, der mit dem schneidigen Bärtchen, mein Sohn würde es besser machen!"

„Die Ateliers müssen neu verteilt werden!"

„Die Klassenverräter gehören aus dem Verband ausgeschlossen!"

Einer trommelte auf den Tisch. Die Schnapsflaschen waren noch nicht vollständig geleert. Sie lachten, Kati lachte mit ihnen.

Unter denen fühlt sie sich wohl. Ein Proletenweib eben.

Sie mussten lange aufräumen, Matyi schleppte eifrig die Teller hinaus, auch zum Dank dafür, dass er so lange bei den Erwachsenen sein durfte. Die Zigarettenasche hatte sich in die Fugen und Ritzen des Parkettbodens hineinverteilt, mit einer Schuhbürste versuchte unser Held, sie herauszukehren. Kati musste danach den Boden noch nass aufwischen. Sie war todmüde und nervös. Das Palaver hat sie angestrengt.

„Die hatten alle keine Bilder in der Ausstellung, was?"

Kati schüttelte stumm den Kopf.

„Man muss ihnen auch eine Ausstellung organisieren. Eine Gegenausstellung ... Eine der wahren Kader ... Für die Bolschewiken ... Dann sind sie alle dabei und halten den Mund."

Kati starrte ihn an.

„Von wem hast du das gehört?"

„Was?"

„Das mit der anderen Ausstellung! Die Anna Oelmacher organisiert sie schon ...»Revolutionäre Kunst in Ungarn« soll sie heißen und wird eine Wanderausstellung sein. Sie bringen sie auch nach Moskau, Peking und Bukarest, heißt es. Die Oelmacher hat es in der Parteizentrale durchgesetzt, als Gegenveranstaltung zu der in der Kunsthalle. Eine noch größere Ausstellung ..."

„Na, wäre ich nicht ein ganz guter Kulturpolitiker?"

Nein, jetzt kann er es ihr nicht sagen. Ist vielleicht auch besser so, dass es jetzt nicht geht, dass er sich nicht verrennt, sondern gezwungen ist, normal zu bleiben. Oder zumindest so zu tun. Das hilft.

„Man hätte es melden müssen", flüsterte Kati, „das Vorwort ... Ich könnte mich jetzt darauf berufen... wäre abgesichert ... Ich hatte mir ja Stellen daraus notiert, aber dann doch nichts damit angefangen ... War zu blöd ... und zu faul."

„Wem hättest du etwas melden müssen? Dem, der das Vorwort geschrieben hat?"

„Egal. Auch dem. Es gäbe einen schriftlichen Beleg ... Eine Bestätigung ... Darauf kommt es an ..."

Ihn schwindelte, aber der Schnaps hatte ihm gut getan. Darauf, dass das hilft, hätte er schon früher kommen können. Auch bei Zoli haben die paar Gläschen Wunder gewirkt.

Er lächelte den Jungen an.

„Gib es zu, du hast auch getrunken!", schrie er.

„Ich?"

Matyi war empört. Unser Held drehte sich enttäuscht weg.

Bis er sich ausgezogen hatte, lag Kati schon fast ohnmächtig vor Müdigkeit im Bett. Er kroch neben sie. Es wäre gut, sie zu umarmen, nichts weiter, nur jemanden umarmen.

Als er wach wurde, war niemand mehr zu Hause. Ihn quälte ein Reißen im Nacken, draußen regnete es. Er zog den Vorhang weg, sah hinaus. Die Balzac-Straße war menschenleer, das Pflaster glitzerte. Ihm war schwindelig. Er hätte sich gestern zurückhalten müssen, das dritte Gläschen ist ihm nicht mehr bekommen oder war's das vierte? Vielleicht sind es auch fünf gewesen. Aber diese Kerle waren so hartnäckig, umsonst hat er sich gewehrt, sie haben ihm den Schnaps buchstäblich eingeflößt.

Er stellte Teewasser auf, setzte sich auf den Hocker und starrte auf die Brandmauer gegenüber. Der bröckelnde Putz ergab schöne abstrakte Muster an der Wand, man könnte sie, so wie sie sind, gerahmt in die Frühjahrsausstellung bringen.

Er trank nur Tee, brachte keinen Bissen hinunter. Badete, zog sich an, trödelte herum, um die Zeit totzuschlagen. Doch früher oder später musste er durch die Tür und hinaus auf den Ring, um zum Zeitungsstand zu gelangen.

Zu Fuß ging er die Pozsonyi-Straße entlang, zwei 15er Trambahnen schepperten an ihm vorbei. Als er sich der

Brücke näherte, wurde er langsamer. Er ärgerte sich über sich selbst. Wenn er solche Angst hat, ist die Richtigstellung bestimmt nicht in der Zeitung. Aber sie wird drin sein, und dann ist dieser Alptraum zu Ende.

Seine Hand zitterte, als er an der Ecke zum Ring die bettlakengroße *Magyar Ifjúság* entgegennahm. Der schäbig angezogene Zeitungsjunge merkte sicher nichts davon, steckte die Münzen ein und starrte missvergnügt vor sich hin.

Der Regen rieselte gemächlich. Er schob die Zeitung unter den Mantel und ging zurück, am Anfang der Pozsonyi-Straße stellte er sich in den Torweg der Reinigung und blätterte vorsichtig in der Zeitung, damit er keine Seite zerriss. Langsam und aufmerksam ließ er seinen Blick über jede Textspalte gleiten, dann über die nächste. Er blätterte immer behutsamer: Die Mitteilung mit der Richtigstellung soll nicht herausfallen, denn sonst fällt sie ja auch aus allen anderen Exemplaren.

Er war durch. Von einer Richtigstellung keine Spur. Er faltete die Zeitung zusammen, schüttelte den Kopf, fing an, in Gedanken etwas zu summen, so gut er es eben konnte, und trat aus dem Torweg heraus.

„Wie weit und feeern ist mein Laaand ..."

Langsam, schlurfend wie ein alter Mann, nur auf seine Füße achtend, wich er den Pfützen aus.

Zu Hause würde er sie noch mal genau durchsehen.

Doch wozu, wenn nichts davon drinsteht?

Vor dem Espresso Szamovár blieb er stehen. Seltsam, fast hätte er sich in dieser unappetitlichen Lokalität, wo er in unterweltlicher Liebesbegierde die Beine der Frauen von unten angaffte, in eine verbotene Affäre verwickelt. Sollte er hineingehen? Auf einen Schnaps? In Ungarn ist nur die Zahl der Alkoholiker noch größer als die der Verrückten. Aber was soll er da drinnen, wenn ohnehin alles egal ist? Bringt ja nichts.

Er ging weiter.

Zu Hause legte er die Zeitung auf die Hutablage, hängte seinen nassen Regenmantel an den Haken und überlegte. Was wird er mittags essen und wo? Vor einer Woche hat er noch im Betrieb gegessen. Oder doch nicht? Er versuchte, sich zu erinnern, wann Harkaly mit der Zeitung in sein Zimmer gekommen war, vor oder nach dem Essen. Er wusste es nicht mehr. Ob er noch in der Kantine gegessen hat, ist ihm total entfallen. Obwohl sich ihm die Anna Podani da noch nicht in den Weg stellte.

Er setzte sich in der Küche auf den Hocker, breitete die Zeitung vor sich auf dem Tisch aus und las systematisch alle Artikel von vorne bis hinten durch. Als er mit der letzten Seite fertig war, erinnerte er sich an nichts mehr, was er gelesen hatte. Auch in einen anderen Artikel hineingestellt, fand er keinerlei Richtigstellung. Der Setzer hätte sie ja irrtümlich in einem anderen Zusammenhang unterbringen können. Aber in keinem einzigen Artikel fand er eine Spur davon.

Aus der Ferne war Glockengeläut zu hören. Es kam von der Kirche am Lehel-Platz oder von einer in Óbuda. Vom Frühjahr bis zum Herbst konnte man hier bei ihnen Glockengeläut hören, wenn das Fenster offen war, aber nur, falls der Wind aus der richtigen Richtung wehte.

Mittag.

Er nickte. Zog seinen noch nassen Mantel an, setzte den durchweichten Hut auf und ging. An nicht so hohen Feiertagen, manchmal auch sonntags, gingen sie mittags gelegentlich in das Restaurant Kleiner Kuckuck. Warum sollte er nicht auch einmal allein hingehen? Leichtsinnig, ja, aber wer wollte ihm einen Vorwurf machen in dieser Situation?

Er bestellte sich eine Fleischsuppe, ein Rindsschnitzel mit gebackenen Kartoffeln, dazu Gurkensalat, zu trinken einen langen, also leichten Gespritzten. Alles schmeckte ihm ausgezeichnet. An zwei Nachbartischen wurde ebenfalls gespeist. Die beiden Kellner und ein Serviermädchen lehnten an der Wand neben dem grünen Kachelofen bei der Tür zur Küche. Das Zimbal in der Mitte des Speiseraums war mit einem bestickten handgewebten Teppich abgedeckt, von dem an den Seiten Troddeln herabhingen, an der Wand glasierte Bauernkrüge mit Volkskunstmotiven.

Er genoss es, während er seinen Gespritzten trank, aus dem Fenster zu schauen. Gegenüber war ein Friseurladen. Innen arbeitete an einem kleinen Tischchen ein Mädchen, das Pediküre machte, Kati war von ihr sehr angetan. Die Friseuse, eine schlanke Frau mit schwarz gefärbtem Haar, nicht mehr ganz jung, aber hübsch, sieht gut aus in ihrem weißen Kittel. Man müsste einmal hingehen. Sie fragen, was sie am Nachmittag vorhat. Ob sie ihn anschreien, einen Tanz machen würde? Mein Gott. Oder dort in dem Strumpflädchen – gleich nach dem Blumenladen in Richtung Brücke, wo Panni plötzlich über die Straße gelaufen ist – die Frau, die Laufmaschen an Seidenstrümpfen aufnimmt, sie ist nicht so hübsch wie die Friseuse, aber immerhin eine Frau. Was macht so eine Frau, die Laufmaschen aufnimmt, wohl am Samstagnachmittag?

Merkwürdige Gegend: Außer dem Damensalon gibt es auch an der Pozsonyi-Straße und am Ende der Sziget-Straße zur Donau hin jeweils noch ein Friseurgeschäft. Entweder sind hier Friseure in den Geschäftsräumen, oder sie wurden als Wohnungen ausgewiesen.

Wie können die alle nebeneinander existieren? Zu ihren Kundschaften zählen alte Herren, die sich täglich rasieren lassen, obwohl es doch wirklich keine Kunst ist, selbst mit Hilfe des Rasierapparats seinen Bart zu scheren. Zur Kundschaft gehören auch Fußballspieler von der Dózsa und den Roten, also von MTK, die den ganzen Tag im Ipoly-Espresso auf der Pozsonyi-Straße herumhängen. Auch die Kinder werden oft zum Haareschneiden geschickt, mehr nicht. Wie kann man davon leben? Eine staatliche Kooperative. Der Staat hält sie aus, auch wenn sie nicht genug zu tun haben. Und sie haben nicht genug zu tun. Das alles funktioniert ja überhaupt nicht.

Er zahlte, gab ein anständiges Trinkgeld. Es war ein ungleich besseres Mittagessen als die Kantinenkost und kostete nur dreieinhalb Mal mehr als das Essen im Betrieb für dreifünfzig.

Er überlegte, wie er den Nachmittag herumkriegen könnte.

Irgendwie dämmerte ihm tief in seinem Innern, dass er etwas Wichtiges zu tun hätte, aber es drang nicht bis zu seiner Hirnrinde durch.

Er könnte auf die Margareteninsel hinaus spazieren. Eigentlich müsste er auch den Jungen mitnehmen, die Schule ist ja bald aus. Letztes Jahr hat er sonntags Spaziergänge mit ihm gemacht, während Kati das Essen kochte, aber in letzter Zeit war das kein Thema mehr. Und der mundfaule Stoffel kommt von sich aus nicht auf die Idee, so etwas vorzuschlagen. Er müsste mehr mit dem Jungen unternehmen, aber ihm ist einfach nicht danach. Wenn er erst größer und vielleicht auch etwas gescheiter geworden ist. Noch ein paar Jahre. Aber wer weiß, was die bringen.

Kati ist das egal, sie hat sich ihr Leben ruiniert, versteht von nichts etwas, am wenigsten von der Bildenden Kunst, und sie hat eine Heidenangst, dass es herauskommt. Sie ist eine aktive Parteisoldatin. Und für die Parteiarbeit geben sich nur die Dümmsten her. Parteiarbeiter – das ist ein

Armutszeugnis. Sie schimpft auf die vielen unbegabten Parasiten, die aussortiert wurden, und dann beim ersten Aufbegehren steht sie wieder in Habt-Acht-Stellung vor ihnen, tippt ihnen brav ihre schmähliche Denunziation bei der Parteizentrale ab. Es ist sogar möglich, dass sie sich angeboten hat. Sie vertrauen ihr, weil sie wissen, was für ein kleines Licht sie ist. Das allerkleinste.

Sie behauptet, dass sie die vier Bürgerschulklassen gemacht hat, aber ein Zeugnis darüber ist nie aufgetaucht. Sechs Klassen Volksschule, wenn's hochkommt.

Was wollte er denn heute noch machen?

Er ging hinaus in den Regen. Schaute in Richtung Brücke.

Die Katona-József-Straße … Etwas war mit der Katona-József-Straße … eine Pflichtaufgabe …

Er brach in Richtung Margaretenbrücke auf. Vor der Telefonzelle fiel es ihm ein.

Ja, zu Lali Szász geht er heute Nachmittag.

Jetzt ist es ein Uhr. Was hat Vali gesagt, wann er zu Hause sein wird? Am Nachmittag …

Entschiedenen Schrittes ging er nach Hause.

Kati kam mit trüber Miene heim.

„Ich habe die Meldung geschrieben", sagte sie, „und sie auch gleich aufgegeben, am Westbahnhof hatte die Post noch offen."

„Was für eine Meldung?"

„Fürs Ministerium. Dass die kommunistischen Künstler unzufrieden sind. Ich habe mich gemeldet, darauf hingewiesen, jetzt können sie nicht mehr sagen, dass ich nicht …"

„Habt Ihr die Anzeige gestern noch weggeschickt?"

„Weiß ich nicht. Das haben die gemacht."

„Hast du das auf derselben Maschine geschrieben?"

Kati wurde rot.

„Ja, auf derselben. Warum? Glaubst du, sie werden die Schrift vergleichen?"

Unser Held zuckte die Achseln. Dann bemerkte er ganz nebenbei, dass die Richtigstellung nicht in der neuen *Magyar Ifjúság* erschienen ist.

Kati starrte ihn an. Dachte angestrengt nach, um zu begreifen, um was es ging. Endlich kapierte sie. Man konnte deutlich sehen, wie empört sie war, dass auch andere Sorgen haben, nicht nur sie.

„Macht nichts", sagte Kati. „Daraus wird nichts. In dem Artikel stand ja nicht einmal dein Vorname. Das kannst du vergessen."

„Kann ich nicht vergessen", sagte unser Held. „Seit Mittwoch habe ich Hausverbot, darf nicht mehr aufs Fabrikgelände. Bin auch seit Mittwoch nicht mehr zur Arbeit gegangen."

Kati fuhr zusammen.

„Deshalb grüßen sie nicht mehr zurück!", murmelte sie vor sich hin.

„Wer?"

„Alle im Haus. Also deshalb. Sie wissen es!"

Möglich. Aber warum sollte die Fabrik gerade die informiert haben? War gar nicht nötig. Die wissen selbst, was sie zu denken haben. Es reicht, wenn einer im Haus es gelesen hat, dann wird es sofort weitergetragen. Sie können nicht demonstrativ auf die andere Straßenseite gehen, also grüßen sie einfach nicht zurück. Vielleicht gibt es Leute, die notieren, wer die Fátrays noch grüßt und wer nicht. Und wenn sie beide eines Morgens abgeholt werden, stehen sie da und spucken hinter ihnen her.

„Ich dachte", flüsterte Kati, „dass sie es nur eilig hätten."

Unser Held schnaufte.

„Was soll denn jetzt werden?", fragte Kati.

"Am Nachmittag gehe ich auf einen Sprung zu Lali Szász hinauf, vielleicht hat er eine Idee."
"Natürlich", sagte Kati, "der kann bestimmt helfen. Er war Partisan. Der kann etwas tun."
"Wenn du willst, kannst du mitkommen ..."
"Nein, besser nicht."

Der Regen ließ jetzt nach, ein kühler Wind kam auf, an der Ecke der Katona-József-Straße kaufte er Blumen und ging dann langsam in Richtung Visegrádi-Straße. Er wollte auf keinen Fall zu früh da sein, und vielleicht war Lali Szász auch noch gar nicht daheim. Aber die Ungeduld trieb ihn voran. Telefonieren wollte er nicht noch einmal, sonst könnte es ihnen vielleicht einfallen, dass es heute nicht so günstig wäre. Aber sie werden ihn schon auffordern, sich zu setzen und ihm einen Kaffee anbieten, ihn also sicher nicht an der Tür abwimmeln. Er kann ja auch mit Vali plaudern oder mit ihrer Mutter, die bei ihnen wohnt. Wie heißt sie denn nur schnell?

Mein Gott. Er blieb stehen und stampfte zornig mit dem Fuß auf. Wie zum Teufel heißt die Frau?!

Als ob es darauf ankäme.

Letztes Jahr im Sommer waren sie zum letzten Mal bei ihnen. Wer hätte damals an so etwas gedacht, dass sich Valis zwanzigjähriger Sohn aus erster Ehe schon Ende Oktober in den Westen absetzen würde. Vali ist im Winter zufällig auf der Hegedűs-Gyula-Straße mit Kati zusammengetroffen, da hat sie es ihr erzählt. Laut Domanovszky, sagte sie, hat Pali eine glänzende Zukunft vor sich, und der Bildhauer András Beck, der ebenfalls weg ist, hielt ihn für ein Wunderkind.

Die Szász' kriegen nie mehr einen Reisepass, der Junge kann nicht nach Hause, und auf den Kaderbögen von Lali und Vali wird der Eintrag bis ans Ende aller Zeiten stehen. Es ist geradezu ein Wunder, dass man Szász praktizieren lässt. Sicher, in Ungarn können nur wenige von sich sagen, dass sie mit der Waffe gegen die Deutschen gekämpft haben. Seine Vergangenheit schützt Lali bis heute, obwohl man schon während des Rajk-Prozesses eine gründliche Selektion unter den einstigen Partisanen vorgenommen hat; viele, die bis dahin geglaubt hatten, zu den Unberührbaren zu gehören, fanden sich staunend im Knast oder unter dem Galgen wieder.

Als sie ihn 1945 kennenlernten, war Lali Szász ein sogenannter Volksrichter, danach Richter am Militärgericht, dann wurde er überraschend Hilfsarbeiter in der Lederwarenfabrik in Újpest, hat sich dort verhoben und bekam einen Bandscheibenvorfall, konnte manchmal kaum auf den Beinen stehen. Er setzte Speck an und geht jetzt regelmäßig ins Lukács-Bad und nach Héviz, aber ohne viel Erfolg. Seit dem Frühjahr 1956 arbeitet er wieder als Anwalt. Man sagt, er sei einer der wenigen, die Konterrevolutionäre verteidigen dürfen.

Im Frühjahr 1945 konnte man sich nur schwer vorstellen, dass er erst einige Monate zuvor in Bergschuhen, Stutzen, Breecheshosen, Regenumhang, Fasanenfedern an seinem Jägerhut, eine Maschinenpistole in der Hand und die Taschen voller Patronen allein im Mátra-Gebirge unterwegs gewesen war und, versteckt hinter Baumstämmen, auf die Deutschen geschossen hatte. Was heißt, hinter Baumstämmen! Aus den Wipfeln der Bäume! Hinaufklettern konnte er einigermaßen sicher, herunter aber nicht. Tagelang saß er oben, wie junge Katzen, die zu hoch geklettert sind, bis ihn die sowjetischen Soldaten herunterholten. So hat er es ihnen wenigstens mit spöttisch glänzenden Augen erzählt, und sie haben darüber viel und laut gelacht. Ein beleibter Mann mit X-Beinen, Plattfüßen und einem gemütlichen Gang, der niemals irgendeinen Sport getrieben hat. Er hasst das Wandern, ist unsoldatisch bis an die Knochen, aber er konnte auf einen Baum klettern. Sein rundes, freundliches Gesicht, die braunen Augen strahlten pure Gutmütigkeit aus. Als Volksrichter verhängte er Todesurteile über Kriegsverbrecher. Er war bemüht, unvoreingenommen zu urteilen und die Verhandlungen in einigermaßen vernünftige Bahnen zu lenken, was nicht leicht war, wenn die Zeugen schrien, weinten, fluchten, das Publikum den Strang forderte, Reporter sich drängten, die Parteien versuchten, Anweisungen zu geben und Einfluss zu nehmen.

Er wurde Staatsanwalt, nach drei Jahren bot man ihm an, zur Volksarmee zu wechseln. Wer eine so freundliche Einladung nicht annahm, wurde suspendiert und bekam eine derart verheerende Kader-Beurteilung, dass er für seine Zukunft nicht mehr viel zu erwarten hatte. So wurde er eben notgedrungen Richter beim Militärgericht. Nachträglich meinte er, auch wenn er sich mit Händen und Füßen gegen diese Berufung gewehrt hätte, so habe ihn die Armee doch immerhin davor bewahrt, dass ihn die Staatssicherheit für sich reklamierte. Falls er dann nicht als Mann der ÁVO zufällig gelyncht worden wäre, hätte er sich gewiss selbst die Kugel gegeben.

In den Rajk-Prozess wurde er nicht hineingezogen. Damals sind sie schon als Freunde zusammengekommen. Lali Szász saß meist in sich gekehrt da, Vali führte in Gesellschaft das Wort. Sie verstanden Lalis Depression nicht, vermuteten, die Ehe sei in eine Krise geraten. Sie selbst haben an die Schuld von Rajk und den anderen Angeklagten geglaubt. Unser Held hat Vali in Gedanken nachträglich um Verzeihung gebeten wegen dieser Vermutung. Aber er hat es nicht ausgesprochen, denn in ein längeres Gespräch mit ihr wollte er sich möglichst nicht einlassen, sie war ihm unheimlich: Diese so behäbig auftretende, intelligente Frau mit der verrauchten Stimme zog ihn an. Vali saß im Lehnstuhl, rauchte aus einer überlangen Zigarettenspitze wie einst die Filmdiva Katalin Karády; unser Held hasste Zigarettenrauch, die Karády war ihm zuwider und dennoch. Vali schlug selbstvergessen ihre kräftigen Beine übereinander, dass ihm das Blut in den Kopf schoss. Sie ist nicht schön, nicht sein Typ und doch. Die Besuche wurden seltener, Kati fehlten sie nicht, doch Matyi, den Pali, der große Sohn von Vali, mit seinen Pinseln herumklecksen ließ, fragte anfangs noch oft, wann sie wieder zu Palis Eltern gehen würden, später fragte er dann nicht mehr.

Er blieb an der Ecke Visegrádi-Straße/Katona-József-Straße stehen, sah sich um. Wer am Samstagnachmittag zu Dr. Lajos Szász geht, rechnet mit den schlimmsten politischen Anschuldigungen und wird von einer ganzen Horde Geheimpolizisten verfolgt. Diesen Verdacht kann seine Generation nicht mehr loswerden. Obwohl so schreckliche Zustände wie in der Horthy-Ära und in der Zeit der Pfeilkreuzler – wie beschwerlich das Leben heute auch sein mag – nie mehr wiederkehren können. Auch die Stimmung nicht, die Anfang der Fünfzigerjahre herrschte, wir sind ja inzwischen schon bald am Ende der Fünfziger.

Das große Eckgrundstück zum Ring hin ist leer, der ganze Block hat im Krieg eine Kettenbombe abbekommen. Dieses frei gebliebene Gelände wird immer zum Eislaufen hergerichtet, ebenso wie das in der Straße, wo sie mit Matyi immer spazieren gegangen sind, als er ganz klein war. Er spähte durch den grüngestrichenen Bretterzaun. Einen Platz hat man schon mit roter Asche aufgefüllt, aber die Linien fürs Tennisspiel sind noch nicht gezogen, auch die Halterungen für das Netz wurden noch nicht eingepflockt.

Langsam ging er in den zweiten Stock hinauf.

Vali öffnete, sie küsste ihn auf beide Wangen, er lachte verwirrt und etwas verlegen, murmelte entschuldigend, dass er überall früher kommt, als man ihn erwartet.

„Lali ist schon da, und er hat auch schon gegessen", beruhigte ihn Vali.

Sie nahm die Blumen, roch an ihnen und ging eine Vase holen.

Eine schöne, große Wohnung, zwei Zimmer, Diele, Dienstbotenzimmer, in der Diele und im Zimmer Vitrinen mit allerlei hübschem Kram: Nippes, Porzellan, kleine Statuetten – Ballerinen, Hunde, Katzen, Vögel – Teller aus Herender Porzellan und Zsolnai-Keramik, an den Wänden Stillleben, Landschaften, auf dem Sofa ein feiner Bezug, Orientteppiche auf dem Parkettboden. Valis Mutter saß am Fenster in einem Fauteuil und stickte, aus einem anderen Sessel erhob sich schwerfällig Lali Szász.

„Servus Gyuszi, mein Lieber", sagte er und freute sich ehrlich, „komm, zieh dir einen Stuhl heran."

Unser Held küsste der alten Dame die Hand, holte sich vom Rauchertischchen einen schmalen Stuhl mit hoher Lehne und ließ sich vor Lalis Sessel nieder.

„Kann ich euch den Kaffee bringen?", fragte Vali.

„Ja, bitte."

„Ich weiß Bescheid, ohne Zucker und Sahne."

Er erkundigte sich nach Pali. Erfuhr, dass er in Paris gelandet sei, in die Kunsthochschule aufgenommen wurde, es aber trotzdem nicht leicht für ihn sei. Sie nehmen jetzt jeden Ungarn dort auf, wo er sich meldet; man hat im Westen ein schlechtes Gewissen. Ein Problem ist für Pali die Sprache, zu Hause hat er ja nur Deutsch gelernt, aber er schafft es schon, und dann werden wir sehen. Künstler haben es überall auf der Welt schwer. Briefe schreibt er nicht, hat keinen Sinn. Sie haben den Jungen über jemanden in Wien wissen lassen, er solle sich nicht grämen, wenn er eine Weile von der Architektur oder Möbelentwürfen leben muss.

Fátray wollte nicht fragen, wie sie es verkraften, dass sie ihn wohl nie mehr sehen werden. Vali brachte den Kaffee herein und sagte:

„Wir werden ihn nie mehr wiedersehen, aber wenigstens ist er an einem guten Platz."

Sie tranken Kaffee. Lali Szász war zwar zuckerkrank, trank ihn aber trotzdem mit Zucker. Im hereinfallenden Licht wurden die Züge seines aufgedunsenen Gesichts schärfer, und er sah jetzt aus wie ein leicht ergrauter Zigeunerprimas, man konnte sich unter seinem Doppelkinn gut die Geige vorstellen.

Es wäre schön, einmal in einer Wohnung zu leben, in die die Sonne hineinscheint. Wenn sie nur eine Straße weiter eine zugewiesen bekämen! Wo auch die Parterrewohnungen hell und sonnig sind, natürlich nur, solange die Baulücke nicht geschlossen wird.

„Aber lass uns zur Sache kommen, Gyuszi!", sagte Lali Szász.

Unser Held zog aus der Innentasche seines Jacketts die herausgetrennte und zusammengefaltete Seite der *Magyar Ifjúság* und faltete sie sorgsam auseinander.

„Wahrscheinlich hast du den Artikel nicht gelesen."

„Ich lese keine Zeitungen."

Er gab ihm die Seite.

Szász holte aus der Tasche seines Hausmantels die Brille hervor, setzte sie auf und vertiefte sich in den Artikel.

Er las aufmerksam. Alle schwiegen. Vali rauchte und schlürfte ihren Kaffee, die Großmama, wie sie sie wegen Pali nannten, widmete sich ihrer Handarbeit, unser Held saß stumm und mit geradem, steifem Rücken da. Lali Szász hatte fertig gelesen und gab den Artikel zurück, nahm die Brille ab, legte sie ins Etui und versenkte es in der Innentasche.

„Keine glückliche Angelegenheit", sagte er. „Nicht gerade glücklich."

Sie schwiegen.

„Ich habe eine Richtigstellung gefordert", sagte Fátray, „aber die bringen sie nicht."

„Das ist ein bestellter Artikel", bemerkte Szász, „und da wird man niemals etwas richtigstellen."

„Was heißt das, ein bestellter Artikel?"

„Der Fahrplan sieht so aus: Sie lassen einen solchen Artikel schreiben und nach ein paar Tagen holt man sie ab. Bis dahin ist auch der Entwurf der Anklage fertig. Darauf legen sie aus irgendwelchen Gründen Wert."

Das klang so schlimm, dass unser Held es überhörte.

„Soll ich den Redakteur, der den Artikel geschrieben hat, anrufen? Er steht im Telefonbuch ... wohnt in der Garay-Gasse ..."

„Warum solltest du ihn anrufen? Er hat mit der Sache nichts zu tun ..."

„Was heißt nichts zu tun? Er hat doch den Artikel geschrieben!"

„Er ist ein sogenannter Soldschreiber, schreibt auf Bestellung. Man hat ihn beauftragt. Er bekam das Material und vertonte es."

„Aber da steht doch nicht einmal ein Vorname bei meinem Namen!", brach es aus ihm hervor.

„Es gibt doch kaum jemanden mit diesem Namen im Land", vermutete Szász. „Das kann kein anderer sein, Du bist das. Aber auch wenn du es nicht wärst – bis sich das herausstellt, ist es zu spät."

„Was heißt zu spät?"

„Wenn sie dich erst einmal am Wickel haben, suchen sie keinen anderen, den Richtigen, mehr. Der Plan ist erfüllt, die Gesamtzahl der Beschuldigten stimmt."

„Du machst doch einen Witz?!"

„Das ist ihre Logik."

„Wie kann ich unter die konterrevolutionären Verschwörer geraten?"

„Dahin kann jeder geraten."

„Aber was für Namen, lauter christliche, herrschaftliche Namen ..."

„Lauter slawische Namen", sagte Lali Szász und nickte, „und gute, anständige Ungarn ... Sujánszky, Csaszkóczi, Désaknai, Szilványi, Bodányi, Mikófalvy, Máriaházy, Bánáty, Zsótér ... Und darunter ein Jude. Das ist derzeit das Konzept."

„Und wer ist der Jude?!"

„Du natürlich, Fátray. Ganz unverkennbar ein magyarisierter Name, dieser Fátray."

„Und die anderen nicht?!"

„Nein, woher!"

„Auch Szász ist doch ein magyarisierter Name, nicht?"

„Natürlich, ich hieß einmal Singer."

„Dann könntest ja auch du da stehen."

„Könnte ich. Jeder könnte."

Schweigen.

„Du sagst also, es ist kein Versehen?"

„Ja, und wenn es ein Versehen wäre? Aber denen passiert selten ein Versehen."

„Wenn ich die aber doch alle gar nicht kenne!"
„Das stört sie nicht. Du kannst trotzdem in denselben Prozess geraten."
„Du sagst, dass es einen Prozess geben wird?"
„Was sonst? Ein solcher Artikel wird dann veröffentlicht, wenn schon feststeht, dass es einen Prozess gibt."
Unser Held schüttelte ungläubig den Kopf.
„Gyuszi", sagte Lali Szász geduldig, „dieser Bursche fabriziert derartige Artikel serienmäßig. Ein solcher Soldschreiber verfasst keine Zeile zufällig, dazu ist er viel zu faul. Er muss pro Woche sein Soll an Spalten füllen, also tritt er die Dinge schön breit, schmückt sie aus ... Die Leser genießen übrigens so lange Artikel, in denen alles fünf Mal gesagt wird, weil beim vierten, fünften Mal auch die Dümmsten anfangen, es zu kapieren ... Mir kommt es so vor, als wäre mir dieser Sujánszky schon einmal untergekommen. Ich meine, er ist im September verurteilt worden ..."

Lali Szász schloss die Augen, presste den Kopf an die Rückenlehne des Fauteuils. Er lässt vor seinem inneren Auge Dutzende Dossiers vorüberziehen, dachte unser Held voller Hochachtung.

„Ja", sagte Szász und öffnete die Augen wieder, „Ich glaube, Vida hat in zweiter Instanz geurteilt, und ihre Urteile um einige Jahre herabgesetzt ... In erster Instanz war damit, wenn mich nicht alles täuscht, Jónás befasst... Aber auch in erster Instanz, es kann irgendwann im Frühjahr gewesen sein, war es kein Todesurteil, denn die Verhandlung hat schon nach der Chruschtschow-Rede stattgefunden ... Und gerade das war das Auffallende, dass sie nicht gehenkt wurden... Irgendjemand hat auch gesagt, dass dann ja gleich eine Revolution kommen könne. Hat das noch im September gesagt."

„Und sitzen die auch jetzt noch?"

„Ausgeschlossen. Im Oktober sind alle frei gekommen. Dieser Sujánszky ist längst weg, ins Ausland, zusammen mit seinen Kumpanen."

„Aber ich bin nicht weg, wie kann ich dann sein Komplize sein?"

„Deshalb ist der Artikel auch so verschwommen formuliert. Es finden sich keine Zeitangaben darin, nichts Konkretes ... Den Sendemast auf dem Lakihegy besetzen, wenn der Dritte Weltkrieg ausgebrochen ist! ... Das hat natürlich auch der nicht geglaubt, der es geschrieben hat. Trotzdem kann es in der Anklage stehen. Ganz egal, man kann jeden mit jedem und mit allem in Verbindung bringen. Es spielt keine Rolle, dass ihr euch gar nicht kennt, dass ihr euch auch bei der Gegenüberstellung nicht erkennt, denn der Sinn der kleinen Zellen ist ja: Keiner kennt die anderen, nur seinen unmittelbaren Verbindungsmann. Wenn du gestehst, dass du ihn nicht kennst – umso schlimmer, gerade das ist dann der Beweis. Du hast nichts getan? Dann ist das der Beweis, dass du ein sogenannter schlafender Agent warst. Aus dem Verbindungsmann prügeln sie heraus, dass er dich doch kennt, dich und jeden auf der Welt. Auch aus dir prügeln sie heraus, dass Jenő Sujánszky dein bester Kamerad war, dass ihr beide schon in den Dreißigerjahren Zuträger wart, ja, schon in der Volksschule. Das sind Spezialisten, Gyuszi. Sie prügeln dich nicht zu Tode, obwohl auch das schon vorgekommen ist, kein Fabrikationsprozess ist gegen Pannen ganz gefeit, aber nach der ersten Prügel-Orgie bist du glücklich, wenn du reden darfst, du unterschreibst ihnen alles. Du wirst singen, aus freien Stücken, dass dich Radio Free Europe angewiesen hat, wie du über wen Waffen besorgst, wie du die aufgewiegelte Menge zum Rundfunkgebäude in der Sándor-Bródy-Gasse dirigierst, denn es kommt darauf an, dass nicht das Volk sich gegen das Regime erhoben hat, nein, einige vom Westen gesteuerte Verschwörer haben das ungarische Volk irregeführt ... Und sag nicht, dass du damals gerade im Krankenhaus gelegen hast, sie werden dich auslachen und dir die Nieren kaputtdreschen."

„Du weißt doch, dass ich damals gerade operiert wurde?"
„Nein, weiß ich nicht."
„Ich war vom 17. Oktober bis 8. November im Rochus-Spital. Goldene Ader, dann Lungenentzündung."
„Gratuliere. Na und?"
„Aber Lali, ich lag da wirklich im Krankenhaus!"
„Wen interessiert das? Interessant ist das Konzept. Sie brauchen einen ehemaligen Horthy-Offizier oder einen seiner Nachkommen, brauchen einen Protestanten, einen Katholiken. Und sie brauchen einen Juden. Der Jude soll möglichst Kommunist sein. Bürgerliche Juden passen jetzt nicht ins Konzept."
„Aber woher wissen die von mir? Dass ich Kommunist bin und Jude!"
„Sie haben veranlasst, dass man solche Leute meldet, und die Listen dann zentral zusammengefasst und ausgewertet."
„Was für Listen?"
„Nun die Namenslisten, die die Zuträger aus den Betrieben geliefert haben. Wer ein Klerikaler, wer Jude und Kommunist ist ... Sie tragen jetzt gerade alles zusammen und machen die Geschichte plausibel ..."
„Sie führen Listen darüber, wer Jude ist?"
„Natürlich. Sie haben die Listen der Pfeilkreuzler übernommen, aufbewahrt, von Fachleuten, also festgenommenen Pfeilkreuzlern, festgenommenen Zionisten über-

prüfen lassen, und sie schließlich ergänzt um die später geborenen Juden.

„Also ist mein Sohn Matyi auch auf der Liste?"

„Natürlich."

„Nein Lali, das kann ich mir nicht vorstellen! ... In unserer Fabrik soll sich jemand damit beschäftigt haben, die Juden auf Listen zu erfassen?"

„Und auch nach anderen Kriterien wird aufgelistet. Hast du einen Parteisekretär? Auch der ... oder derjenige, den er damit beauftragt hat ... Die haben doch das ganze Spitzelnetz der Rákosi-Zeit übernommen und bauen jetzt ein neues auf ... Da hast du zum Beispiel den Fall von Gábor Földes in Győr ..."

„Den kennen wir gut aus der Zeit vor dem Krieg ..."

„Also das würde ich ganz schnell vergessen. Ich fürchte, man wird ihn hinrichten."

„Was??? Der hat doch wirklich nichts verbrochen!"

„Weiß ich, er hat sogar persönlich zwei Leute von der Staatssicherheit, der ÁVO, gerettet und dann, als er nicht mehr dort war, am nächsten Tag, hat die Menge drei von ihnen gelyncht. Aber auch die beiden anderen, die man mit ihm zusammen verhaftet hat, haben nichts mit dem Lynchen zu tun. Und sie lasten es ihnen doch an, ja sie lasten ihnen die ganze Sache mit der Republik Győr an, diese Operette, mit der sie überhaupt nichts zu tun hatten. In dem Prozess wird es genauso sein wie in deinem: kommunistischer Jude, Protestant, Horthy-Abkömmling ... sie alle haben nichts miteinander zu tun ... werden aber hängen. Ich habe ihre Verteidigung gar nicht übernommen, weil keinerlei Aussicht besteht."

Unserem Helden begann die Hand zu zittern.

„Lali, das gibt es nicht! Wir sind doch nicht mehr in der Rákosi-Zeit!"

„Sondern?"

„Aber dann sind das ja wieder konstruierte Konzeptionsprozesse! Wieder Schauprozesse!"

„Klar."

„Das ist aber doch so leicht zu durchschauen!"

„Das stört sie nicht. Im Gegenteil. Lasst das Volk ruhig die Hosen voll haben. Nichts zählt, ein Prozess muss her, um jeden Preis! Mag Terror herrschen oder nicht, keine Klasse, keine Schicht darf sich in Sicherheit wiegen. Ein paar Schauprozesse werden ihre Wirkung tun. Noch vor dem Imre-Nagy-Prozess."

„Wird es denn einen Imre-Nagy-Prozess geben?!"

„Selbstverständlich. Sie werden ihn aufknüpfen. Kádár hat vor niemandem Angst, nur vor Imre Nagy, der ein Moskowit ist, das halbe KGB steht hinter ihm, und Kádár war kein Moskowit. Man muss ihn also beseitigen. So lange Nagy lebt, ist Kádár in Gefahr. Und davor braucht man ein paar vorbereitende Prozesse, wegen der Stimmung."

„Jetzt, da sich seine Macht schon konsolidiert hat, jetzt? Wo nichts aus dem MKW geworden ist! Wo es keine Streiks mehr gibt!"

„Sie wollen sich für die nächsten vierzig Jahre einrichten. Und diese vierzig Jahre brauchen eine sichere Grundlage."

„Lali, du, der Partisan, der Kommunist. Du redest so?!"

„Sie sind Faschisten, nur eben rote. Ich habe den Fehler gemacht, an diese Idee zu glauben. Gyuszi, es gibt diese Idee nicht. Es gibt den Faschismus: Den weißen, grünen, braunen oder roten. Ich bin schon ziemlich alt und ziemlich krank. Was mir an Zeit noch bleibt, das widme ich denen, die von den jetzigen Mördern hingerichtet werden sollen, beziehungsweise ihrer Verteidigung. Viel kann ich nicht tun, die Drehbücher sind schon im Voraus geschrieben, aber was ich tun kann, das tue ich. Als Richter am

Militärgericht habe ich auch Leute hinrichten lassen, die am Leben hätten bleiben müssen. Auch ich bin ein Mörder. Ich bedauere es. Sühne es, so gut ich eben kann."

Vali schwieg. Die Großmama schwieg.

Lali Szász schnaubte.

„Man müsste dich aus dem Verfahren herauskriegen", sagte er. „Wenn sie dich erst einmal reingezogen haben, entkommst du ihnen nicht mehr. Du darfst dich nicht abholen lassen. Musst ihnen zuvorkommen."

„Aber ich habe doch vom 17. Oktober bis 8. November im Krankenhaus gelegen! Lali, ich konnte doch gar nicht beim Rundfunkgebäude sein! Wenn man mir das bestätigt, so ist doch klar, dass das, was sie behaupten, nicht wahr ist! Es ist doch schon im Gange, dass man es mir bestätigt! ... Leicht ist es nicht, sie sperren sich, aber ich werde es durchsetzen!"

„Ist denen aber doch völlig egal, was du gemacht hast und was du nicht gemacht hast. Es wird sie nicht interessieren!"

„Was heißt, es wird sie nicht interessieren?! Das kann doch nicht sein!"

„Es zählt nicht, lieber Gyuszi! Verstehst du das nicht? Sie sind Faschisten! Beweise zählen für sie nicht! Renn doch nicht wie ein Besessener hinter Bestätigungen und Beweisen her!"

„Sondern? Was soll ich tun?"

„Rette deine Haut! Versuche, rauszukommen aus dem Land! Vielleicht über Jugoslawien! In die Richtung ist es immer noch nicht ganz unmöglich!"

„Soll ich meine Familie zurücklassen?"

„Was ist für deine Familie besser, ein Mann und Vater, der tot ist, oder ein lebendiger, irgendwo außerhalb, im Ausland?"

„Was heißt, der tot ist?"

„Die knüpfen dich auf, Gyuszi, du kommst an den Galgen! Sie haben es dir ja schriftlich gegeben! Haben dich damit gewarnt! Du hast diesen Artikel noch immer nicht verstanden!"

„Wieso an den Galgen, wo ich doch, wie sie sagen, nur bei der Beschaffung der Fahrzeuge mitgeholfen habe?!"

„Lieber Gyuszi! Du bist anwesend! Wer nicht mehr hier ist, kann auch nicht aufgehängt werden, und irgendwen müssen sie aufhängen! Für die vierzig Jahre, auf die sie sich eingerichtet haben, müssen sie eine Grundfeste errichten! Sie denken so, weil sie Bolschewiken sind, nach ihrer Logik war nicht ihr Terror-Regime Schuld daran, dass es zu den Oktober-Ereignissen gekommen ist, sondern die Tatsache, dass sie den Terror gelockert haben! Auch sie werden ihn lockern, in zehn Jahren, aber bis dahin sollen wir kuschen. Nach dem Weißen Terror kommt die Bethlensche Konsolidierung, aber Befriedung ohne den Weißen Terror funktioniert nicht!"

„Das glaube ich nicht, die haben doch auch mal gesessen!"

„Rákosi hat am längsten gesessen, und aus ihm ist der schlimmste Diktator geworden! Auch Kádár hat gesessen, na und? Ein Diktator ist er!"

„Lali, mein Gott! Hast du keine Angst, dass du abgehört wirst?"

„Das tun sie nicht, lohnt sich auch nicht. Bei mir zu Hause werden keine juristischen Gespräche geführt. Und sie wissen auch, dass meine sowjetischen Genossen mich wie bisher schützen werden. Sogar in der Fabrik damals habe ich ihre schützende Hand gespürt, deshalb konnte ich wieder Anwalt werden. Ein paar von ihnen haben noch etwas zu sagen. Bis es auch ihnen an den Kragen geht oder sie aussterben, lebe ich ohnehin nicht mehr."

Vali ging hinaus.

„Sie holt uns etwas Süßes", nahm Lali an, den es langsam zu ärgern begann, dass ein vernünftiger Mensch das Wesentliche so gar nicht begreifen wollte. „Gyuszi, hör mich an, ich bitte dich. Es war ein großer Fehler, dass du nicht schon vor einer Woche zu mir gekommen bist, so ist eine ganze Woche verloren. Du hast kostbare Zeit verplempert. Du brauchst keine Bestätigung, keinen Zeugen, keinen Stempel, das alles ist nichts wert. Eine Beziehung brauchst du. Jemand muss dort Bescheid sagen, dass man deinen Namen herausnehmen soll."

„Wo muss jemand Bescheid sagen? ..."

„Mein Gott, wo!? Im Innenministerium! Nezvál entscheidet nicht. Er sichert nur den rechtlichen Rahmen für die Vergeltung ab und unterschreibt alles, beim Justizministerium lohnt es also nicht ... Und auch bei der Staatsanwaltschaft hat es keinen Sinn, auch da wird nicht entschieden, nur vollstreckt ... Es lohnt sich auch nicht beim Sekretariat von Kádár; der Józsi Sándor verspricht alles, und dann wird nie etwas daraus. Entschieden wird allein im IM. Wo sonst? Den Biszku müsste jemand ansprechen. Seit Anfang März ist er der Chef. Eventuell Pista Tömpe, den Stellvertreter ... Aber soviel ich weiß, gehören solche Dinge nicht in seinen Verantwortungsbereich ... Imre Katona vielleicht, du weißt doch, der früher Schuster war, er wäre im Ministerrat zuständig, aber er ist nicht einflussreich genug ... Der Földes, der auch bei den Partisanen war ... Aber auch der ist nicht stark genug ..."

„Und warum sollte ich es nicht im Kádár-Sekretariat versuchen, Lali? Wenn wir eine solche Diktatur haben, wie du sagst?!"

„Weil Kádár sich nicht einmischen wird! Seine Maxime ist, er mischt sich in die Rechtsprechung nicht ein, weil bei uns Demokratie herrscht. Das hat er von Rákosi gelernt, den er bis heute hoch verehrt, obwohl der ihn einsperren ließ. In Sachen Gnadengesuche entscheidet der Präsidialrat, aber die segnen alles ab, schau dir an, wer dort sitzt! Bis zum Gnadengesuch darf man es gar nicht kommen lassen. Dein Name darf einfach nicht in die Sache hineinkommen, das ist das Wichtigste. Sie müssen deinen Namen streichen! Wen sie festnehmen, der kommt ihnen nicht mehr aus, je unschuldiger er ist, umso weniger, denn dass sie sich irren, darf nicht sein! Schon der Verhaftung muss man zuvorkommen!"

„Du kannst also nichts tun?"

„Nein. Ich habe da keine Autorität. Mich beschützen die sowjetischen Kumpels vor ihnen, als Verteidiger lassen sie mich laufen, aber ich werde nur dazu benutzt, den Anschein einer Rechtsordnung zu wahren ... Möglich, dass ich den roten Faschisten mehr Nutzen bringe, als ich ihnen Sorgen bereite ... Meine Lage ist nicht gut ... Aber eine bessere konnte ich für mich nicht finden... Ich verfüge über keinerlei Einfluss, mein Wort hat kein Gewicht, mir steht keine bewaffnete Macht zur Verfügung ..."

Vali brachte das Gebäck.

„Ich könnte Tömpe ansprechen", sagte Lali Szász, „er war Partisan. Aber sein Einfluss wird nicht reichen, fürchte ich ... Wenn ich dich bis Montagabend nicht angerufen habe, mach dich schleunigst über die Drau auf den Weg."

Er hielt es nicht länger aus, sprang auf, ging zum Fenster und schaute hinunter: Sah den Tennisplatz von oben, die restliche Asche hatte man neben dem Zaun aufgehäuft, die eisernen Pfosten für die Netze lagen daneben auf dem Boden. Tennis ist kein Privileg der Herrschaften mehr, es steht heute auch den Proleten zu. Bald kann die ganze Bevölkerung des Angyalföld-Viertels auf diesen zwei Plätzen Tennis spielen.

Er wandte sich um.

„Ich versuche trotzdem, die Bestätigung zu besorgen."

„Vertu doch damit nicht deine Zeit!", sagte Szász und verlor allmählich die Geduld. „Ich werde dich, wenn es sein muss, verteidigen, Gyuszi, aber wenn wir so weit sind, ist es zu spät, glaub mir. Dem muss man zuvorkommen!"

„Ich habe daran gedacht", sagte unser Held, „es vielleicht auch über Magda Radnót zu versuchen ... Die bekannte Augenärztin ... Ich kenne sie von früher sehr gut ..."

„Keine schlechte Idee", sagte Szász resignierend. Er musste einsehen, dass Fátray ein hoffnungsloser Fall war. „In der Tat kein schlechter Einfall, die Radnót. Hat einen einflussreichen Freund ..."

„Wer ist ihr Freund?"

„Unser Oberideologe. Er ist zwar schon ein wenig in den Schatten gestellt worden, aber man hat bisher noch keinen anderen gefunden. Wahrscheinlich erst, wenn die Vergeltung erledigt ist."

Unser Held kam ins Staunen.

„Ich wusste nur", sagte er, „was alle wussten, wer die Geliebten von Rákosi sind ... Warum er bei jeder Premiere im Nationaltheater und in der Oper saß."

Szász nickte:

„Ja, unser Kamerad Rákosi ist ein großer Theaterfreund; ein Mann mit gutem Gehör, guten Augen, gutem Geschmack, des weiteren hat er eine außerordentliche Sprachbegabung ..."

„Hast du nicht zufällig die Telefonnummer von Magda Radnót?"

Lali Szász quälte sich mühsam aus seinem Fauteuil hoch und humpelte zum Schreibtisch. Er holte ein dickes Heft hervor und blätterte darin.

„Hab ich nicht", sagte er bedauernd und blinzelte mit

seinen öligen Augen. „Demnach sind meine Augen noch intakt, was auch deshalb ein sicheres Indiz ist, weil es sonst in der Stadt keinen Spezialisten gibt, den ich hier nicht verzeichnet habe."

Die Großmama stickt still vor sich hin. Vali sitzt mit übergeschlagenen Beinen in ihrem Sessel und raucht. Heller Sonnenschein strömt ins Zimmer. Nach so einer Wohnung, nach so einer Familie sehnt sich der Mensch, Voraussetzung dafür ist nur, dass sein Vis-à-vis von einer Kettenbombe freigeräumt wird. Die hellen Farbtupfer des Orientteppichs glühen im Licht, der Vorhang, nach beiden Seiten auseinandergezogen, glänzt golden, die Niederländer haben einst solche Interieurs gemalt. Wie heißt nur schnell der Holländer, der diese Bilder geschaffen hat. Der Van ... Van ... Vanmeer? Idylle. Rettungsboot, ringsum wimmelt es von hungrigen Haien, stürmisches Meer.

Warum kann man bei uns jede Niedertracht begehen, völlig unabhängig vom Regime? Wie kommt es, dass bei uns immer der Abschaum nach oben gelangt? Ganz egal, ob gerade Feudalismus, Kapitalismus oder Sozialismus herrscht, wer unsere Okkupanten sind, immer kommen machtgierige und unbegabte Streber nach oben und machen alles kaputt, was andere mit Blut und Schweiß geschaffen haben.

Wie ist es möglich, dass sie einen tadellosen Namen in eine an den Haaren herbeigezogene Verschwörung verwickeln können? Warum gibt es niemanden, der beim Lesen eines solchen Artikels sagt, das ist nicht möglich, das geht nicht? Sie brauchen doch oben keine Schauprozesse, wenn sie unten schon beim ersten Anzeichen vorverurteilen und jemanden, der angeschwärzt wird, sich selbst überlassen.

Trotzdem glaubte er nicht, was Lali Szász gesagt hatte.

Wenn er das Gleiche über eine südamerikanische oder asiatische Diktatur gesagt hätte, würde er es glauben. Nur das, was sich auf ihn bezog, das konnte er einfach nicht glauben.

Man kann diesen Höllenspuk, den er an die Wand malt, nicht ernst nehmen, wenn Vali dabei süßes Gebäck reicht und die Großmama friedlich stickt. Sie sind ja nicht taub, haben das alles mitgehört und waren kein bisschen überrascht. Vali bietet schwarzen Kaffee und Gebäck an, die Mutter handarbeitet in aller Ruhe, durchs große Fenster strömt sonnenhelles Licht herein, und sie tun so, als wäre nichts auf der Welt natürlicher als Menschen auf eine Weise, wie Lali sie beschreibt, zu erledigen. Sicher waren auch schon vor ihm Leute in ähnlichen Angelegenheiten bei ihnen, und Vali hat auch ihnen Kaffee und süßes Gebäck angeboten, und auch die Großmama ist daran gewöhnt, bei der Beschreibung solcher Höllenvisionen friedlich zu sticken ...

Sonnenlicht fließt ins Zimmer ... Wenn er auch einmal in Räumen wohnen könnte, aus denen man den Himmel sehen kann! Mein Gott!

Sie leiden gar nicht darunter, dass Pali fort ist. Auch dürfte Lali nicht so krank sein, wie er sich gibt. Man kann doch kein ausgeglichenes Leben vortäuschen, wenn sich ringsum alles in eine nach Schwefel stinkende Hölle verwandelt. Und sie kriegen von dieser Hölle überhaupt nichts mit.

Ich muss doch sehr bitten!

Man kann nicht ernst nehmen, was Lali Szász sagt. Er ist ein verbitterter, gewissermaßen auch übergangener

Mensch. Wer weiß, warum er die allerschwersten Fälle als Verteidiger übernimmt. Er als Jude verteidigt Faschisten! Lali ist ein seelisch und körperlich kranker Mensch. Bei klarem Verstand kann man doch nicht Gauner vertreten und sie mit allerlei Lügen reinwaschen, das ist kein Beruf für einen anständigen Menschen. Selbstzufrieden sitzt er in seinem Fauteuil, beweist, wie gut er das Regime durchschaut, lässt sich das Gesicht von der Sonne bescheinen, ist verweichlicht, sein Körper aufgedunsen, dieser ganze Mensch ist nicht in Ordnung.

Stolpernd ging er nach Hause, als hätte er getrunken. Hasste Lali Szász, der mit dieser Vali verheiratet ist, und hasste auch Vali, weil sie mit diesem kranken, verweichlichten, fettleibigen Primas lebt.

Kati dressierte gerade den Jungen in der Küche: Schob ihm in beide Achselhöhlen ein kleines Kissen, so musste er, aufrecht sitzend, mit Messer und Gabel seine Mohnnudeln klein schneiden und dann mit der Gabel zum Mund führen, ohne dass die Kissen runterfielen. Er saß da in seinem giftgrünen Trainingsanzug aus der DDR, den er hasste. Die Lehrerin hatte diese Kleiderspenden zusammen mit der Schweizer Schokolade in der Klasse verteilt; so etwas schickt man jetzt dem leidenden ungarischen Volk. Matyi hat einen bekommen, der um eine Nummer zu klein ist, Kati schimpfte ihn deswegen und besteht darauf, dass er den Trainingsanzug zu Hause trägt und so seine besseren Sachen schont. Sie hat vier Bündchen gestrickt und an die Ärmel und die Hosenbeine angenäht. Matyi jammerte aber weiterhin, dass der Anzug zu eng sei; dann hättest du einen größeren verlangen sollen, pflegte Kati darauf zu sagen.

„Wo warst du?"

„Bei Lali Szász."

Kati zog die Brauen zusammen. Das kann nur wegen dieses Artikels gewesen sein. Sie konnte sich nicht daran erinnern, dass ihr Mann irgendetwas über den Besuch gesagt hatte. Bestimmt hat er nichts erwähnt, wollte sie nicht mitnehmen. Und wer will denn auch das viele Nippeszeug sehen, sie nicht.

„Und was hat er gesagt?"

Er hat es ihr kurz und mit gedämpfter Stimme erzählt. Der Junge saß dabei und quetschte die Kissen in den Achselhöhlen fest zusammen, er war verängstigt. Egal, ein Kind kann das ohnehin nicht verstehen.

„Blödsinn", erklärte Kati entschieden. „So etwas gibt es ja gar nicht. Am Montag gehst du zur Arbeit, schlägst richtig Krach und verlangst deinen Passierschein. Du hast doch nichts zu verbergen. Stell dich doch einmal auf die Hinterbeine! Erwarte nicht immer, dass andere deine Angelegenheiten erledigen. Und morgen gehst du auch zum Schachturnier!"

„Was? Fällt mir doch gar nicht ein! ..."

„Ist denn nicht der zweite Sonntag? Ihr habt doch jeden zweiten Sonntag Turnier. Du gehst hin und zeigst dich. Die sollen sehen, dass du noch existierst!"

„Mit diesem Kopf Schach spielen, auch noch auf dem ersten Brett! ... Den Burschen, der eigentlich am ersten Brett spielt, hat man eingezogen, ich müsste an seiner Stelle spielen ..."

„Du gehst da hin, auf jeden Fall! Hat man dir etwa gesagt, dass du nicht mehr zur Mannschaft gehörst? Hat man nicht! Oder?"

„Nein, hat man nicht."

„Na also?!"

„Ich weiß gar nicht, wo es ist ..."

„Dann fragst du eben!"

Beim letzten Mal hatte Sanyi-Bácsi, der Mannschaftsleiter, es ihnen gesagt: Die nächste Runde findet im Kultursaal der Armee statt. Dózsa-György-Straße 51, zwischen Lehel-Straße und Tüzér-Straße. Ein bekannter Veranstaltungsraum, vor kurzem hat dort sogar ein sowjetischer Großmeister simultan gespielt.

„Aber ich kann in diesem Zustand nicht!"

„Doch, du kannst! Es geht einfach nicht, dass du ständig den Schwanz einziehst und dich hängen lässt ... Eine Schande! So gibst du deinem Sohn ein Beispiel! Und dann kannst du nicht verstehen, warum er im Zeichnen und Singen Verweise zur Unterschrift heimbringt!"

„Im Zeichnen nicht!" schrie Matyi.

„Hältst du jetzt gleich den Mund?! Iss lieber. Die Nudeln sind längst kalt!"

Sie wandte sich ihrem Mann zu.

„Der Junge muffelt hier schon seit Stunden herum, und du bist nirgends zu finden! Geh doch mit ihm ein bisschen hinaus Fußball spielen oder sonst was!"

Ihre Unbekümmertheit tut gut, stellt einen wieder auf die Beine. Mit der Fahrradpumpe pumpte er, nachdem er die Verschnürung des Leders aufgeknüpft hatte, den Fußball des Jungen hart auf und ging dann mit Matyi in den Szent-István-Park hinunter. Es war ein 3er Fußball, aber aus Leder und richtig verschnürt. Matyi hatte ihn zum fünften Geburtstag gekriegt. Sie gingen zum kleinen Spielplatz, seit zwei Jahren ist dort schon derselbe Sand, voll mit Hundescheiße. Er sah sich das Gelände an, dann entschied er, dass sie besser nur das Kopfballspiel üben würden. Mit der Scherbe von einem Ziegel zeichnete er ein Tor auf die Hauswand. Unser Held stellte sich auf den Gehsteig, und Matyi köpfte von der Straße aus den Ball aufs Tor. Von Zeit zu Zeit ließ der Vater einen Ball durch, und jedes Mal brach Matyi in Siegesgeheul aus.

Autos kamen nicht vorbei, nicht einmal Fußgänger. Es war Samstagnachmittag und schon etwas frühlingshaft, zwischen dem Hármashatár-Berg und dem Rosenhügel schaute die Sonne von Buda herüber.

Matyi verlor bald die Lust, klagte, dass er immer die Verschnürung auf die Stirn kriege, ein glatter Gummiball wäre zum Köpfen viel besser. Er zeigte seine gerötete Stirn, wo ihm die Ballverschnürung die Haut aufgescheuert hatte. Fátray hätte seinen Sohn am liebsten geohrfeigt, aber er riss sich zusammen und redete dem Jungen zu, trotzdem weiterzumachen. Matyi nestelte und zerrte immer wieder an der Lederschnur herum, warf den Ball hoch, köpfte ihn aber nicht, sondern ließ ihn fallen; der Ball sprang weg, der Junge trat dann so ungeschickt dagegen, dass er immer noch weiterrollte.

Augenscheinlich sabotierte er, drehte sich weg und rieb seine Stirn, damit sie noch röter wurde. Unser Held ärgerte sich, wartete ohne Kommentar darauf, dass sie weitermachen konnten. Schließlich hatte er es doch satt und entschloss sich zu gehen. Matyi folgte ihm keuchend und trieb den Ball vor sich her, dabei traf ein hart geschossener Ball den Vater von hinten in die Kniekehle. Der Junge schrie eine Entschuldigung, trat aber immer wieder gegen den Ball, dieses Spiel gefiel ihm. Sein Vater reagierte nicht, drehte sich auch nicht um. Blödes Spiel. Er ging einfach weiter ...

Kati war nicht zu Hause: Hatte einen Zettel hinterlassen, dass sie mit Kolleginnen ins Café Gerbeaud gegangen sei.

„Kolleginnen! Na, egal."

Sie aßen zu Abend. Matyi nörgelte herum, vertrödelte beim Waschen die Zeit, jammerte, dass das Wasser nicht warm genug sei, die Seife rutschte ihm ständig aus der Hand, das Handtuch fiel auf den Boden; er stand, wartete und sagte nichts.

„Bussi, Bussi!", schrie Matyi mit unnatürlich hoher Stimme vom Bett her und streckte im Liegen die Arme hoch. Als ob er noch keine drei wäre. Sein Vater tätschelte ihm den Kopf und wartete nicht, bis Matyi das Licht ausmachte, sonst hätte er ohnehin darum gebettelt, dass das Licht an bleibt, weil er Angst hat im Dunkeln. Dann legte auch er sich hin und las im Bett noch die ganze *Népszabadság* aus.

Am Morgen nahm er dann zur Kenntnis, dass die Welt eingestürzt war.

Er ging in die Küche, stellte Teewasser auf, und alles, was ihm Lali Szász gestern Nachmittag gesagt hatte, schlug ihm wie ein großer bleierner Ball auf den Magen. Jetzt glaubte er es auch.

Zusammengekauert, der Brandmauer zugewandt, saß er auf dem Hocker; ihm war, als strömte von unten aus den Untiefen der menschlichen Seele zu einer dampfenden Wolke geballtes giftiges Gas, dumpfer Gräuel. Ihnen allen gemeinsam ist dieses lavaartige Etwas, diese dunkle mörderische Masse hält sie zusammen und trennt die gesichtslosen Individuen der feindlichen Streitmacht zugleich von denen, gegen die ihr Hass mit unbegreiflich elementarer Kraft gerichtet ist.

Hass.

Ein Land des Zähnefletschens.

Unermesslicher uralter Hass hat in der Vergeltung Gestalt angenommen und schreit nach all den Unruhen und Kämpfen mordend nach Vergeltung. Dieser Hass wurzelte tief im Krieg und in der ihm vorausgegangenen mörderischen, den Krieg herbeisehnenden Friedenszeit. Die ständigen Gräuel, die der Mensch, weil er sie nicht ertragen kann, zeitweise zu zähmen versucht, und von denen er sich feige einredet, dass er sie bezwungen hat – niemals wird er sie bezwingen. Der Mensch lässt sich nicht erziehen, nicht für schöne Ideen, ein moralisches Leben empfänglich machen. Das Volk ist eine Horde von Dienstboten. Liebedienert, kriecht, sobald man ihr mit Macht entgegentritt, und vollzieht nur, was man per Befehl von ihr verlangt. Es ergreift nur dann bereitwillig die Initiative, wenn man ihm erlaubt, beim Quälen anderer einfallsreich zu sein.

Das hatte schon der junge Herr Ingenieur erfahren, als er angelernter Arbeiter werden musste: Duckmäuserische Leisetreterei, Gemeinheit und Gehässigkeit sind ihm widerfahren, wie er sie von guten Facharbeitern nie erlebt hat, die aber die Mehrheit auf eine kindische Art und Weise praktizierte. Ihn hat man zwar nicht, wie einen kleinen Lehrbuben, nach Fett für die Feilen geschickt, denn ein Diplom-Ingenieur ist ja nicht so blöd, aber jemand hatte seine Feile schon mit Schweineschmalz beschmiert, so dass er Mühe hatte, sie wieder sauber zu kriegen, in sein Messer haben sie ihm Scharten gemacht, auf das Spannfutter Öl gegossen, er kam mit dem Putzen gar nicht nach, seinen Futterschlüssel haben sie ihm gestohlen, wenn er dann einen neuen verlangte und auch der wieder wegkam, schrie der Werkmeister ihn an, obwohl er doch wusste, was da lief. Die Taschen wurden von seiner Jacke, die im Spind hing, losgerissen und immer wieder die Knöpfe abgedreht; für diesen Zweck haben sie sich sogar mit viel Aufwand einen Nachschlüssel angefertigt. Unter seiner Drehbank war Hundescheiße verschmiert, die sie sich erst umständlich von draußen besorgt hatten. In die Sohlen seiner Straßenschuhe wurden Löcher gebohrt, was keine Mühe machte, weil sie schon ziemlich dünn waren. Man hat ihn beschuldigt, marxistische Parolen zu verbreiten – dabei hat er nie welche verbreitet –, er wurde ständig ins Büro zitiert, als Jude beschimpft und bekam allerletzte Warnungen. Ein Wunder, dass sie ihn nicht verprügelt haben. Glückliche Friedenszeit!

Auch auf dem Land muss damals das Leben schlimm gewesen sein, wenn er an die Geschichten denkt, mit denen seine und Katis Eltern ihre Flucht in die Stadt begründeten. Die schrecklichen Eltern seiner Frau haben auch in Újpest so gelebt wie dort, woher sie kamen. Der Bauer war eigennützig nur auf Erwerb bedacht; dass er die Welt als unveränderlich begriff, mochte ja noch angehen, unerträglich aber war das Naturell der Knechte. Ihr Dasein wurde bestimmt vom Zerstören, von Gleichgültigkeit, von der Weigerung für etwas einzustehen, vom Mangel an jeglicher Weitsicht, von Vergeudung, von gefährlichem Unwissen. Der Bauer schmunzelt, der Knecht grinst, hat sein Vater einmal gesagt. Der Knecht sieht keinen Ausweg, sucht und vermisst ihn aber auch nicht, erwartet die Befehle, kennt keine Zukunft. Für einen hingeworfenen Knochen ist er treu wie ein Köter. Wer auch nur ein klein wenig anders denkt und in irgendeiner Form gegen das Althergebrachte verstößt, wird gesteinigt. Viele, viele Generationen selbstbewusster Arbeiter wären notwendig, damit diese rückständige, demütige Unmoral schwindet.

Die Intellektuellen, diese die Menschheit beglückenden Aufklärer, beklagen den unbefriedigenden Wirkungsgrad ihrer Belehrungen, jammern, dass das Volk aus all dem nichts lernt, die Erkenntnisse, die vergangene Generationen gewonnen haben, nicht übernimmt und nutzt. Auch Bildung und Empfänglichkeit fürs Schöne wollen sie verbreiten, sie idealisieren das Volk, möchten selbst Söhne und Töchter dieses Volkes sein, diese hoffnungslos idealistischen Intellektuellen; auch er wollte einer aus dem Volk sein, ein verrückter Narodniki. Aber diejenigen, die

die Macht innehaben, sehen nicht ein, dass das Volk seine Lektion sehr wohl gelernt hat, denn sie schleudern es jeder neuen Generation ins Gesicht, und sollte sie es vergessen haben, muss sie es von Neuem lernen: Die Macht gehört dem, der die Waffen besitzt. Ihm müssen sie mit einer Verneigung bis zum Boden huldigen, ihn um Gunst anflehen, um momentanes Labsal, um Brosamen vom Tisch der Mächtigen, wer immer die sind: Tataren, Türken, Deutsche, Russen, Juden, Schwaben, Rumänen, Serben oder Ungarn, ob Fürsten, Grafen, berittene Konteradmiräle hoch zu Ross oder Generalsekretäre von Parteien, Feldwebel, Amtsdiener, Notare oder Hilfsarbeiter. Wen aber der miserabelste Inhaber der Macht zu verhöhnen beliebt, den muss man verlachen, selbst wenn es die eigene Mutter ist. Das Volk kennt keine Ironie, aber zu spotten versteht es vorzüglich. Man muss im Umgang mit ihm die Sprache der Gewalt benutzen, eine andere Sprache versteht es nicht; wenn es freundlich angesprochen wird, wittert es gleich Schwäche und beißt. Wer nicht brüllt, wird zu Boden getreten. Dieser stinkende Sumpf besteht aus purer Missgunst, sie ducken sich unters Wasser und verpfeifen denjenigen, der sich durch ein Stück Schilfrohr ein bisschen mehr Luft zu verschaffen sucht. Sie hassen alles, was außer ihnen am Leben ist, sei es Pflanze, Tier oder Mensch. Verbogene, hinterhältige, abergläubische Seelen flüstern ihnen ein, wer die Hexe ist, die mit dem bösen Blick verderben kann, und sie erschlagen sie. Sie wittern die heimlichen Wünsche des Gutsverwalters und schicken ihm ihre Töchter, Frauen, Mütter ins Bett, und während er die Frauen fickt, lecken sie unterm Bett mit ihrer Zunge seine Stiefel blank. Das hat das Volk in tausend Jahren gelernt, und das ist sein wahres Wissen, nicht vage, sich schnell verschleißende Prinzipien und Ideen.

Die Pfeilkreuzler haben sich diesen Begriff einfallen lassen: die Wirklichkeit der Scholle.

Es gibt sie.

„Zusammengebunden wie die Garben". Man sollte das wissen, wenn es doch Attila József bereits wusste. Sein Vers wurde deklamiert und nicht verstanden, seine Gedichte waren verboten, aber sie haben nicht begriffen, warum sie sie eigentlich verbieten.

Gewalt in subtilerer und brutalerer Form, in dieser Region ist sie Gewohnheit. Das musste unser Held sein ganzes Leben lang erfahren. Die Schlägertypen haben für Horthy oder für Rákosi geknüppelt. Sie kamen alle aus derselben Brut, und jetzt knüppeln dieselben für Kádár. Den Terror haben seine Eltern schon erfahren und gewiss auch deren Eltern, über die man nur so viel weiß, dass sie ein zu Ungarn gewordenes armes, herumziehendes Völkchen waren, sie handelten, wo und womit sie konnten, sogar die Kesselflicker haben auf sie herabgeschaut. Wer weiß, wie es den armen jüdischen Untergebenen als Diener der besseren Juden einst erging; gewiss ist, dass auch diese Besseren selbst keine Herren waren, und wenn sie das Jude-Sein ablegen wollten, diesem Schicksal zu entgehen suchten, es für sie vermutlich genauso schrecklich gewesen ist.

Der Marxismus spricht von Klassenbewusstsein; auch die Schicht der Schläger und Knüppelschwinger kann ein Selbstbewusstsein haben, und diejenigen, die geknüppelt werden, ebenfalls: Ihnen ist das Selbstbewusstsein der Gequälten zu Eigen. Es reicht zum gelegentlichen Maschinensturm, wenn es zur Rebellion kommt, und auch, um die mit großem Kraftaufwand wiederhergestellte Stadt erneut kaputt zu schießen.

Was? Das Selbstbewusstsein der Arbeiter soll helfen? Illusion.

1939 wurden auch das Rote Csepel und das Proletarische Angyalföld grün, massenhaft haben sie dort für die Pfeilkreuzler votiert. Die Genossen trösteten sich damit, dass man die Arbeiter getäuscht habe. Na, und wo war damals das Selbstbewusstsein der Arbeiter, wenn man sie so in die Irre führen konnte?

Und wurden sie nicht auch dadurch getäuscht, dass Leute wie er ihnen von den Vorzügen des sowjetischen Systems vorgeschwärmt haben?

Die Arbeiter, die Entrechteten, wollten die Gesellschaftsordnung auf die eine oder andere Weise umstoßen. Gleichgültig, ob sie aufgrund ihrer Klassen- oder Rassenzugehörigkeit zu etwas kommen würden. Das ist eine Revolte, Aufruhr, aber keine Revolution. Vielleicht gab es überhaupt noch nie eine Revolution auf der Welt. Der Werkmeister ist der Antreiber, der Arbeiter das gezähmte wilde Tier, der vom Land in die Stadt gelangte Hilfsarbeiter aber ist die Hyäne. Die Seelen werden vom Aberglauben beherrscht, und ihm, einem Studierten und Diplomierten, hätten sie am liebsten die Kehle durchgebissen, obwohl er notgedrungen auch ihr Leben lebte. Blind wollte er sein, hat es nicht gesehen. Wo war da das Selbstbewusstsein des Arbeiters?

In der Not, in der Seelenqual gibt es keine Moral, kein Nachdenken.

Leibeigene und Sklaven.

Sklaven sind auch die Russen, zu Vorbildern stilisierte arme Schweine, die im letzten Oktober hier nicht einmal wussten, ob man sie an den Suez-Kanal oder nach Ungarn geschickt hatte. Blind führten sie die Befehle aus, auch sie haben ihre Lektion in den Jahrhunderten der Zarenherrschaft gelernt.

Es ist geradezu ein Wunder, wenn man die Menschen hier ein, zwei Jahre in Ruhe lässt. Ein Wunder waren die elf Jahre zwischen 1945 und 1956 allem Elend zum Trotz: Es ist kein Krieg ausgebrochen, nur der innere Terror wütete, aber so richtig auch nur zwischen '49 und '53. Wen er betraf, der war geschlagen. Wer ihn in Gleichmut, Augen und Ohren verschlossen, überstand, der hat sich, wie er, etwas vorgemacht.

Brechreiz erregender Abscheu, quälende Leere, irrer, überschäumender, hilfloser Zorn, ohnmächtiger gottloser Hass, eine blind machende, unerträglich klare Sicht machen das Wesen des verfolgten, heimatlosen, verstoßenen Menschen aus.

Drinnen hörte er Kati herumgeistern.

Eine beschränkte, ungebildete, bösartige, dumme Person, aber dennoch hatte sie Recht, sie hätten von hier weggehen sollen. Von Anfang an hat er seine Frau gehasst, aber jetzt hasste er sie erst so richtig.

In Eile hat er sich auf dem Flur seinen Anzug ausgebürstet, die Schuhe geputzt, sich in der Küche angezogen und ist dann losgegangen.

An der Pozsonyi-Straße wartete er auf die Fünfzehner Trambahn, sie fuhr am Sonntag nur selten. Von der Endstation an der Kreuzung Váci-Straße/Dráva-Gasse sind es zu Fuß vielleicht fünf Minuten.

An der ersten Haltestelle in Richtung Margaretenbrücke gibt es keine Verkehrsinsel, die wartenden Fahrgäste stehen auf dem Gehsteig und treten erst auf die Fahrbahn hinunter, wenn die ankommende Straßenbahn schon langsamer wird. Ratsam ist das eher nicht, weil man leicht überfahren werden kann, der Keramit-Belag ist verdammt rutschig, es hat hier schon Unfälle gegeben.

Die Haltestelle ist dem von Nordwesten einfallenden Wind ausgesetzt, der meist vom Szent-István-Park, der Donau und von den Budaer Bergen her weht. Die Haltestelle ist die am wenigsten geschützte, hier schmilzt der Schnee immer sehr spät, den die vom Dorf in die Stadt geflohenen Straßenkehrer am Rand des Gehsteigs zu großen Haufen zusammenschaufeln. Vor zwei Wochen, Mitte April, als diese ungewöhnliche Kaltfront kam und die meisten Obstblüten, mit Ausnahme des Weins, erfroren, ist der letzte Schnee gefallen. Am nördlichen Ende der Herzen-Gasse saß in den Ritzen des Pflasters noch der gefrorene, braunweiße Matsch aus Pferdeäpfeln und Schnee.

Endlich rumpelte die Trambahn mit dem so windigen Perron in die Haltestelle, der älteste Wagentyp, der in der Hauptstadt noch eingesetzt wurde, er bestand nur aus einem einzigen Wagen. Als Kind ist er auch wie andere Straßenjungen an den Puffer des Wagens geklammert ein Stück mitgefahren.

Hasserfüllt sah er auf die Tram, am liebsten hätte er nach ihr getreten. Er knirschte mit den Zähnen, als er auf den Perron stieg. Es war, als habe diese Bahn ihm damals in seiner Kindheit, als sie ihn auf ihrem Puffer mitnahm, etwas Gutes, Schönes versprochen, ihr Versprechen dann aber auf schändliche Weise gebrochen.

Nur wenige saßen in dem Wagen. Er blieb auf dem Perron stehen, dem Wind ausgesetzt, damit es ihm weh tat. Die Bahn schepperte langsam die Pozsonyi-Straße entlang und bremste quietschend an der nächsten Haltestelle, am sogenannten Grund-Gelände bei der protestantischen Kirche, das schon etwas Grün vom Unkraut ansetzte; vor dem Krieg hat dort ein großes Wohnhaus gestanden. Jenseits der Kirche machten die Schienen einen Bogen nach links, und die Trambahn fuhr bis zur Kehre an der Dráva-Gasse durch eine Zigeuner-Siedlung. Hier standen windschiefe Lehmhütten, eine an die andere gelehnt, Gässchen gab es zwischen den Hütten keine, nur Einmündungen und Winkel. Dreckige, halb- oder ganz nackte, barfüßige Kinder spielten draußen auf dem blanken Boden. An den kleinen Fenstern mit herausgebrochenen Scheiben gab es keine Vorhänge, manche waren mit Zeitungspapier verklebt. In diesen Quartieren gibt es weder Wasser noch Strom, in großen eisernen Fässern sammeln sie das Regenwasser. Das größte Elend der Ungarischen Tiefebene hier am Rand des vornehmsten Wohnviertels von Budapest, zwischen Újlipótváros und Angyalföld.

Er sah hinaus auf die elenden Hütten. Es ist nicht gelungen, die Armut zu beseitigen. Er hatte geglaubt, in seinem Leben würde das gelingen, aber man hat es nicht geschafft. Hier werden die meisten Menschen für immer arm bleiben, und die nur eine Armlänge von hier lebenden Reichen nehmen sie einfach nicht zur Kenntnis. So war das im Kapitalismus, und so wird es auch im Sozialismus sein. Egal, wie wir den Feudalismus und die Sklaverei nennen, freie Wirtschaft oder verstaatlichte. Wir sind eine Kolonie, einmal des Westens, einmal des Ostens. Wie sollte hier keine Armut herrschen, wo doch die Armut das Wesen jeder Kolonie ist? An der Bewahrung der Armut, an der Aufrechterhaltung dieses Kolonialzustands ist die kleine lokale Elite am meisten interessiert.

Möglich, dass man diese Armensiedlung eines Tages abreißt, das war schon einmal im Gespräch, aber dann wird sie an anderer Stelle wiedererstehen. Vielleicht nicht mehr so sehr im Blickfeld, aber sie bleibt uns erhalten. Was kann man damit anfangen? Das ist Ungarn: Land der Knechtschaft und des Terrors, das Land des Elends und der Gehässigkeit, eines verlogenen Selbstbildes und der unbegründeten Illusionen, ewig.

Wie es gewesen ist, so wird es sein.

An der Endstation stieg er aus, überquerte die Váci-Straße und trottete auf der Seite mit den ungeraden Hausnummern die Dózsa-Straße entlang, in Richtung Nummer 51.

Abgesehen vom riesigen Palast der Elektrizitätswerke ist dies eine uninteressante, erbärmliche, graue Vorstadtgegend, Depots von Betrieben, große Baulücken, immer schon brach liegendes Gelände. Hier ist es, das berühmt-berüchtigte Angyalföld. Mal ducken, mal erheben sie sich, die hier Ansässigen, und dann kuschen sie wieder. Aufruhr oder Revolution? Wie man's nimmt. Auch das, was die Pfeilkreuzler wollten, war eigentlich eine Revolution, und wer würde keine Revolution anzetteln wollen, wenn er gezwungen wäre, hier und so zu leben. Egal, welche Farbe die Revolution vor sich her trägt, mit welchem Vorzeichen sie antritt, die aufgestaute Leidenschaft bricht sich von Zeit zu Zeit Bahn, verwüstet sinnlos, mordet. Irgendwelche Leute glauben, sie ließe sich lenken, doch auch sie werden aufgefressen.

Revolution war auch im letzten Oktober, Revolution und Bürgerkrieg. Wer sie Konterrevolution nennt, erkennt sie trotzdem an, weil auch das eine Revolution ist. Recht hatten jene, die sich erhoben und zu den Waffen griffen, sie werden immer Recht haben, auch wenn man sie stets niederknüppelt, weil sie die Armen, die Geprellten sind, um sie kümmern sich die anderen nicht, sie werden nicht teilhaben an all den Gütern, auf deren gerechte Verteilung niemand mit gesundem Menschenverstand nach den Erfahrungen in den ersten Jahren des Sozialismus mehr hoffen kann. Sie hatten Recht, doch ihr Aufbegehren driftet ab, wird immer in die falsche Richtung gelenkt, und die Rache trifft dann vor allem die Unschuldigen. Recht behalten werden jene, die hinter den Fenstern dieser alten

Mietskasernen mit bröckelndem Putz und Einschüssen aus dem letzten Krieg schnauben, keuchen und allmählich aufwachen, nicht ahnend, dass sie im Recht sind, und es dampft und strömt aus ihnen die Bitterkeit von armen Teufeln. Gehässigkeit, Verdächtigungen, Misstrauen, Unwissenheit, Aussichtslosigkeit, Unzufriedenheit erwachen langsam an diesem lausigen, räudigen Sonntagmorgen, jetzt sind sie noch gefesselt, werden lange gefesselt sein, vielleicht vierzig Jahre, wenn es denen gelingt, sich in ihren Machtpositionen einzurichten; und wer jetzt unten ist, muss sein ganzes Leben lang unten bleiben. Wen die Mächtigen jetzt aufs Korn nehmen, der wird zugrunde gehen, den werfen sie in die Schindgrube, und kein Hund wird ihm nachweinen. Abscheuliche Wesen, die sich erneut erheben, und wieder haben sie Recht, sie können nichts dafür, dass man sie zu so Abscheulichen gemacht hat, und wieder werden sie jene morden, die für ihre körperliche und seelische Verelendung nichts können.

Sie hatten Recht, diejenigen, die sich gegen das Regime aufgelehnt haben. Es führt Prozesse, verurteilt Unschuldige zum Tode, quält und schickt sie in Straflager, siedelt sie aus ihrem Zuhause ab, genauso wie das vorherige Regime, nur eben nicht aufgrund ihrer Rasse, sondern wegen ihrer Klasse. Biedere Idealisten wie er haben das Regime falsch eingeschätzt. Haben mit Schweiß und Blut aufopfernd und uneigennützig für sie gearbeitet, obwohl es doch auch ein mörderisches Regime ist. Er selbst hat mit dem blauen Zettel abgestimmt, sie wurden mit Lastwagen herumgefahren, und sie haben in immer neuen Wahlbezirken gegen das Gesetz und gegen den Volkswillen für die Kommunisten gestimmt; sonstige Vergehen hat er sich nicht vorzuwerfen. Das Volk wusste auch damals nicht, für wen und wofür es votiert, und weiß es bis heute nicht.

Als sie nach dem Krieg zum Agitieren auf die Dörfer gegangen sind, wurden sie mit Mistgabeln und Heiligenbildern empfangen, in den Augen der Dorfbewohner lauerte die Düsternis von tausend finsteren Jahren. Trotz alledem ist dieses Regime immer noch mörderisch. Und sie setzen das Morden bis heute fort, wie damals, und genau solche Typen: konstruieren Anschuldigungen, zetteln Prozesse an, schüchtern ein. Lali Szász hat Recht, es sind Faschisten, auch wenn sie Rote sind.

Jetzt hasste er den Anwalt nicht mehr, erinnerte sich gar nicht an das, was er ihm gegenüber gestern empfunden hatte.

Wenn man die Zeit zurückdrehen könnte, würde er sich nicht mehr ins Krankenhaus legen, sondern sich schon am ersten Abend den Aufständischen anschließen und die Bolschewisten jagen, bis ihn eine Salve niederstreckt.

Es ist ein mit nichts vergleichbares Erlebnis, als zum Tode Verurteilter unter denen herumzulaufen, die einen überleben. Sie alle werden leben, nur er nicht. Die Tauben, Spatzen, herrenlose räudige Katzen, Mörder, nur er nicht.

Man gerät in eine andere Welt, schleppt das Armesünderverlies mit sich herum, und es gibt keine Möglichkeit, auszubrechen. Von denen, die weiterleben werden, trennt ihn ein unsichtbares, dicht gewebtes Gitter, in seinen Knochen nistet sich statt des Marks nur Leere ein, und von ganz weit innen nagt sich der Tod nach außen, und der Mensch ist nur noch eine pure, blanke, fragile Hülle, wie ein verlassener und vom Einsturz bedrohter Termitenhaufen, jemand pustet, und schon stürzt das Gebilde zusammen. Seine Augen sehen noch, aber was er sieht, erscheint ihm höchst unwahrscheinlich, auch wenn er es schon oft gesehen hat.

Wie ist es möglich, dass er sein ganzes Leben inmitten so armseliger Kulissen fristen musste, wie es dieser trostlose Teil der Dózsa-György-Straße ist?

Nun ist es vollbracht, das waren die Umstände, es gab niemals bessere, niemals günstigere, und so waren die Kameraden: feige, eigennützig, beschränkt, kindisch, geizig, boshaft, undankbar und verlogen. Alles ist unwürdig gewesen und am unwürdigsten die unbegründete Hoffnung, dass es einmal besser sein würde. Im Herzen des zum Tode Verurteilten wächst Hass, ein unstillbarer Hass gegen alles, was lebt, und was auch noch leben wird, wenn sich sein Schicksal erfüllt hat.

Er trat durchs Tor dieses typischen Militärgebäudes vom Anfang des Jahrhunderts. Ordner mit Armbinden geleiteten ihn in eine große Halle im Parterre, sie verlangten keinen Ausweis. Die Fenster gingen auf die Dózsa-György-Straße. In der Mitte des Saals standen zahlreiche Tische nebeneinander, auf jedem ein Schachbrett mit schon aufgestellten Figuren und eine Schachuhr, und natürlich an jedem Tisch zwei Stühle an den gegenüberliegenden Seiten. Zwischen den beiden Eingangstüren an der Wand vis-à-vis von den Fenstern Stühle für die Zuschauer und die Funktionäre.

Nur wenige standen erst im Saal herum, zu früh war auch er gekommen, hätte sich gar nicht so beeilen müssen. Ziemlich verloren fühlte er sich. Einige von der gegnerischen Mannschaft standen bei einem älteren Mann, der etwas erzählte. Es muss etwas Lustiges gewesen sein, denn die Gruppe lachte laut. Er wusste jetzt nicht genau, wer heute der Gegner seiner Mannschaft war, meinte, dass es ein Gemeinschaftsteam der Aufzug-Fabrik und des Möbelkombinats von Angyalföld sein würde, doch sicher war er sich nicht.

Staunend betrachtete er die Überlebenden: Sie verbringen hier die kostbaren Minuten ihres Lebens in diesem schmucklosen, öden Saal, statt zu leben. Denken, dass sie noch Zeit haben.

Plötzlich strömten viele Leute in den Saal, wahrscheinlich sind sie mit derselben 14er Linie gekommen wie er. Manche grüßten, er grüßte zurück. Ihm wurde warm, aber er wollte sein Jackett nicht ablegen. Jetzt erschien auch Sanyi-Bácsi, sein Mannschaftsführer, unter der Jacke trug er im Sommer wie im Winter dieselbe handgestrickte Weste. Sanyi-Bácsi ist ein alter Genosse aus der Bewegung, ein gestandenes Mannsbild mit stattlichem Bauch und überall bekannt. Vielleicht hat er selbst verbreitet, dass er zum ewigen Arbeiterkader Karcsi Szamosi, dem Faktotum der *Népszabadság* und alten Kartenspiel-Partner von Béla Biszku, ein gutes Verhältnis hat. Wer weiß, ob dieser einflussreiche Szamosi nicht auch jetzt noch mit dem vom Parteisekretär des XIII. Bezirks zum Innenminister avancierten Biszku Karten spielt. Über Kádár erzählt man sich, dass er gern Schach spielt, und deshalb hoffen sie, dass er vielleicht Gelder zur Förderung des Schachsports locker macht. So könnte der Sanyi-Bácsi noch zu einem wichtigen politischen Faktor werden.

Sanyi-Bácsi trat zu ihm hin.

„Servus, Genosse Fátray", begrüßte er ihn.

„Servus, Sanyi-Bácsi."

„Willst du dir auch die Partien anschauen, Genosse Fátray?"

Unser Held begriff nicht.

„Wir können es sicherlich brauchen, dass du uns die Daumen hältst, Genosse Fátray", sagte der frischrasierte Mannschaftsführer mit ernster Miene.

„Zum Daumenhalten bin ich nicht gekommen …"

„Aber du bist doch gerade nicht richtig in Form, Genosse Fátray", sagte Sanyi-Bácsi, „ich habe dich für das heutige Match nicht aufgestellt."

Eine ganze Menge Leute standen jetzt um sie herum, allerdings in angemessener Entfernung. Ihm schien dennoch, dass sie das Zwiegespräch mitbekommen hatten.

„Aber es war doch so besprochen, dass ich heute auf dem ersten Brett spiele", sagte unser Held und war ehrlich erstaunt.

„Du spielst heute nicht, Genosse Fátray", sagte er und ging weg.

Die Gruppen lösten sich auf, Fátray blieb allein in der Saalmitte. Verstört stand er da, dann ging er zu einer der Eingangstüren, verließ aber den Saal nicht, sondern blieb stehen und drehte sich um.

Zum Tode verurteilt zu sein ist kein angenehmes Gefühl, aber dass er nun auch nicht mehr mit seiner Mannschaft Schach spielen darf, das trifft ihn hart. Darauf war er nicht gefasst.

Er setzte sich auf einen der an der Wand stehenden Stühle und starrte geistesabwesend vor sich hin. Dann bin ich halt die Reserve, dachte er. Obwohl er wusste, dass er auch nicht Reservespieler sein kann, nichts kann er mehr sein, die Nachricht ist auch bei Sanyi-Bácsi angekommen, und bei jedem, den es angeht. Ein Wunder, dass er überhaupt noch Zuschauer sein darf. Und man ihn nicht des Saales verwiesen oder gleich verhaftet hat.

Wieder war etwas passiert, was er nicht als Realität begreifen konnte. Er war aber gar nicht enttäuscht. Sanyi-Bácsi hatte schon Recht. Wenn er nicht einmal fähig war, vorherzusehen, dass man ihn nach allem, was geschehen ist, nicht in der Firmenmannschaft aufstellt, war er gewiss nicht in Form.

Man begann, die Stühle zu rücken, die gegnerischen Mannschaften stellten sich gegenseitig vor, die Mannschaftsführer unterhielten sich in der Mitte des Saals, anwesende Angehörige und interessierte Zuschauer schoben sich die Stühle heran und nahmen Platz, es wurde still im Saal.

„Klein!"

Fátray zuckte zusammen.

„Gyuszi Klein!"

Unser Held schaute hoch.

Géza Kalán hatte sich vor ihm aufgebaut und grinste.

Unser Held stand auf, und der um einen ganzen Kopf größere Géza Kalán umarmte ihn.

„Ich habe dich lange nicht gesehen! Warum sitzt du hier so allein? Spielst du heute nicht?"

„Ich bin gerade nicht in Form."

Er hatte etwas in seiner Stimme, das Kalán auffiel.

„Hast du Probleme?", fragte er.

„Es sieht so aus, dass sie mich zum Tode verurteilt haben."

Kalán legte ihm seine riesige Hand auf die Schulter und schob ihn zur Tür hin. Im Vorraum blieb er ihm gegenüber stehen:

„Rede, was ist?"

Er hatte einen Wuschelkopf, dichte, kohlschwarze Haare, kein einziges weißes dazwischen. Unter den besagten Fünfer-Jungen ist Kalán der jüngste gewesen, er arbeitete in der Röhrenfabrik. Unser Held hat ihn damals mit den grundlegenden Broschüren über Marxismus versorgt und auch seine Schachbegabung entdeckt. Sogar den Namen Kalán ließ er sich für ihn einfallen, denn auch Kalán hieß ursprünglich Klein. Nach dem Krieg hat man ihn gefördert und mit allerlei Funktionen betraut, er wurde sogar Parteisekretär in einem größeren Betrieb. Danach hatte er verschiedene Ämter im Bereich Sport. Bei den Oktober-Ereignissen hat er sich weder hervorgetan noch verkrochen, im November wurde er Mitglied des Budapester Parteikomitees und auch des provisorischen Zentralkomitees.

Anfang der Fünfzigerjahre sind sie sich oft bei Schachturnieren begegnet und im großen Népstadion bei wichtigen Fußball-Matches ebenfalls.

„Also gut", sagte er mit düsterer Miene. „Das sind Idioten. Und jetzt lassen sie dich hier nicht einmal mitspielen!?"

„Nein, ich soll nicht in Form sein."

Empört schüttelte Kalán den Kopf.

„Ich werde jemanden darauf ansprechen", sagte er entschlossen. „Einen, der mir verpflichtet ist, im Oktober hat er sich unter meinem Küchentisch verkrochen, hatte die Hosen gestrichen voll. Nie wieder Politik, schwor er damals, er wolle wieder in einem Betrieb arbeiten ... Gib mir deine Telefonnummer."

„Ich stehe im Telefonbuch ..."

Ich habe keine Zeit, im Telefonbuch herum zu suchen, sag sie mir ..."

Kalán holte ein Notizheft und einen Stift hervor. Unser Held gab ihm seine Nummer.

„Morgen Abend rufe ich dich an", sagte Kalán. „So, gehen wir zurück, mal nachsehen, was sie zustande bringen."

Montagabend nach sechs rief Kalán an.

„Servus, Gyula! Morgen gehst du wieder in den Betrieb, und sie geben dir deinen Passierschein zurück."

„Aber wie...?!"

„Geh morgen früh einfach hin. Servus!"

Er legte auf.

Unser Held stand wie vor den Kopf gestoßen da.

Er hätte fragen sollen, ob man seinen Namen falsch geschrieben hat oder ob es einen anderen Fátray gibt oder ob der Artikel zur Vorbereitung eines Schauprozesses dienen sollte. Er suchte die Nummer von Kalán, aber im öffentlichen Telefonbuch stand er nicht.

Als er den Schlüssel im Schloss hörte, stürzte er ins Vorzimmer und wollte Kati sagen … aber er sah ihre verweinten Augen, und die Worte blieben ihm im Hals stecken.

„Sie haben mich rausgeworfen!", rief sie und brach in Schluchzen aus.

Die beiden saßen in der Küche. Vor Kati stand ein Wasserglas, und unser Held goss ihr immer wieder nach.

Sie hatten ihr am Morgen nur gesagt, dass sie ins Ministerium gehen sollte, obwohl sie es doch schon wussten, aber sie waren so jämmerlich feige, dass sie nicht wagten, es ihr mitzuteilen. So ist sie also ins Ministerium gegangen, da hat eine namenlose Person sie empfangen, eine junge Frau, noch nicht einmal Nóra, die Abteilungsleiterin, auch nicht ihre Stellvertreterin, nein, ein Niemand, und diese Person teilte ihr mit, dass man die Genossin Fátray in Würdigung ihrer Verdienste von ihren bisherigen Aufgaben entbinde.

"Meine Verdienste würdigen sie!", schrie Kati. „Und warum entbinden sie mich dann von meinen Aufgaben?"

Die Abteilungsleiterin Nóra, die sich an Makrisz rangemacht hat, steckt dahinter, schon während der Organisation der Frühjahrsausstellung war das zu spüren, dass diese Nóra Aradi einen Pik auf sie hat. Doch nie ist der leiseste Einwand vorgebracht worden, weil doch die beiden, Nóra und Makrisz, das Ganze organisiert haben, und jetzt, wo der Skandal da ist, weil nach dieser Beschwerde der linken Künstler die Untersuchung angelaufen ist, haben sie entschieden, dass irgendwem die mangelnde Wachsamkeit in die Schuhe geschoben werden muss. Dabei waren ja sie selbst nicht wachsam genug! Sándor Ék, sagte diese unwichtige Person, deren Namen keiner kennt, hat Anzeige gegen die Ausstellung erstattet, obwohl dieser Ék selbst mit einem Werk vertreten ist, und er hat ja auch in der Jury A gesessen! Er hat in seiner Anzeige geschrieben, dass »die Kleckser« alles beherrschen und die ganze Ausstellung von unfertigen Bildern nur so wimmelt, und auch dafür macht man jetzt sie, Katalin Fátray, verantwortlich, wo sie doch nur Protokoll geführt hat, ebenso wie beim wöchentlichen Mustern und Auswählen, und doch muss sie jetzt gehen, als hätte sie bei der Auswahl zu entscheiden gehabt und nicht die achtunddreißig Mitglieder der vier Jurys! Achtunddreißig Personen saßen zusammen und haben das Material ausgewählt, aber die werden nicht angefasst. Und auch an Makrisz vergreift man sich nicht, aber der Luzsicza, sagte diese namenlose Wichtigtuerin, kriegt ein Disziplinarverfahren von der Partei. Irén, die den Katalog zusammengestellt hat, erwartet eine letzte Abmahnung, obwohl den Einleitungstext doch Nóra Aradi geschrieben und GÖP ihn abgesegnet hat, und auch GÖP will man nicht anrühren, und noch dazu hat jetzt auch er Anzeige gegen die Ausstellung erstattet, obwohl er selbst in der Jury gesessen hat. Wochenlang hockten sie im Auswahlgremium der Kunsthalle zusammen, mit dem die Scheiße rührenden Pátzay und GÖP an der Spitze! Denen darf natürlich kein Härchen gekrümmt werden, weil Révai seinerzeit die zur Römischen Schule gehörenden bürgerlichen Maler bevorzugt hat und weil dieser Pátzay sich bei Rákosi angebiedert hat und sich jetzt bei Kádár einschmeichelt, sie duzen sich, ein Mann wie Kádár mit diesem Pátzay, unglaublich. Aber jemand muss ja der Sündenbock sein, und dafür ist sie, die doch nur Protokollführerin war, gerade gut genug, und nicht der Domanovszky, der um jeden Preis die ganzen Formalisten in der Ausstellung unterbringen wollte. Sie sei nicht wachsam genug gewesen und habe gegen diese Frühjahrsausstellung nicht Anzeige erstattet. Sie! Ausgerechnet sie! Sie habe es versäumt, das Ministerium, die Partei auf etwas aufmerksam zu machen, was die selbst gerade entschieden haben, dass nämlich vier Jurys eine Missachtung der Lenkung durch die Partei bedeuten und dass die unrechtmäßigen drei Jurys ein Spiegelbild der seinerzeitigen Koalitionszeit sind. Sie habe nicht darauf hingewiesen, obwohl sie sich doch damals, in den Koalitionsjahren, im Kulturministerium um Fragen der Ausdrucksgymnastik zu kümmern hatte!

„Die Schwächsten werden geprügelt!", jammerte Kati, „die Wehrlosen! Immer!"

Unser Held seufzte.

„Wir können doch auch von einem Gehalt leben. Und für dich werden wir schon wieder etwas anderes finden ..."

„Wir brauchen gar nichts zu finden", sagte sie finster. „Man hat mich ja mit einer Versetzung hinausgeworfen und mein Gehalt sogar noch um fünfzig Forint angehoben."

„Versetzt hat man dich?"

„Ja, hat man."

„Wohin?"

Kati schluchzte.

„Zur ARTEX!"

„Und was ist das?"

„Die beschäftigen sich auch mit Kunstgegenständen. Und sie übernehmen die Gemälde einmal im Monat und nicht wöchentlich, wie in der Nagymező-Straße."

„Und wo?"

„In der Telepes-Straße."

„Wo ist das? In welcher Gegend?"

„Irgendwo draußen in Zugló ... Sie sagten, parallel zur Csömöri-Straße ..."

„Nah ist das nicht gerade?"

„Nein, aber die Jury kommt dort nur einmal im Monat zusammen ... Man kann mit irgendeinem Verkehrsmittel bis zum Bosnyák-Platz fahren und von da zu Fuß gehen ... Keine große Sache ..."

Kati bekam wieder feuchte Augen, er musste ihr schnell zuvorkommen.

„Siehst du, du bleibst in deinem Fach! ... Jury-Arbeit ... Darin hast du doch Praxis ..."

Sie lächelte mit verbitterter Miene.

An diesem Vormittag im Ministerium hat sie viel gelernt.

Die Frau, deren Name nicht einmal an der Tür steht, hatte ihr erzählt: Der Staat verdient mit diesen Bildern, die in der Telepes-Straße übernommen werden, sehr viel Geld. Einmal im Monat werden sie mit dem Lastwagen nach Wien transportiert, wo Händler sie übernehmen, die Ungarisch sprechen, weil sie emigrierte Ungarn sind. Lauter Kitsch, hatte die neue Abteilungsleiterin Kati beruhigt, die wie vor den Kopf geschlagen dasaß, weil sie den Hinauswurf noch nicht verwinden konnte. Die junge Frau lachte und meinte: Sie übernehmen das gleiche mit einem Wollknäuel spielende Kätzchen in drei Formaten, klein, mittel und groß, und dann den blühenden Fliederstrauch im Klein-, Mittel- und Großformat, und auch den röhrenden Hirsch am Bach, klein, mittel und groß. Die Maße sind festgelegt, die Maler fertigen die Rahmen in diesen Maßen an und besorgen sich so viel Leinwand, wie sie für die jeweiligen Maße benötigen. An einem Tag können sie bis zu fünf solche Bilder malen, sagte die junge Genossin mit Sachverstand. Das große Maß ist tatsächlich sehr groß, anderthalb mal einen Meter. Nicht ganz genau, ergänzte sie, denn die Maße sind in Fuß oder Zoll angegeben, aber ungefähr stimmen sie. Und schon fließen die Dollars. Im Monat eine Million! Eine Million! In Dollars! Das meiste geht nach Japan, aber auch andere kaufen wie verrückt. Alle leben gut davon: Diejenigen, die die Stahlwerker am Martinsofen malen, und auch solche, die nur gewöhnliche Rhomben malen, alle malen auch kistenweise Kitsch, die Sozialrealen und die Abstrakten klecksen dieselben röhrenden Hirsche hin, unterschiedslos, die Naturalisten leben ebenso gut davon wie die Formalisten. Sie alle werden gut bezahlt, in die wöchentliche Jury-Sitzung geben sie kaum noch etwas, sind nicht mehr darauf angewiesen. Ein gutes Geschäft für die Maler, für den Staat, und auch für die Zwischenhändler in Wien fällt genug ab.

„ »Eine volkswirtschaftlich lohnende, lukrative Tätigkeit«, sagte diese Frau ganz unbefangen! »Und auch dafür brauchen wir vertrauenswürdige Genossen!«, das hat sie tatsächlich zu mir gesagt!"

Den imperialistischen Bourgeois' malen wir für ihr Geld Kitsch, und der ungarische Staat exportiert ihn, der sozialistische ungarische Staat selbst betreibt Handel damit! Und zugleich ist ihnen das ideelle Niveau der Frühjahrsausstellung nicht hoch genug, sie ist kein Spiegelbild der sozialistischen Moralvorstellungen und des proletarischen Bewusstseins; öffnet bourgeoisen Ansichten Tür und Tor!"

Kati lächelte verbittert. Ihr Mann, dieser technische Fachidiot, konnte den ungeheuerlichen Zynismus und Verrat ohnehin nicht so einschätzen, wie sich's gehörte.

„Einmal im Monat musst du dort sein", sagte Fátray, „nicht wöchentlich. Das ist doch auszuhalten!"

Kati antwortete nicht, nickte nur spöttisch und starrte finster vor sich hin.

„Wo sitzt dieses ARTEX?"

„In der Nádor-Straße. Und da muss ich hin."

„Das ist nicht so weit. Mit dem Fünfzehner-Bus."

Kati schwieg beleidigt.

Wie kann jemand so wenig Mitgefühl aufbringen?!

Und dann durfte unser Held endlich berichten, dass er am nächsten Tag in die Fabrik gehen könne und dass er seinen Passierschein zurückbekäme.

Kati sah ihn mit abgrundtiefem Hass an und sagte: „Na bitte."

Lali Szász, der Richter, hat nicht angerufen, weder am Montagabend noch Dienstag früh.

Muss er jetzt auch gar nicht mehr.

Am Pförtnerhäuschen verlangte niemand einen Passierschein von ihm, man schaute auch nicht in seine Aktentasche, winkte ihn einfach durch. Sie haben Anweisung bekommen. Er wird sogar von einem identifiziert, der ihn noch nie vorher zu Gesicht bekommen hat. Als hinge sein Steckbrief überall aus.

Er wollte abstempeln. Aber seine Karte war nicht im Fach. Man hatte sie letzte Woche herausgenommen und für diese Woche noch keine hineingegeben.

Man wird sie wieder hineingeben.

Sieben Uhr fünfzehn. Er ging in sein Büro hinauf.

Es ist noch früh. Vielleicht sind die Kollegen noch nicht da.

Auf dem ganzen Weg hierher hatte er ein beklemmendes Gefühl, wie er ihnen in die Augen sehen sollte. Wie werden sie sich wohl benehmen, die Schamlosen. Und was sie ihm vorlügen werden.

Im Büro war noch keiner.

Seinen Stuhl hatte noch niemand besetzt. Die vorbereiteten Meldungsunterlagen waren noch alle genau so auf seinem Schreibtisch gestapelt, wie er sie am Dienstag letzter Woche zurückgelassen hatte. Ob keiner die Akten angemahnt hatte?

Auch vorübergehend hat niemand seinen Arbeitsbereich übernommen. Ein gutes Gefühl, wenn man so unentbehrlich ist. Er setzte sich hin, als ihm siedend heiß einfiel, sie könnten sagen, dass er nachlässig bei der Erfüllung seiner Aufgaben war und die Abgabe der Meldungen sich um eine ganze Woche verspätet hat. Sie könnten ihm das anhängen, weil er ja nicht beweisen kann, dass er keinen Zutritt zum Betriebsgelände hatte. Überhaupt hat er nichts Schriftliches in der Hand. Die Arbeit vernachlässigt? Schlimmer noch: Die Erfüllung der Aufgaben sabotiert, und das ist ein Verbrechen. Sabotage: Ein in diesen Tagen von der Presse häufig strapaziertes Wort.

Aber auch weiter oben können diese Aufstellungen nicht gerade lebenswichtig sein, wenn sie eine ganze Woche lang nicht vermisst wurden und sie niemanden geschickt haben, der sie auf schnellstem Weg ins Planungsamt expediert hätte. Dabei haben sie immer alles so dringend gemacht.

Auf das, was sie nicht in Auftrag gegeben haben, was er aber noch endgültig formulieren wollte, dass nämlich die strategische Industrieförderung die falsche Richtung genommen habe, darauf warten sie erst recht nicht. Und es ist ja auch nicht ganz ungefährlich, solche Überlegungen zu Papier zu bringen. Man muss nicht unbedingt Argumente und Beweise gegen sich selbst liefern.

Er fing an, die Hefte mit seinen Notizen zu suchen. Sie lagen in der Schublade an ihrem Platz. Er trennte die entsprechenden Seiten heraus, faltete sie zusammen und riss sie in kleine Schnipsel. Die da oben wissen doch selbst, was er hier für sie aufgeschrieben hat, sind ja auch nicht blöd. Der Árpád Kiss ist kein Dummkopf, Vályi auch nicht, und auch Fock ist nicht dumm.

Möglich, dass er seine Notizen umsonst zerrissen hat, weil sie längst kopiert oder fotografiert und in die Schublade zurückgelegt wurden. Egal, sie werden jetzt keinen Fall mehr daraus machen, heben sie auf für später.

Jetzt sollte er aber schleunigst diese Aufstellungen für die Statistik zu Ende bringen.

Nachher.

Er ging in die Abteilung für Arbeitsplanung und -organisation und bekam von einem jungen Mädchen seinen Passierschein sowie die Abschnitte fürs Mittagessen. Ach, sagte das Mädchen, einen Augenblick, sie verlangte die Marken zurück und riss die von der letzten Woche ab. Bitte.

Diese abgerissenen Tage werden sie sicher noch irgendwo abrechnen.

„Die Genossin Salánki erwartet Sie", sagte das Mädchen.

„Warum, ist noch etwas?"

„Die Genossin Salánki hat darum gebeten, dass Sie noch zu ihr hereinkommen."

Er klopfte an.

Frau Salánki erhob sich von ihrem Schreibtisch.

„Nehmen Sie Platz, Genosse Fátray."

Er setzte sich.

Frau Salánki schloss ein Seitentürchen ihres Schreibtischs auf, zog eine Schublade heraus und entnahm ihr einen Vordruck. Sie überreichte ihm das Blatt.

„Ich bitte Sie", sagte sie höflich, „diesen Antrag auszufüllen."

Die Frau Salánki hat mich nie gemocht, dachte er, und das auch immer gezeigt. Wie höflich sie jetzt auf einmal ist. Nicht nur korrekt, sondern höflich. Warum? Weil ich die sozialistische Heimat verraten habe? Oder hat man sie darüber informiert, dass ich doch ein zuverlässiger Kader bin?

„Was ist das?"

„Der Antrag zur Genehmigung eines unbezahlten Urlaubs. Sie haben doch, wenn ich richtig informiert bin, vor einer Woche unbezahlten Urlaub genommen ... Eigentlich hätte dieser Antrag schon vor einer Woche abgegeben werden müssen, jetzt sehen wir uns genötigt, ihn vorzudatieren ... Also bitte das damalige Datum einsetzen ..."

„Den wievielten hatten wir am Dienstag?"

Frau Salánki kam ihm zuvor:

„Am Dienstag waren Sie doch noch anwesend, haben gearbeitet, also beantragen Sie ab Mittwoch ... ab dem 24. April."

„Ja", brummte er.

„Es tut mir leid", fügte Frau Salánki noch hinzu, „dass wir diese dumme Formalität jetzt noch erledigen müssen ... Aber die Unterlagen von letzter Woche wurden gestern eingesammelt, die können wir nachträglich nicht mehr ändern. Sie sind schon weitergegangen."

„Ich verstehe."

Wie höflich diese griesgrämige Person plötzlich ist. Hat sie Angst oder sympathisiert sie mit mir? Warum hat sie mich vorher gehasst: weil ich ein Diplom habe, weil ich

Kommunist bin, weil ich Jude bin, weil ich ein Klassenfremder, weil ich ein Mann bin, weil ich den Krieg überlebt habe oder warum?

Man könnte ihr schon Scherereien machen: Sagen, dass er keinen unbezahlten Urlaub nimmt. Sie wollen, dass er nachträglich dem Ganzen seinen Segen gibt. Was für eine Gemeinheit! Dass auch das Opfer mitspielen muss!

Er musste tief durchatmen und füllte dann den Urlaubsantrag aus, machte eine Pause.

„Heute haben wir den dreißigsten", sagte Frau Salánki hilfsbereit.

„Das heißt Sie schreiben den neunundzwanzigsten in den Antrag."

„Könnte man nicht auch den heutigen Tag dazu nehmen?!", brach es aus ihm hervor.

Frau Salánki zuckte ein wenig zusammen. Sie verstand.

„Natürlich kann man."

Morgen ist Feiertag. Dann muss er erst am Donnerstag wieder arbeiten, zwei Tage lang braucht er ihre Visagen nicht zu sehen, und bis dahin kann so vieles geschehen.

Er füllte den Antrag fertig aus und überreichte ihn ihr.

Frau Salánki bedankte sich.

„Alles Gute", sagte sie.

„Das wünsche ich Ihnen auch."

Wie auf der Flucht eilte er zum Ausgang, vorbei am Pförtnerhäuschen.

Palágyi kam ihm entgegen.

„Servus, Gyula", grüßte Palágyi und blieb stehen.

Auch Fátrai blieb stehen. Der blatternarbige Palágyi, der Verleumder, der schriftlich Anzeige gegen ihn erstattet und ihm vor einer Woche ins Gesicht gelogen hatte.

Ihm konnte er heute nicht ausweichen.

„Servus", sagte auch unser Held.

Er spürte, dass ihm das Blut in den Kopf schoss.

Muss er dem jetzt vielleicht auch noch die Hand geben? Musste er nicht.

„Gut, dass ich dich sehe, Gyula", sagte Palágyi eilig und setzte eine dienstliche Miene auf. „Von Seiten der Gewerkschaft organisiere ich den Aufmarsch. Ich wurde gebeten, dich zu informieren: Wir werden mit denen aus Angyalföld gehen, in der zweiten Gruppe, Treffpunkt ist beim Széchenyi-Bad im Stadtwäldchen, und zwar auf der Seite der Burg Vajdahunyad. Der Aufmarsch beginnt um zehn, aber es wäre nicht schlecht, wenn wir schon um neun da wären, denn die Leute aus Angyalföld sind laut Ankündigung in sehr großer Zahl vertreten, und es wird nicht leicht sein in der Menschenmasse, auch der Verkehr dürfte in der ganzen Gegend zum Stillstand kommen. Ich kann Dir, Genosse Fátray, vertraulich sagen, dass unser Zug von Persönlichkeiten wie den Genossen Géza Révész, Béla Biszku, Sándor Gáspár, István Sebes und Antal Apró angeführt wird. Vor uns marschieren die Genossen aus Csepel mit Marosán und Imre Horváth an der Spitze. Früh am Morgen gibt es in der ganzen Stadt das Wecksignal mit Blasmusik und nach dem Aufmarsch ein Volksfest. Wir sind zur Maifeier ins Stadion der Pioniere eingeteilt, und am Nachmittag ab Viertel vor vier darf auch die Familie dazu stoßen! ... Danach könnt ihr ja noch auf der Margareteninsel spazieren gehen ... Also die Gruppe zwei ..."

Er machte eine kleine Pause. Hob den Zeigefinger und sagte streng: „Nicht obligatorisch! Dieser 1. Mai ist kein Muss!"

„Ich verstehe", sagte Fátray.

Palágyi zögerte, ließ seinen Blick in Richtung Montagehalle schweifen.

„Ich freue mich, Genosse Fátray, dass sich die Missverständnisse um deine Person aufgeklärt haben."

Was sollte man dazu sagen?

„Ich freue mich auch."

Palágyis Rücken war, während er dem Direktionsgebäude zustrebte, die Erleichterung anzusehen.

Die Erzsi-Néni aus der Küche kam auch gerade in ihren ausgetretenen Schnürschuhen im etwas zu langen hellbraunen Regenmantel vom Pförtnerhäuschen her, die grauen Haare zu einem Knoten gedreht. Sie verzog das Gesicht, als sie Fátray sah, drehte im Vorbeigehen den Kopf weg, murmelte etwas und spuckte nach links aus.

Tote sollen nicht auferstehen.

Mittwochmorgen ist er um halb acht von daheim losgegangen.

Matyi schlief noch; wenn es nach ihm ginge, würde er jeden Tag bis Mittag schlafen. Auch Kati war noch nicht aufgestanden, sie macht den Aufmarsch, der diesmal nicht obligatorisch ist, nicht mit.

Tags zuvor am Vormittag haben die Kollegen sie schon herzlich verabschiedet.

„Sie müssen mich doch gemocht haben", schloss sie mit feuchten Augen daraus.

„Na siehst du", sagte unser Held.

Sie haben Unmengen Wermut getrunken und viel geraucht, Kati bekam Blumen und auch ein Bild, ein richtiges Gemälde in Öl. Es zeigt ein Getreidefeld mit aufgeschichteten Garben und vorgebeugt arbeitenden Bauern. Und es hat sogar eine Signatur, aber die ist nicht zu entziffern. Sie genierte sich zu fragen, wer der Maler sei, weil man vielleicht erwartet hätte, dass sie ihn aufgrund seiner Pinselführung erkennt. Vielleicht Pekáry? Aber ein richtiges Gemälde!

Am Nachmittag wurde sie mit dem Wagen zur Telepes-Straße hinaus gebracht und den dortigen Kollegen vorgestellt.

„In die Nádor-Straße 31 finden Sie ja selbst", sagte der nette junge Genosse, der in seinem langen grauen Regenmantel neben dem Fahrer saß, „aber die Telepes-Straße ist weit draußen."

Vor dem langgezogenen Magazingebäude wurden Möbel verbrannt. Kati sah betroffen, wie einfach nur in zwei Teile gehackte Schranktüren von den Flammen erfasst wurden. Dann brach einer die schön geschwungenen Beine von einem mit Intarsien verzierten Tischchen ab und warf sie nach der Tischplatte einzeln ins Feuer, Kati hätte fast noch nach ihnen gegriffen. Man verbrannte hier ganze Wohnungseinrichtungen: Schränke, Stühle, Sekretäre, Regale, Toilette-Tischchen samt Spiegeln, alles. Wenn Kati etwas fachkundiger gewesen wäre, hätte sie ihnen sagen können, wie diese schönen Stücke in der internationalen Fachpresse genannt werden, aber sie wusste es auch nicht, sah nur, dass sie sehr schön waren. Diese Möbel hatten Revolutionen und Weltkriege überstanden und wurden jetzt in Friedenszeiten verbrannt.

„Das Zeug hat keinen Wert", sagte einer der Arbeiter, als er Katis bestürztes Gesicht sah. „Es ist in den heutigen Wohnungen nicht mehr unterzubringen. Kein Bedarf."

In Kati kämpften ihre Bewunderung und Verehrung für alles Schöne mit dem Hass auf Fürsten, Grafen, Kapitalisten, Groß- und Kleinbürger. Sie wandte sich ab. Ihr Begleiter im Regenmantel aus dem üblichen grauen Ballonstoff erklärte ihr, dass man diese Möbel aus dem Wohnungen von Leuten holt, die sich ins Ausland abgesetzt haben, aber auch von alleinstehenden Alten ohne Erben; das alles bringt man hierher und was die Arbeiter nicht gebrauchen können, wird verbrannt. Die Magazine der Pfandhäuser sind randvoll mit dem Zeug. Auch das staatliche Unternehmen für Neben- und Abfallprodukte weigert sich ... Da bleibt nur das Verbrennen.

Von der Telepes-Straße wurde sie galanterweise nach Hause gefahren, damit sie sich nicht mit dem Bild und den Blumen in der Trambahn abschleppen musste. Stumm saß sie im Fond des Pobjeda. Wenn sie nicht gerade in diesem Augenblick angekommen wäre, hätte das Tischchen mit den Intarsien vielleicht überlebt. Doch sie trauten sich nicht, es vor den Augen einer Fremden mitgehen zu lassen. Ihr wäre lieber gewesen, wenn es einer gestohlen hätte.

In der Balázs-Straße vor ihrem Haus stieg der junge Mann aus und half ihr aus dem Wagen.

„Sie werden die Bildertransporte nach Wien begleiten", sagte er.

Kati erschrak.

„Machen Sie keine Witze!"

„Das ist kein Witz. Jemand muss protokollieren, was übernommen wird und zu welchem Preis."

„Aber ich spreche ja gar kein Deutsch!"

„Müssen Sie auch nicht", lachte der junge Mann, „dort sind genügend Leute, die Ungarisch sprechen."

„Und der Reisepass?"

„Den bekommen Sie."

Jeden Monat einmal nach Wien fahren!

„Und dann notieren Sie, was sie unterwegs und in Wien gesehen und erfahren haben ... Sie bleiben jedes Mal mindestens einen halben Tag dort. Bekommen aber immer für den ganzen Tag Reisespesen, in Valuta. Sie können ein wenig herumspazieren, einen Schaufensterbummel machen, sich in ein Café setzen ..."

Kati sah den Mann fragend an.

„Sie halten schriftlich fest, wie das Wetter war ... Mit wem sich die Fahrer treffen, was sie so erzählen, wer die Bilder übernimmt und solche Dinge ..."

„Sind die Fahrer denn keine zuverlässigen Genossen?", fragte Kati mit vorsichtig leiser Stimme.

Der junge Genosse lachte.

„Doch, natürlich!"

Darüber sagte Kati zu Hause nichts. Ihr Mann, dieser harmlose, lebensfremde Idealist käme dann gleich wieder mit allerlei Einwänden, hätte dieses und jenes auszusetzen ... Sein Moralisieren bringt doch nichts, und es würde wie immer in Streit enden. Er ist überhaupt in letzter Zeit so mürrisch und verschlossen. Möglich, dass er jemand hat, nein, eigentlich sehr wahrscheinlich. Sein Portemonnaie ist voll mit Telefonmarken, wen sollte er denn dauernd von der Straße aus anrufen, wo er doch zu Hause ein Telefon hat und auch am Arbeitsplatz – wenn nicht eine Frau? In mittleren Jahren werden die Männer völlig verrückt. Torschlusspanik.

In den Halterungen an den Hauswänden steckten Fahnenstangen mit rotweißgrünen und roten Fahnen. Auch die grüngestrichenen Kistchen mit den Geranien standen schon in den Fenstern. Das Wetter war trüb, aber es regnete wenigstens nicht. Die ganze Gegend um den Heldenplatz und die Dózsa-György-Straße war für den Verkehr gesperrt; die Trolleybusse fuhren nicht, nur die Fünfzehner-Trambahn ratterte bis zu ihrer Endstation, aber von der Lehel-Straße an kam man nur noch zu Fuß weiter.

Er ging an dem Gebäudekomplex Dózsa-György-Straße 51 vorbei, wo erst vor drei Tagen sein Leben eine völlig neue Richtung genommen hatte. Was wohl geschehen wäre, wenn, sagen wir, der Mannschaftsführer Sanyi-Bácsi ihn noch am Samstag angerufen und ihn gebeten hätte, dem Schachturnier fernzubleiben und nicht bei der Mannschaft zu erscheinen. Dann hätte er auch Kalán nicht getroffen. Was wäre dann passiert und wo wäre er jetzt? Unangenehme Fragen, er verdrängte sie und schritt forsch aus, um seinen Kreislauf etwas in Schwung zu bringen.

Das zu seinen Sammelplätzen strömende Volk wurde von der Arbeitermiliz zur Zoo-Ringstraße dirigiert. Streng dreinschauende Männer und Frauen stolzierten hier in ihren fabrikneuen, frisch gebügelten grauen Milizuniformen herum. Es waren viele, von der Szabolcs-Straße bis vor, in der und nach der Bahnunterführung und weiter bis zum Heldenplatz standen sie im Abstand von fünf, sechs Schritten voneinander auf der Straße, schauten mit stechendem Blick und pressten entschlossen die Lippen zusammen. Manche hatten einen Karabiner über der Schulter hängen, andere, deutlich wahrnehmbar eine Revolvertasche unter der Jacke. Ihre Physiognomien sind denen der Gendarmen von seinerzeit sehr ähnlich.

Beim Restaurant Gundel war das Gedränge schon so groß, dass er nicht mehr durchkam. Vor dem Zoo überquerte er die Straße, über das frisch aufsprießende Gras wollte er, gedrängt und gestoßen, wie die anderen in Richtung des Eingangs zum Széchenyi-Bad vorankommen; die Miliz hinderte sie nicht. Er hoffte, dass vielleicht Kalán in der Menge auftauchen könnte, weil der ja früher in der

Röhrenfabrik gearbeitet hatte, später dort auch Kreissekretär der KP gewesen war und vermutlich mit den Genossen aus Angyalföld und nicht mit denen aus Csepel, wo er ebenfalls Parteisekretär war, aufmarschieren würde; es wäre gut, sich so bald wie möglich für die Rote Hilfe zu bedanken ...

Doch die Führung wurde an der breiten Hauptstraße, die das Stadtwäldchen durchschneidet, vom Volk getrennt, durch die Miliz, die Filmteams und großgewachsene Aufpasser in Zivil, die alle eine rote Nelke im linken Knopfloch trugen, damit sie sich nicht gegenseitig verprügelten, falls es dazu kommen sollte.

Aber plötzlich hatte er im Gedränge Alréti vor sich. Der Parteisekretär seines Betriebs verzog den Mund zum Lächeln und das Funkeln seiner silbernen Zähne hatte fast etwas Feierliches.

„Viele sind wir wieder!", wies er stolz in die Runde. „Und Deine Sache, Gyula, ist ja nun auch wieder so weit in Ordnung, nicht? Es wird wieder! Wird schon wieder!"

Antworten konnte er ihm nicht mehr. Der Parteisekretär war abgedrängt worden.

Tafeln wurden hochgehalten: I. Gruppe, II. Gruppe, III. Gruppe. Er hatte sich zum Glück gemerkt, dass er für die zweite Gruppe eingeteilt war; jetzt sah er auf den Tafeln, dass der XIII., der III., der II., der I., der XII., und der XVII. Bezirk zusammengezogen waren. Nach welchen Kriterien diese Zusammenlegung wohl erfolgte? Vielleicht wollte man Arbeiterbezirke und gutbürgerliche Viertel einerseits und andererseits kleinbürgerliche und ländliche Bezirke miteinander mischen; einen anderen Sinn konnte er darin nicht erkennen. Nur wenige junge Leute waren zu sehen, eher Menschen mittleren Alters und ältere Jahrgänge; die Mitglieder der kommunistischen Jugendorganisation

KISZ hätten sich am Platz der Republik zu versammeln, wiederholte die Stimme aus dem Lautsprecher ständig.

Aus den Lautsprechern schallten auch abwechselnd Märsche der Arbeiterbewegung und offizielle Parolen für den 1.Mai, sechsundzwanzig an der Zahl. Die Lautsprecher waren an den Bäumen des Stadtwäldchens montiert, die Kabel verliefen eines über dem anderen ziemlich hoch in der Luft, selbst im Hochspringen wären sie nicht zu erreichen gewesen. Die erste Parole hieß: »Es lebe der 1. Mai, der Tag des proletarischen Internationalismus!«, die sechsundzwanzigste: »In Eintracht mit dem Volk unter der Fahne des Marxismus-Leninismus voran für ein sozialistisches Ungarn!« Eine wohltönende Männerstimme sprach die Parolen, die schon zwei Wochen vorher in der Presse bekannt gemacht worden waren.

Ein paar Minuten nach zehn erklangen die Fanfaren.

Der Zug setzte sich in Bewegung. Es gab keine seitlichen Absperrungen, aber Arbeitermilizionäre und zivile Ordner standen dicht an dicht, lenkten und nötigten die Menschen zum flotten Ausschreiten. Rechts vom Milleniumsdenkmal in der Nähe des Museums der Schönen Künste schob sich der Zug enger zusammen und kam allmählich zum Stehen. Die Leute mit den hochgehaltenen Tafeln stoppten, sie hatten den ihnen angewiesenen Platz erreicht. Auf den Stufen des Museums stauten sich die Menschen, dorthin waren Genossen von mittelgroßer Wichtigkeit geladen. Gegenüber, auf den Stufen der Kunsthalle drängten sich die Menschen ebenso, zwischen den Säulen prangten riesige Spruchbänder und Porträts von den Führern der Schwesterparteien auf stramm gespanntem Leinen. Offenbar hatte das Diplomatische Corps aus den Staaten der Verbündeten auf den Stufen der Kunsthalle seinen Platz. Wenn die Kunsthalle nach dem Aufmarsch geöffnet ist, könnte man sich endlich diese Frühjahrsausstellung ansehen ... Er kniff die Augen zusammen. Das riesige Tor der Kunsthalle war geschlossen. Montags und am 1. Mai geschlossen. Er kann sich die Ausstellung also heute nicht anschauen, vielleicht auch nie mehr. Die große Vorsicht ist verständlich, da drinnen könnten sich ja bewaffnete Trupps verstecken, ebenso wie in den U-Bahn-Schächten, die für diesen Tag, wie Zeitungen und Radio schon vor Tagen gemeldet hatten, ebenfalls geschlossen blieben. Denn gerade hier über der Haltestelle Dózsa-György-Straße bei der Einmündung der Magyar-Ifjúság-Straße hat man die mit weißem Leinen bezogene Ehrentribüne errichtet, darüber im Riesenformat die Konterfeis von Marx, Engels und Lenin.

Eng aneinander gepresst standen sie, die gewaltigen Menschenmassen. Aus seinem Betrieb sah er ringsum niemanden, aber sicher sind sie irgendwo in der Nähe, denn ihre Tafel schwankt hier über ihnen. Es müssen viele sein, die damit den anderen Kollegen und dem Parteisekretär, dem Direktor und dem Personalbüro zeigen wollen, dass sie gekommen sind. Man kann nicht wissen, ob jemand den Auftrag hat, die Anwesenden zu notieren und festzustellen, wer weggeblieben ist. Aber es sind bestimmt nicht nur die Übereifrigen hier, denn die Masse ist unübersehbar groß. Wer weiß, wie viele nicht nur auf dem überfüllten Heldenplatz stehen, sondern auch noch in der Dózsa-György-Straße und den umliegenden Straßen. Möglich, dass freiwillig mehr zu dieser Heerschar erschienen sind, als wenn der Aufmarsch für die Belegschaften obligatorisch gewesen wäre.

Beim letztjährigen 1. Mai war der Sammelplatz für sie am Garay-Platz, und sie sind von der Thököly-Straße oder von der Gorki-Allee herauf und am Stalin-Denkmal vorbeigezogen. Von der Brüstung herunter haben ihnen Rákosi und Konsorten zugewinkt, sie winkten zurück, schwangen heftig ihre Wimpel und zogen weiter, gelangten auf den Heldenplatz, wo sie sich schon zerstreuen konnten.

Die Ehrentribüne war genau gegenüber der Gedenkstätte der ungarischen Könige platziert. Eine Entscheidung mit Symbolkraft, die Führer der Partei und des Staates und die ungarische Geschichte von Angesicht zu Angesicht. Jeder kann sich dabei denken, was er mag: Mutig treten wir der schuldbeladenen ungarischen Vergangenheit entgegen, oder das Gegenteil: Wir nehmen die Verantwortung für sie an und setzen sie fort. Daneben gleich die Botschaft Jugoslawiens, dorthin sind Imre Nagy und einige seiner engeren Gesinnungsgenossen im November geflohen; jetzt können Titos Agenten aus nächster Nähe von schräg gegenüber den Blick auf die Ehrentribüne genießen.

Garay-Platz … Sammelpunkt ist der Markt.

Der Redakteur, der den üblen, Verwirrung stiftenden Artikel verfasst hat, wohnt in der Garay-Straße. Ob er auch aufmarschiert ist? Ganz sicher.

Sind wir hier vielleicht im selben Haufen? Stehen wir beide auf derselben Seite? Er und ich?

Das Blut schoss ihm in den Kopf. Die Empörung schnürte ihm den Magen zusammen.

Unter Umständen kann ein solcher Auftragsschreiber auch ein ganz anständiger Mensch sein.

Es kann ein Versehen gewesen sein, jemand hat das T mit dem F verwechselt. Auch der Schriftsetzer mag sich geirrt, einfach danebengegriffen haben, und keiner hat es gemerkt. Von den anderen, die im Artikel genannt sind, weiß man nichts. Sie haben sich rechtzeitig davongemacht. Aber vielleicht sind sie wirklich staatsfeindliche Verschwörer gewesen.

Gedränge und Geschiebe. Sie mussten noch enger zusammenrücken. Wahrscheinlich ist die Belegschaft eines weiteren Betriebs hinzugekommen.

Auf dem Podium neben der Haupttribüne standen zwei Gruppen, der »Vándor-Chor« und der »Chor der stählernen Stimmen«, wie der Kommentator überschwänglich aus dem Lautsprecher verkündete. Vor der Haupttribüne hatte eine Militärkapelle Aufstellung genommen. Wenn man sich auf die Zehenspitzen stellte, konnte man den Kopf und den Stab des herumfuchtelnden Dirigenten auf dem Podium sehen. Die Kapelle begleitete live die aus den zahlreichen Lautsprechern dröhnenden Märsche. Sie müssen viel geprobt haben, denn das Zusammenspiel klappte gut.

Die dicht gedrängte Menge wurde noch stärker zusammengepresst, immer mehr kamen dazu. Fátray empfand für die offenbar frohgestimmten Leute Sympathie. Gutgelaunte Menschen ringsum. Auch die Arbeitermilizionäre, die am Treppenaufgang der Kunsthalle standen, zeigten jetzt entspanntere Gesichter. Man hatte genug von all den Sorgen, wollte fröhlich sein. Sollen sie auch.

Die Musik verklang, es wurde still, und aus den Lautsprechern ertönte wie vor Fußballspielen der Nationalmannschaft die Nationalhymne, dann sprach im Namen der Partei Marosán in die sechs Mikrophone der Ehrentribüne. Es war eine einzige Lobpreisung Kádárs. Nach ihm sprach Kádár selbst. Die Rede bestand aus einfachen Sätzen, und er las sie durchgehend vom Blatt. Es ging um den Verrat von Imre Nagy und seinem Kreis. »Wir diskutieren den Dreijahresplan «, sagte er. »Unsere Freunde werden sich über unsere Erfolge freuen, unsere Feinde werden nicht erfreut sein.« Nach ihm sprach nochmals Marosán, dann erklang die Internationale.

Während der ganzen Veranstaltung war es trüb, aber es regnete nicht.

Kádár und die gesamte Führungsriege verschwanden von der Tribüne. Es hieß, sie seien hinuntergegangen und hätten sich unters Volk gemischt.

Ob sie sich tatsächlich unters Volk mischten oder die Veranstaltung mit der U-Bahn verließen; eine andere Möglichkeit gab es gar nicht, sie aus dieser Massenveranstaltung herauszuholen. Es war eine weise Entscheidung, diese altehrwürdige Untergrundbahn von Endstation bis Endstation zu sperren und sie an diesem Tag nur für die Staats- und Parteiführung fahren zu lassen.

Der Abmarsch war nicht geplant, es gab ein einziges Drängeln, Drücken und Stoßen, man sollte abwarten, bis sich die Menschenmenge gelichtet hatte.

Dann kam ihm ein breites Gesicht mit schmalen Augenschlitzen und blonden Brauen ins Blickfeld. Die Augen entdeckten ihn und reagierten verschreckt, Anna Podani wandte sich ab und stürzte sich ins Getümmel. Anstelle ihres Gesichts tauchte der glattrasierte, schon kahl werdende Kopf des Kleinen Horváth auf. Sie sahen sich an.

„Erhebend!", sagte der Kleine Horváth und lachte sehr laut. „Erhebend, nicht?!"

Fátray nickte. Der Kollege trat näher, umarmte ihn mit ausladender Geste und klopfte ihm auf den Rücken. Dann trat er zurück und sah ihn freundlich an, als fände er Gefallen an dem rotbackigen Gesicht unseres Helden; er nickte, machte mit der Rechten eine wohlwollend winkende Geste wie ein Schauspieler oder Politiker und verschwand wieder in der Menge.

Erst mit Verspätung erschien im Gesicht unseres Helden ein argloses, fast dümmliches Lächeln.

Auf dem Rückweg schien die Zoo-Ringstraße wieder

die bessere Lösung zu sein, aber in Höhe des Restaurants Gundel stockte die Menge. Schon auf dem Hinweg war ihm diese Menschenmenge erstaunlich groß erschienen, aber erst jetzt, nach Ende der Veranstaltung, stellte er fest, dass unglaubliche Massen gekommen waren. Die uniformierten Arbeitermilizionäre standen erschlafft herum, sie lenkten die Menge nicht mehr, ihr Einsatz war zu Ende, die Feier ohne Zwischenfälle über die Bühne gegangen, nur hatte ihnen noch keiner gesagt, dass sie nach Hause gehen könnten. Man sah ihnen an, dass auch sie nicht mit einer solchen Menschenansammlung gerechnet hatten.

In großer Zahl stapften Volkstanzgruppen daher, schwenkten mit rotweißgrünen und roten Schleifen geschmückte Maibaumzweige über den Köpfen.

Auch vom Zoo her strömten die Leute, ebenso aus der Richtung des Széchenyi-Bades, andere wären gern in die entgegengesetzte Richtung zum Vergnügungspark vorangekommen. Er drückte sich an eine Hauswand, um abzuwarten.

Irgendjemand schlug ihm kräftig auf die Schulter.

Gelb schaute Fátray forschend ins Gesicht.

„Wie geht es dir?!"

„Danke, gut."

Unser Held lächelte ihn an.

Die misstrauische Miene von Gelb entspannte sich, und er lächelte zurück.

„Jetzt hab ich die Telefonnummer!", sagte Gelb triumphierend. „Sie war mir entfallen, dann habe ich nachgesehen, musste aber lange suchen …"

„Danke, die Sache hat sich geklärt."

„Ein Augenproblem?"

„Etwas Ähnliches. Aber es hat sich dann herausgestellt, dass es nichts Gefährliches ist …"

„Sicher?"

„Sicher."

„Na, Gott sei Dank! Denn, wie gesagt, jetzt hätte ich die Nummer! Sie wohnt übrigens immer noch in der Rákóczi-Straße 27/B, wie früher, nur hat sie jetzt eine Geheimnummer ... Aber es ist dieselbe Nummer geblieben! Ich hatte sie in einen Kalender von vor ein paar Jahren geschrieben, deshalb konnte Panni sie nicht finden. Sie hat überall gesucht, sagt sie, fand sie aber nicht ... Konnte ja nicht wissen, wo ich sie notiert hatte ... Wir waren 1947 oder 48 bei ihnen, als Magda mit dem Bildhauer zusammenlebte, der 1945 das Sowjetische Ehrenmal am Gellért-Platz und das am Szabadság-Platz gemacht hat und von dem sie eine Tochter hat ... Aber sie waren nicht lange beisammen ... Ruf mich doch zu Hause an, ich gebe Dir dann die Nummer, für alle Fälle!"

„Danke, aber wie gesagt ..."

Gelb sah sich um und nickte zustimmend.

„Imposant", sagte er anerkennend. „Bis zur Thököly-Straße steht die Menge, eng wie die Sardinen, man sagt, mindestens eine Million Menschen! Wirklich imposant. Ich komme von der Thököly-Straße, wir sind dort aufmarschiert, und von da habe ich mich übers Stadtwäldchen durchgearbeitet, denn in Richtung Ostbahnhof schien es aussichtslos, doch hier ist es auch nicht viel besser ... So viele waren noch nie auf diesem Platz ... Überwältigend! So viele waren wir noch nie!"

Gelb arbeitete sich weiter durchs Gedränge, er trug den braunen Hut auf seinem hochgereckten Kopf wie einen Kahn über die Menge.

Rákóczi-Straße 27/B ... die Seite mit den ungeraden Hausnummern, wie das Erzsike-Espresso. Das Café hat, wenn er sich recht erinnerte, die Nummer 23 ... Zwei ganze Tage lang saß er nur drei Häuser entfernt von Magda, die ihm hätte helfen können! Fünfzig Meter! Es wäre näher zu ihr als zu Zoltán Kállai gewesen! In einer so großen Stadt! Unglaublich.

„Guten Tag, Herr Ingenieur Fátray!"

Ein junges Mädchen, und es lachte.

„Wir kennen uns aus der Fabrik", sagte das Mädchen. „Buchhaltung."

„Küss die Hand!", sagte er linkisch.

„Kommen Sie auch am Nachmittag zum Stadion der Pioniere hinaus?"

„Weiß ich noch nicht, vielleicht."

Das Mädchen nickte ausgelassen und wurde von der Menge abgedrängt. Sie war nicht besonders hübsch, aber unbefangen, fröhlich und jung – mit flotter Kurzhaarfrisur, den Gürtel um das tief ausgeschnittene, ziemlich offenherzige Kleid mit dreiviertellangen Ärmeln eng gezogen, es stand ihr gut. Und sie hatte schön geformte Beine. In ihren Schühchen tänzelte sie wie auf Stöckelschuhen. Sie wollte wohl dem Filmsternchen Violetta Ferrari ähnlich sehen, die in „Tödlicher Unfall" in der Rolle der Unfallverursacherin die Hauptrolle gespielt und sämtlichen Männern des Landes den Kopf verdreht hatte; sie war noch im Oktober aus dem Land geflohen.

Er hatte dieses Mädchen ganz sicher schon in der Buchhaltung gesehen, wo mehrere junge Frauen herumsaßen, alle mit dem lustigen kleinen Abakus auf dem Schreibtisch, den es seit einiger Zeit in jedem Spielzeug- und Papierladen zu kaufen gab und mit dem man rechnen konnte, ohne nachzudenken.

Auch wenn er sie schon gesehen hatte, ihre Jungmädchenreize waren ihm nicht aufgefallen.

Schön ist so ein Feiertag!

Wer hat in „Tödlicher Unfall" noch mitgespielt? Iván Darvas, György Pálos, Ádám Szirtes, Rudolf Somogyvári ... Denen allen hat sie den Kopf verdreht, alle waren ihr verfallen. Die Geschichte hat es vorher auch schon als Hörspiel gegeben, es hieß »Der Fall in der Török-Straße«, ja, sie haben es auch gehört.

Lange sind sie schon nicht mehr im Kino gewesen.

Für den Abend haben sie Kinokarten. Für Viertel vor sieben. Ja nicht vergessen!

„Panni Gelb hat dich vorhin angerufen", sagte Kati. „Sie wollte die Telefonnummer von Magda Radnót für dich durchgeben. Hast du denn was mit den Augen?"

„Nein. Hatte ich, aber es ist wieder in Ordnung gekommen. Von selbst."

Gelb sah also, dass ich noch existiere, ist nach Hause geeilt und hat Panni angewiesen, mich anzurufen. Es geht ihm um eine Stelle bei uns in der Firma.

„Und sind deine Augen jetzt wirklich in Ordnung?"

„Ja, ja."

„Wieso brauchst du diese Gelbs bei so etwas?", regte sich Kati auf. „Was sollen die sich denken? Dass ich zu blöd bin und die Telefonnummer nicht besorgen kann? Der Karcsi Antal, von dem die Magda Radnót das Kind hat, saß die ganze Zeit in der Jury und hat mir heftig den Hof gemacht!"

Matyi stieß einen Freudenschrei aus, als er hörte, dass sie ins Kino gehen würden. Er hat den Film zwar schon mit seiner Klasse gesehen, aber er sieht ihn gern noch einmal. Auch Kati freute sich: „Die Irén – Du weißt, die wegen dem Katalog einen Anpfiff gekriegt hat – , sie sagte, es wäre der beste Film, der je gedreht wurde, sie hat von Anfang bis Ende geheult."

Sie putzten sich für den Abend etwas heraus. Vor dem Kino sind sie noch in die Konditorei Zum Bären eingekehrt und haben alle drei ein Stück Dobosch-Torte gegessen. Schon den ganzen Nachmittag regnete es, aber es war nicht kalt.

Während der Wochenschau schrie Kati hörbar auf: Frühjahrsausstellung!

Eine zweieinhalb Minuten dauernde Zusammenfassung. Man zeigte die leeren Säle vom Eingang aus. In Nahaufnahme waren nur wenige Bilder zu sehen: Ein, zwei Bernáths, Szőnyi- und Domanovszky-Gemälde, eine Figur von Medgyessy, das »Miska« betitelte Bild von Korniss und noch etwas Abstraktes. Zwei gut gekleidete, wohlfrisierte Männer mit Arbeiterphysiognomie wurden gezeigt, wie sie von seitwärts mit zur Seite geneigtem Kopf komisch guckten, es sah aus, als sähe sie das Publikum von dem betrachteten Bild her, also von der Wand aus. Wie fremd die abstrakte Kunst doch für die Arbeiterklasse ist – das sollte die sorgfältig gestellte Szene verdeutlichen. Und die beiden Statisten machten ihre Sache gut.

In der Pause vor dem Hauptfilm spazierten sie noch in der Kassenhalle herum, Matyi hatten sie eine Tüte mit gerösteten Erdnüssen gekauft, die er so gern mochte.

„Sie haben auch bei der Vernissage gedreht", sagte Kati, „riesig viele Leute waren da, sie hätten ruhig noch ein paar Szenen mehr reinnehmen können!"

„Die Veranstaltung ist aber nicht schlecht weggekommen", sagte unser Held, sie hätten sie ja auch verreißen können!"

Jemand grüßte sie, ein älteres Ehepaar. Es war Harkaly, der Oberbuchhalter, mit einer Frau, vermutlich seine Gattin.

„Auch wieder einmal im Kino, Genosse Fátray?", erkundigte sich Harkaly herzlich. „Ein bisschen Zerstreuung muss auch sein."

Fátray schaute überrascht. Auch Kati wusste nichts zu sagen.

Harkaly deutete mit dem Kopf auf Matyis Tütchen, aus dem sich der Junge mit erstaunlicher Geschwindigkeit die Nüsse angelte und krachend zerbiss:

„Die Gerüchteversorgung macht Fortschritte, nicht wahr, Genosse Fátray, deutliche Fortschritte!?"

Unser Held hörte genau, dass Harkaly nicht Früchteversorgung sagte. Kati blinzelte. Seine Frau stand mit starrem Gesicht daneben, sie hatte vermutlich Früchteversorgung verstanden.

Fátray riss sich zusammen.

„Wünsche gute Unterhaltung!", sagte er nach kurzem Zögern und verbeugte sich leicht in Richtung der Dame.

Nach dem Kinobesuch schlenderten sie in gemütlichem Tempo nach Hause in die Fürst-Sándor-Straße. Kati hängte sich bei ihrem Mann ein, der den Schirm über sie hielt, Matyi wich, vor ihnen hüpfend, den Pfützen aus.

Unvermutet spürte er so etwas wie Liebesgefühle für seine Frau, die mit ihren kleinen Füßen behutsam neben ihm ging und ihm so elend und schutzlos vorkam, wie sie den Arm und ihre Seite an ihn presste.

„Ein wunderbarer Film!", seufzte Kati, „der schönste Film, den ich je gesehen habe!"

Es hatte sie tief berührt, wie, dank der weltweiten Zusammenarbeit von Radioamateuren, die durch verdorbene Fleischkonserven schwer erkrankte Besatzung eines an der norwegischen Küste treibenden Fischtrawlers im letzten Moment gerettet werden konnte. In dem Film gab es einen sich bei afrikanischen Temperaturen plagenden Kolonialbeamten, Jugendliche, die sich in Paris amüsieren wollten, einen Blinden in München, einen Sowjetoffizier, einen norwegischen Flieger, die alle ohne jede Rücksicht auf politische und weltanschauliche Schranken mithalfen, die Fischer aus der Todesgefahr zu retten, und im letzten Augenblick war diese beispiellose Hilfsbereitschaft auch von Erfolg gekrönt.

„Papa", Matyi blieb plötzlich stehen und drehte sich um, worauf auch die Eltern innehielten. „Wenn erst auf der ganzen Welt Kommunismus ist, sind dann alle so wie die Leute in dem Film?"

„Ja, dann sind alle so", bestätigte unser Held.

„Auch da, wo es so stark regnete und diese komischen Bäume sich ganz weit nach unten gebogen haben, auch da?"

„Das war der tropische Regen, und die komischen Bäume heißen Palmen. Ja, auch da werden die Menschen so sein."

„Können wir nicht auch dahin gehen…?"

„Dahin kommt man nicht so leicht …"

Matyi wich weiter den Pfützen aus und blieb dann wieder stehen.

„Papa, kaufst du mir ein Detektor-Radio?"

Wieder blieben auch sie stehen.

„Wir haben doch ein richtiges Radio", sagte unser Held. „Das funktioniert viel besser."

„Aber mit unserem Radio kann man nicht mit Leuten in solchen Ländern sprechen, die weit weg sind!?"

„Nein, das kann man nicht. Und das kann man auch mit einem Detektor-Radio nicht. Die Radio-Amateure benutzen keine Detektor-Radios, sondern senden über Kurzwellen … und das machen sie hauptsächlich nachts, wenn die Atmosphäre die Wellen besser reflektiert und die Sonnenwinde nicht stören … Detektor-Radios sind heute überholt und nicht mehr gebräuchlich …"

Matyi drehte sich wieder um und ging weiter; unser Held und Kati ebenfalls.

An der Ecke Sziget-Straße blieb Matyi wieder stehen.

„In der Schule haben sie gesagt", meinte er zweifelnd, „dass die Amateure Detektor-Radios verwenden ..."

„Matyi", sagte unser Held nachsichtig, „Amateure haben früher diese Detektor-Radios verwendet, am Anfang unseres Jahrhunderts, als es noch nichts anderes gab, aber jetzt brauchen sie die nicht mehr, denn es gibt etwas Besseres, nämlich Kurzwellengeräte mit langen Antennen ... Aber dafür braucht man eine Sondergenehmigung, vom Innenministerium oder vom Verteidigungsministerium ... Und die kann man auch nicht einfach so im Geschäft kaufen ..."

„Ich will morsen lernen", erklärte Matyi entschlossen, „auch so wie in dem Film ... Und ich wünsche mir zum Geburtstag ein Detektor-Radio."

Unser Held seufzte.

„Detektor-Radios werden doch gar nicht mehr hergestellt", sagte er verstimmt.

„Aber ich wünsche mir eins! Geht das denn nicht?"

„Ja, dann besorge ihm doch eins, wenn er dich so bittet", sagte Kati gereizt.

„Ich könnte ihm auch selber eins zusammenbauen", meinte unser Held, „schon als Schüler hab ich mir welche gebastelt, aber ich glaube, man kriegt heute keine Kristalle mehr ..."

„Dann besorgst du eben so ein Kristall, wenn er es sich doch so wünscht", sagte Kati ungeduldig.

Fátray seufzte wieder.

„Hör zu, Matyi", erklärte er, „wo die Pozsonyi-Straße anfängt, da ist ein Radiogeschäft, die verkaufen auch allerlei Zubehör. Frag doch mal, ob sie noch Kristalle haben. Wenn ja, können wir ein Kristall kaufen, und ich baue dir ein Detektorgerät zusammen."

Matyi warf vor Freude die Hände hoch.

„Ich sitze dann zu Hause", spann er vor sich hin, „und rede von hier mit denen. Mit Morsezeichen. Mit denen in

Afrika, die sogar Palmen haben."

„Und in welcher Sprache willst du denn mit denen reden?", fragte der Vater mehr sich selbst als den Jungen.

Matyi verstand die Frage nicht.

„Na, mit Morsezeichen, wie die auch", erklärte er mit großer Selbstverständlichkeit. „Tititi-ta-ta-ta-tititi ..."

Nach dem Abendessen legten sich Kati und der Junge schon schlafen, er saß im Pyjama in der Küche, schaute hinaus in die Dunkelheit; die Muster auf der Brandmauer sah er nicht, aber er hatte sie vor dem inneren Auge, so oft hatte er sie in den letzten anderthalb Wochen angestarrt.

Eine überwältigende Menschenmenge war das! So viele haben sich in Budapest noch nie zusammengefunden, nicht vor und nicht nach der Befreiung. Es war eine Riesendemonstration für die Kádár-Regierung. Das haben vielleicht nicht einmal die selbst erwartet. Die Einsatzbereitschaft der Ordnungskräfte muss kolossal gewesen sein, und doch sind Kádár und Biszku am Schluss zu den Massen hinuntergegangen. Die Kékesis, die schon ein Fernsehgerät besitzen, haben es im ganzen Haus verbreitet: Am Vormittag gab es eine Direktübertragung von der Ecke Gorki-Allee/Dózsa-Görgy-Straße. György Kalmár und der bekannte Sportreporter Szepesi haben die Interviews gemacht, und auch Kádár ist dort aufgetaucht, hat die Fragen von Szepesi beantwortet. Ringsum drängte sich das Volk ganz nah, und Büttel hat man kaum gesehen; doch bis zur Thököly-Straße hin war ein solches Gewühl und Gedränge, man konnte es im Fernsehen beobachten, wie sie dicht an dicht standen. Menschen wie Sand am Meer, auch die ganze Gorki-Allee bis zur Bajza-Straße war voll, gar nichts ging mehr.

Auf dem riesigen Heldenplatz konnte man sich kaum noch rühren, das kann auch er bezeugen.

Es wird schon alles in Ordnung gehen.

Frohe Gesichter, Menschen, die sich nichts als Frieden und Arbeit wünschen, das konnte man auf dem Platz sehen. Und sie sind nicht gezwungenermaßen gekommen, niemand hat sie diesmal genötigt. Man brauchte auch nicht zu befürchten, dass jemand aufschreibt, wer nicht zum Aufmarsch gegangen ist, denn es waren ja mehr als genug da.

Er, Gyula Fátray, war da. Und er ist auch gesehen worden. Aber nicht deshalb ist er hingegangen. Er hatte nichts zu verbergen und kann auch keines Vergehens beschuldigt werden. Und wenn das Regime eine so massenhafte Unterstützung erfährt, wird die Führung auch nicht mehr so tragische Fehler machen. Erfreulich, dass heute so viele Menschen durch ihre Anwesenheit unter Beweis gestellt haben, dass sie für den Sozialismus sind. Und dieses Kapital wird man nutzen müssen.

Und Matyi soll im Herbst mit dem Musizieren anfangen. Bis dahin ist er auch reif für die halbe Geige. Er lernt Geige spielen und soll als großer Geiger die Welt erfreuen.

Sehnsucht erfüllte ihn, eine ziellose und schmerzliche Sehnsucht.

Wie erfrischend dieses Mädchen doch war! Morgen wird er in die Buchhaltung hinein grüßen und irgendwie die Gelegenheit zu einer Begegnung herbeiführen. Ein Mann mit siebenundvierzig muss sich noch nicht verstecken. Sie könnte seine Tochter sein, ist vielleicht dreiundzwanzig, fünfundzwanzig, aber man hat schon von so einem Altersunterschied gehört, und sogar von Beziehungen, die bei noch größerem Altersunterschied glücklich und von Dauer waren. Klar.

Morgen aber hat er erst noch eine Menge zu tun. Gut, dann eben nicht morgen. Es kann ja auch übermorgen sein.

György Dalos

György Spiró und die „Frühjahrsaustellung" anno 1957

Dass György Spiró, Jahrgang 1946, ein äußerst produktiver Schriftsteller ist, hängt natürlich auch mit der Vielfalt seiner Genres zusammen: Er ist Lyriker, Bühnenautor, Historiker, Literaturwissenschaftler (mit Schwerpunkt Osteuropa), Übersetzer (aus dem Russischen, Polnischen, Kroatischen) und Prosaschriftsteller. Seine Stücke werden in zahllosen Theatern gespielt, seine Bücher immer wieder neu aufgelegt; er hat namhafte Literaturpreise bekommen und erfreut sich bei seinen Lesern äußerster Beliebtheit. Zugleich gerät er aufgrund seiner freimütigen politischen Äußerungen immer wieder ins Fadenkreuz der rechten und rechtsradikalen Medien in Ungarn.

Der Prosaist lässt sich oft nur schwer vom Wissenschaftler und Bühnenautor Spiró trennen. So behandelt sein groß angelegter Roman „Die X" (1981) Verwicklungen um das Warschauer Nationaltheater zur Zeit der Heiligen Allianz, also unter zaristischer Herrschaft. Die Handlung von „Der Erlöser" (2007, eine frühere Version 1996), spielt im exilpolnischen Milieu am Vorabend der europäischen Revolutionsbewegungen von 1848, während der große Roman „Die Gefangenschaft" (2006) zurückreicht in die

Zeit des frühen Christentums. Gemeinsam sind all diesen Werken die akribische Nacherzählung von historischen Vorgängen sowie die Vorliebe des Autors für ein der jeweiligen Zeit angemessenes Kolorit und zahllose Details. Ein wiederkehrendes Motiv ist die Konfrontation von Menschen und Mächten, von Geist und Herrschaftsanspruch.

Die „ungarische Linie" von Spirós Prosa nahm mit dem Erstling „Der Klosterhof" (1974) ihren Anfang, in dem er die bedrückende Atmosphäre einer nordungarischen Kleinstadt am Ende des 19. Jahrhunderts auf eine Weise schildert, die bei den Lesern eindeutige Assoziationen mit dem grauen Alltag der Ära Kádár auslösten. Darauf folgten mit den beiden Romanen, „Der Eisvogel" (2001) und „Wettstreit der Ehefrauen" (2009), grausame, fast apokalyptische Visionen der Verhältnisse im Ungarn der Nachwendezeit. Im letzteren dieser beiden Bücher lernen wir ein aus der „Westeuropäischen Union" (WEU) ausgeschlossenes „christlich-kommunistisches Königreich" kennen, in dem selbst der Geschlechtsverkehr steuerpflichtig ist, wo aber andererseits die Schüler ihren Lehrstoff mit Stimmenmehrheit verändern dürfen: „So konnten die Kinder, wenn sie wollten, dafür stimmen, dass wir sowohl den Ersten als auch den Zweiten Weltkrieg gewonnen (…) und dass die Ungarn unter König Matthias Corvinus Amerika entdeckt haben." Sowohl die Sprache der Protagonisten als auch der Handlungsablauf weisen eindeutig surreal-parodistische Züge auf.

Das hier vorgelegte Buch „Der Verruf" (2011) hingegen markiert die Rückkehr des Autors zur realistischen Darstellungsweise. Der Maschinenbau-Ingenieur Gyula Fátray wird möglicherweise aufgrund einer von ihm vermuteten Namensverwechslung im April 1957 urplötzlich der „konterrevolutionären Aktivität" verdächtigt und von seinem Arbeitsplatz entfernt. Wehrlos, von allen verlassen und gemieden, sieht er ein gefährliches Verfahren auf sich zukommen. Ein typischer osteuropäischer Antiheld, dessen Schicksal an das bittere Los von Kafkas Josef K. erinnert. Allerdings nimmt der viele Tage dauernde Spießrutenlauf des Helden schließlich eine glückliche Wendung. Er bleibt von weiteren Verfolgungen verschont, kann an seinen Arbeitsplatz zurückkehren und sein nicht eben glückliches Familienleben mit Ehefrau Kati, einer linientreuen Pseudo-Kunstsachverständigen, und dem kleinen Sohn fortsetzen. Am 1. Mai 1957 marschiert er bereits wieder brav an der Tribüne der Staats- und Parteiführung auf dem Budapester Heldenplatz vorbei. Dieses Happyend erinnert wiederum an die Schlussepisode von Orwells „Neunzehnhundertvierundachtzig", wo der Held Winston Smith, der Rattenkammer entkommen, plötzlich ein neues Gefühl in sich entdeckt: „Er liebte den Großen Bruder."

Das Sujet von Spirós Roman ist fest in den historischen Kontext eingebettet. Tatsächlich wütete nach der Unterdrückung des Volksaufstands von 1956 in Ungarn mit Unterstützung der Roten Armee brutaler Terror, dem oft auch gänzlich Unbeteiligte zum Opfer fielen. Zugleich aber versuchte die neue Führung unter János Kádár gewisse soziale und ideologische Spannungen mit politischen Mitteln zu lösen oder wenigstens ihrer weiteren Verschärfung vorzubeugen. Die sowjetischen Panzer standen noch auf den Straßen von Budapest, als der Ministerrat durch eine Verordnung die unentgeltliche Rückgabe aller in den letzten Monaten verpfändeten Gegenstände verfügte und zugleich ermöglichte, sie erneut zu verpfänden. Offenbar waren die Machthaber der Meinung, es sei besser, wenn die Leute vor dem Pfandhaus Schlange standen als dass sie sich zusammenrotteten und gegen die Regierung demonstrierten. Zugleich war das Regime um die Erfüllung zunehmender Konsumwünsche der Bevölkerung bemüht.

Auch der direkte Zusammenstoß mit dem kulturellen Umfeld wurde zunächst vermieden. Während es im Januar 1957 zu den ersten Massenverhaftungen und Hinrichtungen kam und sowohl der Schriftstellerverband als auch die Künstlervereinigung aufgelöst wurden, konnte man in den Kinos westliche Filme oder leichte ungarische Vorkriegskomödien sehen; ausgerechnet der Parteiverlag gab die Tarzan-Serie von Edgar Burroughs sowie das erste Nachkriegsbuch zur sexuellen Aufklärung heraus. Während der Schriftsteller Tibor Déry gerade seine neunjährige Freiheitsstrafe antrat und seine Werke verboten waren, erschien Françoise Sagans „Bonjour tristesse" in einer für „bürgerlich-dekadente Literatur" außergewöhnlich hohen Auflage. Und nicht zuletzt wurde in diesem Frühjahr jene denkwürdige Frühjahrsausstellung in der Kunsthalle eröffnet, an deren Vorbereitung auch Kati, die Frau des Helden von Spirós Roman, beteiligt war. Das Sensationelle an dieser Ausstellung war die Tatsache, dass dort erstmals seit 1949 auch surrealistische und abstrakte Kunstwerke gezeigt werden konnten – ein eindeutiger Affront gegen den bislang geltenden Kanon des „Sozialistischen Realismus".

Gewisse Zugeständnisse im Geistesleben und im Kunstbetrieb dienten ursprünglich als taktische Mittel zur Befriedung der Gesellschaft, ohne die eine Konsolidierung des Systems nicht möglich war. Das Land befand sich in einem Zustand der Lethargie: Es trauerte um die zweitausendsechshundert Toten des Aufstands, während zweihunderttausend Bürger über die zeitweilig offene Grenze in den Westen geflüchtet waren. Die Daheimgebliebenen bangten um die zwanzigtausend Inhaftierten und die sechzigtausend Internierten. So aber gelang es der Führungsschicht des Landes, die rebellische Öffentlichkeit allmählich zu bezwingen, wobei die Taktik von Zuckerbrot und Peitsche in den nachfolgenden Jahrzehnten stets systemimmanent war. Das Ergebnis: der „Gulaschkommunismus" beziehungsweise die Volksrepublik Ungarn als die „lustigste Baracke im Lager".

Spiró mischt sich mit diesem Roman in die leidenschaftlich geführte Debatte über Kádárs Erbe ein. Er tut dies nicht mit Thesen, sondern durch die überzeugende Schilderung der komplexen Realität des „realen Sozialismus", einer Gesellschaftsordnung, in die sich der Einzelne schon deshalb fügt, weil er bei allen Mängeln und trotz eklatanter Unfreiheit doch noch etwas zu verlieren hat. Unter einer derartigen, lang anhaltenden Diktatur werden sich das Oben und das Unten immer ähnlicher, ihre Repräsentanten wechseln mitunter die Mentalität. Eben das ist es, was Spiró so genau kennt und wozu er moralisch fundierte und literarisch gestaltete Wahrheiten ausspricht.

Anmerkungen

Persönlichkeiten

Darvas, Iván bekannter Schauspieler, nach dem Volksaufstand fast zwei Jahre inhaftiert.
Fock, Jenő Regierungschef 1967-1975.
Hegedűs, Gyula populärer Schauspieler der Zwischenkriegszeit.
Illyés, Gyula (1902–1983), Dichter, Dramatiker.
Juhász, Gyula (1883–1937), Lyriker der ungarischen Moderne.
Kádár, János (1912–1989), kommunistischer Parteichef 1956–1988.
Kisfaludi Strobl, Zsigmond, Bildhauer
Major, Tamás (1910–1986) Schauspieler, Direktor des Nationaltheaters.
Makrisz, Agamemnon (1913–1993), Bildhauer griechischer Herkunft, 1957 Regierungskommissar für bildende Künste.
Münnich, Ferenc Ministerpräsident 1958–1965.
Nagy, Imre (1896–1958), Ministerpräsident während des Aufstandes; im Juni 1958 zum Tode verurteilt und hingerichtet.
Papp, Laci (László Papp), berühmter Amateurboxer; 3 Mal olympische Goldmedaille (1948, 1952, 1956).
Pór, Bertalan, Maler, führender Vertreter des „Sozialistischen Realismus".
Rajk, László (1909–1949), kommunistischer Innen- später Außenminister, 1949 im Schauprozess zum Tod verurteilt, als Startsignal für die „Hexenjagd" auf angebliche
Rákosi, Mátyás (1892–1971), allmächtiger kommunistischer Parteichef 1945–1956; danach in sowjetischer Verbannung.
Révai, József, Chefideologe der Kommunistischen Partei.

Erklärungen

Angyalföld, 13. Bezirk von Budapest, wichtiges Industrie- und Arbeiterviertel der Hauptstadt.
ÁVO bzw. ÁVH, die berüchtigte Geheimpolizei des kommunistischen Regimes, 1956 aufgelöst.
Bácsi/Néni, Bácsi ist die Kurzform von nagybácsi (Onkel), dient aber auch als vertrauliche Anrede von nichtverwandten älteren Männern durch Kinder und Jüngere; entsprechend die weibliche Anrede Néni (Tante).
Bethlensche Konsolidierung, mit dem Namen von István Graf Bethlen (1921–1931) liberal-konservativer Ministerpräsident) verbundene wirtschaftliche und politische Konsolidierung Ungarns.

Csepel, Insel am Südrand von Budapest, Zentrum der ungar. Schwerindustrie, gilt als Hochburg der Arbeiterbewegung („Rotes Csepel").
Fészek Klub („Nest"), Künstlerklub im 7. Bezirk von Budapest.
Grenadiermarsch, traditionelles Billiggericht in der k.u.k.-Armee aus Kartoffeln, Zwiebeln, Paprika und Nudeln.
Gundel, berühmtes Restaurant im Stadtwäldchen von Budapest.
Labanzen, ungar. Söldner in der kaiserlich-habsburgischen Armee im Kampf gegen die Kuruzen der siebenbürgischen Fürsten Thököly und Rákóczi (18. Jahrh.); zugleich Schimpfwort für alle, die für die Habsburger Partei ergriffen.
Lipótmező, berühmtes Landesinstitut für Neurologie und Psychiatrie in den Budaer Bergen.
MTI, Magyar Távirati Iroda, offizielle Presseagentur Ungarns.
Népszabadság (Volksfreiheit), Zentralorgan der ungar. Kommunistischen Partei 1956–1989, heute linksliberale Tageszeitung.
Palatinus-Häuser, nach dem Habsburger Erzherzog (Palatin) Josef (József-Nádor) benannte Wohnbauten am Donauufer in Ujlipótváros (Neu-Leopoldstadt).
Pfeilkreuzler, Mitglieder der gleichnamigen Partei der ungarischen Nazis.
Szabad Nép (Freies Volk), 1945–1956 Zentralorgan der Kommunistischen Partei.
Tarhonya, traditionelle ungar. Teigware, Beilage zu Fleischgerichten.
Tragödie von Mohács, Schlacht bei der südungarischen Stadt Mohács im August 1526, in der das christl.-ungar. Heer der übermächtigen osmanischen Armee unterlag und König Ludwig II. den Tod fand; Beginn der 150jährigen türkischen Besatzung Ungarns; Inbegriff des ungarischen Untergangs.
Újlipótváros (Neu-Leopoldstadt), bürgerliches Viertel im Zentrum von Budapest.
4.-April-Feier, Staatsfeiertag bis 1989 zur Erinnerung an die Befreiung Ungarns durch die Rote Armee.
Volksbund, Bund der Volksdeutschen in Ungarn; vor und während des Zweiten Weltkriegs im Geist der deutschen Nationalsozialisten agierende Organisation.
Wekerle-Siedlung, Beamtensiedlung im 19. Bezirk von Budapest, zu Beginn des 19. Jahrhunderts gebaut auf Initiative des ersten nichtadeligen Ministerpräsidenten Sándor Wekerle.
Zserbó (Gerbeaud), traditionelles Café und Konditorei in der Budapester Innenstadt.

Neue Bücher vom
Nischen Verlag 2012

ÁGNES ZSOLT
DAS ROTE FAHRRAD

Das von ihrer Mutter postum herausgegebene Tagebuch Evas, eines frühreifen ungarischen Mädchens ist ein fesselndes und zugleich erschütterndes Zeitdokument über dreieinhalb Monate der kleinen Freuden und des bangen Wartens im Frühjahr 1944 vor der Verschleppung nach Auschwitz. Die Jahrzehnte nach dem Selbstmord der von Schuldgefühlen geplagten Mutter erschienenen hebräischen und Englischen Versionen nannten Kritiker „die ungarische Anne Frank" Geschichte. Diese erste deutsche Fassung der ungarischen Originalausgabe enthält auch ein erhellendes Nachwort über den familiären und politischen Hintergrund dieses dramatischen Kapitels mitteleuropäischer Geschichte.

LAJOS PARTI NAGY
DER WOGENDE BALATON

Der vielleicht größte Sprachkünstler der zeitgenössischen ungarischen Literatur zeichnet in seinen Novellen durch die groteske Verdrehung der Gemeinplätze und Sprachspiele aus dem Mileiu der Kleinbürger unvergessliche menschliche Porträts und Situationen aus dem ungarischen Alltag. Bizarre Figuren, zufällige Opfer, verspottete Helden des großen Fressens fesseln die Leser vor dem Hintergrund von Gier und Sexualität, von Leid und Glück.

Weitere Informationen finden Sie auf:
www.nischenverlag.at

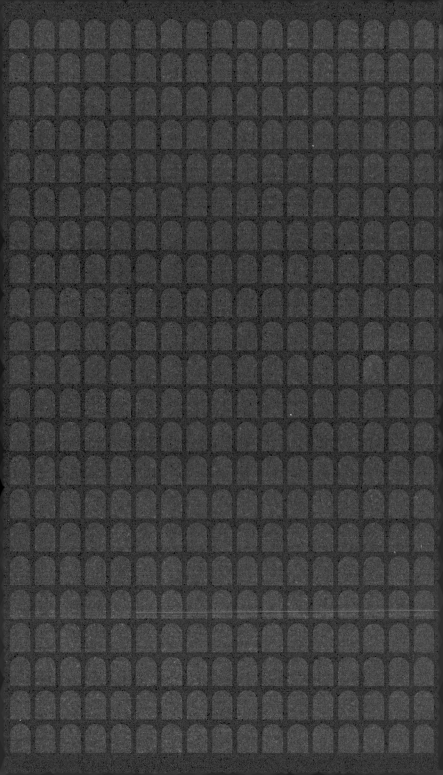